白羽 著

河朔七雄

鐵骨錚錚，威風凜凜

大爺赫連民、二爺邱雨、三爺谷玄真、
四爺白澤、五爺江泊、六爺雲清輝、七爺東方玉，
自幼闖蕩江湖，各藏絕藝，到處殺奸除惡，
名震江湖，人稱河朔七雄！

目錄

目錄

第一章　劫鏢銀七雄出世

話說在山西省有兩家英雄，一個姓婁名玉，外號人稱鐵掌猴，一個名叫盧俊，外號人稱通臂猿。弟兄二人各有一身水旱兩路驚人本領，每人一條子母三節螺螄棍，十二支三稜凹面透風鏢。兩個人在大同府開了一個鎮遠鏢局，仗著武藝驚人，聯繫得又好，一連數年保鏢並未出錯，於是鎮遠鏢局的名氣就創了開去。這一天有本街慶豐銀號的一支鏢，鏢銀是二十萬兩，送往山東濟南府。婁玉跟盧俊哥倆一商量，託了本局的兩位鏢師，一位姓梅名子玉，外號人稱金剛手，手使一對鑌鐵雙鐝，一位姓于名斗，外號人稱草上飛，手使一條筆管槍，這兩位全是久闖江湖的老手，武術全都夠上中的身分。抱旗喊趟子的，可就是崔三，這位崔三久在江湖之上跑腿，他為人精明強幹，凡江湖綠林道的事，沒有他不明白的，他在江湖上認識的人也多，凡是回漢兩教，水旱兩路的人物，稍微有點名氣的，沒有他不認識的，所以江湖上送他一個外號，名叫千里眼。這一次臨起鏢的時候，婁玉把崔三叫到跟前說道：「三哥，我們這個生意，可是吃的是名譽，賣的是字號，並不是純用武力壓人，沿途之上，雖說平靜，但是新出馬的綠林人，到處都有，三哥你可千萬小心，不要失了面子，輸了規矩。」

崔三說道：「鏢主，你萬安吧，絕壞不了事。」

婁玉說：「三哥你多費心就是了，明天咱就起鏢。」

崔三答應，到了次日早晨，把鏢銀子上好車子，眾夥計收拾刀槍，隨著二位師傅，保護鏢車。送銀子的客人，在後面一輛轎車之上，崔三懷抱鏢旗，騎著馬在前面引著鏢車，喊起趟子，一同出鏢局子直奔山東走下來了。一路之上，飢餐渴飲，曉行夜住。

這一天鏢車正往前走，來到河南省彰德府的地面，離漳河有三里遠近，地名叫做清風嘴旱葦塘，兩旁盡是一丈多高的旱葦，當中一條一丈七八尺寬的大路。千里眼崔三正懷抱鏢旗喊著趟子引著鏢車往前行走，葦塘內忽的射出一支響箭，接著一聲呼哨，有人大喊：「站住！」崔三一抬頭，前面由葦塘之內出來了二十多個人，一字兒擺開攔住去路，每人懷抱一口斬馬刀。在眾人當中站著兩人，穿黑褂青布包頭，上首那一位，身高五尺，面如美玉，二十五六歲年紀，懷抱一對鳳凰輪。下首那一位，看年歲也在二十多歲，一臉水鏽，兩道黃眉，一雙綠眼，閃閃生光，懷抱一口分水劍，就見他將身向前一縱，站在大道當中，用劍一指，說道：「對面的鏢手，你們曉事的快把鏢銀留下，放你們逃走，不然可小心你們的腦袋，對面的鏢車，你們可聽見了。」

崔三一看前面有了攔路的，立刻呵了一聲，把鏢旗子一捲，圈回馬來，報告鏢師。夥計們個個精明強幹，久闖江湖，一見前面有人攔路，早散開來團團把鏢車圍住。槍去了槍帽子，刀去了刀鞘子。二位保鏢的鏢師，一聽崔三的報告，前面有了劫車的匪人，連忙跳下車來，先四面望了望，見後面人煙浮動，心知不好。金剛手梅子玉、草上飛于斗二人三步兩步跑到鏢車前面，一看對面站著二十多個人，為首的兩個威風凜凜，空手不執兵器。梅爺一看雙手抱拳，說道：「前面的朋友是老合嗎？我們全是線上的，我們是鎮遠鏢局，朋友請你高手讓過，以後我們鏢主親自來登山道謝。」

那位綠眼珠的人哈哈大笑，說道：「我們也不管你繩上的線上的，我跟你合不到一處，你們鎮遠鏢局、鎮近鏢局我也不管，告訴你說，老爺現在沒錢花，留下鏢銀，放你過去。」

梅爺一聽這個氣可就大了，因為這個劫路的不講情理，忍氣又說道：「朋友莫非說你是外行？」

對面那個人說道：「外行我不幹這個。你就不必廢話啦，趁早留下傢伙，空手過去，免得你老爺費事。」

梅爺一聽，不由大怒，暗道：「看這個樣子是非劫不可，劫可是在你，讓劫不讓劫可在我。」想到這裡口中說道：「朋友！你既是非劫不可，你是什麼意思呢，是對鎮遠鏢局有仇恨，還是對梅某、于某過不去呢？你對鎮遠鏢局有仇，他有名有姓有住址，你應往鏢局去找他報仇雪恨。對梅某、于某有仇，你應該單獨找我們二人，你不該攔路劫鏢。你既是綠林人，不講江湖的規矩，你可得道個萬兒，我們聽聽，若是朋友，因為我們失禮，請你只管把鏢留下，自有我們鏢主前來請鏢賠禮。要不是朋友，再不講道理，我們只怕也就要得罪了，朋友請你道個萬兒吧。」

劫路的一聽，哈哈大笑，說道：「姓梅的，我們全是綠林人，哪能不知道規矩呢？我們又不瞎，為什麼單對你們鎮遠鏢局這麼不講情理，自然鬥的是你們鏢主。對你們鏢師，當然沒有關係，你聽明白了，曉事的趕緊留下鏢銀，走你的清秋大路，要問我們的姓名，少不了也告訴你們，行不更名坐不改姓，家住河南彰德府尹家林，姓尹名昌，江湖人稱翻江蜃。我的家兄，名叫尹成，江湖人稱小白龍。話也說完了，你們打算怎麼樣呢？」

梅子玉一聽，口中說道：「朋友，你雖鬥的是鏢主，保鏢的也脫不了干係，你若勝得了梅某雙鐝，鏢銀不要了，送你們買點心吃，如若勝不了梅某，朋友，你也難脫公道。為什麼你跟鏢主有仇，他有名有姓又有住址，你不往鏢局找他比較，你今攔路劫鏢，不按規矩，可見你跟保鏢的過不去，朋友你就進招吧。」說完了話雙鐝一分，一手指天，一手劃地，真是威風凜凜。尹昌一瞧，心中大怒，口中說道：「姓梅的你就接招吧，我正要領教。」說罷一探身用手中寶劍使了個「仙人栽豆」，直奔梅爺的咽喉扎來。梅爺一看劍到，左手向下一壓，右手鐝蓋頂便砸，尹昌左腿向前一邁，寶劍向外一磕，緊跟著腕子一翻向下一按，這一招叫外剪腕。梅爺向下一飄閃開單鐝，二人打在一處。梅爺一看人家這口劍上下飛騰，真受過名人指教，自己還真得小心留神，不然的話，真要輸了，鏢局子的飯可就不用吃了，於是小心在意看住門戶。

再說于斗，一瞧梅子玉同尹昌打了個難解難分，不由地用手一指尹成說道：「那位朋友你就別怔著了，請過來吧。」尹成看梅某同尹昌打在一處，那對雙鐝，鐝帶風聲，真不亞如烏龍攪海，這個樣子工夫一大，兄弟非敗不可，不由得著急，正要伸手相幫，一看于爺點手相喚，隨著一捧雙輪，來到近前，口中說道：「于斗請來進招。」于爺雙手一抖筆管槍，槍走中盤，當胸便刺，尹成左手輪向外一帶，右手輪順著槍桿向裡就推，這要推在手上，于爺的前手非折不可。于爺一見輪來得厲害，一抽槍桿迎頭便砸，尹成向右一上步，左手輪一壓槍桿，右手輪向于爺的腰部就砍。于爺右手槍把向裡一帶，左手的槍一撒手，右腿向後一抬，右手槍向尹成劈面摔來，這一招叫做摔桿。

要按說于斗這條槍，運用起來可說是神出鬼沒，今天同雙輪遇上，可就吃了虧了，因為輪這種兵器，專講究擒拿鎖帶。

有一句話，是刀槍遇輪莫要扎，你想于爺使的是槍如何會不吃虧呢？還算于爺不含糊，施展身法剛剛戰了個平手，工夫一大，槍頭可就叫輪給套住了，人家套住槍頭往裡就推。于爺一較力，奪出槍來，這裡尹成已欺近身邊，于爺隨著往後一縱，出去了足有八九尺遠，這才躲過雙輪，幸好槍還未曾撒手，一回頭用了個玉女穿梭的架勢，槍尖藏在腋下，敵人不追還好，如若一追，槍尖由肘後向外一遞，正刺敵人的咽喉，這一招急如電閃，乃是敗中取勝的招法，十分難躲，好在尹成並未曾追，雖然于爺兵刃未丟，可是也算輸了。于爺一看尹成不追，說道：「朋友為何不追？」

尹成說的也好：「你我勝負已分，又無仇恨，我窮追作什麼？」

這個時候，尹昌的分水劍，可就被梅爺的雙鐝給圍住了。

正在這個時候，只聽後面有人說道：「你們為什麼不搶他的鏢車，怎麼還單打獨鬥呢？」于爺一回頭就見後面順著大道上來了二十多個人，兩個為首的，第一個懷抱金背折鐵刀，第二個懷抱一對六瓣紫金錘，一聲叫道：「眾壯丁，快快去搶鏢車。」

就見這兩撥四十多個壯丁，各擺刀槍隨著後來的這兩個人往上一圍，把鏢車圍住，敵人人多，鏢局子的夥計當然不成了，往下一敗，鏢車可就教人家壯丁給趕著走了。

梅爺雖然占了上風，但是于爺已經落敗，自己若再延長工夫，人家倘若再兩個打一個，自己更不成了，於是向外一縱，口中說道：「姓尹的站住，今天我們的鏢，雖然被你們留下了，可是我們並未失了江湖的規矩，你們就在你們尹家林候著就是了，早晚有人前去要鏢。」一回頭對于斗說道：「于賢弟，我們回去報告鏢主就是了。」

二人說著一直向來路走下來了，剛走出不遠，就聽旁邊葦塘之內，有人說道：「二位鏢師慢走，我們一同回去。」梅爺一看原來是送鏢的老客，藏在葦塘之內，於是三個人又往前走，只見前面崔三領著鏢局中的許多夥計，正在等著他們三位。眾人全都垂頭喪氣一路向大同而來。這天到了大同府進了南門一直來到鎮遠鏢局門首，夥計一看，人全回來了，車可沒有回來，就知道出了錯了，口中說道：「眾位辛苦了，怎麼回來得這麼快，大概我們的車出了錯吧。」

金剛手梅子玉點頭道：「可不是出了錯了，二位鏢主在家嗎？」

夥計說：「現在裡面，你二位裡邊請吧。」梅子玉二人，同著送鏢的老客，還有千里眼崔三，一直來到裡櫃房。夥計們一看，就知道有錯，不然回不來這麼快，趕緊打簾子，口中說道：「嘿，二位老師傅回來了，裡邊請吧。」這個時候鐵掌猴婁玉，通臂猿盧俊，兄弟二人正在屋中談話，忽見簾子一起，進來了四個人，正是二位鏢師同著崔三，還有送銀子的老客，不由得臉色一變，就知道出了錯了。連忙說道：「梅師傅、於師傅，莫非說我們的鏢出了錯了嗎？」

梅子玉慚愧地說：「我二人無能……」

婁玉連忙說道：「不要緊，二位先休息休息。」他回頭又對老客說道：「你老人家也別著急，我同你老到櫃上對掌櫃的去說，鏢銀的損失，由我們局子裡擔負完全責任。」

一回頭又說道：「三哥你也休息休息。」這個時候，夥計已經把臉水打來，大家擦臉，夥計又給大家斟上茶，然後大家落座，這個時候。客人可就說了：「婁鏢主，我們同事多年，可是始終也沒有出過事，現在這不是遇上事了嗎？我先回去對櫃上去說，這以後的事情，我們再想法子，誰叫我們有交情呢。

你就不必跟我去了，你就趕緊想法子找鏢吧，我先回櫃，聽你的消息。」

婁玉一聽，連連點頭，說道：「那麼你就偏勞吧，反正不出十天我們一定有個完善的辦法。」客人點頭，告辭回櫃。

再說二位鏢師，擦洗已畢，可就把失去鏢銀之事仔仔細細對二位鏢主說了一遍。只聽盧俊說道：「這不要緊，不過我們帶著兩個夥計同鏢師拜莊請鏢就完了。」鐵掌猴婁玉說道：「這恐怕不成吧，因為拜山請鏢，那是我們失了規矩，才惹得人家把鏢留下，爭的不過是一口氣，一點面子，現在這個事，可就不然了。本來我們沒有輸了規矩，他們賣字號劫鏢銀不講情理，並且單鬥的是鎮遠鏢局，這個事情你想，怎樣能用拜山請鏢的手法去做呢？要按說二十萬鏢銀，我二人歷年的積蓄可也拿出來了，但是此次他們這樣作法分明是立意尋仇，可是尹家林姓尹的和我們並沒有仇，他為什麼專跟我們為仇作對呢？」

盧俊說道：「你沒聽見梅師傅說嗎？鬥的是鏢主，若沒有仇，為什麼同我們鬥呢？」

婁玉說：「我們根本就不認識這麼一位姓尹的，你說可是在哪兒結的仇呢，真要知道緣故，如何得罪了他，我們前去請鏢，不怕當場動手，不敵喪命，那倒沒有說的，不過現在為什麼劫鏢，我們還不明白呢，那怎麼去請呢？要說他們不為尋仇，專為劫鏢，出沒無定，他們絕不能揚名喝號，故意不講交情，再說他們動手並不傷人，足見他們沒有十分的惡意，不過專為我們兩個人罷了，你說我們和他這個仇可是往哪兒結的呢？」

這個時候千里眼崔三可就說了：「二位鏢主，這個事情依我說，你二位猜上一年，也猜不出頭緒。我倒有個主意，我說出來你二位聽聽。我看劫鏢的兩個小子年輕得很，再說也同你們結不著仇，可是你們二位結不著仇，擋不住是你二位的老師當年結下的仇人，人家的子弟不許報仇雪恨嗎？真要把你一位制倒了，無形中可就同你們二位的老師作上對兒了，那還怕他們老七位不出頭嗎？依我說你們二位寫一封信，等我送到紅柳坡請他們老七俠想想是哪路的仇人，這個姓尹的是幹什麼的，老人家經多見廣，自然比我們明白，再說也請老人家拿個主意，他們老七位自然有個相當的辦法，你看這個主意成不成呢？」婁玉同盧俊一聽，不住地點頭稱善，於是婁玉拿起筆來，寫了一封請安的書信，並預備了四色禮物，全是老哥七個愛吃的，打發兩夥計擔著，隨著崔三一同向紅柳坡而來。

再說兄弟七位，單說大爺複姓赫連，單名一個民字，字一民，江湖人稱三手俠，原籍是壽陽縣人，手使一對虎頭鉤，十二蹚地行鉤，在江湖上稱為一絕，能打十二枝三稜凹面透風毒藥鏢，能仰取飛鳥，平取走獸，可說百發百中。膝下一位少爺，名叫赫連珍，也有一個外號，人稱金爪神鷹。

二爺姓邱名雨，字潤田，江湖人稱雙輪邱雨，他同大爺赫連民是親表兄弟，手使一對五行輪，招數是翻天三十六路，一粒混元氣，整世的童男。

三爺是個出家的道長，姓谷道號玄真，江湖人稱鐵筆道人，是直隸省宣化府人氏，手使一口折鐵寶劍名叫賽龍泉，能削銅剁鐵，一百零八招青龍劍法，可稱身藏絕藝，囊中一對如意鐵筆長有八寸，粗似核桃，百步取人，神仙難躲。

四爺姓白名澤字天乙，江湖人稱鐵笛仙，是廣平府人氏，同三爺谷玄真是師兄弟，打扮得形如乞丐，貌似花郎，手持一枝鐵笛，長三尺六寸五分，粗如鴨卵，吹起來聲裂金石，運動起來，還是唯一的武器，笛中暗藏五枝梅花弩，專取人的二目，可說防不勝防，專講究三十六路天罡點穴法，遊行江湖四十多年，未逢敵手。

五爺姓江名泊字靖波，人稱臥海龍，精通水性，手使一對純鋼蛾眉刺，招法絕倫，也是壽陽縣人。

六爺姓雲字清輝，人稱天罡劍，手中一口古劍，名叫湛盧，精通三十六路天罡劍法，是江西南昌府人氏。太太姓田，膝下一個兒子，名叫雲飛，因為家中良田百頃，所以田氏太太不在這裡居住。大爺赫連民常勸六爺把家眷搬在一處居住，六爺因為瀟灑慣了，不願受家庭之累，所以執意不從。

七爺複姓東方單名玉字，是江西九江人氏，人稱飛砂東方玉，手使一對雞爪練子抓，囊中暗藏三十六粒鋼彈，大如蠶豆。可以仰取飛鳥，百無一失，連珠發出神仙難躲，真稱得起是江湖一絕，所以得了飛砂的外號。

這老七位，自幼闖蕩江湖，各藏絕藝，到處殺奸除惡，真稱得起名震江湖。自從他老七位住在紅柳坡，真是閉門推出床前月，抱頭一臥，滿打算圓一個晚年快樂，可是世間的事沒有一定。

這一天忽然看門的老家人進來說道：「報告大員外，門外有大同府走東路鏢的鎮遠鏢局派人前來送禮，並有書信面呈。」

三手俠一聽問道：「他們來了幾個人？」

老家人說：「三個人，一個是老趟子手崔三，那兩個是夥計。」

大爺說：「你叫崔三進來。」老家人轉身出去，工夫不大簾子一起，由外面進來了一個人，五尺多高的身材，一身黃土布的夾褲襖，外罩青布大褂，腰扎一條青布褡包，白襪子，青布灑鞋。往臉上一看，五十多歲的年紀，窄腦門子，大下巴，兩腮無肉，深眼窩子，黃眼珠子滴溜溜地亂轉，高鼻梁子，大菱角口，兩撇小黃鬍子，頭上蒙著一塊青布手巾，剪子般的小辮，盤在頭上，滿臉風塵，一進大廳，衝著大爺行禮。三手俠還禮，說道：「老三你很辛苦啦，免禮吧。」

老三起來，又給六位按次行禮已畢，轉身來到大爺面前，由懷中取出一封信來，雙手一舉，呈在三手俠面前說道：「我們鏢主給七位員外請安，並有書信上呈。」

三手俠伸手接過書信，開啟一看，不由得雙眉一皺，說道：「老三你先下去休息吧，下午我還有話問你。」崔三答應一聲，轉身出去。三手俠將書信放在懷中，忽聽院內有人說道：

「大哥，小弟來了。」七個人一回頭，只見外面走進一個人來，頭戴一頂白捲簷的煙氈大帽，遮著多半邊臉，只露出兩撇小灰鬍子，身穿一件灰色的破長衫，上面油泥多厚，補著許多的補丁，裡面褲子破的一絲一縷，也看不出是什麼顏色，腳下穿一雙破布鞋，拿錢串捆著，襪子跟地皮的顏色一樣，手中拿著一條菸袋，菸袋桿有核桃粗細，二尺多長。一尺多長的大荷包，滿裝著老關東葉，菸袋鍋足有饅頭大小，這條菸袋，連嘴帶鍋，滿是鐵的看分量，足有十幾斤沉，真是鋥光雪亮。只見他一步三搖，向前走來，到了三手俠面前，口中說道：「大哥一向可好？小弟有禮了。」

大爺三手俠一看，原來是多年的老友，連忙伸手相攙，說道：「賢弟請起，你我兄弟一往七八年來未曾見面，哪三分鐘熱風把賢弟你吹了來？」

這人復又說道：「二哥、三哥、四哥、五弟、六弟、七弟，我這裡一同行禮吧。」六位連忙還禮，執手往裡相讓。列位，你道此人是誰？原來此人家住保定隱賢村內，姓裘名逸，字山民，江湖人稱燕冀大俠。自幼家業宏大，良田千頃，因為好練武術，直將一份偌大的家產，練了個精光，才遇見一位異人，傳授他一身出奇的本領，武術雖然練成了，家產可也一無所有。好在父母雙亡，自己又練的是童子功，一粒混元氣，不娶妻室，所以也用不著產業吃飯，自從練成武術，闖蕩江湖四五十年，未逢敵手，到處行俠仗義。又因為自己練藝把一份偌大的家產練丟了，索性扮成一個乞丐的樣子，那條菸袋就是平生得意的兵器，同七雄兄弟原是多年的老友，打算去到陝西鳳翔府古楓林，訪一訪陝西二老。猛然想起多年的老友，江湖七雄，自從遷到紅柳坡七八年未曾相會，現在去往陝西，正是順道，我何不前去相視，這才來到紅柳坡。

七雄兄弟將裘爺讓進大廳，分賓主相坐，家人獻上茶來，裘爺問大哥：「怎麼珍兒不見呢？」

三手俠說：「去年三月裡，因為江蘇省的鐵帽子左天成在蘇州開了一座永源鏢店，邀他幫忙去了。」

裘爺把大拇指頭一伸，說道：「像你們老七位，這才叫會享福啊。你看兄弟我，勞苦一生，快七十歲的人了，百無一成，真是令人可嘆。」

這時候天罡劍雲六爺說了：「裘大哥，你不要這麼說，天下練武術的練到哥哥你這個身分，名揚四海，何求不得，不過你老人家秉性清高，不喜歡罷了。真要哥哥你樂意歸隱，這還不容易嗎？兄弟這裡有的是房屋，田地，也用不著你操心費力，你就住在這裡，我們老弟兄，吃點喝點隨便談談天，你看如何？」

裘爺一聽哈哈大笑，說道：「六弟，你說得倒好，只是你們原來的七雄，再加上我算哪一齣呢？再說我秉性喜動，你真要把我留在這裡，可不是把我入了監獄一樣嗎？那非把我悶死不可。我謝謝賢弟你的美意，千萬別這樣辦。」

說罷大家一笑，赫連大爺說道：「賢弟這是意欲何往呢？」

裘爺就把自己要往陝西鳳翔府古楓林去訪陝西二老，古氏昆仲，所以順著來看看眾位弟兄的事說了一下。三手俠一聽，說道，「莫非你要訪那燕飛來古雲秋，同那鐵幅仙古化秋他們兄弟二位嗎？」

裘爺說：「不錯，正是要訪他二位，大哥莫非同他二位認識嗎？」

三手俠說：「豈但認識，還是至好的朋友呢。這不是賢弟你想著去陝西訪友嗎？這個事你暫且擱兩天，有一點事情跟你商量，過後我陪你一同前去，你看如何？」

裘爺說：「不知大哥你老有什麼事跟我商量？」

大爺一伸手在懷內掏出一封信，說道：「賢弟你先看看這封信，我們慢慢再說。」

裘爺於是把信看完了。三手俠說：「眾位賢弟也一同看看，然後我們再想法子。」裘爺看完把書信又傳給那六位莊主，依次觀看，看完之後大家全都默默無言。裘爺開口說：「大哥這倒是怎麼回事？」

三手俠一回頭對家人說道：「你去外面把崔三叫進來，我有話問他。」家人轉身出去，工夫不大，就見崔三由外面進來，給裘爺同大家行禮。裘爺問道：「老三，你幾時來的？」

崔三說道：「早半天才到，小子我同你老人家十多年不見了。」

裘爺說：「可不是嗎？」

他用手一指說：「這封信是怎麼回事，你說給我聽聽。」

崔三聞聽，這才不慌不忙把始末根由說了一遍。就聽裘爺說道：「大哥，這個尹家林我倒知道，他們是親兄弟三個，大爺名叫尹玉，江湖人稱金頂猊猻，手使金背折鐵刀，武術精奇；二爺名叫尹成，江湖人稱小白龍，手使一對鳳凰輪；三爺名叫尹昌，水性極大，人稱翻江蜃，占聚尹家林，人稱尹氏三傑。自從前年又來了兩個，一位姓陸名貞，人稱賽元霸，手使一對紫金錘，力大無窮；那一位姓賀，名叫賀星明，人稱小諸葛妙手賀星明，能擺八寶螺螄陣。自從他二人來到尹家林，把尹家林重新布置，周圍掘了護莊河，打起土城子，又經那位小諸葛，擺設了好些埋伏，差不多進不去。聽說尹氏三傑是河南少林寺金面佛法源長老門人，他們三個人，自從得藝回家，並不劫掠行人，不過在江湖綠林道，多少創了個小小的名譽。自從陸貞他們二位來到，這才對往來行人，一切商賈，有了不利。可是他們十有八九，在水路上漳河一帶出沒，並不在陸地上活動，後來我聽說他五個盤踞尹家林，我就有心去訪他，又一打聽，他們所作所為，並不傷天害理，俠義的規矩，尚能維持，所以我也未曾前去，現在他們既然對我們鏢局，發生了事件，大約這內中也許有特別的情形，不然你們老七位的聲譽，他們也不是不知道，慢說他不好意思來劫，簡單地說，他也不敢。」

這個時候，大爺尚未開言，邱二爺可就說了：「裘賢弟，你不是說那個賽元霸陸貞嗎？我倒是想起一件事來，可不一定對。」

裘爺說：「什麼事呢？」邱二爺說：「提起此事，可就長了。」

第二章　報父仇童子訪師

那邱二爺說道：「這個事差不多有二十多年了。有一年我往江南蘇州訪友，住在西關外客店中，夜間因為出來小解，那個時候天也就在三更左右，忽然遠遠有呼救的聲音，連忙順著聲音，趕去一看，原來在西關緊西頭，有三間屋子，外邊圍著竹籬，屋中燈光閃閃，呼救的聲音就從這個屋內出來。那呼救的聲音像是女子，我連忙跳進竹籬，伏在窗下，向屋中一看，就見屋內十分的寒苦。床上坐著一個二十多歲的婦人，衣衫襤褸，長得倒有幾分姿色。面向窗櫺，哭得甚是慘切。在下面破椅子上，坐著一個三十來歲的男子，滿臉橫肉，穿著一身青布褲褂，凶氣焰焰。桌上還插著一把匕首尖刀，口中說道：「你這個婦人，真是糊塗到了萬分，你與其每日受這種窮苦，不如從了大少爺，有吃有穿，要甚有甚，你何必這麼固執不通呢？」

就聽那婦人說道：「大少爺，你家也有少婦少女，你家的婦女，能不能隨便被人家欺侮呢？再說我這孤寡的婦女，你欺侮我幹什麼，你自己想想，須知道天理難容，我今天就是死了，也不能失了貞節，依我說你快快走你的清秋大路，你再滿口胡言亂語，我可又嚷了。」

那個小子一聽，一陣冷笑，口中說道：「你再嚷，就要你的命。」說著一伸手由桌子上拿起匕首刀，直奔床沿，伸手就去抓那個婦人。就聽那個婦人喊道：「救人哪！救人哪！殺了人了！殺了人了！」我一看原來這是逼姦不從還要行凶，我一著急，用手一拍窗櫺，說道：「小子，你不要發威，趁早給我滾出來，萬事皆休，若等我進到屋內，非要了你的命不可。」

那個小子一聽，立刻把燈吹滅，縱身竄到院中，手拿著匕首，說道：「什麼東西，敢來惹大太爺生氣，趕緊通名，好在刀下受死。」

我一聽，這小子真叫橫，這才說道：「小子，你要問我，行不更名，坐不改姓，江湖七雄，排行第二，雙輪邱雨的便是。」那小子一聲不響，一個箭步縱出籬牆，向西就跑，腳程還真不慢，轉眼就沒了影子。當時我並沒有追他，為什麼呢，因為我聽他對那個婦人說話，那個婦人似乎認識他，所以我打算到屋內去問那個婦人，這小子的姓名住址，在什麼地方，明天我好往家去找他。趕到屋中一問，原來這一家是婆媳兩個，全是寡婦，淨指著這裡媳一雙手，養著她那個又聾又瞎的婆婆。那小子原來是城西陸家疃人氏，他父親名叫陸天霖。我一聽，耳朵裡頭倒是有這麼一位，就是耳軟心活，行為不十分正大，可也是江湖之上有名的人物，人稱百步神拳陸天霖，手使一口金背折鐵刀。我聽明白了立刻定了主意，既然知道他家的住處，明天訪他就是了。又看那位寡婦節孝可嘉，我才給了她三十兩銀子，就走了。到了第二天，吃了早飯，我就奔了陸家疃，趕到了陸家疃一打聽，才弄清了原委。

原來陸天霖跟前有三個兒子，長子名叫陸元，江湖人稱過牆蝴蝶，品行不端；次子名叫陸亨，武術倒是有限，就是為人陰毒險狠，所以本村人給他送個外號，叫丹頂鶴；三子名叫陸貞，年方四歲。他父子在這一帶，算是一霸，無人敢惹，尤其是陸元這小子壞得可惡，先是在村中姦淫婦女，後來在各處採花作案，又加上陸天霖溺愛不明，所以把小子可就慣壞了。那陸亨雖然奸詐，但是對於採花作案這一層他可不敢胡作非為。

那天晚上在蘇州府西關外逼姦，就是陸元，他因為白天瞧見那個寡婦給人家送錢，晚上才跑到人家家中，打算拿錢把人家買動了，趕到屋子一提字號，不想碰一個大釘子。原來，那個婦人也知道他父子厲害，但是對自己的貞節問題，也不能因窮，就把人格給窮沒了。所以用力一喊，可就被這位邱二爺聽見了，等邱二爺把他叫出來，一提名字，小子知道是江湖上有名的人物，所以嚇得一聲也沒言語，就跑回家去了。今天邱爺一打聽，把他父子的行為全都打聽明白，這才找到陸家門首，用眼一打量，房子真講究，清水起脊的門樓，朱紅大門帶門洞，花瓦的映壁，兩邊的群房，全是清水細磨的方磚，門前一路四棵大槐樹，濃蔭滿地，倒是非常的涼爽。門洞裡面放著板凳，上面坐著三四個家人，一個個穿得甚是乾淨。邱爺看罷，一拱手說道：「眾位辛苦了。」

內中站起一個人來說道：「你老找誰？」

邱爺說：「這可是陸宅？」

家人說：「不錯，你老找誰呢？」

邱爺說：「你們老員外可是名叫陸天霖。」

家人說：「正是他老人家。」

邱爺說：「勞駕回一聲，我姓邱名雨，江湖上有個外號，人稱雙輪，特來拜望你們老員外。」

家人一聽，不敢怠慢，連忙說道：「你老暫在門房少候，我去回稟一聲。」說著雙手一舉，讓邱爺進了門房，家人轉身往院內去了，工夫不大，家人回來，說道：「老俠客，我們主人有請，你老隨我來。」說著打起簾子，邱爺出了門房跟了老家人一直進了屏風，裡面院子十分寬大，正房是明五暗七，東西廂房全是明三暗五，全都前出廊、後出廈，一字的清水瓦房，院中方磚鋪地，門上掛著板簾，各窗戶安著整面的玻璃，東西兩面全有角門。邱爺一進院，就聽見角門裡面有人說道：「邱老俠現在哪裡？」說著由東角門出來了一位老者，看年紀足有六十來歲，頭上白髮蒼蒼，赤紅臉，大鼻子，火盆口，蒼白的鬍鬚，大三角子眼，閃閃生光，兩條濃眉足有一指多寬，說話聲音洪亮，身穿青綢子大褂，白布襪子，青緞子豆包鞋，身高六尺，細腰窄臀，真是威風凜凜，來到邱爺跟前雙手一拱，口中說道：「不知老俠客駕到，有失迎接，當面請罪。」

邱爺說道：「邱某來得魯莽，老莊主也要海涵。」二老者攜手上了臺階，家人打起簾子，陸天霖讓邱爺進了客廳。邱爺舉目一看：屋中擺設的盡是硬木家具，案上陳列著古玩，牆上掛著字畫，迎面花梨大案之前擺著一張方桌，兩旁擺著太師椅子，全是大紅的桌袱椅靠，邱爺暗暗想道：「這小子真是講究。」

就聽陸天霖說道：「老俠客請坐。」於是邱爺上首落座，陸天霖主位相陪，家人獻上茶來，二人對坐。陸天霖道：「邱老俠客這是意欲何往，不知來到舍下有何見教？」

邱爺說：「不才闖蕩江湖，萍蹤無定，聽說陸老英雄英名蓋世，一來拜訪，二來有點小事，要請示你老人家。」

陸天霖一聽，說道：「不知老俠客有何見教？陸某願聞。」

邱爺說：「既是老英雄恕我直言，我可要直說了。」於是就把昨天夜中所見之事，仔細一敘，並且說道：「雖然當時我未將他拿住，後來一問那個孀婦，才知道他自道字號：『姓陸名元，人稱過牆蝴蝶。』是你老跟前的大少爺。我想我們江湖所作的最重道德，喜的是忠臣孝子，義夫節婦，惱的是貪官污吏，淫婦姦夫，最可恨的是採花作案。陸老英雄，你也是綠林道的人物，莫非說令郎所作，你就會塞耳不聞嗎？因為這種事他並非作過一次，大概閣下不至於不知，這種不道德的事，為什麼你就知而不問呢？」

陸天霖一聽，心中暗道：「好厲害的邱雨，昨天晚上真要是你一刀將他殺死，我倒不惱，你不該當時將他放走，現在找上我的門來，搶白於我，這分明是欺壓老夫，給我難看，你別覺得你是成名的俠客，可是我姓陸的也不是怕人之輩，你要成心來找不自在，我可也說不上含糊。」想罷滿面含笑，說道：

「老俠客，你這番意思我明白了，千不該，萬不該，昨天晚上你不該將他放走，你這一將他放走，鬧得我也有口難分。俗話說得好，捉賊要贓，捉姦要雙。現在你老人家既然未能將他捉住，你盡聽外人之言，硬說夜中所見那是小兒陸元，你老想一想，焉知那不是同老夫父子有仇，故意胡造謠言，污毀老夫父子的名譽？老俠客你不分皂白，來到舍下大發雷霆，恐怕老俠客此舉也不十分正當。」

邱爺一聽，暗暗想道：「好你個利口的老匹夫，你敢跟我硬不認帳，那如何能成？」於是又說道：「陸老英雄，你怪我當時不該將他放走，硬來到你的府上栽贓，旁人同你有仇，故意破壞你的名譽，這也在情理之中。可是你須知道，一個人同你父子有仇，兩個人同你父子有仇，莫非說這一帶村莊的人，全同你老有仇嗎？怎麼全說你這位大少爺品行不正呢？他平日所作既然如此胡行，你就不該知而不問。再說老朽已經查明白，你跟前有三位少爺，除去三少爺年方四歲，二少爺人尚不壞，這一次真要不是你的大少爺，我有個證明的法子，我昨天見過他的相貌，我是認得的，你何妨將他叫出來，我見他一見，如不是他，也可以證明，替他恢復名譽。陸老英雄，你可聽明白了，老朽來到貴宅，並無一點惡意，不過我念江湖的義氣，又知道閣下是條英雄，所以苦口相勸，不過打算請你對你那位大少爺，多加教訓，別再教他任意胡為。昨天他幸虧遇見老夫，如若遇見別人，他是非死不可。你就該知錯認錯，才是英雄的本色，你不該一意袒護，倒說我硬來栽贓，請問這是什麼意思呢？莫非說你不怕壞了你百步神拳的名譽嗎？」

邱爺這一套話把個陸天霖說得閉口無言，不由得惱羞成怒，正要發作，忽聽窗外有人說道：「邱老匹夫，你真可謂膽大包天，竟敢來到陸家疃任意發威，不錯，大太爺昨天晚上是找樂去了，可是沒有上你邱家去，你這不是狗拿耗子，多管閒事嗎？你以為你是成了名的俠客，我們可不怕你，識趣的，趕緊少說閒話，連手臂帶腳給我往外一拿，萬事皆休，如再嘮嘮叨叨，可別說大太爺對不起你。」

邱爺一聽，哈哈大笑，說道：「陸老英雄，你可聽見了，這準保不是我胡造謠言吧。」

陸天霖一聽，怒上加怒，不由得雙眼一瞪，說道：「邱雨，老朽念你人稱俠客成名不易，所以一再相讓，你就該知趣而退才是，誰知你反倒任意胡說，欺壓老夫，只知有己，不知有人，你別以為我是怕你。」

邱爺聞聽，心中說道：「好小子，我就怕你不認帳，現在你既認了，可就好辦了。」於是說道：「陸老英雄，你先不要著急，那麼這採花作案，是你兒子不是呢？」

陸天霖道：「是怎麼樣，不是又怎麼樣？」

邱爺說道：「若要不是那可另有別談，如若是他，那我可就要不客氣地說，要替那些負屈含冤的婦女報仇雪恨，替江湖綠林人除此害群之馬。」

陸天霖一聽說道：「邱雨，你不必多說少道，今天你若勝了我父子折鐵刀，我父子情願當場認罪，如若不然，姓邱的你來看，恐怕你難出我的宅院。」

邱爺說道：「好吧，我正要領教呢。」說完話站起身來縱身竄到院中。

院中站著兩個青年人，全是一身短打扮，帶著七八十個壯丁，全都身穿短衣手持兵器，那兩個年輕的全都二十多歲，每人一口單刀，內中就有夜間逼姦的那個小子。這些人，把院子圍了個風雨不透，邱爺一看明白他們的意思：如若不敵，就要群毆。邱爺本是久經大敵之人，哪裡把這些人放在心上，於是微微含笑向陸元一指，說道：「陸元，你是單打，還是齊上？」

陸元道：「殺你老匹夫，還用多少人。」陸元雖然動手，可他也知道，邱爺是成了名的英雄，但是初生犢兒不怕虎。陸元左手一晃，右手刀蓋頂往下便劈，老頭子一看，刀離甚近，向左一上步，左手向陸元的手腕就是一掌。陸元右腿向後一撤，把刀一橫要削邱爺的腕子，邱爺左手向上一抬，右手一伸，咔嚓一聲，這一掌正打在小子胸膛之上。這一招叫單撞掌，這一掌把小子打起了三尺多高，八九尺遠，落在地下，一聲也沒有言語，立刻死了。列位，邱爺自幼練的童子功，一粒混元氣，雙掌如鋼，擊石如粉，還別說他是個血肉之軀，就算他是個石人，這一掌也可以將他打個粉碎，再說邱爺本來疾惡如仇，最恨的是採花之輩，所以這一掌用了十成力量，你想陸元如何能經得住呢？

陸天霖看見兒子被邱雨一掌打碎人字骨，吐血而亡，心中好似刀扎一樣，一縱身跳到場上，用手一指，說道：「邱雨，我陸家與你何仇何恨，你竟下此毒手，一掌將我兒打死，不要走，還我兒命來。」

邱雨冷笑道：「我正要瞻仰你的百步神拳。」說著左手一晃，掌帶風聲，右手向陸天霖面上打來。陸天霖一看掌到，向左一閃身，右手向上一穿，左手奔邱爺的腋下便捺，這一掌真要被他捺上，就是不死，也得身帶重傷，因為陸天霖，也是江湖上成了名的人物，人稱百步神拳，那個力量也就可想而知了。這兩個老者，各施身法，掌帶風聲，打在一處，微微聽到足下咔咔的聲音。動手約有三十多個照面，邱爺留神一看，暗暗佩服，不怪人稱為百步神拳，真是出掌似瓦壟，攢拳如捲餅，眼到步隨手準心穩，這恰好是我，如若差一點的主兒，早就敗在人家掌下。似這個打法，幾時是個了局？心中暗暗想道：「我不如給他個便宜，我好乘機打他。」想罷雙手對著陸天霖臉上一晃，轉身要走，整個的後心，可就全露出來了。陸天霖暗道：「你要走，那如何能成！」左腿一上步，右腿似抬未抬的時候，雙掌向前一撲，這一招叫做黑虎偷心，要是打在身上非死不可。眼看雙掌到了邱爺背上，只見邱爺右步一扣，一轉身，可就把左腿抬起來了，左手一伸把陸天霖的雙臂壓住，右手一探，正扶在陸天霖的胸膛之上，下面的左腿同時奔陸天霖的襠中踢來。上面這一掌名叫探掌，下面這一腳名叫屈腿，陸天霖一看，知道上了當了，可是也躲不開了，只可閉目等死，邱爺知道這個時候真要左腿一叫力，或者右手一叫力，陸天霖立刻就得氣閉身亡。不過二爺邱雨哪能做這種短見事情，一看陸天霖雙目一閉，就知道他認了輸啦，於是用手在陸天霖胸前，輕輕一擊，說道：「老朋友，你要保重身體，你要報仇，我在家中候著你就是了，我們改天再見。」說完竟自轉身走了。

陸天霖準知道今天非死不可，不想邱二他只輕輕在胸前擊了一下，說了幾句話就走了，自己不由得一陣發怔，暗道：「好個邱雨，你如果將我一掌震死，那時我倒乾淨，你這一來，教我一世英名豈不付於流水，你打死我的兒子，那是他禍由自取，你對我這種舉動，豈不是拿我取笑，當著這麼些壯丁，教我怎樣為人呢？」想罷不由得一聲長嘆，令家人趕緊將大少爺盛殮起來，然後發喪出殯。過後不到三個月，陸天霖因為痛子帶氣，也就一命嗚呼了。趕到臨危，把他次子同老妻叫到床前，囑咐他們，千萬叫三子陸貞成長以後投明師訪高友，練成武術，尋找邱雨報仇，就是邱雨死了，也要打他同族的子姪，或是徒弟，哪怕將他們打死一個也算報了仇了，說罷這才瞑目而亡。

再說邱爺，回到店中，慢慢地起身回家，到了家中以後，等了好些年，也不見陸家前來報仇，後來同老哥七個，搬到紅柳坡，一晃又是六七年，這件事情，可就忘下了。今天聽裘逸一說，可就想起陸貞這個名字來了，不過斷不定是不是這個陸貞。現在對大家一提，四爺白天乙可就說了：「二哥，聽你這一說，這次劫鏢，十有八九是陸貞，這小子學成武術，鼓動尹氏三傑要報當年之仇，要不我們並沒有得罪過這麼幾位仇人，為什麼他單跟我們為仇作對呢？這麼辦，我們兄弟七個暫先別出頭，裘賢弟請你先探一下，照直的就教婁玉、盧俊前去請鏢，賢弟你再去作為訪友，給他們從中調解，如調解不了，我們再出頭想法去辦，你看如何？」

大爺三手俠一聽，也只可如此，於是對裘爺說道：「裘賢弟，你瞧這麼辦成不成呢？」

裘爺說道：「這不是四哥這麼說嗎？我先辦一下看，如若不成，咱再想別法，事不宜遲，明天我同崔三就回大同，你們老七位聽信就是了。」

三手俠連忙說道：「那麼賢弟你就費心吧。」

裘爺到了第二天，帶著崔三，可就往大同去了，再說尹氏三傑，到底是怎麼回事呢？原來尹氏三傑，他父親名叫尹青囊，江湖人稱金針。他的醫道那就算是出神入化，可稱藥到病除，妙手成春，並且一身的好武術，雖然他老人家武術高強，可是沒人知道，就是有知道的也很少。老頭子每天背著藥箱子，遊行濟世，到處剪惡安良，他同少林寺監寺僧人金面佛法源長老交情莫逆，後來臨死，把三個兒子尹玉、尹成、尹昌，就介紹在本寺的方丈金面佛法源長老門下練習武藝。尹玉練成一口金背刀，尹成練成一對鳳凰輪，尹昌練成一口分水劍。他們三個等到練得差不多了，法源長老這才打發他兄弟分道下山，闖蕩江湖。三四年中，居然闖出一個小小的名望，交了三個至好的朋友，一個叫賽元霸陸貞，一個叫小諸葛妙手賀星明，一個叫燕蝠齊飛駱敏。

這個陸貞是陸天霖的第三個兒子。自從邱二爺打死陸元，氣死陸天霖，按說丹頂鶴陸亨他就應該聘請高人，替他父兄報仇才是，可是陸亨這小子，他不但不報仇，反倒連武術全不練了，一意經營起產業來了，有人問他為什麼不練了呢，他說得也好，瓦罐不離井上破，大將難免陣前亡，我哥哥若不會武術，絕不會隨便作孽，焉能被人家生生地打死呢？按陸天霖父子平日那種糊塗無理，就該有這種兒子，他不說自己行為不正，反倒說受了武術的害了。練武術何嘗有害呢？第一可以說壯身體，第二可以益壽延年，第三可以防身保命，不過不能指著武術欺人罷了。

一晃過了四年，陸貞年已八歲，他母親時常對他說，他父親是被邱雨氣死的，他大哥是被邱雨打死的，陸貞這個孩子天生的聰明，一聽他母親對他說，就問道為什麼哥哥被人打死，父親被人氣死呢？他母親可就說了：因為你父兄好練武，同邱雨比試武藝，你哥哥才被人打死，你父親上前報仇，不想又被人戰敗，一口濁氣，就氣死了。

孩子明白了以後，可就安上報仇的心了，因為他父親練武身故，自己總想將武藝練成前去報仇，每天總跟母親說，要請教師練習武術。他母親因為他年歲太小，再等幾年身體壯實了，再請教師練習。孩子說得更好，練武的必須從小用功，方能練出超群的武術，因為身體活軟，練什麼有什麼，如若年歲一大，身體一僵硬，是任什麼也練不成。再說還有一層，聽說當年比武的時候，邱雨就五十多歲，等到自己長大了再練成武術，一晃二三十年，知道邱雨還在不在呢？比如說邱雨死了，這個仇可就不能報了，哪如早練早成，早去報了仇恨，早去了心中這塊大病呢？

他母親一聽，孩子說得十分近理，於是替他託人在各處聘請名人，來教孩子練武。你想要出名，哪能自己各處來找教官呢，所以一晃四五年，所請來的，不過就是江湖上打把式賣藝的，再不就是黑門的人，來到他這裡躲災避難的，總之這四五年來，一點真本領也沒學，盡學的是花拳繡腿，半點真功夫也沒得著。你別看這個樣子，孩子還是真練，每天清晨，天色將明，就起身去到村東口大柳林活動身子，天天如此。

這一天自己正在練小洪拳，正練在得意的時候，忽聽柳林子外面有人說道：「陸少爺你天天起這麼早，在這裡做什麼？」

陸貞一回頭，只見林外放著一輛牛肉車子，上面放著一大塊牛肉，在車子旁邊站著一個人，仔細一看原來是本街上賣牛肉的馬二爸。陸貞說：「馬二爸，往哪去？我正在這裡練功夫呢。」

馬二爸說：「你練的是什麼功夫？倒是真誠，每天如此。」

陸貞說：「不誠哪成呢？誠還練不好呢。」

馬二爸說：「你練的這是什麼拳？」

陸貞說：「你會練嗎？」

馬二爸說：「我不會練，原先我見過練武術的，練得極好了，他能夠練得自己把自己懸起來，身子貼在牆上，腳不站地。你練的這個，我瞧一輩子也練不成。」

陸貞說：「馬二爸，你老說的這個人，在什麼地方住，我們能請他來，跟他學嗎？」

馬二爸說：「這個時候，我沒工夫跟你細說，因為我得到南莊送肉，好在二裡地，你能跟著我的車子走個來回，我這話也就跟你說完了。雖然說完了，可辦不到，你不過當小說聽就是了。我因為瞧著你難過，你聽聽人家那才真叫真功夫，你要不願意跟我跑，等今天下午，我的買賣完了，你往我櫃上去，我也能對你細談，因為我瞧你天天這麼傻練，怪可憐的。」

陸貞一聽大喜，說：「好吧，我這就跟你走，你告訴我吧，若等到下午，我得悶多半天，那如何成呢？」

說著進了林子，拿起大褂披在身上，說道：「我們走吧。」

馬二爸說：「好吧。」推起車子，陸貞在後邊跟著，二人一同向前行走。陸貞說：「你在哪裡見的呢？」

馬二爸說：「當初我不在此地做買賣，我在湖北省武昌府東門外，十里遠近，地名望江村，在那裡賣牛肉。那村北面是一條小小的山嶺，名叫望江崗，我天天過崗往江邊上去做生意。嶺上有一座小廟名叫通真觀，這個廟裡也沒有老道，也沒有和尚，住著一個六七十歲的老頭兒，那個老頭兒姓顏名潤字晚晴，他的道號是通真子。他在觀裡每天也不念經看卷，每天帶著一夥子年輕的，種菜灌園子，也沒有人知道他會武術。也是該著，有一天我過嶺做生意，回來得晚了，因為那個時候是十四五的天氣，月亮出來得很早，我走到離通真觀還有半里來地，一見三個人在那兒練功夫呢。在通真觀門首，本來栽著兩行小松樹，全都五尺來高，每棵相隔三尺來遠，每行足有一百多棵，只見那三個年輕的，有一個正在練拳，可也不知練的是什麼拳，就見他練著練著，來到那上首那一行樹的一頭，也不知怎麼一轉身就立在樹尖上了，就見他往前一縱一棵，一縱一棵，工夫不大，縱到那頭，也沒見他怎麼下來的，一眨眼又上了下首那一行了，照樣由那行縱回來，到了門前跳在地下。他三個人每人練了一次，最奇的是你看松樹尖，有多細多軟，上面站著那麼一個人，就會不折不歪，還是一絲不動，我非常的奇怪。後來我一問練武的老師傅，人家說那在拳上叫做登空步，俗話叫做草上飛，又叫踏雪無痕，你瞧人家那才叫真功夫呢，據說那功夫苦練成了，可以在空中行走，這是第一次我看見了。還有一次，也在夜間，那通真觀的圍牆，足有一丈多高，有兩個年輕的硬往上走，一步一步地硬走上去，最奇的是橫著走也摔不下來，起初我以為是他們牆上有站腳的地方，等他們練完功夫走了以後，我慢慢過去一看，不獨沒有站腳的地方，並且平滑無比，大概是練功夫磨的，你看人家那才叫真功夫，你練的這個功夫，要叫人家那個功夫一比，你還有什麼練頭呢？照直的說就是白受累，按少爺你這個好練，真要有那麼一位老師，準可以不到五年，能練一身好武術，可惜就是離著太遠，沒法子跟他去學就是了。」

馬二爸滔滔地說，二人越說越高興，不知不覺已經到了南莊，馬二爸說：「少爺你先在這裡等一等，我留下肉我們一同回去。」

陸貞說道：「好吧，我在這裡等你。」說著坐在村頭上一個石碣上面。馬二爸送肉進村，工夫不大，推車出來一瞧，陸少爺坐在那兒一絲不動，兩眼發直，怔怔地犯心思，馬二爸叫道：「陸少爺，我們回去呀。」

一連說了兩聲，陸貞才啊了一聲，說道：「你給人家送了肉去啦？」

馬二爸說：「送去了，我們回去吧。你在想什麼了，怎麼我叫你你也聽不見呢？」

陸貞說：「我正尋思怎麼能夠想法子，把那位老人家請來，我跟他練武才好。」

馬二爸說：「陸少爺，你聽我告訴你，像人家顏老先生，慢說相隔一二千里，你家不去相請，就是你家去請，人家還有個來不來呢。因為那一帶的人，全知道他不會武術，一旦託人去請，人家一定說不會武術，請我幹什麼，再說我這大年紀，哪能再出這麼遠的門呢？人家不來，你還能把人家給拉了來嗎？依我說，你先沉住了氣，等再過個四年五年的，你年紀大了，你出門，你們老太太也放心了，到那個時候，他不來你不會去找他去嗎，這個時候，你犯這個愁有什麼用呢？」

陸貞一聽，連連說道：「你老說得很對，我回去還練我這種武術，倒是能強壯身體呀。」

馬二爸說：「對了，這種事情，心急是不能成的。」二人一路閒談，不知不覺進了陸家疃，走到陸家門首，陸貞說道：

「我不請你家來了。」

馬二爸說：「少爺我們明天見。」說著自己推車走了。陸貞還是按照每日的規矩，下場子跟幾位老師練拳腳，可是自己有了一份心思，他存的什麼心呢？他自己想的是，人家既然不能前來，我不會找了去嗎？他既然有名有姓，又有住址，我為什麼不去找他呢？再說，我這麼小小的年紀，真要找了他去，他一定說我誠心投師，一高興就許把平生的絕技傳給了我，我學會了武術，才能給我父兄報仇雪恨哪。可是這個湖北武昌府，在什麼地方呢？要是我對母親說明了，上武昌府去，我母親一定不教我去，這個事非偷著跑不可，既打算偷著走，這筆路費怎麼辦呢？聽馬二爸說有一二千里當然不近，路費少了，一定不夠，自己左思右想，為了半天難，不由得笑道：「沒有錢我不會偷嗎？既然偷就得多偷，可是必須先問明了路徑，不然偷了錢不是也沒地方去嗎？」想好了主意，可就留上神了，到了第二天早晨，仍然去大柳林活動身體，果然馬二爸又去送貨，陸貞一瞧馬二爸又來了，自己走到道旁說道：「馬二爸，休息休息吧。」

馬二爸說：「嘿，少爺真早哇。」

陸貞說：「馬二爸，你老說的這個武昌府，在什麼地方呢，離我們這裡有多少路程？」

馬二爸一聽，說道：「陸少爺你真誠心，叫我告訴你，順著蘇州府這條運糧河坐船，直往正北，進了大江往西一直可到武昌府北門，望江村就在東門外十里遠近，村北面是山，那座通真觀就在山上，一問沒有不知道的，你就是打聽明白，現在年歲太小，也不能去呀。」

陸貞說：「我不是說長大了以後才去嗎，現在你叫我去，沒人送我，我也不敢去呀，可是還有一層，從蘇州到武昌有多少裡路呢？」

馬二爸一笑，說：「大約是一千二三百里，我全告訴你了，這回沒有問的了吧？」

陸貞說：「沒有問的了，你老請吧。」馬二爸推車這才走了，陸貞問明了道路，一早晨也沒練，慢慢地回到家中。一轉眼過了好幾天，這天正趕上他母親出門走親，他偷偷地把箱子開了，把散碎銀子偷了有四五十兩，他母親回來也沒留神。到了第二天早晨，他自己收拾好一個包袱，暗帶銀兩，藉著早起出門練武，順著蘇州大路，一直走下去了。

第三章　通眞觀陸貞獲絕技

陸貞天剛一亮便到了蘇州，一氣跑到河邊碼頭上，正趕上有北去的客船，自己也沒有問價，便跳上船頭。船家問道：

「學生你要往哪裡去？」

陸貞說：「往武昌府。」

船家說：「往武昌幹什麼去？」

陸貞說：「往外祖家去。」

船家說：「這正是往武昌的船。你是包倉還是散座，一共幾個人？」

陸貞回答：「一個人。怎麼叫包倉？」

船家一聽，知道小孩子沒出過門，說道：「包倉是一個人一間倉，一路吃喝都管，到武昌十兩銀子。」

陸貞問：「散座呢？」

船家答道：「散座是大夥在一間倉裡。」

陸貞說：「包倉吧。」

船家問道：「你有行李沒有？」

陸貞說：「沒有行李，就是這個小包袱。」

船家說：「好吧，這就開船，你可別下去了，免得把你落下。」

陸貞說：「我住哪一間呢？」

船家說：「你在第二間吧。」說完用手一指。夥計把陸貞領到一間倉內。陸貞一看，這間倉倒不錯，搭著一個板鋪，板鋪對面一張小茶几，幾上放著一個小茶壺，一對小茶碗，還有兩張小方凳子。陸貞往鋪上一坐。夥計問：「要鋪蓋不要？」

陸貞說：「要。」夥計出去工夫不大，拿來一份鋪蓋鋪在床上，並泡了一壺茶，說道：「等會兒，開了船再吃飯，你要買菜，我給你買去。」

陸貞說：「買去吧。」伸手掏出五錢銀子，遞給夥計。工夫不大，夥計買菜回來，外面就嚷：「人上齊了沒有？開船啦。」

就聽大家嚷道：「開船嘍，開船嘍！」緊跟著，提錨的聲音、轉舵的聲音、打箱的聲音響成一片。那隻船晃徘徊悠，奔河心漂去。工夫不大，船離河岸，順著風，向正北駛去。

再說陸家，自從早上不見陸貞回來吃飯，就派家人去到村口外大柳林去找。家人回來報告，陸貞並未在大柳林練功夫。

又派人各處去找，一直找到天晚，連個影子也沒瞧見。這個時候，丹頂鶴陸亨對他母親說：「老三大概是跑了。」

他母親說：「為什麼跑呢？」

陸亨說：「他一定聽了那教師說，這裡有俠客，那裡有劍客，一定是找俠客學藝去了。你老不信瞧瞧丟了銀子沒有。如若沒丟銀子，老三或者是走親戚去了，如若丟了銀子，一定是跑了。趕緊把這幾位教師趕走就完了。若不是他們，老三焉能跑得了呢？我就知道走江湖的沒有多少好人。」陸亨原來有他的心思：陸元死了，又沒有妻子，這一股完全沒有問題。陸貞每年請教師得花好幾百兩銀子，他實在有點心疼。但這是老太太的主意，他可沒有法子。陸貞這一走，正對他的心思。第一先把教師趕了，每年可省好幾百兩銀子。因為他平日陰毒，所以大家都叫他丹頂鶴。他對母親這一說，他母親當然信以為真，於是開啟銀櫃一瞧，正好丟了四五十兩銀子，才知道陸貞是真走了。老太太這才放聲大哭。陸亨說：「母親何必這樣痛哭呢？老三這一出門，自然可以訪到名師，學成武藝，替我父親報仇雪恨不好嗎？你老人家還哭什麼呢？」

老太太一聽，說道：「你盡這麼說，哪裡有俠客劍客被他訪著，這麼一個十三歲的孩子孤身遠走，怎能令人放心呢？」

陸亨一聽，說道：「你老不是每天叫他學藝報仇嗎？現在他學藝去了，你老又哭，要叫我說，憑老三這點孝心，一定可以訪到名師，學成武藝，回家報仇，你就等好消息吧。」說著滿臉含笑走了。

原來，陸亨的心思是，陸貞這一走，如若得藝回來，那就不必說了。如若死在外，這份偌大的家產，還不是自己獨吞嗎？再說，哪有那麼多名師被他訪著？早晚花完了錢餓死算完，哪能回來呢？所以他對母親說這種寬心話，只不過這種話不應該由陸亨口中來說罷了。

再說陸貞自從上了江船，一心打算到了武昌，找到望江村，怎麼拜師，怎麼學藝，學成以後，怎麼前去報仇，一路胡思亂想。這一天船到了武昌，靠了碼頭。陸貞叫船家一算帳，可了不得了。因為一路沒有打算，趕到一算船錢，一共三十八兩多。陸貞對船家說道：「為什麼這麼多呢？你不是說十兩銀子嗎？」

船家說道：「大少爺你想，我說十兩銀子，是粗茶淡飯。你老這一路，茶也要好的，飯也要好的，菜也要好的，一路上差不多一個人侍候你老。你想哪兒不是錢？這三十八兩銀子，我還是按本計算呢，夥計的辛苦錢，尚不在數。你賞下來吧，我還得張羅別的客人哩！」俗話說得好，車船店腳牙，那是江湖上最難纏的。就是老江湖還擋不住吃虧、受騙。一個十二三歲的孩子，又沒人跟著，他如何鬥得過呢？陸貞當時無法，只好把銀子取出來，連小費給了四十兩，自己提起小包袱，走下船來。一進武昌城門，一看街道鋪戶，往來的老少行人，一切的作買作賣，真是人山人海，繁花似錦。陸貞一摸自己的錢袋，所剩不過還有四兩銀子，於是找了個小飯館，吃了一頓便飯，逢人便問望江村。內中有人問他，往望江村做什麼去？他就告訴人家探親去。有人告訴他出了東門，一直向東南十餘里就是望江村。他這才一直向東門而來。一出東門，向東南就走，走了不遠，就是一條山嶺。順著嶺南的大道，走了十里多地，前面顯出一個村莊，約有四五百戶人家，三條南北大街，兩條東西大街，倒是十分的熱鬧。陸貞一進西村口，就瞧見一個老頭兒，在村頭立著。陸貞連忙上前叫道：「老爺子勞你的駕，這個村，是望江村嗎？」

老者一抬頭，見是一個十二三的童子，口中說道：「不錯，這是望江村，你找哪一位？」

陸貞說：「我跟你老打聽一個人。在這村北面嶺上有個通真觀，觀裡的老當家的是姓顏嗎？」

老頭子說：「不錯，姓顏。你找他有什麼事呢？」

陸貞說：「我找他跟他練武術。」

老頭聽後一笑，說道：「你是哪裡人？我聽你的口音不像是此地人。」

陸貞說：「我是江蘇省蘇州府的人，因為聽人說顏老先生武術極高，所以我來找他，打算跟他練習。」

老頭兒問：「你聽誰說他會武術？」

陸貞回答：「我聽我們村馬二爸說的。」

老頭說：「他那是愚弄你。那顏老頭除了每天領幾個年輕的灌園種菜之外，誰也沒瞧見過他練武術。我們離得這麼近，沒聽說他會武術。你們村裡的馬二爸怎麼知道呢？」陸貞一聽，心中暗想：「對呀！可是，我和馬二爸無仇無恨，他為什麼騙我呢？」又一想，不對，馬二爸當初說過，人家顏先生武術出奇，旁人並不知道，若不是他夜間偷著瞧見的，連他也不知道。本來那廟中既不燒香，又不念佛，旁人也不往那裡去，他也不同別人往來，別人哪能知道呢？想到這裡，陸貞忙說道：「既有這麼一個人，等著我見他再說，如若他不會武術，我再回家就是了。」說著，他對老頭子一拱手道：「老爺子多勞駕。」一轉身，向村北走去了。

那陸貞一面走著，一面胡思亂想，不知不覺地走進山口，慢慢向山上走來。工夫不大，到了嶺上，順著山路一瞧，在路東有一座大廟，方圓約十餘畝，四外的圍牆足有一丈多高。正面上一座山門，門前左右栽著兩行松樹，相隔三五丈遠。每棵相隔三五尺遠，每行足有一百餘棵。因為長得茂盛，枝葉全部連在一起，都是六七尺高，長得十分整齊，如同兩道松牆似的。陸貞一瞧，暗道：「大概這就是通真觀了。馬二爸不是說，在觀門前有兩行松樹嗎？」又往對面一看，在半里以外，果然有一片大松林，黑鬱鬱十分茂盛。陸貞自言道：「這一定是通真觀無疑了。」於是順著門前大路，直奔山門走來。來到山門一看，門上面刻著三個紅字，不是通真觀是什麼呢？只見山門半掩半開，自己也不管人家讓不讓進，一抬腿進了山門。往裡一瞧，正面五間大殿，兩旁配殿，院中四角上栽著松樹，地下滿砌青石，十分平整。有一個二十多歲的青年人，正低著頭拿掃帚掃院子。陸貞一看，說道：「大哥，這裡可是通真觀嗎？」

那個人正在掃地，一聽有人說話，連忙抬起頭一看，只見山門裡面，臺階上站著一個童子，眉清目秀，齒白唇紅，頭梳雙髻，前髮齊眉，後髮蓋頂，身穿青綢子大褂，白襪子，青緞子夫子履雲鞋，手中拿著一個小包袱，笑嘻嘻地站在山門之內。

青年人連忙說道：「你找誰？這裡正是通真觀。」

陸貞說：「這裡的老當家的是姓顏嗎？」

那人說：「不錯，姓顏，你問當家的做什麼呢？」

陸貞說：「我姓陸，名叫陸貞，住在蘇州府城外陸家疃。因為我喜愛武術，聽說這裡老當家的武術高明，我特意不遠千里，來到這裡拜師練武。如若他老人家現在觀中，沒別的，求大哥給說一聲。」

那人一聽，連連擺手，說道：「學生，我們老當家的會練武術不會練武術我不知道，不過現在他沒在家，出去了三四天啦！」

陸貞問：「他老人家幾時回來？」

那人說：「沒有一定，也許今天回來，也許兩三天回來，也許一個月二十天，哪有一定呢？」

陸貞說：「既然老人家不在家，我先回去，明天再來。如若他老人家回來，請你老說一聲就是了。」

那個人說：「好吧，我給你說就是了。」

陸貞說：「謝謝你老，我們明天再見。」說著回頭出了山門，回到了望江村。

連去了十幾次都沒在家。那陸貞納悶，又一連去了五趟通真觀，那顏先生始終沒有回家。這個時候，錢可就花完了。自己一想這怎麼辦呢？只好把包袱裡面兩套單衣賣了再說。於是拿衣裳對夥計說道：「我現在手內沒錢了，還有兩套單衣，你把它給我賣了，我好吃飯。」

夥計問：「你要賣多少錢？」

陸貞說：「你看著賣就是了。」夥計答應一聲，拿著衣服轉身出去，工夫不大，拿進了三兩銀子，說道：「人家說舊了，尺寸太小大人不能穿。我沒法子硬塞給掌櫃了，掌櫃的給了三兩銀子。」陸貞一瞧沒法子賣了吧，接過三兩銀子放在腰中。

不到十餘天的工夫，身上只剩下一身單褲褂。轉眼一月有餘，直落得沿街乞討，夜裡就在土地廟內安歇。這一來把個孩子可糟蹋得不像樣子了，短髮蓬蓬如同亂草，身上的衣服破得難堪，臉上髒得如鍋底，手像泥條一樣，赤著雙足，冷眼一看酷似廟裡的泥小鬼。你說這孩子也真有恆心，雖然沒有看見顏晚晴，但是仍然一天一趟通真觀。這天晚上，陸貞坐在廟臺上，把要來的乾糧吃完了。這個時候，正當八月中旬，皓月當空，清光如洗。陸貞仰天對月，不由一聲長嘆，暗道：「我一晃，來這裡三個多月了，把自己弄得成了一個小丐。可是也沒瞧見顏老先生，是什麼緣故？莫非他故意不見我嗎？要不怎麼總不回來呢？據他們廟中人說，他不會武術。可是馬二爸，我們無冤無仇，騙我做什麼呢？」自己左思右想，不由得啊了一聲，暗暗說道：「馬二爸當初瞧見他們練武，本是在晚上。我何不每天晚上前去觀瞧，只要被我看見他們在廟中練藝，我就可以出頭求他。他再說不會，可就不行了。只要他把我留下，還愁見不著老當家嗎？」抬頭看看月光，時當子時，萬籟無聲，於是覺也不睡了，站起身來直奔通真觀去。不大工夫，到了觀前，仔細一聽，連一點聲音也沒有，圍著廟轉了一個通圈，連一個人影也沒瞧見。他暗想：「他們一定是練完了。我明日再來。」反正不達目的，絕不半途而廢。

陸貞又一連去了十幾天。這天也是該著，真是皇天不負苦心人，就按十二三歲的小孩子，這份艱苦的毅力，百折不回，可算十分難得了。這天，陸貞又去通真觀，離觀門尚有百十步遠，月光之下見廟門前站著三四個人。陸貞心中大喜，慢慢順著樹蔭向前行走，眼看來到觀前左首這行松樹以下，於是銷聲斂跡直奔廟門走來，來到近前，躲在松樹後面，由樹葉空隙之處仔細觀瞧。只見山門半掩，門前站著四個人，一老三少。那老的年歲太大了，頭上都謝了頂啦，光剩下兩個白鬢角兒，身高五尺，紅潤潤的臉膛兒，被月光一照，閃閃放光，兩道白眉斜飛入鬢，兩隻大眼，賽似兩盞明燈，白鬍子足有一尺多長。

上身穿一件破小褂，補丁摞補丁，下身穿一條破褲子，赤著雙腳，著一雙搬尖灑鞋。你別看衣裳破，可是十分乾淨。再瞧那三個小的，一個四十多歲，一個三十多歲，一個二十多歲，都威風凜凜，全是一身青衣服白襪灑鞋，光頭不戴帽子，小辮盤在脖子上。只聽那個三十多歲的說道：「師父，方才你老人家教給我的那一招，老練不得力，請你再練練我看。」

老頭子說：「誰叫你不留心。守著師父不留神還可再學。

若離師以後，全忘記了跟誰學去呢？你再仔細想想，我再告訴你。」

只聽那個四十多歲的說道：「師父你老人家交給我的那柄寶劍，我再練練，我還怕不對。」

老頭子說：「你練去吧。」就見那個人，一轉身在山門裡面，拿出一口三尺多長的寶劍，被月光一照，真好比一汪秋水耀眼生寒。就見他拉開架勢，一招一式慢慢地練將起來。起先慢，還不顯眼，後來越練越快，等到最後，就見一團白光滾來滾去，也分不清哪是劍光哪是人影，猛然間一閃如同白虹昇天，嗖的一聲，起來有一丈多高，落在地上，連一點聲音也沒有，把陸貞看得目瞪口呆，不由得坐在樹下，喊了一聲：「好！」

忽聽見背後有人說道：「你是幹什麼的，跑到這裡來攪！」

陸貞一驚回頭，正是那個練劍的站在自己身後，手提一口寶劍。陸貞心中想道：「沒瞧見他動，他怎麼會到我身後呢？」

自己正在思想，就聽身後那人說道：「你怎麼啦，說話呀。」

陸貞道：「你還問什麼，反正我天天來，你老也該認識了，怎麼你還問呢？我不是陸貞嗎？」

那個人一聽，仔細低頭一看，說道：「原來是你呀，你怎麼夜裡在這裡蹲著呢？」

陸貞說：「因為白天來，總見不著老師父，所以我天天夜裡到這裡來看，已經十幾天了。」

就聽有人說道：「師哥，師父叫你把他帶到廟裡，要問他話哩！」

陸貞一聽這句話，真不亞於吃了一劑涼快散，立刻站起身來，衝著那個提劍的說道：「就請帶我去見一見老師父吧。」

那個人說道：「你跟我來。」二人一前一後，繞過鬆林，來到山門下面，一進山門就見西配殿燈光閃閃，裡面有人說話：

「叫你告訴他們的，怎麼還不進來？」

就聽前面那個提劍的答道：「來了，來了！」

陸貞說道：「請你先進去回一聲，省得叫老人家說我不恭敬。」

那個人點頭一掀簾子，走進屋內去了，一轉臉出來對陸貞說道：「來吧，師父叫你呢。」陸貞一聽，連忙跟著走入配殿，一看當中這三間明著，兩邊兩個暗間，屋中沒什麼陳設，靠正面迎門放著一張白木條案，案前放著一張白木方桌，桌子上面點著一盞菜油燈，燈光明亮。那個老頭就在上首椅子上坐著。

陸貞一看急忙上前，雙膝跪倒，說道：「我這裡給你老人家磕頭啦，求老人家無論如何把我收下來吧。」

老頭子一聽，哈哈大笑，說道：「這個孩子這是做什麼？我問你是怎麼回事，你怎麼進門就磕頭呢？你先站起來。你這麼小的孩子，為什麼千里迢迢跑到這裡，來跟我練習武術？你要實話實說，我一定有相當的辦法。」陸貞一聽，慢慢站起來，就把自己父親如何被邱雨戰敗，一氣身亡，自己的哥哥被邱雨一掌震死的事說了一遍，又說自己立意要練成武術報仇雪恨，怎奈不得明師，後來聽一個馬二爸的說你老人家武術精奇，小子我才棄家背母跑到這裡來的。陸貞一口氣說完，老頭子一聽，哈哈大笑，說道：「陸貞，聽我告訴你，你知道你父親同你兄長是怎麼回事嗎？」

陸貞說：「小子我那時太小，知不清楚，所有的這些事，全是聽我母親對我說的。」

老頭子說：「你別看你不知道，我倒知之甚詳，聽我對你細說，你就明白了。」於是，他就把陸天霖同陸元的行為細說了一遍，又說道：「武術這種技能，練成了以後不是用它欺人的，也不是用它任意胡行。第一講的是道德人情，抑強扶弱，殺奸誅惡，去暴除殘，這叫做俠義的天職。尤其是採花作案，更為江湖的公敵。所以說練成武術之後，做事須本良心，己所不欲，勿強施於人。這樣，這個武術算是沒有白練，在江湖之上方能落個俠義的名聲。無論是什麼人，所作所為背了人情天理，我們必須破除情面出面干涉，就是自己的親父兄，也須對他不滿，雖不能同他反目，也不能順著他的心意任意胡行。實在無法挽回，只可自己一躲，暗中對那被害的加以救援，這才稱得起是武林中的義士。還有一層，比如說有一個人，跟我有仇，但他的作事合乎人情天理，這個事眼看要壞，我們必須要或明或暗，用力扶助他，不能因為私仇，坐觀成敗，這方稱得起是俠客。你想想你父兄所作所為要是不背天理人情，那光明正大的人物哪能同他為仇作對呢？再說邱雨這個人，我早就知道，他們七個人江湖人稱七雄。既是江湖人稱俠客，當然人格很高。你的父兄所作所為如若光明正大，無論如何邱雨也不能對他加以仇視。因為你哥哥在各處仗勢欺人採花作案，所以邱雨去找你父親，不過叫你父親管束你哥哥。你父親如果當場認錯，也不至有意外發生。不想你父不明道理，心地糊塗，溺愛不明，一意護短，所以才當場動手，以致你哥哥被邱雨一掌打死，你父親敗在邱雨掌下，氣憤身亡。你想這能怨人家邱雨嗎？這個仇慢說不能報，就是能報也報不了。因為什麼呢？你想邱雨人稱俠客，江湖號稱七雄，你真要找他尋仇，不曉得有多少正當英雄出頭相助。就按我說，不知道便罷，如若知道，也得出頭維持。我可不是護持邱雨那個人，我護持的是人情天理。不能說因為你跟我練藝，我就庇護你。你真要有志氣的話，就趕緊把這個報仇的心，丟在九霄雲外，回到家中好好上進好學。不然的話，你再按照你父兄的那種行為，就是你練到劍仙的地步，也難保你不命喪人手。你聽明白了，因為採花作案是江湖公共的敵人，心地糊塗自然難同正人接近，剩下你自己孤孤單單，不遇能人便罷，一遇能手，不死也帶重傷。你聽明白了我這話，你就知道，武術不是容易練的，練成了錯走一步，老師先不答應，就不用再說別人了。因為門戶之中出了敗類，自己焉能不清理門戶呢？再說要沒有二三十年的功夫，也練不成。我們這個廟裡苦得很，除了賣菜吃飯，連一點別的出息也沒有。你小小的年紀，再說又是少爺出身，哪能受得了這個苦呢？依我說，明天打發人送你回家算了。」

陸貞聽完，連忙說道：「你老的話我聽明白了。我父兄之死，完全是因為他們行為不正，才惹得人家找上門去，那算是禍由自招。至於報仇，我是不敢再想了。可是小子我，自幼喜愛武術。你老想想，那些平常的老師，我還用力盡心地去練，何況現在見到你老人家，我怎能空手回家呢？再說辛苦一層，不是有句俗話嗎？要學驚人藝，須下苦功夫。你老放心吧，我是什麼全不怕，別說二三十年的功夫，就是由小練到老，我全能辦得到。總之一句話，練不好我絕不回家。請你老人家把我收下，就是每天叫我挑水澆園子，我也願意。請你老人家一定把我收下。」

其實，陸貞自從頭一天來到這裡，老頭子就知道了。不過他怕小孩子家一時高興，後來鬧個半途而廢，還不如不練，所以只推不在家。一晃好幾個月，每天打發徒弟暗中調查，真要讓他敗興回家，老頭子少不了派人暗中相送。後來一看，孩子雖小，真有個橫勁兒，直落到沿街乞討，仍然百折不回。如若乍行討乞，意懶心灰，受不了苦，乞討回家，老頭子也暗中派人送他。如今一看孩子真是毅力堅強勇往不退，不僅每天前來，連晚上也來此偷看。這些老頭子瞭如指掌，不然，成了名的劍客，每日有人探看自己的廟宇，自己不知，豈不成了笑話？所以才暗中派人往陸家疃打聽陸貞的身世，打聽明瞭後這才露面。這幾個月的工夫不過要試試孩子的品行如何。真要不收他，也未免辜負人心。

這天孩子一來，老頭子就看見了，所以這才叫出徒弟們練武，好把陸貞引出來。不然的話，為什麼單在廟外練呢？後來一瞧，他藏在松樹底下，老人家不由得暗笑，才回到廟內，掌燈接客。這時跟陸貞一陣閒談，他仍然雄心不退，老人家不由得心內歡喜，說道：「你非練不可就留下吧。但我這裡本是隱居之處，對於收徒弟練武，外面沒人知道，千萬不要走漏了風聲。每日你隨三個師兄鋤田種菜，待個二三年後再說。」陸貞一聽，真是喜從天降，連忙跪下磕頭。老頭子先吩咐徒弟到大殿點起蠟燭焚起香來，參拜祖師，算是收個關門徒弟。工夫不大，收拾整齊，然後帶著陸貞，來到殿上。老頭子先向上面兩個牌位磕頭，然後令陸貞大拜。自己坐正了，陸貞這才拜師。

拜師已畢，老人家又令他們師兄弟三人，互想見禮。老人家指著練劍的那一個說道：「這是你三師兄，名叫鬥天仇。」又指著那三十多歲的說道：「這是你四師兄，名叫成天翼。」「這是你五師兄，名叫駱天池。」於是陸貞又向三個師兄行禮。老人家說道：「陸貞，你聽我告訴你我們的門戶。在最初，我隨少林門中五空禪師練習少林拳術。所以這個祖師的牌位供的是達摩老祖。後來，我又隨武當內家的超塵道長練習武當拳術。所以這個祖師的牌位供的是玄洞真人。為什麼這個拳術有內外兩家的分別呢？因為少林拳入手先練力為主，武當拳入手先以練氣為主，等趕到藝業成功之後，仍是異途同歸。因為一個先講操練筋骨，一個先講調養臟腑，所以後人抽成兩家。我以為先操筋骨失之於剛，先調臟腑失之於柔，所以我綜合兩家匯成這一宗武術。你若加意研究，不難成名於世。至於我們的門戶也可說是少林，也可說是武當。因為我們與這兩家都有淵源關係。

我練藝百有餘年，只收了你們這六個弟子。大徒弟名叫許天琪，因為他秉性不拘形跡，終日打扮成一個乞丐的樣子，所以江湖稱他叫做「邋遢仙」。現在大概也有六十多歲了。二徒弟名叫陳天智，江湖人稱「小猿公」。他兩個自從離了我足有四十來年了，所以也不知他們現在什麼地方。你這三個師兄因為沒有闖蕩過江湖，所以還沒有人知道。現在你是我的關門弟子，等到練藝的時候，必須用心練習。不然，你瞧我偌大年紀，百歲有零之人，一旦神消氣滅，再打算練習可就晚了。現在天已不早，你們休息去吧。明天給陸貞換上一身乾淨衣服。今晚就叫他在西配殿住宿。」

次日天色將明，陸貞就爬起來，一瞧床頭上放著一套青布衣裳，拿起一穿，剛剛合體。這時走到殿外一瞧，老師正在大殿前對著鬥天仇說話哩！一看陸貞出來，老頭子說：「你起來了，很好，跟你師兄去園子裡澆菜去吧！」

又對鬥天仇說：「你先叫他幹輕巧工作，慢慢再做笨重的，不要太快了。」鬥天仇答應，這才帶著陸貞一起出了山門，直向廟後走來。走了約有半里來遠，前面是一大片菜園子，足有六七十畝。內中種有各種青菜。園子的四周，用許多的荊棘圍著，上面還纏著好些野花。園子當中有三間草房。二人進了園子，直奔草房。到了近前一看，五師兄駱天池，正在屋中收拾轆轤、繩子、水桶、扁擔以及斗箕、柳罐等物，除了繩子外，其餘器具均是鐵的。駱天池一看他二人來了，說道：「三哥，叫小師弟使那一對小桶好不好？」

鬥天仇說：「用小的合適，日子長了再使大的。」於是拿過一條棗木扁擔和一對小鐵桶，說道：「師弟你就使這一對吧，先把廚房的缸擔滿了，然後再澆園子。」

陸貞一看這對桶，嚇得把舌頭一伸，暗道：「這對小的我也不一定能挑動。」這對鐵桶高有一尺粗有八寸，光那鐵板就有一寸厚。不用說盛滿了水，單這對桶就有一百多斤，加上水連擔子，真不下一百五六十斤。陸貞一看，暗暗想道：「這一定是試驗我，看看我是不是誠心前來學藝，要不為什麼我才十三歲，就叫使這樣一對鐵桶子呢？這分明是給我難題目來作。

我要說擔不動，準保是派人送我回家，還會說我少爺出身受不了苦。這不是難我嗎？我是非幹不可，只要累不死，準有成功的那一天。」

想到這裡，他連連應諾，口中說道：「我可不知道，廚房在什麼地方，還得請師哥告訴我。」

鬥天仇說：「你挑著水我領你去。」陸貞答應了，一伸手拿起扁擔，把兩個鐵桶向膀上一擔，不由得啊了一聲，因為這對桶輕得出奇，連扁擔也不過才十八九斤，完全出乎所料。鬥天仇說：「你啊什麼，大概是覺得器具太輕吧。咱老師說，因為你年歲太小，怕把你累出傷來，所以不叫你費大力氣。」

陸貞一聽暗道：「真是師徒如父子，剛拜了師，就這樣疼我。」於是擔起水桶跟在鬥天仇後面來到井旁。井旁有個大石槽，內中一槽清水。井上安著一個八尺多高的架子，架子掛著一個大滑車、一條大繩，繩頭上拴著一個鐵柳罐。鬥天仇說：「你就先在槽內打水吧。」陸貞連忙把水灌滿了兩桶，擔起來一試，大約也不過五十來斤。好在自己從幼練武，練的力氣倒是很大，所以這五十來斤的一擔水他擔著，還是滿不在乎，口中說道：「師哥，領我走哇。」

鬥天仇領著陸貞，來到廟東北角上，說道：「你把水放下，我告訴你。」陸貞把擔子放下，就見鬥天仇來到牆根下一個石臺前面，用手在臺上面一個銀錠扣兒上一按。只聽咔嚓一聲，一塊青石張開一尺見方的巢兒。陸貞近前一看，原來是一個方洞，洞底靠牆那一面有一個圓窟窿。鬥天仇說：「師弟你看這個巢底下那個圓孔，直通我們廚房內的吃水槽。你把桶裡的水倒在這個石巢裡面，自然就流到廚房裡去了。你可別盡往裡倒，因為倒得太多了，我們的廚房可就受不了啦！你千萬記住了，井上那個石槽比廚房裡那個石槽大一半。你每逢打水，把井上石槽裡的水打出三停中的一停來，我們廚房裡的槽差不多正滿。你真要把井上石槽內的水全打到這裡，我們廚房裡面可就能捉蛤蟆了。千萬記著，不然你擔到廟裡再回來，得走許多路。」

陸貞一聽，口中說道：「謝謝師兄，我記住了。怎麼不見四師哥呢？」

鬥天仇說：「他上街賣菜去了。比如說，今天你四哥上街，我在家中照管一切，你五哥單管收拾園子。你四哥明天照管家務，我就收拾園子，你五哥上街賣菜，大家輪流值日。你是專管擔水澆園，我們四個，是各執一事。澆園也有秩序，你先把石槽打滿了，再把石槽那頭木塞一拔，那水就順著水溝流到畦裡去了。你再去看畦口兒，放完了一槽再打一槽，幾時把該澆的澆完了，幾時算完，每天一遍，澆完了你就休息，別的你就不用管了。」陸貞一聽，連連答應。

從此，陸貞就成了擔水澆園的園丁了。頭兩天雖然不多累，可是陸貞年歲太小，並且乍學做活，每天晚上膀子未免發腫，兩手發燒。幸虧臨睡的時候，他老師必定坐在床前，叫他躺在床上，周身替他順氣、順血、順力，屈手臂盤腿。等到通完了，他不但不覺得累，反倒四肢通暢，十分舒適，不覺悠悠睡去。轉眼一個多月，他有力量了，工作也排住了，也不覺累了。就是水桶也換大的了。就是這個樣子，一連過五個月，水桶每月一換，等換到頭號的，扁擔也換了鐵的。不知不覺，待了一年，陸貞已十四歲了，身體長高了，力量大多了，周身足有千斤之力。原來那個水桶你別瞧那麼厚，中間卻是空的，在桶旁邊有小孔兒，每天有人往裡裝鐵沙子，一個月裝滿。每天有一定的分量，比方說第一對桶裝滿了一百斤。第二對桶，不裝沙子光空桶就有一百斤，每天照舊的分量往裡裝。等到第二對成功再用第三對。直換到末一對，光空桶加鐵扁擔就有六七百斤，再加上兩桶水，不到八百斤也差不多。如若擔著八百斤的東西，毫不費力，這豈不有千斤之力嗎？可是這個練法非守著老師不成，因為他能給你順氣、順血、順力，不然的話，那可就別這麼練，一練非壞不可，因為沒人給你周身順通。略一用力，一定得大口吐血。就算你對付著慢慢練成了，你的力量也長不了，一旦不練了，那力量也跟著退化了，或是一上年歲，力量跟著退回去。因為這個力量，不經明師指導，它全浮在筋肉之上，由名師指導的這個力量可就不同了。

再說陸貞，這一年的工夫，雖然力量增加了，可是他老師一招也未教他武術。不但沒教給他練武術，連他這三位師兄，始終也沒瞧見過他們練武術。陸貞自己非常悶得慌，可又不敢問。這天吃完了晚飯，顏老先生對陸貞說道：「你先不要休息，到我這屋裡。」陸貞一聽連連答應，隨著老師一同來到東配殿，一瞧在近面桌前放著兩個蒲團。顏老先生說道：「陸貞，你來到這裡，已經一年的工夫，可是武術一招也沒教給你，但是你練力的功夫已經有了根基。但是盡練力不練氣是不成的。今天起，我再教你練氣之法。練氣成功，再教你練習內外兩家的武術。」陸貞一聽十分歡喜，連連答應。老頭子教他坐在蒲團之上，先教他靜坐的功夫。這個靜坐的功夫可不是五心朝天，而專是調神運氣固精第一步的功夫。身體坐正了，盤上雙腿頭向上，雙目微閉，心中免去了雜念，把口合上，舌尖頂著上顎，單用鼻孔調氣。這叫做氣頂。把氣由鼻孔吸入，用意領導，過天突穴氣往下行，直至丹田。兩手同時先用左手微扶左肋慢慢下行至丹田，左手同時兜住外腎，再由右肋慢慢回至天突。同時再用右手微扶右肋下行，兜住外腎，氣至丹田繞前陰至會陰穴，再繞肛門，由尾閭上行，同時肛門微微上提，提過夾脊三關渡雀橋上走泥丸宮，經上星由鼻孔呼吸出氣。行一周名叫一周天。左右手互撮互換呼吸一周而復始。九九八十一次。這個樣子日期長了，自然能夠精神穩固。這是混元氣第一步的功夫。隔日，一撮一兜，左右換手，九九之數，真陽不走。這個氣真要練成了，準可延壽益年。因為這個氣要是通了，人身的任督二脈自然可以通了。任督一通，自然可以長生不老。所以道家有話：本來督任此身中，尋得仙源有路通，剖別陰陽維蹺界，調衡運帶鼎爐紅。這雖然近乎道經，可是武術練成了，自然無形中陰陽相合，不過一般人不肯用心去練罷了。

老頭子教陸貞在子午二時打坐凝神，每日除了擔水灌園之外，就是運氣調神。轉眼三年的工夫，陸貞對於練氣練力全部有了根基。老頭子這才令鬥天仇教給他先練各種的大小架子，操練單手。不知不覺又是三年的工夫，各種架子同各種單手全部有了根基。老頭子這才親自傳授他長拳短打十八般兵器，還有帶鉤的、帶練的、帶刺的各種兵器以及竄縱跳躍、陸地飛騰等大小技術。閒時對他講江湖的一切規矩。前後整整練了二十年，老頭子真是傾囊相授。陸貞這時已經三十三歲，各種武術樣樣精通，最得意的就是一對短柄倭瓜紫金錘，每個重十二斤。

這天顏老先生把陸貞叫到屋內說道：「陸貞，現在你的武術差不多了。回想你十三歲千里投師，不避艱難困苦，可說是武術界的人才，也是你自己刻苦持恆所致。要打算成名天下，非闖蕩江湖不可。現在你的武術，雖不敢說打遍天下無敵，可要是遇見差不多的主兒，是可以應付自如，落不了下風，但是不可以武術欺人，你要謹記我每日傳你的言語。想當初你父親被害就害在糊塗身上，枉在江湖闖蕩一世，落了個一氣身亡。

這可不怨人家邱雨不對，總算是禍上自招。我原先已經給你解說明白，所好者，你心地明白也不用我多加囑咐，最要緊就是行走江湖，要保住你自己的人格，那就算你給為師的露臉並為門戶增光。你若不守師訓敗壞門戶中規矩，我一定要取你的首級，絕不能因為你是我的心愛弟子，姑息不管，就是我死了以後，你要知道，你五個師兄都是自幼跟我練成的武術，他們的武功，可說哪一種全比你強，也能替為師的取你的首級，絕不能給門戶中留下敗類貽笑武林。現在我的言語囑咐完了，切記為要。你家中的母親，自從你偷跑以後，終日想念，盼你回家。現在你武功的程度雖然還不高，也有七成把握。二十年來，你未向家內寄過隻字片文，好在你母親倒還健康，明天我打算送你回家，探看你的母親。以後在江湖上闖蕩個十年八年的，大小也立個名譽。幾時願意回來，幾時再回來練藝。」

陸貞一聽，十分難過，有心不走，又記掛母親，這一走又捨不了恩師同三個師兄的恩義，勉強答應下來。到了第二天，老頭子令鬥天仇預備了一桌酒席，爺四個算是給陸貞送行。師徒五人吃了早飯，老頭子在暗間裡拿出一個包袱，開啟一看，裡面是兩身白細褲褂，一件青綢子大褂，一雙白襪子，一雙黑緞子皂鞋，另外還有一對短把倭瓜紫金錘。那錘頭有大茶碗大小，錘分六瓣，黃澄澄耀眼錚光。老頭子說：「你先把衣服換上，我還有話說。」

陸貞換上衣服，老頭子說：「今日一別，我無物可贈，我就送你這一對兵器，送你一個外號：賽元霸。」

一伸手又掏出四十兩銀子，說道：「你本是回家，這點路費也足夠你到家了。」陸貞接過銀子，跪在地上，謝過老師復又同三位師兄作別，差一點沒哭出聲來。老頭子說：「我們這是暫時的分別，何必這樣難過呢？到了家見了你的母親替我問候，你這就走吧。」那鬥、成、駱三位也十分難過，沒法子只好催他起身。陸貞這才拿起包袱，收好雙錘，帶著銀子，辭別了師父師兄，往外就走。那師徒四人，一直送出山門，被陸貞攔住，這才回觀。

第四章　遊江湖盜金留柬

陸貞一路走著，想當初來的時候，一十三歲，受盡了辛苦折磨，幸虧自己立志堅定，百折不回，始有今日藝成回家之舉。看起來凡事不要畏難退縮，只要立定意志，擇好了途徑，勇往直前，早晚有個成功的一天。自己思來想去，轉眼走出十餘來里，到了武昌東門之外，在江邊碼頭上一看，並沒有下行的船隻，只得找店住了。一連三天，不想連一隻下行的船都沒有。自己想道，從蘇州到武昌，通共一千多裡路，若下步走，用不了十天的工夫，我何必總在這裡等船呢？自己沿江東去，不就完了嗎？於是算還飯帳，拿起包袱，出了武昌城，順著大路，奔蘇州府走來。

這天走到一個地方，名叫魚鱗鎮。天色將晚，自己在鎮西口找了一座店房，字號是悅來老店，占了兩間東配房。吃完了晚飯，自己把燈熄了，坐在床上，盤膝打坐。正在將要入睡，忽聽得外面嗖的一聲，自己就知道房上有人竄縱，不然，絕沒有這種衣襟帶風的聲音。陸貞學會的武藝尚未用過，不由得一順雙腿立在床下，回首拿過兵器，用手一開門，向外一看，什麼也沒有，正要回房，猛聽嗖嗖嗖，一抬頭三條黑影，由東向西飛去。陸貞一瞧，連忙一翻身上了西房。向西一看，就見前面一條黑影後面三條黑影，竄房越脊如同流星趕月。陸貞連忙一伏身隨在後面。陸貞在通真觀練藝二十年，可不知道自己能力有多大，因此放開腳程一追，三跳兩跳可就追上了。雖然追上不敢逼近，不即不離地跟隨。出了不到三四裡地，就見前面一個黑沉沉的所在，大約是一座樹林。前面跑的那個人來到樹林切近，站住身形，口中說道：「三個小輩，不要苦苦追趕，你別看二太爺怕你們，有膽子只管過來，跟二太爺比比，何必這麼耀武揚威，狗仗人勢呢？」陸貞一看前面那個將一轉身，自己趕緊將身形一伏，伏在地下。幸虧那個人沒有注意，未曾看見。就見後面那三個人站住身形，各擺兵器，向上一圍，把前面那個圍在當中，只見前面那個人一伸手，取出一對兵器。

陸貞一看，乃是一對日月鳳凰輪。只見他把雙輪一抱，用了獅子滾球的招數，說道：「小子們進招吧。」

只見首先一個人手持一對雙拐，說道：「二位看著巡風，小弟先來。」說完左手拐向使輪的臉上一晃，右手拐嗡的一聲連肩帶背向下砸來。那個使輪的向左一轉身，右手輪向外一磕單拐，左手輪直奔使拐的頭上便劈。使拐的身子向下一縮，閃開單輪，拐走下盤，右手拐奔使輪的雙腿便打。使輪的雙腿向上一飄，躲開拐趁勢向使拐的肩頭就是一腳，嘣的一聲，踹在肩頭之上。使拐的一歪身倒在地下，使輪的左腿方向前進一步，右手輪用了個「青龍探爪」，向使拐的胸前便刺。那第二人手使單刀，急忙向使輪的背上扎去。那使輪的真稱得起耳音靈敏，一聽身後有金刀劈風的聲音，就知有人暗算，於是左腿一抬右手輪順著地皮向下一劃，一翻腕子向上一託，身形一轉，這個輪正剪使刀的腕子，這一招叫「回頭望月」。那個使刀的往回一抽身，那個使輪的右手輪緊跟著奔腰部推來。正在這個時候，只聽嘩啦一聲，第三個手使鏈子雙鐝，直向使輪的左肋便點。那使輪的左手向回一撤，單輪向下一壓，正要用右手輪向使钂的頭上劈去，那個使刀的一口單刀早向使輪的頭上砍來。使輪的一瞧刀到，右輪向上一抬，把單刀截住。這時那個使拐的也起來了，喊一聲「上呵」，左手拐向使輪的面上一指，右手拐向使輪的右手打來。那個使輪的向前一邁右腳，身形一縮閃開單拐，已經到了使拐的左側，左手輪「鳳凰展翅」，向使拐的左臂便削。那個使拐的向前一縱身，出去了三四步才躲開這一輪。那個使刀的已到了使輪的身後，雙手抱刀向使輪的背上扎來，使钂的雙钂一抖，直點使輪的胸部。那個使拐的已經來到近前，右手拐也奔使輪的頭上砸來。只見那個使輪的閃開雙钂，躲過雙拐，避開單刀，在三個人當中如同獅子滾球一樣，滴滴溜溜地亂轉，看鬪定式，還要得便進招。別看三個人圍住一個，他還打了個自在逍遙，雖然贏不了，可也不看輸。但是工夫一大，終究人多的占了上風。因為他們三個有緩氣的工夫，這時候使輪的可就顯出招法遲慢來了。招法雖然微慢，可是步眼擇得十分清楚，所以一時半刻，還不易輸。

陸貞一看，使輪的這一位實在招法高明，的確受過高人傳授。現在雖然招法遲慢，可是步眼不亂，稱得起站如釘、動如風，竄縱跳躍，毫無聲息。陸貞暗道：「這個人輪法既然這樣高明，一定是名人的子弟，真要工夫一大，被那三個人殺了，實在可惜。但是不知他們為什麼這樣仇殺惡戰，不如我出頭給他們排解排解，問明真相。只要他們不為要緊的事情，我給他們說開，豈不多交幾個朋友？」

想罷站起身來，由肋下抽出雙錘，雙手一擎，高聲叫道：「前面的四位朋友，請你們暫時罷戰，小可有一言相奉告。」說罷一縱身形，雙錘一舉，落在四個人面前。

再說這四個人打得雖然難解難分，忽聽有人說話，緊跟著嗖地縱進一個人來，手舉雙錘，那個使輪的首先縱出圈外，用雙輪遮住胸膛，舉目觀看。緊跟著使拐的、使刀的、使钂的，全都收住兵器舉目觀瞧。陸貞說：「你們四位為什麼半夜三更在此仇殺惡戰，可否對我說明呢？因為我看了半天，看不出你們為仇的真相。你們幾位有多大的冤仇？依在下看，同是武林人物，何必如此呢？不才願作魯仲連，與四位調解。」就見那個使輪的一聲不響。那三個一看，打心裡不願意。他們想使輪的已招法遲慢，再不大會兒工夫，就可以結果他的性命。不想跑來這麼一位使錘的，橫打鼻子，硬來勸架。就聽那個使拐的說道：「朋友你是做什麼的？」

陸貞說：「我是過路的。」

使拐的說：「過路的，你最好少管閒事。」

陸貞說：「朋友你別這麼說，天下人管天下事，好事壞事，有人管好。再說你們眼看就出人命，我哪能看著不管呢？所以我打算聽你們幾位說說，到底因為什麼？能和解就和解，否則在下就不管。」

只聽那位使拐的說：「朋友，依我說你還是趁早走你的路，別找不自在，我們的事，了與不了，與你無關，再說我們出了人命，不是也不用你給抵償嗎？你何必這麼嘮嘮叨叨呢？」

陸貞一聽，不由得有氣，心中想道：「這小子怎麼這樣不通情理？你不是說不用我管嗎？我非管不可！」

想到這裡，他說道：「朋友，你這個人真難說話。你不會把事情的始末對我說說，也省得讓我悶得慌嗎？如果你們幾位不願叫我管了，我不就一走了事嗎？」

使拐的一聽，說道：「趁早走你的大路，我這可是為你好，我們的事，不能對你說。你真要不走，可別說我們對你不起。」

陸貞說：「朋友你先別著急，常言說得好：好事不揹人，揹人沒好事。這個事既然你不能對人說，當然不是好事。我這個人有一種毛病，遇見事非得打聽明瞭，否則我心裡不舒服。就是你對不起我，我也得打聽。再說，你對不起我怎麼著？莫非你們三位還要打勸架的嗎？可以這麼說，你要不告訴我，今天這個架你們就別打了。因為我在這裡站著，還能瞧你們打上沒完嗎？」

這個時候，使輪的那位看出來了。因為自己沒有緩過氣來，所以沒有言語。現在氣也緩過來了，也看出陸貞是一位好事的人。他想：「我何不說實話，約個幫手呢？」

於是，他叫道：「這位朋友，請你不必問他們了，我對你說吧。」

陸貞一聽，對使拐的說：「你看人家多痛快，那麼我們就請這位說吧。」

只聽那位使輪的說道：「朋友，你要問這三個人，乃是我們江湖上的公敵，到處採花作案。今天晚上他們三個到人家採花，被我攪了，所以他們跟我拚命。」

陸貞一聽，啊了一聲說道：「朋友你不用說了，我明白了。」

他用手一指使拐的說：「朋友你瞧人家多痛快，就是這麼兩句話，你就不肯說。鬧了這麼半天，原來是你們三位今天晚上出去採花兒去，被他攪了，沒得著花兒，這才跟這位打上沒完，你說是不是？」

使拐的一聽，更不願意了，說道：「是怎麼樣，不是又怎麼樣？」

陸貞笑道：「你這個人怎麼不順人情呢？我既然問，當然就有辦法，你就別管怎麼樣。不是的話，我有不是的辦法。」

那個使拐的哼了一聲，道：「我先聽聽你那個辦法。」

陸貞一聽，哈哈大笑，說道：「你怎麼這樣糊塗呢，不是請走，如若是的話，把你們三個小子的腦袋留下。」

三個小子一聽，沖沖大怒，說道：「好小子，你多管閒事，我倒不惱，你不該前來耍笑我們，今天留下你的腦袋讓你走。」

陸貞微笑說：「我今天就沒打算要活著，你就來吧。」只見那個使拐的向前一縱，單臂掄拐，直奔陸貞頭上砸來。陸貞一看，暗道：「小子，真有你的，我若不叫你認識我，你也不知道馬王爺三隻眼。」眼看單拐到了頭上，並不躲閃，右手一用力，本來他外號叫「賽元霸」，他的力量可想而知，右手錘向上用力一迎，這一錘正迎在拐上，只聽噹的一聲，火星子早起老高，單拐出手，飛起了足有三丈遠，啪的一聲落下來了。再瞧使拐的那個小子，噔噔噔，往後倒退了幾步，虎口迸裂，單臂發麻，不能動轉。陸貞又進一步輕輕一點使拐的肚腹，那人哎呀一聲仰翻在地。就見那個使刀的大驚，一個箭步向前一伏身，護住使拐的。就見那個使輪的嗖地竄將過來，說道：「小子你要跑，那如何能夠呢？」他一擺雙輪，左手輪烏龍探爪，照定使刀的面上就是一輪，使刀的向後一閃身，自知勞乏不敵，口中說道：「風緊扯活。」一轉身，也顧不得揹人，同那使钂的撒腿就跑。使輪的一瞧，邁步要追，陸貞說：「朋友，窮寇莫追，小弟我還有話說，你們到底是怎麼回事？」

那個使輪的站住身形，把雙輪並在右手，來到陸貞面前，說道：「朋友，沒領教你貴姓高名。你若是再晚進一步，我非栽給這三個小子不可，我先謝謝你。」說完抱拳就要行禮。陸貞連忙擺手道：「朋友不要如此，我還有話跟你細談，但不知閣下貴姓高名，跟何人學習的武術？」

那人說道：「小弟姓尹名成，河南彰德府尹家林人氏。我先父名叫金針尹青囊，我的業師是嵩山少林寺方丈，人稱金面佛法源長老。小弟也有外號，人稱『小白龍』，但不知兄長貴姓高名，仙鄉何處？」

陸貞一聽，心中暗道：不怪人家武術高明，原來是醫俠尹青囊的後代，少林寺的門人。想到這裡，陸貞說道：「原來是少林寺的門人，醫俠的後代，久仰久仰。小弟姓陸名貞，乃是蘇州府陸家疃人氏。我的業師是武昌東門外望江崗通真觀的隱士姓顏名潤，字晚晴，道號通真子。小弟人稱『賽元霸』。不知閣下因何同這三個人半夜三更在此爭鬥？」

尹成說：「這三個小子，我全認識，是山東青州府清妙觀九首蜈蚣李玄修的門人。」

他一回首，指著受傷的那個人說：「這小子姓劉名利，人稱鐵拐劉利。那個使刀的名叫粉蝴蝶葛三雄，那個使钂的，名叫小蓮花沈德秋。這三個小子無惡不作，專在江湖上採花作案。我在少林寺學藝的時候，就聽見家師說過，下山之後，在山東曹州府認識他們。今天也是冤家路窄。我由家中出來，打算過江訪友，不想住在這裡。夜中出來小解，看見三條黑影，由房上過去，我連忙帶上兵器追過去一看，原來正是他們三個小子，想著在一個大戶人家採花，被我把他們攪了。三個人一路窮追，來到此處，這才同這三個小子動手。看看要敗，不想遇上兄臺，但不知兄長意欲何往，怎麼正好在此處相遇？」

陸貞這才把當初自己如何學藝，直到奉命回家探母夜宿魚鱗鎮，聽見人聲追擊出來的事說了一遍。尹成一聽，心中暗道：「不怪人家一錘震倒劉利，原來人家是隱士的門人。看起來真是名不虛傳。足見高人的門徒，真有特別的技術。」

這個時候，劉利已經甦醒過來，對二位說道，「姓陸的，姓尹的，我們可是往世無冤，近日無讎，不過因為我們的行為不對，才惹起你們出面干涉。可是我現在也想過來了。你們如願意把我殺了，或是交給官府，我也不怨你們，那算是咎由自取。如若你們把我放了，以後我就痛改前非，必有一份補報，你們瞧著辦就是了。」

陸貞說：「尹兄，你看怎麼辦呢？」

尹成說：「這個事還是兄長做主才是。」

陸貞說：「既是如此，莫如我們把他放了。因為什麼呢？第一，我們若把他交了官府，我們得跟著他上堂對證打官司。我們雖然沒有事，可是多一事不如少一事。第二，我們若把他殺了呢，按江湖規矩，可說是替大家除害。但是他自己既說痛改前非，我們無仇無恨，不如成全成全他就把他放了吧，尹兄意下如何？」

尹成說：「既然兄長要成全他，小弟也不願意同他們深結冤仇，我們就把他放了。」

陸貞一回頭對劉利說：「朋友，今天這個事，按你們素日的行為，本當一刀兩斷。可是我們又沒有冤仇，再說你還要痛改前非，這是你自己說的，那麼我們就把你放了。改與不改在你，你真要不改的話，不管遇上誰，你也難脫公道。因為你們這種行為，是江湖人最痛恨的。你想誰家沒有少婦長女，如若你今天不做這種不道德的行為，我們又何必同你作對呢？所以說，萬惡淫為首，你以後真要痛改前非，我們對於你絕對不再仇視，以後請你自己想就是了，話說完了，你就請吧。」陸、尹二人說完了話，收拾包袱直奔魚鱗鎮去。劉利一瞧人走遠了，這才慢慢地站起身來，覺得頭重腳輕，神昏目眩，不由得哎呀一聲。只見眼前黑影一晃，有人說道：「大哥吧，你別動，我揹你同走。」劉利一看，原來是三弟粉蝴蝶葛三雄和小蓮花沈德秋。劉利少氣無力地說道：「二位賢弟沒走哇？」

二人說：「我們因為他們沒追，所以躲在樹林之內暗中觀瞧。他們如若把你殺了，我們再想法子替你報仇。如若把你放了，我二人好帶著你一同走路。我們哪能自己走了呢？」

再說陸、尹二人一直進了魚鱗鎮。原來尹成也住在悅來店內，所以二人並不叫門，一同竄房而過，回到屋內。工夫不大，天色已明。陸貞叫店夥將尹成請到自己屋內，一同吃飯。

二人越談越投機，真是想見恨晚，不忍分別，二人就結成生死之交。陸貞又問尹成意欲何往。尹成本打算過江訪友，可也沒有一定的去處，打算不久回轉河南。陸貞一聽說道：「賢弟，你既然無事，何妨跟我回到陸家疃，待上幾天，我再陪你一同去河南。不知賢弟意下如何？」尹成一聽，甚是喜悅。於是二人付了店錢，一路沿江向蘇州而來。這天到了陸家疃，陸貞來到自家門首一看，就見房屋煥然一新，大門外那四棵龍爪槐更加茂盛。大門裡面的板凳上坐著一個家人，二十多歲。陸貞一看這人不認識，暗暗想道：「莫非房屋賣給別人家了？」

於是同尹成走到門前，問那家人道：「這裡可是陸宅？」

那人一見來了兩人，全都相貌不俗，衣服整齊，連忙站起說道：「不錯，正是陸宅。」

陸貞又問：「你們二爺可叫陸亨？」

家人說：「不錯。不過他老沒有在家，因為南莊上有事，他應酬去了。」

陸貞繼續問：「你們老太太可還壯實？」

家人說：「老太太倒十分壯實，但因為三少爺二十年來未曾回家，每日想念，現在雖然七十多歲，可是頭髮滿白，同八九十歲的人一樣了。」

陸貞說：「你可認識你們三爺？」

家人一笑，說道：「這可是開玩笑。我們三爺一晃二十來年未曾回家，我們三爺出門那年我才四歲，如何會認識呢？」

陸貞一聽笑道：「你認識我嗎？」

家人說：「小子我眼拙，不認識你老。」

陸貞又問：「原先看門的老陳呢？」

家人說：「那是我的父親，因為他上了年歲，老太太又可憐他，不叫他在外面聽差了。」

陸貞一聽，知道這裡仍是自己的宅院，這才對尹成說：

「賢弟請家裡坐吧。」說完，他自己也不管家人，領著尹成大步往裡面走去。

家人望著發呆，他不敢阻攔，恐怕得罪主人的親朋好友，但猛然一想：「他問我父親，一定跟我父親認識，我何不把我父親找來瞧瞧呢？」想到這裡，他轉身搶先向裡走去。將進二門，迎頭撞見老陳。小子對他父親一說有這樣一個人，如何盤問自己，現在他已經往客廳裡去了。老陳一聽，暗道：「這是誰呢？莫非是三爺回來了？」於是他連忙跑出二門。只見由外邊進來了一個青年武士，三十多歲的年紀，十分面善。老頭子近前一打量，面目雖然變大，身量已然長成，但幼年的神情，依然還在。可不是二十年不見的三少爺又是誰呢？看罷向前一伸手，拉住陸貞道：「我的三爺，你可回來了，老太太想你想得快瘋了。你趕緊到裡面瞧老太太去吧。」

說完，他撒手就往裡跑，口中嚷道：「三爺回來了，三爺回來了！你們快告訴老太太去吧！」他這一路混嚷，裡面早知道了。老太太一聽二十年不見的兒子回來了，真是喜從天降，扶著丫鬟向外就走。將出上房門，還未下臺階，就見外面進來了一個青年人，迎面走到跟前。老太太尚未看清，就見那個青年跪在面前說道：「兒子陸貞給母親磕頭。」

老太太一聽，雙手扶住小兒子的頭，將臉翻上來，仔細一看，問道：「你可是貞兒？」

陸貞說：「正是孩兒。」這個時候，老太太覺著也不是喜，也不是悲，心裡頭苦辣酸甜全有，這個滋味，可說是啼笑皆非，不由得呆呆發怔，口中念道：「莫非這是做夢嗎？」

陸貞這時已經站起身子，說道：「母親不必難過，是兒子陸貞回來了，並不是做夢呢！」

老太太這才雙手一扶陸貞，顫巍巍地哭起來了，口中說道：「我的兒喲，我只說今生看不見你了，你可把娘想壞了。」

陸貞一手扶著老太太，說道：「母親不必難過，兒子這不是好好地回來了嗎？還有好些話要對你老說呢。你老一難過，兒子可就說不上來了。」

老太太這才止住悲聲，說道：「你快往屋內來吧，快說說這二十年的經過，讓我聽聽。」陸貞這才扶著老太太，後面圍定婆子丫鬟，一直進到屋內，讓老太太上床坐下，陸貞坐在下面，丫鬟斟過茶來。

陸貞手執茶杯，慢慢把自己由大柳林練武說起，如何聽馬二爸傳說，自己如何坐船到了武昌，找到望江村，見不到顏老先生，自己如何沿街乞討，直說到得藝回家前來探母，路上結義。這一席話，把個老太太說得哭一陣笑一陣，真是悲喜交集。這時一家的男女老少全知道三爺回來了，黑壓壓站了一屋子人，全來聽陸貞談說經過。老太太派人把陸亨的妻室陳氏叫來。原來陸亨在陸貞走後娶了鄰村陳姓之女，生了一個兒子，名叫陸萼，年方六歲，也隨母親前來叩見叔叔。陸貞同大家想見之後，這才對老太太說：「外面還坐著自己的盟弟，名叫尹成，是在途中遇上的，兒子還要到外面同他坐坐。再說，恩師在兒子來的時候，已經囑咐到家見過母親之後，還要闖蕩江湖，立下名譽。我還要尋找邱雨報那父兄之仇，倒要看看他們的江湖七雄是何許人也。」

老太太一聽，滿心歡喜，說道：「正該如此，你父親在九泉之下也能瞑目了，你去外面看看你那朋友去吧。」陸貞辭了母親，這才來到外面，一瞧老家人正陪著尹成談話，於是命老家人去到廚房，叫廚師安排晚飯。尹成問：「兄長見過伯母了吧，老人家可還健康？」

陸貞說道：「託賢弟之福，家母倒甚健康。」

尹成說：「兄長，幾時領我去給伯母請安呢？」

陸貞說：「賢弟今天休息休息，明天愚兄再領你去見家母，反正我們一天半天又走不了，何必忙在一時呢？」

二人正在談話，只聽外面老家人說道：「二爺回來了，老奴給你道喜。」

只聽陸亨說道：「我有什麼喜呢？」

老家人說：「二十年不見的三爺回來了。」

陸亨說：「好，我先到裡面放下東西，回來後再說。」待了很大的工夫，方才從裡面出來，進了客廳。

陸貞細瞧二哥已經年將半百，形容枯瘦，趕緊站起來說道：「二哥你老可還健康？小弟回來了。」

陸亨一瞧陸貞身體雄壯，說道：「三弟這一晃二十年未回家，我真未想到你能得藝回來，這可真是大喜。」又對尹成說：

「這位是誰？」

陸貞說：「這是小弟結義的兄弟。」於是給尹成一指引。尹成十分不高興，衝著陸貞不得不應酬一番罷了。因為他瞧著這二爺，有點不夠人格。憑二十年不見的兄弟，一旦歸來，若遇個骨肉情深的人，這得如何歡喜，現在瞧他這個樣子，不獨不歡喜，而且面帶愁容，一見面連一句骨肉話也不說，只憑空說了那麼兩句不關痛癢的話語。這個人可說是情義太薄，對兄弟還這個樣子，對朋友就可想而知了。一看陸貞給指引，不得不敷衍兩句，這才說道：「小弟入世年淺，來到府上打攪，如有不周到的地方，還請二哥指教，千萬不要客氣。」陸亨一聽，慢慢說道：「閣下太謙了。來到舍下，招待不周，還請閣下千萬不要見怪。因我每日太忙，雜務太多。好在三弟身閒無事，每日盡可以招待尊兄。我現在還有一點小事未完，有失奉陪，有話我們明天再談。」說著告辭往裡面去了。尹成這一來更不高興了，暗道：「怎麼這個人這樣冷淡，莫非說怪我來得倉促，怎麼連坐也不坐就走了呢？」回想陸貞待人那樣忠厚，他哥待人那樣淡薄，一母之子性情竟那樣不同，真令人奇怪。尹成當然不知，也難怪二爺陸亨不高興。他本來的猜想是陸貞絕對不能回家，一定會死在外面。所以他使心用意，費盡精神，把個產業經營得蒸蒸日上。因為三人均分的產業，落在一人之手，這該如何高興！所以不惜心血，把自己累得形容枯瘦。現在陸貞這一回來，一定先得聘娶妻室，下邊一定得子女盈前。自己獨享的家產，又經自己加意經營，好容易落到這個成色，不想硬被人家分一半去，你想這該如何的難過呢？所以他連坐也未坐就回裡面去了。直到尹成回尹家林，他也沒有過來招待一次。

陸貞同尹成一連住了十幾天，每天二人在一處閒談，陸貞的心思，可就被尹成看明白了。原來陸貞自從同二哥一見面，陸亨那種冷淡的神情使他很不自在。後來一體察，覺出陸亨的心思是怕自己分這份家產，不由暗暗想道：「慢說錢財是身外之物，家產本是父親一手造成，做兒子的不該存有這份自有的心理，就是自己苦力經營來的，既有兄弟也不該據為私有。現在既然二哥重財輕義，把兄弟看同他一樣的人物，我何必同他在一處胡攪？自己正好寸草不帶，往別處自立江山。但老太太這大年紀，必須百年以後，方能抬腿一走。」尹成看出來了這個心思，所以常勸陸貞搬到尹家去住。陸貞說：「賢弟的心意我很明白，但是老太太這大年紀，豈能還叫她老人家受那風塵之苦？」所以一晃在家住了二十多天。這天晚上吃完了晚飯，陸貞陪著母親在院中乘涼，就對老太太說：「明天陪著盟弟尹成去河南訪友。」

老太太一聽，並不攔擋，點頭答應，說道：「你明天出門不用路費吧？用多少跟你二哥要。」娘兒倆坐的工夫也大一點，天氣又很涼爽，老太太不知不覺受了涼，夜裡就覺著身熱頭疼，鼻子發悶，第二天就起不來了。尹成一看老太太病了，對陸貞說：「兄長，現在老伯母既然身體欠安，我們可就別動身，等老人家好了以後，我們再往河南，好在小弟閒著沒事不妨多住幾天。」陸貞一聽，連連答應，於是聘請名醫趕緊調治。不想大限催人，醫藥無效，不到十餘天的工夫，老太太竟然一命嗚呼！陸貞滿含哀痛，盡哀盡禮張羅辦完白事。

按說老太太這大年紀，陸家又偌大的家產，不應該苟且了事。

但陸亨也不知聽誰跟他講了兩句四書，說是「禮與其奢也寧儉，喪與其易也寧戚」。他守住這兩句書就是不多花錢。一任陸貞說破嘴唇，他只是搖頭不允，還說，「你年輕輕的知道什麼，莫非說孔聖人還不如你嗎？」陸貞無可奈何，只好聽之任之。等到喪事已過，陸貞覺著心無牽掛。這天跟尹成商量，打算就起身。二人說妥，陸貞就到二爺屋內來了。一看陸亨正在屋內坐著，陸貞說：「二哥怎麼今天沒出門呢？」

陸亨說：「今天沒有事，所以休息一天，我有一句話對你說。」

陸亨說道：「三弟，你現在也這麼大了，也該知道世路艱難了。自從你回來，每天什麼也不做，整天價坐吃山空，這也不是個長法。你吃還不算，還留著一個幫吃的。你想自從你回來這一個多月，光你兩個，每天酒肉，得多大花費？你想想我們這個小日子禁得住嗎？你也得打一個正當的主意呀。」

陸貞一聽，暗道：「好一個同胞兄弟，母親一死，你就這樣擠對的骨肉分離。明知我不久就要外出，不想你們仍然用出這些法子。你既然這麼無情，我不妨嚇你一嚇。」

想到這裡，陸貞說道：「二哥你不必往下說了，我今天前來是有點事要跟你商量。」

陸亨說：「商量什麼呢？」

陸貞說：「因為我自從到家以後，每天的花費，十分難為老太太，所以我不敢說。現在老太太去世了，我打算同二哥商量。我也這麼大了，也不能盡叫人管著，也得自己成家立業。

我打算我們請幾位親戚同本族的族長，給我們把家產分開。以後我受了飢寒，也不怨你心狠，也省得你每天替我操心。二哥你看如何？反正我們家的產業，我來了一個多月了，我也調查明瞭，不過請幾個人來做個證，立個分單就是了。至於分家的這筆花項，等分清了之後我完全負擔。你瞧怎麼辦？」陸亨一聽，不由得吸了一口涼氣，好似一桶冷水由頭上灑到腳跟，頭上的汗立刻好像黃豆一樣滾下來。你道他因為什麼這樣怕呢？

原來，自從陸貞回來，就怕陸貞同他分家。所以，陸亨每天想的是怎麼造假帳目，怎麼買通中人。不想他這些手續沒有做完，老太太就死了。緊跟著辦喪事出殯，這個事就擱下了。原打算等兩天自己再暗中著手。今天一瞧陸貞進來，滿以為他是手中無錢，來要錢零用，所以先說了那麼一套叫他不好張嘴。

不料這位三爺沒等他說完就當頭來了這麼一棒，不由得一急，汗就出來了，只急得面紅耳赤，半晌說不出話來。陸貞在旁邊瞧他這個樣子，十分可笑，說道：「二哥，你老打算怎樣呢？如若你老不願意聘請親鄰，怕被外人笑話，小弟我自己去請也不要緊，怎麼你不言語呢？」

陸亨一聽，暗道：「看這個樣子，他是一定要分了。但是自己一切的手續還沒有安排妥當，真要一分，豈不叫他分去一半嗎？要打算不叫他分，得用什麼法子呢？瞧神氣，來硬的怕他不聽，真激火了，恐怕他非分不可。沒法子，只能盡說好的了。」

於是，他掏出手巾把汗擦了擦，說道：「老三，你怎麼想起分家來了呢？你手頭沒錢，不會向我要嗎？何必要分家呢？

再說，母親剛剛去世，真要一分，不叫人家笑話我們，說我們弟兄不講義氣嗎？用錢只管言語呀，你何必總要急急忙忙分家呢？」

陸貞說道：「我因為打算同尹賢弟往河南訪友，缺幾百兩銀子做路費，打算跟你要，又怕你沒有，所以我打算同你分家，好用家產折變路費。二哥你不是不願意分家嗎？明天我們就要起身，請你老今天給安排五百兩銀子我們好走。」

陸亨一聽，心中暗想：「要說五百兩銀子，可不算事。但他若一年出去一百趟，每趟五百兩銀子，那我這一輩子賺的還不夠他做路費呢！你說要不給他預備，他一定又要分家，這可怎麼好呢？」不由得怨恨自己，不應該早先不暗中計劃，以至於今天受這種苦惱。他想了一會兒，說道：「三弟你真是不知道過日子的艱難，一張口，就是五百兩。你先想想，老太太這一宗大事，不花不花，花去了好幾千兩銀子。我們家哪裡有那些餘錢呢？你這不是故意給我為難嗎？」

陸貞一聽，說道：「怎麼辦呢？叫我瞧還是分開好，我花錢也方便，你也不必為難。」只急得陸亨兩眼如燈，項筋粗大，汗流不止。陸貞一看，二哥急得也夠受啦，這才哈哈一笑，說道：「二哥，請你把心放下，我實話對你說吧。我本沒打算要這份家產。若不是老太太這大年歲，我早就遠走高飛了。你也該仔細想想，我們這份家產雖然不大，也夠個上中之家。老太太一死，發殯何至那樣吝嗇？再說，我們本是三股均分的產業，大哥已經故去，又沒有子女，我又練的是童子功，不能娶妻生子。我們三個人下面就是萼兒一人。你看這份家產早晚還不是你一人所有嗎？我要分家產又有什麼用處呢？不過，我每回到家，有個落腳之處就是了。不想你看不明白，我剛一回家，你就十分不高興。我若死在外面，大約就合了哥哥的心了，可是我不死也不過到家吃碗閒飯，臨走拿幾兩盤纏費。按我們這種家產不是也十分有限嗎？瞧你老的意思，馬上我立刻離家，才合你意。我今天來，並不是同你來分家產，也不是向你來要路費。不過，我明天起身，你是我哥哥，我哪能不告訴你呢？不想我一進門，你就說了那麼一片話。你想想，你不叫我坐吃山空，拿我們這種境遇來說，你叫我幹什麼去呢？因為你不惜骨肉，所以我才要同你分家，真就把你急成這個樣子，你想想對得起二十年不見的兄弟嗎？我也不必教你為難，這三五百兩銀子，還難不住我，乾脆你老人家就不用管了。還有一句話，你別看哥哥對不起弟弟，弟弟可對得起哥哥。像你老這些辦法，擋不住以後出點逆事。真要有了事情，你就派人往河南彰德府尹家林找我就是了。」陸貞說完，轉身出了內宅向外面去了。陸亨一看陸貞走了，這才把心放下，心中說道：「你不必來這一套，反正我不給你錢就是了。只要你再等三天，我的手續辦妥了，再來分家我可就不怕你了。你有千條妙計，我有一定之規。」陸亨吃了晚飯，看了看天交二鼓，這才算了一回帳目，復又開開銀櫃子拿出了十封銀子，看好了成色，秤準了數目，包好五十兩一封，放在櫃內鎖好，把鑰匙帶在身上，這才吹燈就寢。次日清晨起來，對陳氏說道：「昨天南莊上陳三爺，跟我借五百兩銀子，三分行息，今天我給他送去。倘若老三來找我要錢，你就說我出門辦事去了，回來再說。」說著掏出鑰匙，開開銀櫃，伸手向櫃內拿銀子，不由得呀了一聲，倒在地下。陳氏說：「怎麼啦，這個樣子！」

陸亨半晌才回過一口氣來，說道：「傾了吾，害了吾，可要了吾的命了。」

陳氏說：「倒是怎麼啦！」

陸亨說：「昨天我放在裡面的銀子，是你親眼看見的。還有原存的二百兩黃金葉子。現在完全沒有了。你說，這不是活見鬼嗎？」

陳氏說：「這可是沒有的事。門窗未動，櫃也沒開，怎麼會丟了銀子呢？這不太奇怪了嗎？」說著，陳氏來到櫃前一看，真的全空了。但櫃子裡放著一個紙條兒，上面寫著一行小字。

陳氏伸手把紙條拿出來，對陸亨說道：「你瞧，這是什麼？」陸亨接過來一看，大叫一聲，說道：「原來是老三偷去了。」說著，他如風似火，直奔外客廳。到了客廳一瞧，陸貞、尹成二人，天一黎明就動身走了。

第五章　抱不平義結駱敏

你道紙上寫的是什麼?原來上面寫著:「可笑守財奴,不惜同胞弟,小小懲貪兄,特取金錢去。」下面還有一行小字:「不要誣賴好人,一笑。」陸亨本來看財如命,平白無故丟了五百兩銀子,還有二百兩金子,一共好幾千兩,這不是剔骨刮肉嗎?如何能不著急呢!陸亨心裡明白,此事不是陸貞便是尹成所為,其餘的人沒有這麼大的能耐。白白被他耍笑了一場,真丟人!陸亨坐在床上,不由得唉聲嘆氣,自言自語道:「這要被外人知道了,有多麼難聽!好說好商量要五百兩銀子,一兩也不往外拿,夜裡一丟好幾千兩。」想到這裡,陸亨放聲大哭起來。

再說陸貞、尹成二人,夜裡拿了陸亨五百兩銀子、二百兩黃金,由陸家幢動身,直向南京走來。這天到了下關,渡過長江,一直奔了河南大路。一路上曉行夜宿,飢食渴飲,非只一日。這天到了淮河南岸,地名碼頭鎮,天就黑了下來。陸貞說:「賢弟,現在天色已晚,我們今天住在這裡,明天過河,你看怎樣?」

尹成說:「甚好,我們找店吧。」二人順著大街去找店房。

這個碼頭鎮的店房還真是不少,足有三十多家,但是各處全都住滿了客人,連一間空房子也沒有。一問，全是因為今天不能過河，住在淮河南岸，明早搭船再走。陸貞不由得十分納悶，對店家問道：「今天不過河是什麼緣故？」

店家說：「客官，大概你老不是此地人。」

尹成說：「第一次到這裡來。」

店家說：「你不知道，也就不必問了。反正明早一準可以渡河。就是知道了，也沒有意思，還是不知道好。再說，我這個小店，今天住的客人太多，實在沒有工夫對你老細說，請你老找個別人一問就明白了。」

陸貞一聽暗道：「這又是怎麼回事呢？」於是對尹成說道：

「賢弟，今天既然沒有店房，那麼我們住在什麼地方呢？」

尹成說：「我們找一找看，哪能一間房沒有呢？」陸貞說可以，於是又挨門一問，可也奇怪，連一家有閒房的都沒有，甚至於連櫃房全住滿了。

二人問來問去，有一家店主，對二人說道：「二位客官，我瞧你二位也不是本地人，我告訴你吧，你二位不必再問了，實在沒有地方了，但能有地方住人，誰家肯把財神爺推出去呢？」於是向東一指，說道：「離這裡不到五裡遠，有一個小地方，名叫夾河口，那裡也有店，明早也有渡船，依我說，你二位到那裡看看，也許有店可住！」

尹成趕緊說道：「謝謝你老人家指教。」一回頭對陸貞說：

「我們可以到夾河口瞧瞧去，或許有房。」陸貞說：「好吧，咱就往那瞧瞧去。」

於是二人轉身奔正西走來。工夫不大，來到夾河口，一看這個村莊雖說不大，也有十多處客房。哥倆挨門一問，仍然是沒有地方，陸貞一看說：「賢弟，這怎麼辦，莫非說還要在露天地裡坐一夜嗎？」

尹成說：「兄弟先別著急，我們再往東找找看，萬一再有小店，不是也能過夜嗎？」

二人說著又往東走了半里，看看來到村東頭，有一家小酒鋪，只有兩間房，外間賣酒帶賣燻豬肉，還有燒餅油果，旁邊一個茶爐子，坐著兩把茶壺，外邊用青竹編了一個籬笆牆，上面搭了一個天棚，在天棚底下放著三四個座頭，別瞧局面小，倒是十分雅靜。

一個小夥計迎出來，他們要了酒肉菜大嚼起來，不一會兒酒足飯飽。店家是個老頭兒，見他們吃完，吩咐小夥計止火，隨即到外面涼棚下面乘涼。

陸貞說：「掌櫃的貴姓？」

掌櫃的說：「不敢當，賤姓趙，二位客人貴姓，這是往哪裡去呢？」

陸貞說：「我姓陸，他姓尹，我們往河南去，今天為什麼客人全截在河這邊，怎麼今天沒有船呢？」

這老頭兒也是愛說的人，於是說出一段故事來。掌櫃的問：「二位不常走這條路吧？」

陸貞說：「是的，這是頭一次。」

掌櫃的說：「那就不怪二位不明白了，我瞧二位的包袱內大概是兵器。出門攜帶兵器，二位一定是兩位武術大家，但是會武術的，沒有一個不愛管閒事的。雖說愛管閒事，這個閒事可管不得，我告訴你二位明白就是了。明天一早過河，少說閒話，少管閒事，出門的人，少鬧脾氣。這個年頭，什麼事全有，不能說理，這叫沒辦法。」

陸貞說：「掌櫃的你放心吧，出門的人，沒人欺侮就知足了，還敢多管閒事嗎？你別瞧我們帶了兵器，我們不過是為了防身，說到武術我們還真不會練。」

掌櫃的說：「我們這裡這條河，叫做淮河，往下不到三十里，就是洪澤湖口，淮河入湖就在那裡。淮河南岸有個莊子名叫高家堰，這個莊子有三位莊主，全是水旱兩路的英雄。大莊主名叫高義，人稱「鬧海魚」，手使一條九節勾連槍。二莊主名叫高智，人稱「夜渡長江」，手使一對分水勾連拐。三莊主名叫高信，江湖人稱「乘風破浪」，手使一對分水蓮花奪。這哥三個水性非常之好，全能在水內伏個十天八天的。又因為他們武術精奇，家大業大，在高家堰，可就當了莊主了。手下時常住著水旱兩路的英雄，坐鎮洪澤湖，兼管淮河一帶，往上三百餘里全屬他管。這三百里之內大小水路的碼頭，全有他的人，勢力十分之大。」

陸貞說道：「當然他家有做官的人，要不為什麼叫他管著呢？」

掌櫃的一聽撲哧一笑說道：「客人你不知道，他家並不做官，也不為宦，他是洪澤湖、淮河一帶，使漂兒的瓢把子。」

陸貞問：「使漂兒的是什麼，瓢把子是幹什麼的？」

掌櫃的說道：「客人你久走江湖，怎麼連這個全不懂。」

陸貞說：「我哪裡久走江湖，這是頭一次出來。」

掌櫃說：「二位真不懂嗎，使漂兒瓢把子，就是使船的頭兒，他專管這一帶大小船隻，每年封河三次。」

陸貞說：「怎麼叫封河呢？」

掌櫃的說：「就是上下船隻以及沿河的擺渡，完全得靠岸停船，不然你這個買賣就不用做了，不是船給砸了，就是出路劫的案子。你要聽著他命令，你這隻船就算保了險了。每次封河一天，所有各船戶，沒法子只好停船歇業。」

陸貞說：「不會偷著渡嗎？」

掌櫃的說：「渡倒好渡，只是沒人敢渡，前年有一條船，因為客人有急事，暗暗多給了船錢，所以他夜中把人渡過去了。第二天這隻船就叫人給砸漏了，不單單是把船砸漏了，還把船家帶到高家堰去了，打了一頓，又罰了二百兩銀子。經許多人求情，這才算完。又有一次，是由下往上走的船，上面載的是賣珠寶的客人。因為貨值錢，所以就夜中僱妥了船。一起早沒有注意，就開船走了，沒出去兩站地，就被劫去啦。把客人同船戶，每人割去一隻耳朵，所有的珠寶完全搶走了。自從這兩宗事發生以後，就沒有人再敢冒險了。說句簡單的話，就是霸占淮河坐地分贓的大盜。」

陸貞說：「這船隻暗中行駛，他如何知道呢？」

掌櫃的說：「我不是說了嗎，各碼頭上他全有人駐守，哪能不知道呢？這個話要在碼頭鎮就不敢說，因為這裡是個小莊子，不值得安人。」

陸貞說：「不許往官府裡告他嗎？」

掌櫃的說：「你不告他倒還沒有大亂子，一告他先叫官府把你鬧個家產淨絕。再說，你即使去告，還不一定能告準，因為府縣官員同高家有來往，誰敢去告他呢？說實在的，官府比賊盜還厲害呢。」

陸貞說：「他封河是什麼意思呢？」

掌櫃的說：「大莊主高義，有兩個南方的朋友，全是綠林人，一個姓林叫做林兆東，江湖人稱「雙勾太保」。一個名叫樊瑞，江湖人稱「鎮海龍」，這兩個人每年向高家堰要三萬銀子。所以他每年封河三次，每人過河交銀五錢，貨物另說。什麼貨物什麼價錢，上下的船隻另有價目。一次總可以收一萬三四千兩銀子。」

陸貞說：「他們照顧得過來嗎？」

掌櫃的說：「明天你就知道了，每碼頭上安的人只許三隻船往來渡人，每人全有過河執照，上下船隻，每船上全有旗幟，一年換三次，如若不換或是沒有旗子，就不許走。」

陸貞說：「這不比官府還厲害嗎？」

掌櫃的說：「厲害得多。」

陸貞問他用這些銀子幹什麼。

掌櫃的說：「客人，出我之口入你之身，千萬不要同人亂說，這個話很有關係呢。」於是低低地說道：「高莊主他們現在投雲南玉龍山了，聽說那玉龍山三老共輔一位明朝的遺胄要奪大清的江山，招軍買馬積草屯糧，鬧得聲勢很大。聽說那三老，大爺名叫神拳無敵靈威叟方化龍，二爺名叫萬里追風長髯叟江天鶴，三爺名叫神掌白眉叟蔣東林。那位明朝的遺胄可就不清楚叫什麼了。那樊瑞同林兆東，是玉龍山的巡山寨主，一年三趟在這裡坐地籌餉，每趟要一萬兩銀子。不獨這裡，差不多的地方全有他們的黨羽，早晚非出大麻煩不可。所以高家堰這三位爺，藉著玉龍山的勢力，可就大鬧起來了。」

陸貞說：「像這個樣子，國家就不管他嗎？」

掌櫃的說：「客人，現在國家正征臺灣，哪裡顧得過來呢？等到把臺灣平了，大概他們也站不住。他們站住站不住全不要緊，這一來老百姓可就受罪了。現在天也不早了，我明天還得照顧買賣，你二位一路勞乏，也休息吧。還是那句話，明天過河少說話，少管閒事，我們出門在外，多一事不如少一事呢。」

陸尹二位連連答應，掌櫃的一回頭叫道：「六兒呢，你回家睡去吧，我同這二位老客在屋裡睡。」

陸貞說：「不必不必，掌櫃的你爺兩個，只管休息，我哥兩個，在天棚底下的凳子上就成，你盡可關門睡覺。你臨睡可以先把帳目清了，我們也省得明早麻煩。」

掌櫃的說：「帳不要緊，可是你二位在外面睡太不合適了。」

陸貞說：「沒有關係，我們是因為屋裡太熱，不然我們也不在外邊，我們先清帳要緊。」

掌櫃的說：「二位一共吃了二兩三錢銀子，茶錢、店錢給不給不要緊。」陸貞一聽，伸手掏出一塊銀子，足有三兩五六錢重，說道：「掌櫃的，這連茶錢帶店錢夠了吧。」

掌櫃的一看，說：「用不了。」

陸貞說：「用不了你也不用找了，給那個孩子買點心吃吧。」

掌櫃的一看說道：「謝謝你老，二位既是不願意在屋內休息，我可要睡了。」說著叫六兒關門熄燈，六兒把裡外燈吹滅了，把籬門鎖上，屋門一關，就睡了。

陸貞同尹成，每人坐在一張方凳子上，閉目養神。工夫不大，屋內鼾聲震耳，陸貞對尹成低低說道：「賢弟我們今天夜中何不妨去高家堰瞧瞧呢，你聽高氏兄弟，在這一方有多可惡！我們看看他到底是哪一路的人物。如若他們對本地鄉民有不道德的行為，碰巧了我們就許給地方除害，如果沒有軌外的行動，或者我們就與他們交個朋友，如若能勸他們改惡從善，這不也是一件功德嗎？再說我當初聽家師說過，玉龍山方大爺三位人很正氣，怎麼他們又謀為不軌呢？我們若能將高氏兄弟治服了，或是把他們除去了，也算翦除了玉龍山的羽翼，給國家除去大害。」

尹成說：「可不是，方大爺他們這種做法真是自找煩惱。他們也不想想，玉龍山彈丸之地，哪能跟國家對抗呢？再說大清自定鼎以來，可說是根深蒂固，何必自找這處麻煩呢？現在兄弟既然要去高家堰，我的意思去不去均可，因為去到那裡一個不留神，就得當場動手，我們井水不犯河水，何必得罪這些人呢？」

陸貞說：「翦惡安良原是我們的本職，若盡怕得罪人，我們可就任什麼也不能做了。再說我們不知道也就罷了，既知道了，我們焉能不去呢？」

尹成說：「既然兄弟要去，我就陪你老去一趟，但是仍以不露面為對，因為還沒有查出他們的劣跡。不過他們歸服玉龍山，不能算是為害人民，若沒有別的劣跡，我們將來再來訪他。可勸則勸，自然有國法治他，因為我們初涉江湖，但能少結仇人，就少結仇人。」

陸貞說：「賢弟所說甚對，我們到那兒看情形做事就是了。」

二人商量妥當，換好了衣服，把包袱圍在背後。陸貞用絨繩勒好雙錘，尹成背好鳳凰輪。二人將身一跳，出了籬牆，順著淮河南岸，施展夜行術直奔高家堰走下來，三十來里地，小到一個時辰，就跑到了。在村頭上略微緩了緩氣，跳上牆頭，向四外觀看，就見前面一條黑影，身法十分急快，一展眼出去了十多丈遠。陸貞一拉尹成，用手一指，一伏身，二人直奔黑影追來，三繞兩繞已經來到了一所大房前面，就見那條黑影越牆而過。二人也跟著越過牆頭，一看正在北上院落之內，燈光閃閃。又一看門內各處，這一片房屋足有二百餘間。大約分十餘個院落。四面群房圍繞，各院內燈光明亮。那條黑影直奔燈光而來，二人跟在背後，只見那黑影一蹲身，伏在正房前坡之上，二人打手勢，分繞那人背後，二人上了東西廂房，往下一看，只見那院各屋中燈光閃閃，耳聽後面各處更鑼響亮，梆鑼齊敲，正打三更。

就聽下面正房之內，有人說話，說道：「我們莊主明天雙喜臨門，除了向上交一萬兩銀子，最少也得落三千。明天駱家那個姑娘，若是答應了，晚上莊主又有一分快樂，但是這種事可是不大道德。」

就聽又一個說道：「二哥這是怎麼回事呢？你常跟莊主接近，你必知道。」

只聽先說話的那個人說道：「我怎麼就會不知道呢？要說大莊主這個人，處處全好，就是好色貪花，就因為駱家這個姑娘，二莊主、三莊主全都苦口勸過，怎奈大莊主一意孤行，非要人家這個姑娘不可。駱大奶奶也是死心眼，至死不應。可是人家駱家姑娘還有個哥哥呢，聽說在外學藝未回，一旦人家回來，那才是活麻煩呢。」

陸貞一聽，暗道：「這還不是莊主的宅院。」正要打手勢呼喚尹成，只見正房上那個人，一長身向下正北一縱，輕輕落在第二進正房之上。二人在背後緊緊跟隨。來到近前一看，原來下面是一座很大院落，比別處講究得多，正房是明五暗十，一路十五間。廂房是明三暗九，全是前出廊後出廈整面牆的玻璃窗戶，五蹬的條石臺階。前面一路，二棵抱柱，上面彩繪十分好看，院中方磚鋪地，正房門上掛著斑竹簾子，簾外掛著十餘對氣死風燈，照得院中十分明亮。屋內燈燭輝煌，只是瞧不見裡面的人影。就聽裡面互相談論，大約是五六個人說話。在門外放著十餘個凳子，上面坐著幾個家人，因為相隔太遠，所以屋內說話，房上聽不清楚。

就見那夜行人把周身的衣襟掖了一掖。陸貞一看，就知道人家受過高人的指教，因為夜間聲音最大，衣襟帶風，恐怕被屋內聽見。只見他掖好了衣襟，一長身，二臂一伸，用了個燕抄水式向前一縱左腳一蹬右腳面，又一挺身斜著出去了足有三丈五六，落在廂房前坡之上。由廂房前坡一坐身形，又起來了，這一次上了正房。只見他越過房脊，奔了後坡。陸貞知道他要去找後窗戶，於是一轉身形，跟在後面，由廂房後坡繞向正房後坡，躡手躡足，輕如貓鼠，一點聲息皆無。來到正房後坡一看，原來後邊這所院落，比前邊那一所規模不小。大概各屋沒有人，所以不點燈光，就見方才來的那個人，已經伏在後窗之下。再瞧左邊不由一怔，原來左邊後窗下也伏著一個人，這真應了古人那句話：「莫道行人早，還有早行人。」兩個人在左右兩個窗下一伏，也不知道是不是一同來的。仔細一瞧方才的那一位原來是個童子，十六七歲，面白如少女，一襲青色夜行衣，打著裹腿，搬尖魚鱗灑鞋，青絹帕包頭，身後背著一雙閉穴雙鐝，肋下配著一個鹿皮囊，鼓鼓囊囊，也說不清什麼暗器。再瞧這邊這個，也是一身青衣服，背插寶劍，面目清秀，也不過三十來歲。

陸貞吃了一驚，就見他向自己一打手勢，原來是尹成。陸貞不由得暗暗想道：憑我陸貞十三歲從師，練藝二十年，身後伏下一個人，我怎麼會不知道，看起來尹賢弟不愧少林寺的門人。原來尹成一看陸貞，向正房後面繞去，自己緊緊跟在背後將身伏下，就見陸貞一回頭不由地吃了一驚，暗道：「真是高人的門徒，怎麼我跟在他後面，一點聲響沒有，他會知道我來了呢？」

不提二人稱讚。再說窗戶上伏的這兩個人，左邊這個猛然一抬頭，只見房上伏著兩個人，向下觀看，以為是被人家暗中隨上了呢，不由得右肘一抬，腳微一沾地，嗖的一聲，上了正房。他這一來，人家屋內，可就聽見了。就聽有人說道：「後院裡有人，快鳴鑼聚眾。」只聽嗆啷啷一棒鑼鳴，鑼聲一響，在右邊窗戶上那個，也伏不住了，哧的一聲，也上正房，四個人互相一看，誰也不認識誰。

就在這一怔神的工夫，下面燈籠火把，如同白晝，院中人可就滿了。為首的五個人各持兵刃，說道：「房上的小輩，真乃膽大包天，還不滾下來，等待何時。」

陸貞一聽，心想：「好小子，竟敢出口傷人。」方要跳下房去，被尹成一把拉住說道：「兄長別忙，先看看那兩個人怎麼辦法，今天大概不露面也不成，你先沉住了氣。」

就在這個時候，只見那個身背雙鐝的人，一回手亮出一對閉穴雙鐝，這對兵器長一尺二寸，粗如雞卵，一頭尖，一頭齊。齊的那頭，有一個透眼，穿著一對皮套，套在手腕上。凡使這種兵器，就知道這孩子受過名人的傳授，不然這對兵器，他絕使不了。

就見那個孩子，一轉身落在地下，雙鐝一分，口中說道：「誰個是淫賊高義，快快過來受死。」

就見那五人之中，過來一個人，手持一條九節勾連槍，一身青袖子短衣襟，四十多歲，面似青泥，口中說道：「大太爺高義在此，小輩留名，好在槍下受死。」

只聽那孩子說道：「小太爺行不更名坐不改姓，姓駱名敏字成英，江湖人稱『燕蝠齊飛』，因為你這個欺凌孤寡的淫賊惡貫滿盈，小太爺特來取爾的狗命。」

高義一聽，雙手揮槍，說道：「小子接兵器！」槍走中盤，噗的一聲，直奔駱敏胸前扎來。眼看槍尖到了胸膛，只見駱敏不慌不忙用左手向外一滑槍桿，一個箭步，到了高義近前。左手鐝一揚蹦起來，向高義頭上就扎，這一招還真厲害，名叫做單掌開山，一個躲不俐落，就得當場廢命。再瞧高義真不含糊，向後一撤步前把一抬，用了個老漁翁搬罩的招數，打算把鐝把給他撒了手。小孩子一見招數走空，身形一落地，向下一蹲，左手的鐝直奔高義小腹便點，這一招叫做白猿偷桃，高義一見孩子招數太損，高一鐝低一鐝，自己只得一撤步左腿一抬，槍桿一立用了一招天王打傘，槍桿向下一摔，直奔孩子頭頂砸來，這一招叫做摔桿。孩子一看，槍離頂門不遠，右手鐝向上一立，身形一轉，左手鐝奔高義脅下便扎。要按高義這條槍，雖不能神出鬼沒，可也算不含糊。今天被孩子左一鐝，右一鐝，上一鐝，下一鐝，如同狂風驟雨，防不勝防，三五個照面，鬧了個手忙腳亂，自顧不暇，一失神被孩子踹在左腿迎面骨子上，一退兩退坐在地上。尚未坐穩，只聽撲哧一聲，高義右眼中了一錐。原來高義一退，孩子一跟步，右手一揚，單錐出手，撲哧一聲釘在高義眼上，一抖手收回單錐，高義哎呀一聲，疼得閉過氣去。

這一招不獨高氏兄弟不留神，連那位賽元霸，在通真觀練藝二十年，全都出乎意外。原來孩子袖內有兩條鹿筋繩。長約七尺，一頭連在肩頭，纏在一個伸縮軸兒之上，一頭有兩個銅鉤掛在袖口上，腕子一扣就可以把錐後面的皮套掛在鉤上，用力一扔，那個錐帶著繩兒由袖內伸將出來，一抖手收回錐來，那繩兒仍然縮入袖內，纏在伸縮軸上，這乃是駱敏的老師，給他造的，正名叫做點穴心錐，招數特別。

再說駱敏，錐傷了高義，站在院中發威。只聽有人說道：「小孩子不要走，某家來了。」話到人到，只見這位的打扮，同高義差不多，年歲也就三十多歲，手使一對分水鉤連拐，原來是二爺高智，人稱「夜渡長江」。只見他左手拐，對著駱敏面門一晃，右手拐向駱敏胸前便扎。駱敏一瞧拐來且近，一上左步，閃開單拐，右手鐝向高智的腕子上便點，不等高智變招，身形一橫右手鐝向前一探，直奔高智的左腋扎來，這兩個人全是短兵器，講的是黏連抖隨，挨幫擠靠，動上手。高智的功夫比高義強多了，只見他兩條拐，運動如飛，別看比高義強，二十個照面以外，可就不成了。只見那小孩的兩條鐝忽左忽右，忽上忽下，招數變化，可謂無窮。高智這時候只有招架之功，並無還手之力。就見孩子動著動著手，一蹲身形，右手鐝奔高智的膝蓋便點。高智用了個割袍斷帶的招數，身形一退，左手拐一指孩子的面門，右手拐向下一劃，要用拐上的鉤子去掛孩子的手腕。哪知孩子身形一閃，向旁一轉身，左手鐝向高智面門一晃，高智一閃身，孩子的右手一撒，說了聲：「著。」哧的一聲，高智左眼中了一錐，疼得高智哎呀一聲，坐在地下。孩子手捧雙鐝，依然站在院中發威，口中說道：「還有不怕瞎的沒有，趕緊過來。」這個時候，高義、高智全被家人搭入屋內去了。院中為首的可就剩了三個人了。就聽一個說道：「小孩子不要走，我要看看你的雙鐝如何。」原來答話的正是「浪裡鑽」，雙鉤太保林兆東。小孩子一聽，就知道他不認識這對兵器，心中說道：「你兵器全不認識，要動手你還成嗎？」

林兆東左手鉤一晃，右手鉤的傑出人士向前一指，這一招叫做「披鉤現月」，孩子一退步，那鉤可就跟著劈將下來，孩子上左步右手鐝，一壓單鉤，向前一縱，到了林兆東身後，一個扣步，轉過身形，雙鐝奔林兆東背上便扎。林兆東一瞧孩子到了自己的身後，一上左步身形一轉，躲過雙鐝，自己的雙鉤奔孩子雙肩就搭，二人抽招換式打在一處。林兆東這對鉤，擇、解、撕、擄，鉤、掛、劈、砸，金刀劈風的聲音嗖嗖的亂響。

林兆東畢竟不是等閒之輩。他邊打邊看，故意使個破綻，向一個水窪處遁去。那小孩子不知是計，猛追上去，在水窪處腳一蹭，歪了兩步。林兆東乘隙而上，舉鉤就劈。正在這緊張關頭，陸貞的雙錘如流星般飛來，架住雙鉤，救出了那孩子的性命。

兩人來到一片林子，互相揖拜。陸貞方知駱敏乃安徽駱家鎮人氏。其父駱天錫是駱家鎮的豪富。俗言道：禍兮福所倚。

沒想到飛來的橫禍悄悄地閃進駱家。事情竟然是從駱天錫入府作幕開始。

第六章　駱夫人美色取禍

某一天，當地官府忽就下了一封聘書，要請駱天錫先生去衙中作幕。駱天錫一看不知他是什麼意思，總以為府官是好士憐才，於是毫不猶豫，便即應允。沒想到，到差未及一月，尋了個錯處，就把駱天錫下到獄中，這時候劉氏娘子在家中還不知道。及至聽人說，嚇得魂飛天外，趕緊打發人到府衙打聽，才知道駱天錫果然下到獄中。於是託人打聽案情，但是費盡了氣力，總是打聽不出。一連過了五六天工夫，把個劉氏急得如同熱鍋上的螞蟻一樣。這天正在發愁，忽聽門外有人拍門，這時老家人開門一看，原來是個公差，只聽那人說道：「這是駱先生家嗎？」家人說：「不錯，你找誰？」那人說：「我是府裡的，駱先生託我帶了封信來。」說罷，一伸手掏出一封信，說道：「這個信交給駱太太。」家人一聽說：「就是嗎？」差人說：「你老人家對駱太太去說，有什麼憑據，我拿回去好交代。」家人一聽回到上房，對劉氏娘子一說，劉氏立即把丈夫素日使的一支毛筆拿出來，交給家人，家人拿到外面，說道：「你拿這支筆見了我們先生就是憑據。」那人答應轉身走了。

再說劉氏娘子拆開書信一瞧，不由魂飛天外，魄散九霄。

原來信內天錫先生把自己入獄的緣由，寫得十分清楚，打算從容就義，請劉氏娘子撫養孩兒，成人之後好叫他報仇雪恨。那麼這內中到底是個什麼緣故呢？此中有一段隱情，待作者仔細把他寫將出來。

原來這位府官本是陝西延安府人氏，姓馮名駿字家駒，是個捐班出身。人倒是很能幹，就是有點小毛病，貪財好色，只要見了財色，不顧性命也要營謀。按說他現在已經有了七房姨太太，可是他性猶不足，總想湊成八仙慶壽。這次淮河發水，他的公館本搭在駱家鎮一個財主家內。這位財主可不姓駱，他姓滑名叫滑秉寅，字利虎。雖然住在駱家鎮，他可是個獨門。

因為祖上發了一點橫財，小子可就抖起來了，吃喝嫖賭無所不幹。可是他秉性狡猾，陰毒險狠。你別看他吃喝嫖賭不在乎，對於鄉鄰朋友，可是一毛不拔。因此村中人又給他起了個外號，叫做「瓷公雞」。他有一種特別的能力，就是鑽營巴結，用人靠前，不用人靠後。所以這一次府官將公館搭在他家，他可就拿出他的看家能為來了。真是曲意逢迎，果然把個府太爺侍奉得眉開眼笑，並且說將來帶他去衙府給他派個差事，這一來小子更樂了。有一天，府太爺赴堤監工，走至中途，路經駱宅門口，猛一抬頭可就看見這位駱天錫的太太劉氏娘子了，真是鶴立雞群，神采秀逸，把個府官只看得二目發直。這個時候，正趕上劉氏娘子一抬頭，無意中向他一看，只見是位翎頂輝煌的官長，可是從此把禍也種上了。

再說這位府官馮家駒，自從看見劉氏娘子，不覺得神魂飛越，便問滑秉寅。這小子本同駱天錫作對，總打算陷害這位儒流，只是無隙可乘。今天聽到府官一問，他這才乘機說道：「太尊要問，這乃是本村秀才駱天錫的家眷。」於是又添枝加葉地一說，這劉氏娘子如何的賢惠，如何的溫柔，說得這位府官更是心癢難熬，於是同這瓷公雞二人暗中定了一條計策，才暗害駱天錫，這就是已往的情由。

再說駱天錫，這天正在獄中悶坐，忽見牢頭劉進喜進來，把駱天錫的刑具去了，說道：「駱師爺，請到我這屋裡來。」

天錫不知何事，隨定牢頭到了一間房裡。劉進喜說：「駱師爺，你請坐下，小子有點事情跟你報告。」於是給天錫斟了碗茶，二人對面相坐，牢頭說：「駱師爺，你這個案情是個什麼案由兒，你知道不知道呢？」

天錫說：「不是府太尊說我錯了案件貪了賊贓嗎？」牢頭說：「你打算怎麼辦呢？」天錫說：「這有什麼辦法，不過等省裡提案，到巡撫衙門再分訴就是了。」

牢頭劉進喜一聽，不由得咳了一聲，說道：「駱師爺，我就曉得你不知道。」駱天錫說：「劉頭，莫非說這內中還有別的情由嗎？」劉頭一聲長嘆，說道：「我這個人，歷來就是這個毛病，見不得虧心事。一見暗中害人，我就要插手去管，能盡力一定盡力。因為你這個事，我看著十分有氣，所以我才私自去了你的刑具，打算對你說說。你自己趁早想個主意，好對付這夥貪官污吏。」

天錫一聽，說道：「內中到底是怎麼回事呢，莫非說那個案由不對嗎？」

劉頭說：「可不是滿不對嗎，你的這個案由雖然內中是這麼一段，真要是你罪有應得，我還生的是什麼氣呢？今天我也是聽裡邊人對我說的，我覺得十分不平，所以才來告訴你的。

大概明天一定有人對你來說，我先告訴你個底兒，你自己好快想個主意。府太爺看上劉氏娘子，同本鎮的劣紳滑利虎暗中定計先請你入府作幕，然後尋事害你，再把你救出來。叫你畏威懷德，雙手把妻室送進衙門，如若你不應他們的要求，可就把這個貪贓枉法的罪名，加在你的身上，辦你一個死罪，罪人的妻室那時仍然還得落在他們手中。你想這種暗無天日的衙門，一年不曉得能屈死多少百姓。」

天錫一聽，不由得哈哈大笑，他這一笑，反倒把劉頭嚇了一跳。他本是個飽學儒流，他一聽劉頭報告，心中暗暗打好了主意，口中說道：「劉大哥，你是不是成心成全我？你如若真打算成全我，請你借給我一份筆墨，我寫一封信，求你派人送到我家中，交給我妻劉氏，那就算你成全了我了。」

劉頭一聽，說道：「不要緊，這個我辦得到，這不是紙墨筆硯全有嗎，你只管寫吧。」於是駱天錫拿起筆來，仔細地寫了一封信。大意是告訴劉氏娘子，自己要當堂痛罵賊官，從容就義。請劉氏娘子千萬要保得身子，撫養孩兒成人之後，是武是文，必要找馮家駒報仇雪恨。所以劉氏一瞧這封信，嚇得魂氣天外，魄散九霄，半晌無言，流下淚來。後來一想，流會子淚，任什麼也辦不了，於是走到隔壁請二叔套車，往娘家趕去。原來劉氏的親兄，也是一個飽學秀才，不過生性懦弱。一見妹妹帶著子女全來家住，趕緊把妹妹接到家中。劉氏這才對哥哥仔細一說。劉大先生一聽，嚇得把舌頭一伸，說道：「這怎麼辦呢？」劉氏說：「這總得請哥哥想主意，好救你妹夫，不然妹妹是個婦道人家，你叫我有什麼辦法呢。」劉大先生說：「這個事你先別忙，等我去見王老師，看看他老人家有什麼辦法沒有。」

原來這個王老師，名叫王本立，字道生，是個兩榜進士出身，道德高深，學問淵博，並且膽識過人，不避權勢，駱天錫也是這位王老師的得意弟子。在駱天錫一下獄的時候，王先生就聽見說了，不過莫名其妙。今天劉大爺來到仔細一說，王先生說道：「這件事我早就聽說了，不過我不知道這個事的始末，今天你這一說，我就明白了。你暫且教你妹妹回家不必言語，我明天到府裡打聽打聽，若能遲些日期，不妨我自己進省，到那裡託人查案。不怕馮家駒這個小子鬧毛病。但是這個事有條不好辦，雖然他是硬栽贓，這個事情要做實了，就是罪有應得，就是天錫真有不幸的話，我們也得想法子給他報仇，你叫你妹妹先回家去就是了。」劉大先生一聽連聲答應，回到家中告訴妹妹，王老師給想辦法，劉氏一聽這才把心放下，也就套車回家。

不料事出意外。第二天上午，劉氏正在家中愁坐，忽聽外面打門，便打發老家人出去一看，原來是府裡的公差，奉府官的鈞諭，來送信，說駱先生因病身亡，叫家中前去領屍。劉氏娘子一聽，真好似萬丈高樓失腳，揚子江心翻船，哎呀一聲昏將過去。老家人一看慌了手腳，連忙將各位鄰居請過來，好一會兒才把劉氏娘子救轉過來。劉氏娘子這才發聲大哭，託人去給娘家送信，同時請人套車進府領屍。本村駱家原是大戶，駱天錫也有幾家好友，一聽這個信，立即全來訪問。當初以為雖然下獄，又沒有大事情，不過幾天就出來了。今天一聞凶信，立即聚在一起，前來探聽。來到天錫家中一問劉氏娘子，這才動了公憤，這時劉大先生也聞信趕了來了。王老師本打算進府，尚未動身，聽見凶信，也坐車趕來。大家一商量，請王老師為首給大家想辦法。王老師說：「現在事情既然落到這步田地，我們大家一同進府，前去看看天錫，是怎麼死的，然後再定大局。」

於是大家全都坐車，同定劉氏娘子，一齊奔府城而來。一進府城就聽見三三兩兩地在說這件事的經過。原來這件事早轟動了全城。府官打算強占民妻，威逼人命。你道外人怎麼知道的呢？原來自從劉頭派人往駱家鎮送信去後，到了當天晚上，府官就打發滑利虎到獄中同天錫商議。滑利虎到了獄中同天錫一說府官的心思，如能將劉氏娘子送進衙門，自然官司了結，還有特別的好處。如若不然，恐怕有性命的危險。駱天錫明知道這件事情無論如何也逃不了性命。因為馮家駒貪色如命，償不了心願如何能善罷甘休呢？所以早打妥了主意，與其讓他用非刑訊問，何不如自己從容就義也落一個清白的名譽。但是可不能糊糊塗塗地死了，必須報復他。雖然死了，也不能再叫他在此地為官，陷害百姓。

現在一聽滑利虎來說，自己可就說了：「滑大哥你可聽明白了，要按說這個事我可不能應。但是我若不應，不獨我傷了性命，並且滑大哥也顯著面目難看。這不是府太爺這麼說嗎？

我也有點要求，滑大哥你回去對府尊去說，請府尊給我立下個字據，將這個事情寫上，寫明白了之後，還得給我寫上我有多大的好處，並且寫上滑大哥你的保人，我就放了心了。我出獄之後，就把妻室送進衙來。不然我可不送，為什麼呢？我若無憑無據，白白地把妻室送進衙門，府尊若再把我拘起來，我豈不落個人財兩空嗎？」

滑利虎一聽說道：「駱先生這個話我先給你說一說看，不定成不成，你候著就是了。」於是轉身回內宅去了。一見了馮家駒，把話一說，馮家駒一聽不由得一陣冷笑，暗道：「駱天錫你這是要我的親口實招，並且出獄之後再送你的妻室，到那時你若拿著這一紙憑據進省上告，不送妻室，這不同把我送了一樣嗎？你簡直是拿我當了頑童，真是豈有此理。」於是他對滑先生說：「要個憑據倒沒有關係，不過駱天錫他必須先把妻室送來，方能放他。不然他拿這一紙憑據出獄之後，進省上告，我們可有什麼法子呢？我們自己豈不把自己送了嗎？」

滑利虎說：「這個事，我也想到這裡了。但是他就是先把妻子送了來，你若把他放了，能擋住他不向上告嗎？」

馮家駒說：「你好糊塗，他的妻室一進衙，我哪能再把他放了呢！」

滑利虎說：「你若不先放他，他不去接他的妻室，你怎麼辦呢？莫非說堂堂的府太爺，還能派人去搶嗎？」馮家駒說：「那麼怎麼辦呢？」

滑利虎說：「我倒有個辦法，太爺你不妨給他立下憑據，並且這個憑據還要簽名蓋章，好取他的信心，明天當堂將他釋放，今天告訴他官司可不算完。為什麼呢？因為他還沒有保上呢，所以手續還不完善，這不過是放他回家看看的意思。派四個聰明的差人，跟著他一路回家，押著他把家眷送進衙門。然後再把他押入獄中，取回那一紙憑據，再治他的罪名，你看如何？」

馮家駒說：「他若不回來怎麼辦呢？」滑利虎說：「他還能不回來嗎，他一送家眷，第二不是回城取保嗎？等一回來了，就把他押起來。這個憑據，不過在他懷內也就是存一天一夜的工夫，就回來了。太爺你瞧這個主意怎麼樣？」馮家駒歡喜地說道：「好主意。」這兩個小子只顧了商量，哪知道有一個牢頭劉進喜在暗中傳柬遞書破壞他們的陰謀呢。

再說府官，寫好了憑據，蓋上名章，交給滑利虎。滑利虎拿著這一紙憑據，可就直奔獄中走來。到獄中一見駱天錫，說道：「駱先生，你瞧我給你辦成了，這是府太尊給你立的一紙憑據，並且還是簽名蓋章，我的保人，這一段你總放了心吧？」

駱天錫接過字據一看，不錯，真是馮家駒親筆寫的，印章還是官名，於是暗暗思忖道：「好小子，你只要叫我一出獄，我立刻進省，叫你兩小子一個也活不了。」想到這裡，他將憑據摺好放在懷中。

滑利虎說道：「駱先生，現在事我算給你辦完了，可是還有幾句話，也是府尊吩咐的。」

駱天錫說：「什麼話呢？」滑利虎說：「官司雖然完，可是明天當堂把你釋放，釋放之後，派人同你去接家眷。等你把家眷送來之後，在本城找好了鋪保，這官司方算完了。你回家之後不能不回來。」

駱天錫一聽心中說道：「好小子，這分明是他們打就圈套，誆騙我的妻室，人送了來仍然把我押入獄中，分明是怕我進省告他。」心中暗暗打好主意。於是對滑利虎說道：「謝謝滑大哥費心，等我出獄之後再謝你吧。」

滑利虎說：「沒有關係，誰叫咱二人住同村呢。」

駱天錫說：「滑大哥，現在事情已經成了，可也沒的說了。但是我總覺著這個事，太對不起我的妻子了。」

利虎說：「駱兄，你別那麼說，現在的事情不能一概而論。火燎眉毛，救眼前，駱兄，君子報仇，十年不晚，何必固執呢？」說完又勸了一陣就走了。

再說駱天錫，一看滑利虎走了，正要去請劉頭。只見劉頭走進來說道：「駱先生，這小子對你說了些什麼？」天錫就如此如彼對劉頭說了一遍，劉頭說：「你想怎麼辦呢？」天錫說：「這沒有什麼，不過一死而已，不過我死後有一件事求你！」

劉頭驚慌失色，當時勸了一陣，駱天錫主意已定，劉頭無法，說道：「你有什麼事就請說吧，我能盡力，一定替你辦。」

天錫說：「明天我死之後，家中一定前來收屍，請你把這個字兒交給他們，千萬不要叫府官得去。」說著把字據交給劉頭，劉頭接過來說道：「你放心吧，我一定給你辦到。」

再說劉氏，在家百般計劃營救駱天錫，忽有人報告她說：「駱天錫在獄中已故歿。」劉氏一聽睜開二目問道：「什麼？」那鄰人對她說道：「衙門裡來人說：駱先生在獄中故歿，讓大嫂前去領屍。」

劉氏一聽，登時覺得轟的一聲，天旋地轉，一頭栽倒地上，鄰人大驚，忙喊來人，折腰屈腿，半晌才甦醒過來。劉氏一醒，便放聲大哭，哭著哭著就站起來向衙門奔去。到了衙門，她見到亡夫的死屍，越發哭個不住。這時，早有她的本家，和王老師等人，僱來了人，用一塊木板將駱天錫的死屍抬回來。劉氏跟在亡夫的屍首後面，一路走，一路哭。後面跟著一群看熱鬧的，內中有知道這事原委的好事者，一面跟著，一面和別人說這件事的原委，聽者莫不嘆息一聲道：「人心不古，老百姓遭殃。」這時忽聽後面有人哎呀一聲道：「氣死我也。」

聲音洪亮，亞如洪鐘。眾人回頭一看，只見一位老者，身量約有四尺多高，赤紅臉連個皺紋全沒有，頭上已然謝頂，只剩後面不多的白頭髮。兩條白眉遮住二目，由眉毛之內透出兩條光華，亞賽兩盞明燈。頷下一部白髯，足有一尺多長飄灑胸前。身穿一件灰綢子大衫，白襪雲鞋，腰中繫著一條灰色的絨繩。伸開雙手如同雕爪，託著頷下的銀髯，咳聲嘆氣。這個時候，王老師正要跟老頭說話，覺得手內有人遞過一個東西，低頭一看，原來是個紙折兒。自己也未開看，放在懷中，仍然打算同老頭子說話，再找老頭子已然蹤跡全無了。

大家買妥了衣衾棺槨各物，先用水給天錫洗了臉，然後裝殮起來，僱人抬起棺材，帶領劉氏娘子，大家上車，一路奔駱家鎮走來，趕到了駱家鎮，天錫平日人緣又好，遭了這種意外的變故，所以村中人全來幫忙，把駱天錫的靈柩，搭入院中，停放了，老家人同劉大爺，這才對大家道謝。等村中人散去，王老師等人才一同來到屋中坐下。老家人斟茶，大家坐下吃茶。王老師這才掏出那個折兒，開啟一看，原來是府官馮家駒自己寫的一紙憑據，上面簽名蓋章，真好似一紙招供一樣。王老師看完，又傳給大家看了一遍，然後令劉氏娘子好好收藏。

王老師可就說：「這不是有這一紙憑據嗎，真是府官的親口供狀，我有了這個東西，可就有辦法了，天錫先別出殯，明天咱大家商議好了，後天進省，往巡撫衙門告他。如若他手眼通天，我們就憑這一紙憑據進京，我豁著把這幾根老骨頭拋在外面，也得除去這個害民之賊。」

劉氏娘子一聽，連忙跪倒給老師磕頭，大家全說既然老師出頭，我們全聽指揮，老師怎麼說我們怎麼辦，不怕把性命犧牲，非跟馮家駒這個小子拼了不可。這真叫眾怒難犯，大家商定了主意，這才各自歸家，連王老師也叫車伕連夜回家安置一切。劉大爺送走了大家，自己住下勸慰妹妹，這個時候，天可就不早了，足有二更來天了，正要坐著休息。

忽聽門外有打門的聲音，老家人出去一看，來者是一個八九十歲的老頭兒。老家人問：「老爺子你老找誰？」只聽那個老頭兒說道：「老夥計，你去對你們奶奶去說：我姓古，駱天錫是我的乾兒子，我聽見說他得了殺身之禍，所以我連夜趕了來，看看乾兒子媳婦同乾孫子乾孫女，就手問問倒是因為什麼，出了這種逆事。」

老家人一聽，並不知道有這麼一位乾太爺，當時也不敢說什麼，連忙說道：「老爺子你老先候候，我去回稟我家主人。」

說著來到上房對大奶奶一說，大奶奶同舅爺，可全怔住了。因為並沒有聽天錫說過，有這麼一位姓古的乾爹。劉大先生半疑半信，連忙手提燈籠，來到門首，把老頭子就請進來了。到了書房，讓老頭子上首坐下，將要令老家人泡茶。

這個時候，老頭子連連擺手，說道：「劉先生，大概你是天錫的內兄吧。」劉先生說道：「不錯，老爺子，你老同天錫這門乾親，晚生怎麼沒聽說過呢？」

老頭子一笑，說道：「因為認乾親的時候，你們全小，哪裡會知道呢？因為你不知道，你才把我領到書房裡來，對不對？你須知道，我因為聽天錫遭了大災，所以連夜趕來，問一問究竟。再看一看兒子媳婦同孫子孫女，想法子好給天錫報仇。怎麼你把我領到這屋裡來，是什麼意思呢？」

劉大爺一聽，原來老頭子怪上了，於是說道：「你老人家別見怪，因為舍妹哭腫了眼睛，不能久坐，疼痛難忍。你老人家又來得倉促，所以沒往內宅請你。」

老頭子一聽更煩了，說道：「難為你還是秀才，空有滿腹詩書，較真了就是個滯不通麼。你想我若不為的看兒子媳婦，深更半夜，我往內宅作什麼去呢。」

劉大爺一聽更莫名其妙了，暗自思忖：索性不必跟他說了，領到內宅看看他是什麼意思，反正他偌大年紀，還有什麼不方便的嗎？想到這裡，站起身來，說道：「既如此，老爺子，你請內宅坐吧。」

老頭子一聽，這才樂了，跟著劉大爺，一直奔內宅走來，一進上房，劉氏娘子正同兩個孩子躺著。一瞧哥哥領著老頭子進來，連忙坐起身來。老頭子一擺手，說：「孩子你別客氣，我先給你瞧瞧眼，能治不能治，然後再說。」他叫劉大爺取來一盆熱水，令劉氏娘子洗了洗臉。老頭子一瞧劉氏形容枯槁，兩眼紅腫無光，不由地咳了一聲，說道：「孩子你這是何必呢？自己毀壞身體，倘若有個一差二錯，兩個孩子交誰照管呢？那不更對不起你死去的丈夫了嗎？」說著在腰中掏出一個小白瓶兒，有三寸多高，去了塞兒，用一點新棉花，將藥倒在棉花上一點，一手扶住劉氏的頭，一手將藥棉花輕輕拂拭，說道：「你先躺下休息休息不要傷心，我還有話問你，有事跟你商量。」

劉氏本來正在心煩意亂，目痛難禁，心中好似油煎火炙，自從敷上眼藥，就覺著心頭一涼，如同去了重負，立刻止住疼痛，連忙說道：「好藥。」老頭子說：「怎麼樣，保管不疼了，明天肯定能好。」於是坐在桌旁椅子上面。這時劉大爺斟過一碗茶來，說道：「老爺子，你喝茶吧。」老頭先不同劉大爺說話，對劉氏說道：「你們到底是怎麼回事，讓天錫落到這麼一個死場。」劉氏娘子本是慧心人，見那老者，滿臉的正氣，知道不是平常人，看年歲最少也有七十多歲，自己靈機一動，衝口說道：「乾爹，大概你同亡夫不認識吧。」老頭子一笑說道：「我要說不認識，你們叫我進來嗎？」劉氏一聽，含淚道：「可是亡夫要是早有你這麼一位乾爹，就落不到這種結果了。」又道：「亡夫雖然活著的時候，沒得著認你老作乾爹，但是死了也一定會願意，他雖然願意，可沒得著，我可得著了。」

老頭子一聽，哈哈大笑，說道：「乾女兒同乾兒子媳婦還不是一樣嗎？」劉氏這個時候，已經跪在地下磕了頭去，老頭子說道：「快快起來，既是我的乾女兒，可就更不必客氣了，乾脆，你躺下休息吧，不必坐著了。」一回頭，對劉大爺說道：「你瞧，我說你是糊塗蟲不是。我這個乾爹，當上了沒有？」劉大爺暗笑，心想什麼人都有，只好也過來給老頭子行禮，他們這一亂不要緊，床上的四歲嬰兒駱敏，可就醒了，一雙小眼睛不轉睛地看老頭子，劉氏趕緊把他抱起來說道：「快去給爺爺磕頭。」

說也奇怪，小孩子來到老頭子跟前，叫了聲：「爺爺。」跪下就磕頭，老頭子一瞧，樂得眉開眼笑，伸手抱起孩子，坐在膝上，說道：「乾女兒，你們這家子倒是怎麼回事，你對我說說，你別看我七十多歲了，擋不住拿我這把老骨頭，就許鬥鬥這個混帳的府官。」

劉氏一聽，不由流下淚來，說道：「乾爹要問，女兒這裡有點東西，你老一看就明白了。」於是在床頭枕箱內，取出一封信，一個紙折兒，是知府給天錫立的憑據。老頭子接過信，劉氏過來要接孩子，你說怪不怪，孩子賴在老頭子懷裡，雙手抱著鬍鬚，口中說道：「我要跟爺爺呢。」老頭子說：「這是咱爺倆的緣分，等我走的時候帶著你，你先去找你的母親，我看完了信，你再來。」小孩子一聽說，跳在地下直奔劉氏來了。

老頭子工夫不大，把書信同折兒看完，就見他雙目一瞪，灼華亂閃，直不亞兩盞明燈。一伸手把桌子一拍，只聽嘎吱一聲，紫檀木的桌子，硬給打去了四寸多的一角兒，口中說道：「氣殺人也，這種害民之賊，留他何用！」他只顧這一著急，打壞了桌子不要緊，把劉大爺可嚇了一跳，本來紫檀木在木性中算最硬的木性，被老頭兒只一巴掌，硬給打去了一角，好似刀砍斧剁一樣，力量之大，就可想而知了，心知老者並非常人。

這個時候劉氏娘子說道：「我們淨說話，忘了你老人家的晚飯了。現在女兒的眼也好了，老人家如若沒吃飯，我安排點吃食，叫我哥哥陪著你老，吃一點夜宵兒不好嗎？」老頭子說：「很好，但是你不要費事。」劉氏答應，叫來老家人幫著，工夫不大做了幾樣菜餚，還有油餅，叫老家人溫了一大壺酒，一同放在屋內桌上，請老頭子吃酒。老頭子真不客氣，坐下同劉大爺就喝起來了，還對劉氏說：「乾女兒千萬不要隔飯，多吃點東西才好，若心一窄不吃東西，糟蹋病了，可就不能報仇了。」

劉氏一聽也對，於是把飯菜拿到床上，同孩子吃飯。吃著飯劉氏可就說了：「乾爹，你老把女兒的眼也治了，還要替你兒子報仇，到底你老貴姓高名仙鄉何處呢？」老頭子一聽，說道：「告訴你沒關係，只是不許對外人說。」劉氏連連答應，老頭子這才把自己的姓名說了出來。

原來此人家住陝西鳳翔府古楓林，兄弟二人，江湖稱為陝西二老。大爺名叫古雲秋，江湖人稱飛燕古雲秋。因為老頭子有一種絕藝能打飛燕金針，這種東西如同小燕一樣，小燕口內含著三分三長的悶心針，能打金鐘罩，善破鐵布衫。他這種東西，不出手沒什麼可說，只要一出手，那就算無法子躲避，非中上不可。因為這個小燕，腹內有綳簧。不用的時候，兩翅蹺著。一出手雙翅一展，你一閃，他能跟著你轉彎，三十步內，神仙難躲，只要中上，一個時辰準死，因為燕嘴上同兩個翅膀上全是純鋼傑出人士，傑出人士上有見血封喉的毒藥，他這個藥，還是獨門，非自己的解藥，不能解救。因為他是一個光明正大的人物，所以他輕易不用這種闇昧的東西傷人。凡是他用這個飛燕傷的人，一定罪大惡極，人人痛恨。所以人送他這個外號。大爺手使一口古劍名叫蟠螭，是古代歐冶子所造，善能削銅剁鐵，切金斷玉，水斬蛟龍，陸誅犀象。招數是九手問天劍，可稱藝貫今古。二爺名叫古化秋，江湖人稱鐵幅仙。手使一口寶劍名叫斷水，乃是越王勾踐所造八劍之一。招數是五手鍾馗劍，能打十二雙鐵幅金針，同乃兄的飛燕鏢大同小異，兄弟二人威震四方。

這天兄弟二人在家中悶坐，古大爺可就說了：「二弟我們練藝五十餘載，但到現在未能收一個得意的門人，雖然收了一個霍星明，只是他帶藝投師，我兄弟的本領未能得去十之三四，他就出門行道去了。說句不幸的話，難道我們還能把全身絕藝帶了走嗎？再說我們兩個，全是童子功，早晚百年之後連個披麻戴孝之人也沒有，所以我心裡總覺著不好過。」

二爺本來賦性好靜，說道：「大哥如此說，依你老應該怎麼辦呢？」

大爺說：「我原先聽江湖人傳說，武昌府望江村通真觀中，住著一位隱士，晚晴居士通真子，我去一趟江南訪一訪這個通真子，順道物色一個得意的門人，也是你我兄弟晚年的一種樂事。」

二爺一聽心中甚喜，說道：「大哥既然如此，不知你老人家何日動身？」大爺說：「我打算明天就走。」

二人商量妥當，到了第二天，大爺帶好了兵器路費，離了古楓林，可就奔江南走來了，調查贓官，一路遊山玩景。這天走到淮河下游，洪澤湖口，愛惜本地山水住了二十多天，就遇上駱天錫這個事了。老頭子有愛管閒事之心，於是一探聽，全都不知細情。只知道府官謀奪駱天錫的妻子，威逼人命，到了第二天又趕上劉氏娘子哭夫預屍，知道了細情，可把老頭子氣壞了。本打算夜間到府衙將府官一刀兩斷，但是他本是皇家的命官，自己若把他殺了似乎不對，當然得想個法子叫國家治他才好。自己想到這裡，才暗跟眾人來到駱家鎮，正趕上劉大爺送大家走了，自己這才假說是駱天錫乾爹，先給劉氏治好了眼，又一看那封書信同那個紙折，這才明白。氣得老頭子一巴掌才把桌子打去了一角，劉氏娘子聽古大爺告訴完了，說道：「原來乾爹是劍客一流的人物，亡夫的冤仇可全託在乾爹身上了。」古大爺一聽，說道：「你放心吧。」

第七章　遇不平義士顯身手

古大爺同劉大先生吃完了飯，一同宿在書房之內。第二天早晨，古大爺告辭往江南訪友，劉大爺問道：「老爺子這個仇怎麼報法呢？」

古爺說道：「你們在家裡聽信吧，不出二日必有消息，再過三五天府官一定得撤職拿問，巧了就許命喪無常。」

劉大爺兄妹半信半疑，又不敢十分盤問，老頭子將要起身，就見小孩子駱敏，一伸雙手，把老頭子的衣服拉住，口中說道：「古爺爺往哪裡去，我跟著。」一任劉氏百般來哄，他只是雙手不放非跟著不可，古爺一看這孩子的面目體格，可就樂了，說道：「乾女兒，按說我這個話，可不應當說。因為你們現在是孤兒寡母，不能片刻相離，但是我看這個小孩子，倒是有點學武的福分，你要能夠捨得分別，等我由江南訪友回來，我把這孩子帶到陝西古楓林，憑著我兄弟二人這身武藝，不到十年準保還你一個武藝精通的孩子。可是一來怕你捨不了兒子，二來孩子太小，離不了母親。」

劉氏一聽說道：「乾爹，這麼大孩子成嗎？」

老頭子說：「這麼大，哪能練武呢，不過操練他的身體就是了。為什麼我說這個話呢？因為我爺倆很投緣，如若不願意，你可說話，千萬別勉強。」

劉氏說：「乾爹你老回來不是還由這裡過嗎？等你老回來再說吧。」

古大爺一聽，說道：「甚好，等我回來再瞧孩子。」說著古大爺告辭往江南去了。

再說劉氏娘子同劉大爺回到家中坐定，互相研究古爺怎樣去替自己報仇，等吃過了午飯之後，就見老家人進來報告，說王老師來了。劉氏娘子說：「快請。」

就在這個時候，劉大爺已經把王老師請進來了。一進門說道：「姑太太我聽你哥哥說，你的眼有人給治好了，是嗎？」

劉氏說：「是的，託你老的福，這幾天把你老可累壞了。」

王老師說：「我倒不累，因為有個喜信，我特來告訴你們。」

劉氏說：「什麼信呢？」

王老師說：「前半天我派人到府裡去打聽你這事府裡怎麼辦的，今天下午我打算動身進省。沒想到派去的人回來說，雖然沒聽見信，可是聽說府裡把印丟了，不獨丟了印信，那狗官的辮子夜間睡覺，不知被什麼人給割了去，庫裡頭還丟了好幾千銀子。這個事情，省裡要知道了，你想做官無印，還不是個殺頭的罪嗎？沒想到我們這個仇，有人給報了。如果這個事是真，這就叫天網恢恢，疏而不漏。你說這不是一個很好的消息嗎？」劉大爺和劉氏聽了，不覺暗暗點頭，心裡明白。正說著，只聽外面有人說道：「劉大哥走了沒有？」

劉大爺一聽原來是陳先生，劉氏說：「陳二弟呀，請進來吧，我哥哥還沒走呢。」

原來這位陳先生名思孝，同天錫是換帖的弟兄，昨天領屍他也在場。今天他一進上房，說道：「大嫂子，你猜怎麼樣？真是說大快人心，狗官他遭了報了。」

一抬頭瞧見王老先生，說道：「老師幾時來的？」王老師說：「剛才來到呢。」

劉氏說：「叔叔怎麼知道狗官遭報了？」

陳思孝說：「我今天一早就去到城裡，打聽他有什麼舉動沒有，不想到城裡，跟稿案上劉師爺一打聽，原來狗官夜裡把印丟了，府太太差一點沒有嚇死。丟了印這還不算，夜中狗官正在姨太太房中睡覺，辮子被人給割去了，管庫的也來報告說：庫裡五千一鞘的銀子，丟了一鞘。我聽見這個消息，歡喜得了不得，準保不消半月，這小子就有砍頭的罪名，你說這不是大快人心？」

王老師說：「這個信我倒聽說了，但不知是真是假。」

陳思孝說：「怎麼不真呢？老師聽誰說的？」

王老師說：「我也是今早派人打聽來的消息，就怕是謠傳。」

陳思孝說：「這個事千真萬確，這是他們自己人說的。因為今早用印，才知道印丟了，狗官因為沒有辮子不敢見人，管庫的查庫，少了一鞘銀子，若不真確，這個信絕不能向外傳。」

王老師說道：「既然如此，我們暫先聽聽，省裡有什麼消息沒有，先給天錫封靈出殯，然後再看這個狗官的結果，如果他手眼通天真能死裡逃學生，我們再想法子，反正不能讓他逍遙法外，姑太太你瞧怎麼樣呢？」

原來劉氏自從聽說府官斷髮丟印，就知道此事是古大爺所為，但是他半夜的工夫，就神出鬼沒，作出這種驚世駭俗的事業，真是劍客作事迥異尋常。我兒真要有這麼一位老師，教他成名，何愁不能名揚四海呢？自己正然思索，忽聽王老師一問，連忙說道：「老師這個事情，還是你老人家同各位弟兄及我哥哥，大家看著辦，我一個婦道人家，知道什麼呢？不過又得教老師勞心受累。」

王老師連連說道：「只要你們過得去，我受點累算不了什麼。」於是王老師同一干朋友，就給天錫主辦喪事，少不了搭棚候客，成衣安葬，到了時候各親友來上紙，來的人還真不少。一者因為天錫人品高尚；二者好奇心盛，都想打聽打聽怎麼回事。所以差不多的全來弔喪，兩天的工夫把天錫總算是風風光光葬入祖墳。

這個時候各村鎮可就沸沸揚揚全都傳嚷開了，府太爺因為丟失印信和五千庫銀，已經押解進省，府事已經由省裡派人接管了。駱家聽了這一消息，固然歡喜，一般受過害的鄉民，沒有一個不合掌念佛的，都說天公有眼，惡人自有惡報。你道府裡這事，省裡怎麼知道得這麼快呢？原來撫臺這天夜裡正好在睡覺，忽聽床前啪的一聲，連忙睜眼一看，燈火搖搖，並無一點動靜，自己坐起來向桌子上看，只見桌上放著一個大紅柬帖，連忙下床，藉著燈光一看，只見帖上寫著兩行銅錢大小的字跡，寫的是：淮安府貪財好色，陷害良民，應當從重懲辦以安人心。在紅帖底下還有一個紙折兒，紙折上面頭一段是駱天錫因為受了府官的陷害，給劉氏寫的那封信。第二段就是知府自己的親口實招，並且上面還是簽名蓋章。這位撫臺原籍是山西太原府人氏，學問淵博，膽識過人，賦性剛直，可稱疾惡如仇。一看這兩個字柬，勃然大怒，立刻穿好衣服叫家人掌燈，一直出了內室，奔了書房，又叫家人把陳師爺請來。這位陳師爺精明強幹作幕多年，一聽東家夜中相請，就知道有事相商，連忙穿齊衣服，隨著家人過來。一見撫臺在書房坐著，連忙上前想見，說道：「不知夜中呼喚晚生，有何事議？」

撫臺說：「先生請坐，方才我在內室得了一個東西，請先生瞧瞧怎麼個辦法。」於是取出兩個字柬遞給陳先生。

陳先生一看，說道：「東翁這個東西從何處得來？」

撫臺說：「不知何人放在我的寢室之內。」

陳先生一聽，說：「我明白了。這一定是淮安知府霸占民妻，強迫人命，才惹得綠林人出頭干涉，夜中前來送柬。這事東翁還是從嚴辦理方是，因為現在的綠林人差不多的全是自命為俠義之士，他們的武術，可說是妙手空空。如若東翁把這個事情從寬辦理，恐怕這個綠林人，對東翁還有不利呢。你想憑知府給駱天錫立的字據硬會到了他們的手中，他們這種神出鬼沒的法術，就可想而知了。」

撫臺一聽連連稱善，說道：「這種貪財好色的官員，辜負聖恩，真是死有餘辜，先派委員去淮安府調查這個案件。」於是教師爺連夜辦稿，第二天派委員連夜動身，去淮安府暗中查案，趕到委員到了淮安一調查，把這個案的始末，可就查明了。不獨查明了此案，連知府丟印帶失去五千兩庫銀，全都查了個清清楚楚，那委員連夜回省報告撫臺，撫臺得了報告這才派員一面接收府事，一面將馮家駒押解進省。到了安慶，撫臺自己訊問，又用那一紙憑據，這才把馮知府駁得無話可說。緊跟著接署的委員報告，淮安府的印信丟失，庫銀短少了五千兩。撫臺這才令師爺，擬好奏摺，派專人連夜進京。當今萬歲本是有道明君，一瞧奏章，立刻龍顏大怒，御筆親批：

據奉淮安府知府馮家駒，謀占民妻，逼死人命，並將印信庫銀丟失一案，查該知府，職司民牧，竟敢貪淫草菅人命，且辦事不慎，致將印信庫銀丟失，言之殊堪痛恨。既經該府嚴加審訊，供證確鑿，自應拿解來京，交部依律問擬。唯該犯官罪大惡極，若不就地明正典刑，實不足以平民怨。著該撫立即予以正法，用伸國法而昭炯戒，其所失庫銀，應將該犯家產查抄備抵，不足之數即將該眷口由官變賣補償，迅即遴派幹捕，將失印勒限找還為要。至滑秉寅，身為士紳，應如何自好，乃膽敢結交官府，狼狽為奸，著即一併正法，以懲奸宄，而免效尤，並著吏刑兩部知道。欽此。

這道聖旨一下，歡喜了安善良民，嚇壞了貪官污吏。

原來古大爺自從了離駱家鎮，一直到了安慶府，夜中給撫臺留下了柬帖，自己可就奔了武昌，到了通真觀，正值通真子在觀中閉坐，未曾出門，二人見面，互道傾慕情形，古大爺一連住了十餘天，這個時候正是陸貞在通真觀練藝的時期。通真子引見給古大爺。古大爺聽說陸貞十三歲背母尋師，心中十分歡喜，說道：「大哥你瞧這些徒弟，一人強似一個，你瞧小弟我，兄弟二人年將古稀，並無一個得意的門人。」

通真子說：「賢弟，你的揀選太苛，不然的話，徒弟還不是有的是嗎？」老哥兩個，說罷一笑。

這天古大爺忽然想起駱敏，於是辭了通真子順著大路就回駱家鎮來了。到了駱家鎮附近一打聽，這才知道府官就要由省裡發回淮安，連同滑利虎一併就地正法，並查抄家產，變賣家眷賠償庫銀。古大爺打聽明白這才心氣為之一平，但是這印怎麼辦呢？庫銀是不能再還他了，這口印必須給他送去才是，可是非瞧著狗官受了國法，才能還他的印信。自己想好了主意，這才奔了駱家鎮。到了天錫門首一打門，只見老家人出來，說道：「喝，老爺子回來了，我們大奶奶天天想你老，這一晃一個多月了，你老快往上房請吧，我給你老泡茶去。」

老頭子含笑點頭，一直來到院中，說道：「乾女兒在屋中嗎？」

劉氏娘子一聽，說：「乾爹回來了，你老請進來吧。」說著領著兩個孩子迎出屋門。古大爺進了上房，小孩子過來給大爺磕了個頭。老頭一回手從懷裡掏出一個小小的布包：「這裡是三百兩金葉子，叫你媽媽給你買點東西吧。」

一回頭對劉氏說：「你收起來吧，認了回子乾爹也沒有給你一點見面禮兒，你留著墊補著過日子罷，今天我住下聽聽這狗官結果如何，我還要看著他出紅差呢。等我走的時候帶著小孩兒，你瞧怎麼樣呢？」

劉氏一聽，不由得感激而泣，說道：「因為兒子的事，你老費盡了心機，女兒還不知道怎樣謝你老人家，現在又留下這麼些錢，叫女兒心裡怎麼過得去呢？再說敏兒這孩子，年方四歲，再叫你老人家養育成人，越發叫女兒粉身難報。」

古大爺一聽，掀髯大笑，說道：「孩子，你怎麼說出這樣話來，你若這麼一說，不太客氣了嗎，誰叫我趕上了呢。不過孩子太小，乍離了娘，怕他啼哭，可是我也有法子哄他，就是怕你捨不得。

如若你捨得，我每年送他回家一趟待上十天。」

劉氏說：「我還能不願意嗎？不過乾爹在駱家身上費的這份心，可太大了，女兒只可立個長生祿位，祝你老人家壽比南山就是了。」

古大爺一聽哈哈大笑，說道：「你哪裡知道，我活的年歲越大，受的罪越多呢。」爺倆幾個定規好了，到了第二日，古大爺去到府城一打聽，說是府官馮家駒已由省裡解回來了，第二天正午出紅差。老頭子一聽，又回了駱家鎮告訴劉氏娘子。

到次日，法場上斬馮知府同滑秉寅。駱家鎮劉氏娘子給駱天錫上供，兩下裡鬧了個適逢其會。斬了馮家駒之後，因為他那些姨太太連家產早叫人家拐跑了，所以官款無法償還，只可把官太太同三個小姐，一同發官媒變賣，方能賠償官款。

再說古爺，看著馮家駒正法之後，可就把印信給府衙門暗暗送去了，還寫了個柬兒，寫明了這個是殺一儆百的意思，以後再有這種官吏，仍然是照此辦理。到了第二天，僱了一輛車，別了劉氏，帶著駱敏，奔陝西下來了，一路無話。

這天到了鳳翔府古楓林，老頭子領著小孩到家內，對兄弟古化秋一說經過，二爺一看孩子，骨格清奇，最奇的孩子從離了母親，始終沒有哭過一聲，每日總是歡天喜地。但是古大爺恐怕自己兄弟，對孩子或有個照顧不到，孩子受到委屈，於是每年花二百兩銀子僱了一個乳母，專照應孩子每日吃喝玩耍睡覺等事。哥倆每天給他曲手臂盤腿用藥水泡洗周身，每日的玩物，都是木做的小刀小槍和鐵皮的空球、鐵皮的空棍，各種對象。

光陰似箭，日月如梭，不覺三年已過，駱敏年方七歲，叫二位老人給活動得肌肉豐盈，骨堅似鐵。古大爺每年送他回家一趟省親。轉眼十年的工夫，駱敏長成十七歲，親承二老的傳授，又加上自己賦性聰明，所以前後十三年的工夫，把二老的能為學去了十分之七八。本來二位老人家自幼練的是童子功，無兒無女，自從收了這麼一個徒弟，每日拿著調理小孩，作為消遣，所以十三年的工夫練成的一身驚人的武術，最得意的是閉穴雙鐝。這對鐝正名叫做點穴飛錐，因為在袖中兩肩之上綳著兩個伸縮軸兒，上面纏著七尺長的鹿筋繩，上端有勾兒掛在袖口之上，腕子一低那鐝上的皮套就掛在鉤上，雙手一撒能點周身三十六路穴道，還有十二雙鐵幅金針，十二雙飛燕金針。

他雖然武術練成，但是功夫的火候可沒達到爐火純青的地步，因為他年歲太小，沒有一點經歷。這天二老一看孩子的技術也有了八成了，所欠的不過功夫一步，也到了出頭問世的時候了，於是把孩子叫到跟前，道：「今年又到了你回家探親的時候了，這次回家見過你母親之後，你可以在江湖上經歷經歷，因為要打算出頭露面，非闖蕩江湖不可。現在你的武藝，雖然不敢說天下無敵，可差不多的主兒，不是你的敵手，但是你可要小心遵守本門的規矩。不然的話，別看你是我二人得意弟子，到了那個時候，為整理門戶計，絕不能容你活在世上，敗壞為師名譽，受人唾罵，你可要記住了。現在你練藝總算第一步成功，今天一別與每年不同，因為你這一次在最近不能回來，所以我二人送你一個外號，別叫人一聽就知道你是我二人徒弟，你這個外號就按你使的暗器本勢來取，這兩種東西是我二人獨自創造，所以你的外號就叫『燕蝠齊飛』。話已說完，你帶了路費和兵器，就此回家去吧。幾時願意回來，就幾時回來再練。」駱敏一聽，別了二位恩師，一路奔家中走來。

這天來到家中一瞧，就見老家人低著頭坐在門房，自己也沒有言語，一直奔了上房。方一進屋，就見母親同妹妹紅霞，哭得如淚人一般，一瞧駱敏進來，母女二人越發大哭。駱敏一瞧，說道：「母親同妹妹倒是為什麼這樣大哭呢？」劉氏娘子這才如此這般仔細一說，把個駱敏氣得三神暴跳，七竅生煙，口中罵道：「好你高家三個小輩，你竟敢欺侮到我的跟前來了，我若不教你認得我駱成英，那就算你們祖上有德。」諸公，你道這駱敏為什麼這樣大怒，那劉氏母女因何那樣痛哭呢？原來在三天以前，從外地來了一夥跑馬戲的，三男三女，在駱家鎮玩了三天馬戲。要說這幾個人的功夫，真不含糊，地下功夫是十八般兵器，玩繩走索，馬上的功夫就是一路撿金錢，童子拜觀音，八步趕蟬，鐙裡藏身，各種把戲，馬上步下真是絕妙精倫。劉氏娘子以為在本村玩戲，又是在門口上，領著紅霞在門口上看了一回馬戲，可巧叫高家堰的鬧海魚瞧見了。高義本來是個色中的餓鬼，哪裡見過這樣的美貌佳人，在門前一站，可說是神色秀逸鶴立雞群，把個高義看得神魂飄蕩，目眩頭昏，回到家中立刻打發一個走狗，名叫槐忠，去到駱家鎮打聽，那是誰家女子，多大的年歲。這小子因為專門搬弄是非，所以大家全叫他壞種。等他到了駱家鎮一打聽，這才知道十年前被淮安知府害死的駱天錫，就是這個姑娘的父親，姑娘乳名叫駱豔，小字紅霞，因為天錫早死，駱敏外出，家中只有母女度日。這小子回去對高義一報告，高義立刻打發人到駱家提親。

劉氏娘子，早知高家堰五年前出了三個水賊，名叫高義、高智、高信，如今一聽給女兒提親的正是高義，而且還是做妾，劉氏當時一口拒絕，因為自己是寡婦孤兒，所以當時並沒有張口罵他。那媒人撞了一個釘子，回到高家堰，無中生有對高義一說，並說駱大奶奶當面如何毀罵，氣得高義暴跳如雷，說道：「我若不將駱家女兒娶來做妾，我就不叫鬧海魚！」於是打發媒人再回駱家鎮去說，應了便罷，如若不應明天下午來轎抬人，官私兩面隨其自便。等媒人到了一說，劉氏娘子一聽，當時就把媒人罵了一頓，等到媒人走了，母女二人不由得抱頭大哭。這個時候，正趕上駱敏回來，一問母親，他如何不氣，於是夜晚入高家堰，錐傷高氏弟兄，巧遇尹成、陸貞同霍星明。

這就是駱敏的一段略歷小史。

再說霍星明，一聽駱敏是陝西二老的徒弟，才知道是親兄弟。駱敏一問他三位因何來此，原來全是因為不得過河，聽店家說高氏兄弟不法，才來夜探高家堰。駱敏當時就請尹成、陸貞一同回家，三個人並不推辭，一同奔駱家鎮而來。這時天已大明，來到門首一打門，老家人開門一看，原來是少爺同著三個人一同回來。駱敏把三個人讓進正房，老家人燒水泡茶擦臉。駱敏回到上房稟告母親，劉氏娘子一聽，說道：「這恐怕不妥當，你扎傷了他們兩個人，恐怕他們不死心，他們若再來報仇，那怎麼辦呢？再說你若不在家，我豈不更沒辦法了嗎？」

駱敏一聽，說道：「我師兄人稱小諸葛，等我同他商議商議再說。」於是回到正房對大家一說，霍星明說不要緊，我們今天晚上去到府裡，給府太爺送個信，請府太爺把他們拿了就完了。於是提起筆來寫了一個字柬，天到定更之後，由尹成巡風，霍星明前去寄柬。

再說現在的這位府太爺，自從領憑來署淮安，他就聽說淮安府洪澤湖一帶，是個水賊出沒的所在，自己立意要為民解除痛苦，他有一個表弟，是開封府南門外石家坨的人，姓石名昆字太璞，在江湖上大大的有名，人稱十粒飛星百靈俠，手使一口紅毛寶刀，能削銅剁鐵，囊中十粒鋼丸如鴿卵，連珠發出，百步取人，百發百中，這是一種特別的技術，所以有十粒飛星這個外號。雖然年歲不到四十，可是精明強悍，在江湖上闖蕩以來，提起百靈俠全都知道，所以這位鄭知府聘請他來淮安府幫忙治盜。石昆一聽表兄相請，點頭答應，到任半年有餘，沒有發生過一次匪警。高家堰這哥三個原先本三湖裡使船，後來回到高家堰，安家立業，可是並不敢明目張膽鬧，自從前年他們投了雲南玉龍山金波寨，仗著金波寨的勢力，可就大鬧起來了。鄭知府本也有個耳聞，早有心調兵把他剿滅，但是苦於無隙可乘，更兼著百靈俠時常說，得放手時且放手，對綠林人不要得罪太深了，兔死狐悲物傷其類，如若把他們得罪太厲害了，唯恐他們對你老有不利的行為，所以鄭知府也沒有干涉他們，再說他們在本地上也沒有案子。這知府太爺早晨尚未起來，就見桌上刀柬。他拔去刀，拿下字柬一看，上面寫著一行字跡，雖然合轍，可不押韻：字柬太爺知，盜賊得意時。家住高家堰，人稱鬧海魚，獨霸淮安府，商賈盡遭欺，民間美婦女，戶戶受凌辱。下面又有一行小字，言高氏兄弟勾結雲南玉龍山立意謀反，若不早除，恐成大害，末後寫著賽元霸、小白龍、小諸葛、燕蝠齊飛，今叩稟。知府看完未言語，把字柬放在桌子上，匕首放進抽屜之內，趕緊梳洗，已畢，叫家人去請來石老爺。

知府說道：「賢弟，我今夜得了一件東西，你瞧瞧這事應怎麼辦？」知府取出匕首同字柬，遞給石昆。石昆把字柬看完，不住的搖頭。

鄭知府說：「賢弟，這個事你瞧怎麼辦呢？」

石昆說：「這個小白龍，等我想想。」於是暗暗說道，我倒是知道，是尹家林的人氏，這個小諸葛我也有個耳聞，全都很正氣，但是這個賽元霸同燕蝠齊飛，不知是作什麼的，大概是新出世的英雄。但是他們對高家堰又有什麼冤仇，前來寄柬呢？這分明是來摘我這個百靈俠的牌匾。可是也不怨人家不對，本來我身為俠客，就不應當留匪人在我腳下立足，但是我因為怕給表兄多得罪綠林人，所以我就未曾干涉，不想就有同行給我來了這麼一手，你說這個事怎麼辦呢？」

知府一瞧石昆沉思不語，說道：「賢弟，要依我說，這個事就不必客氣，明後天，賢弟你暗中帶人去把窩子給他剿了就得了。」

石昆一聽連連搖搖頭，說道：「剿倒是好剿，拿也好拿，但是若拿錯了呢？這裡頭不定得傷多少人。一個拿不住跑了，仇可就從此結下了，我倒不怕，就怕表兄你從此種下了禍。再說又沒有人告發，你憑什麼拿人呢？他劫掠商賈，霸占婦女，有什麼憑據呢？就算把他們拿來了，靠什麼給他們定罪呢？」

知府說：「難道罷了不成，我們就不聞不問嗎？」

石昆說：「那也不能，不過得想個完善的法子，兄長你先別忙，我在附近的地方訪訪這四個寄柬留刀的人，訪明了再說。好在我來的日期太淺，認識我的不多，明天我改扮行裝，在附近一帶訪訪這幾個人，就近查訪高氏兄弟的劣跡，然後我們再定辦法，就名正言順了，兄長你瞧怎麼樣？」

知府一聽，暗道：難怪人稱他俠客，打算事情是又沉又穩，八面見光，想到這裡，連連點頭，說道：「賢弟，你就瞧著辦吧。」

第二天，石昆帶好了紅毛寶刀，暗暗地出府衙後門，在鄰近有集有店的各村，一連訪查了三天，並未訪著一點消息。這天來到一個小村鎮名叫江村，在一個小酒館內喝酒，聽見兩個吃酒閒談，說的正是高家堰，高氏兄弟坐地分贓，大莊主好色欺壓良善。百靈俠一聽，可就入了耳了，於是在旁邊側耳聽，又聽一個說道：「高家不法，你怎知道呢？」

那個說：「你沒聽說前幾天鬧賊嗎？」

這個人說：「聽說了，鬧賊莫非說就算人家不法嗎？」

那個說：「你瞧，鬧賊就是因為他們不法來的嗎？」

這個說：「你既知道，何不說說我聽呢？」

那個說：「說說就說說，這還怕人嗎？你知道高家堰南邊那個駱家鎮嗎？」

這個說：「知道駱家鎮怎麼樣呢？」

那個說：「在十三年前駱家鎮有位先生駱天錫，不是被那時的知府害了嗎？」

這個說：「我怎麼不知道呢，知府出紅差，我還看熱鬧呢。」

那個說：「駱先生有一個兒子名叫駱敏，一個女兒名叫紅霞，這個駱敏聽說在四歲就跟著一個武術大家學藝去了，家中只剩下姑娘同她母親，姑娘今年十六七歲了。」

這個說：「你說高家怎麼說到駱家去了呢？」

那個說：「你真糊塗，不是事情起在駱家身上嗎？」

這個說：「你就說吧。」

那個說：「這位紅霞小姐長得足夠十二分人材，貌比西施，不知什麼時候讓大莊主瞧見了，非娶人家做妾不可，立刻打發媒人去說，等媒人到了一說，你猜怎樣？人家不願意。媒人回去對莊主一提，大莊主就火了，立刻告訴媒人再去提親，如再不應，明天就搶人，這一來你猜怎麼樣？偏趕上駱大奶奶是個死心眼兒，一頓大罵，把媒人就罵跑了。本來這個親事，你想應該嗎？慢說人家書香門第的姑娘，就是小戶人家的姑娘，誰肯把姑娘去給人做妾呢？」

這個說：「這樣一來，大莊主不更火了嗎？」

那個說：「可不是更火了，誰知道當天晚上高家就鬧起賊來了，由房上跳下了一個小孩子，手使一對不知叫什麼鐝，一頓鐝，把大莊主和二莊主全都鐝瞎了，還戰敗了高家從南方來的朋友，後來沒有人敢同人家打了，人家才走了，你說這個小孩子有多厲害吧。你知道這孩子是誰？」

這個說：「我又沒瞧見，我怎麼會知道呢？莫非你知道？」

那個說：「當然知道，就是姑娘的哥哥，駱敏駱成英呢，原來人家學藝回來了。」

這個說：「回來的怎麼這麼巧呢？」

那個說：「當然巧，要不怎麼叫無巧不成書呢。」

這個說：「你瞧見了嗎？說的像真事兒一樣。」

那個說：「我沒瞧見，可我西鄰的二哥在高家僱工，我聽他說的，並且那個孩子自報姓名是駱敏，外號叫什麼飛呢，我也沒聽清楚，你想我們當莊丁的二哥要不說，我怎麼會知道呢？你想這一段，是不是高家不法，最可惜那個駱敏把他們鐝瞎了，沒有鐝死他們，現在聽說他們莊上又由南方來了好幾個朋友，還有俠客呢。」二人說著喝完了酒就走了。

石昆聽了這一番話，自己一想，那個寄柬留刀的，大概就是駱敏，方才不是說駱敏的外號是什麼飛嗎，大概是燕蝠齊飛，他們沒聽明白，所以說不上來。既然得了蹤跡，我先到駱家鎮訪訪駱敏，然後再想法子辦高氏這幾個匪徒。這個事幸巧沒辦緊了，不然非壞不可，真要高家又來了成名的人物，我一個如何能成呢？如若當場喪命，倒不要緊，如若被獲遭擒，自己百靈俠的名譽安在？心中想了半天，得了主意，暗道：「我若訪著駱敏，不就有了幫手了嗎？難道說為他的事，請他出頭也還能推辭不允嗎？」想到這裡，於是還了酒錢，出了酒鋪，一路溜蹓躂達直奔駱家鎮而來。

再說駱敏，自從霍星明同尹成二人在府衙門，寄柬留刀之後，依著尹成，就要告辭動身，可是霍星明說：「這二位若回了家，府裡倘若不發生效力，高家堰夜中前來報仇，這怎麼辦呢？沒有老太太和姑娘好辦，現在又得保護內宅，又得預備眾寇，我同師弟又太單，這不是束手待斃嗎？我的意思請二位多住幾天，聽聽消息然後再定行止，可不知二位心裡怎麼樣？」

陸貞一聽也對，本來要救人就救到底，真要夜中有人攪鬧駱家鎮，他二人還真是麻煩。想罷對尹成說道：「尹賢弟你看怎麼樣呢？我們可以多住幾天嗎？」

尹成說：「那有什麼呢，反正我們回去也沒事。」於是二人復又住下。一晃過了三天，也沒聽見府裡有什麼動作，四個人每天也不出門，只在書房中談話，越談越投機，於是四個一商量，朝北磕頭結為金蘭之好。陸貞是大爺，霍星明是二爺，尹成是三爺，駱敏是老兄弟，於是四人重新到了上房，拜見了駱大奶奶，回到書房擺上酒席，吃酒談心。哥四個正吃過午飯，散坐吃茶，就見老家人進來說道：「外邊有個河南人，自稱姓石名昆字太璞，人稱『十粒飛星百靈俠』，要見少爺。」

駱敏一聽說道：「請進來吧。三位哥哥見他不見呢？」

陸貞說：「見他何妨。」於是兄弟四人一齊迎到二門，就見老家人從外面領進一個人來，看年歲四十來歲，劍眉虎目，鼻直口方，細腰寬臂，雙肩抱攏，身穿著青綢子大褂，白布襪子青緞子豆包鞋，手中提著一個長條子包袱，笑嘻嘻的跟在家人背後。四個人雖然觀看人家，可是人家也瞧見自己四個了：頭一位三十多歲，青綢子大褂，白襪皂鞋，圓臉膛，眉分八彩，目似春星，五尺高的身材威風凜凜。第二位也是五尺多高的身材，穿著灰綢子大褂，白襪皂鞋，三十來歲的年紀，面如白玉，兩道濃眉，一雙瞇縫眼，一看就知道是個能言善辯之士。

第三位二十多歲，面如少女，細條身材，外罩藍綢大褂。第四個十六七歲的年紀，頭梳髻，面似桃花，一雙眉斜飛入鬢，二眸子皂白分明，唇紅齒白，十分俊美，身穿藍綢子大褂，白襪雲鞋。四個人笑嘻嘻地一齊說道：「不知石俠客駕到，恕我兄弟未能遠迎，當面請罪。」

石昆說道：「石昆來得魯莽，還請眾位海涵，不知哪位是駱俠客？」

駱敏說：「不才就是駱敏，此處不是談話之所，請到裡面待茶。」

石昆說：「來此就要打攪。」於是五個人謙謙讓讓來到書房，分賓主坐下，家人獻上茶來。石昆一一領教了另三位的姓名，哈哈大笑說道：「石某一日會得四俠，真是僥倖得很。」

駱敏說：「不知石俠客來到舍下有何見教。」

石爺說道：「石某有點小事，所以不揣冒昧，來到府上。」

駱敏說：「不知有何見教。」

石昆這才說道：「愚下有一點小事不明，大概閣下四位也不會瞞著。」

陸爺說：「什麼事呢？」石爺就把自己如何受鄭知府之聘來到淮安，久聞高氏兄弟不法，因為自己怕給知府多得罪仇人，再說他們在此處又沒有作案，所以我未加干涉，又因無人告發，所以不能名正言順拿他治罪。沒有想到前天，府衙之內有入夜中留刀寄柬。留下四位的美稱，我訪了好幾日，才訪知四位在此暫住，所以我找到府上，第一問在府衙留柬的是你四位不是，第二還有大事相求。石昆滔滔地把話說完。

駱敏一聽說道：「石俠客，你老問到這裡，我們也不瞞著，那個柬兒，是我兄弟所為，因為我暗探高家堰，扎瞎了高義高智，未曾將他傷了性命，當時我因為留下姓名，所以恐怕他暗中報復，不得已才暗中寄柬請府太爺辦他的罪名，不想倒惹得石俠找上門來。要按說閣下人稱俠客，臥榻之下就不能容留小人駐足，我們暗中告發，閣下就應該拿他治罪，如今你老不但不想法除去高氏兄弟，反倒找上我們的門來，大概是因為我們寄柬留刀，於閣下的名譽有關，可是我們並不知道閣下在衙中駐足，如若知道，我們也不多此一舉，現你老既然問到這裡，我們當然承認。可是還用不用我們同到衙門去打官司呢？」

陸貞一聽，暗說：「老兄弟這一套話，可真夠厲害，瞧瞧石昆怎麼答覆吧。」

只見石昆聽完了駱敏的話，不獨不著急，反倒哈哈大笑，說道：「駱俠客，你先別著急，聽我說說我的難處。本來人稱俠客，就不能容小人同在境內駐足，但是有一條，要是在河南開封府，那可就說不定得憑著手中刀，不論如何，也要把他驅逐出境。現在的立場可就不同了，因為什麼呢？我受聘來到淮安，與在開封做俠客不一樣，在這裡的責任，是保護知府，或是有他的硃批火票，替他拿賊，餘外的事，就是民不舉官不究，不能無故地給主官多得罪仇人，要按說我們做俠客的，得罪人可算不了什麼，可是我們雖然不怕，知府他要不做官了呢？這樣綠林人找了他去，他受得了嗎？所以說現在的立場，不能同開封相比。但既然你們眾位告發了，這可就不能再顧一切了，只可出頭去辦，但是辦這種案子得有辦法，如若一個辦法不妥，可就給府上同知府種下仇了。我不能每年盡跟著知府，可是駱俠客，你能不能每年盡在家中蹲著喲？常言說得好，不怕賊廣，就怕賊想，你一拿他，把他鬧了個家產盡絕，你想他能叫你安生嗎？如若我們一離身，他們就來胡攪一陣，你該怎麼辦呢？所以我說得有個徹底的辦法才算完全，我訪著你們沒別的，還是請你們幾位出頭相助，不知眾位意下如何？」

百靈俠這個人，可算是涵養的功夫純深，不然的話就得當場決裂。你想堂堂的俠客，硬叫人家當面刻薄一頓，哪能再開口求人呢？百靈俠這個人可就不然了，天生的心思周密，因為自己既是捕頭的性質，當然與俠客不同，案子辦妥了更好，若辦不妥呢？還得給自己同上司找站腳的地方，若不把駱敏邀出來，總算沒有原告。要按高義的行為，不用原告就可以出票拿他，如果手到擒來，那就沒得說了，如若拿不住跑了呢，自己帶去的捕役，難免受傷殞命；這怎麼向上呈報呢？無憑無據出票拿人，捕役受傷，那算官府輕舉妄動，巧了就許落個依官欺人的罪名。如若把駱敏邀出來呢，第一有了原告，不怕捕役全都喪命，那算個因公殞命，拿不住跑了，那算畏罪脫逃，對上司呈報，就有根有據。要按官話說，得把駱敏傳案，方算完全，但是於江湖義氣上未免稍欠完善。如此一來在表面上算是邀駱敏幫忙，無形中就算有了原告，所以說俠客辦事必須八面周到，既不開罪於人，又不犯江湖的規矩。

第八章　衆英雄大破高家堰

再說陸貞聽百靈俠一說，暗暗地把大拇指一伸，心中說道：好厲害的石太璞，不愧人稱俠客，我們這一出頭，無形中就算有了原告，如若拿不住跑了呢？我們也在當場相助，不能盡說人家無能。拿住呢，也叫我們瞧瞧，不枉人稱俠客。再說到我們伸手相助也是應盡的責任，他這一請我們出頭，真可算四面見線沒有漏空的地方。慢說這個事由我們身上引起，就按江湖的義氣，也當竭力相助。想到這裡，沒等駱敏答言，自己就說道：「既是石俠客看得起我們兄弟，我們還能不出頭相助嗎？你老人家說幾時我們動手去辦，我四個人均聽指揮，請你老定規好了時期，賞我們個信就是了。」石昆一聽連連稱謝。

這個時候，天可就不早了，於是駱敏叫家人往外面館子裡去叫飯，留石俠客在家吃晚飯。石昆一看人家四人實意相留，自己不便推辭。工夫不大，酒菜擺齊，立刻入座吃酒，五個人仔細一談，石昆這才知道人家四位全是劍俠的門人，不由得更加敬重。石昆吃完了飯，就住在駱家，次日起來，兄弟四人陪著石昆吃完了早飯，石昆告辭回衙，兄弟四人送到大門執手分別。

百靈俠風風火火一直來到府城，由後門進了衙門，正值府官完了案件，退堂休息。百靈俠來到書房，將這幾天訪查的經過一一報告了府官。鄭曉瀾一聽，說道：「賢弟，這個事怎麼辦呢？」

石爺說：「依我說，今天先打發人往高家堰探一探，究竟他們那裡來了多少人，我們好通知守備同時帶兵剿匪。」知府說：「你看著辦吧。」於是百靈俠暗中派人前往高家堰打聽，等派去的人回來報告，才知道除了高氏兄弟之外，還有鎮海龍樊瑞，雙鉤太保林兆東，又來了少華山、金星寨、潼關八鳥中的大爺摩雲金翅鳥陳山、八爺九頭鳥米瑞。他們二位原同高信認識，此次前來，本意是往雲南玉龍山，特意繞道來看高信，還有由玉龍山來的祥澤寨的寨主清風俠羊天受字子祐，前八寨藍田寨的寨主金鞭太保徐通字遠達，後八寨飛鵬寨的寨主烈火俠芮靈字知機。他們全是玉龍山派來接餉銀的。更有山東青州府雲門山清妙觀的觀主九首蜈蚣李玄修，帶著徒弟小蝴蝶葛三雄，小蓮花沈德秋，他們師徒本同鬧海魚高義是朋友，因為鐵拐劉利在魚鱗鎮被陸貞一錘震動心房，開口吐血，經葛三雄和沈德秋把他送回青州府雲門山，不想傷重身死，李玄修一問，才知道被陸貞錘震傷重身亡，被那二人說動了心，訪訪這個陸貞，給劉利報仇。於是埋了劉利，帶著兩個徒弟，直奔江南，順道來看高義。

再說百靈俠石昆，一聽探信的報告，人家又來了七八個人，於是稟明了知府，暗中通知守備調兵剿賊。原來這位守備姓伍名梁字成棟，三十多歲，手使一條鐵槍，重三十餘斤，招數是六合門的傳授，真有萬夫不當之勇，所以人送外號鐵槍賽項羽，性如烈火，疾惡如仇，馬上步下全都來得。這天正在衙中閒坐，猛接到知府衙門調兵的文書，於是換上官服，來見知府。知府連忙把伍大爺接進中堂，坐下獻茶已畢，伍大爺這才問府尊調兵何事，知府就慢慢把高家堰不法的情形一說，伍爺一聽說道：「府尊，打算幾時調兵剿匪呢？」

知府說：「打算今天夜晚前往捕盜，還請老寅兄嚴守祕密為要。」

伍爺說：「那是當然，到時領兵前去，不知還有何人？」知府就把自己的表弟石昆邀了幾位俠客臨時相助的事說了。

「不過這個事情，老寅兄把兵調齊，夜間出發，把高家堰四面圍住，內中交戰拿賊，自然有舍親同那幾位俠客負責，因為老寅兄不能縱房越脊，所以不叫你進莊冒險，你就在外面提拿漏網的賊人就是了。」伍大爺同知府商量好了，這才告辭回衙，預備一切。單說石昆，暗中寫了一封密信，派人暗暗送到駱家鎮知會陸貞，四人夜晚三更在高家堰以南松林想見，一切布置妥當不表。

再說高家堰高氏兄弟，自從那一天夜中被駱敏刺傷眼睛，兄弟三個人同林兆東、樊瑞五個人商議報仇之策，正要聘請能人，正趕上金波寨又派來了徐通、羊天受和芮靈前來接鏢，一見高義高智的眼睛，就問二人怎麼回事，林兆東就把那天夜中之事說了一遍，烈火俠芮靈可就說了：「高大弟，我們屢次勸你，不要貪淫好色，你總是不聽，早晚非把我們的大事鬧壞了不可，因為這種事情正人君子全都痛恨，遇上硬手就有性命之虞，再說你若叫我們總寨主同三個老頭子知道了，你非有殺頭之禍不可，現在因為你新入了大寨，他們還不知道你的根腳，我勸你還是改一改才好。」

正然說著，忽見家丁來報，說：「清妙觀的李道長，帶著兩個徒弟來拜。」

高義一聽，說：「快請。」

不多時李玄修進來，一見二高的眼睛，說道：「為什麼這個樣子？」二人對李玄修一說，並請李玄修幫他復仇，李玄修說不忙，等你眼睛好了再想辦法。正然談話，忽見家丁來報，有金星寨潼關八鳥的大爺同八爺來訪，高信連忙接進來，大家互相一指引，金星寨的二鳥同金波寨的三位可就急了，本來老道師徒全是採花的淫賊，別說跟他們同住，就是同他們在一處長談全栽跟頭。所以那五個人略一舉手，就各自坐下了。好在金星寨的二鳥本打算投入金波寨，不想在此遇上，所以他五個談到一處。書不重敘，一連住了四天，沿河的餉銀也來齊了，玉龍山的五個人打算一半天，就同潼關二鳥押著餉銀回山。

這天晚上正在大廳之內談話，清風俠羊天受猛聽外面微微有點聲音，似乎衣襟帶風，自己不由一怔，這個時候大家可就完全聽見了，微一怔神，就聽外面南房上有人說道：「高氏三寇還不出來受死，等到何時！」高信一聽知來了仇家，一伸手在牆上摘下一面小鑼，嘡嘡當響了幾下，就聽四面八方鑼聲震耳。高義高智這時眼睛已經好了，說道：「眾位亮兵器，外面來了仇家。」於是各攏兵器，出了客廳。這個時候客廳外面燈籠火把，照得十分明亮，只見由南房上嗖地跳下一個人來，身高五尺，細腰寬臂，雙肩抱攏，一身青色的夜行衣，青絹帕包頭，斜拉麻花扣，鬢邊顫巍巍的帶著一枝守正戒淫花，懷中抱定一口紅毛寶刀立在院中，威風凜凜口中說道：「高氏三寇，快快出頭受死。」

高義一聽，首先一擰九節鉤鏈槍來到當場，口中說道：「小輩通名，大太爺槍下不死無名之鬼。」只聽那個人道：「家住河南開封府，姓石名昆字太璞，江湖人稱十粒飛星百靈俠便是，你可是鬧海魚高義？」

高義說道：「知名何必故問，我同你遠日無冤近日無讎，因何夜中攪鬧我的宅院？」

石爺說：「因為你強搶民女，霸占淮河，坐地分贓，意圖造反，所以我帶領官兵前來拿你，識趣的放下兵刃饒你不死。」

高義一聽說：「好小子，竟敢口出大言，接兵器。」說著雙手一抖，槍走中盤，直向百靈俠當胸就刺。石爺一看槍離胸膛不遠，一上左步，用左手一推槍桿，右手的刀頭向下順著槍桿向裡便劃。高義一撤步，打算用外帶環，把刀給撥出去，不料人家來得太快了，槍還沒有動，那刀就到了胸前，那高義一瞧，只可閉目等死。石爺也不砍他，一舉左手，在高義胸前啪的就是一掌，高義一歪身撲地坐在地下，將要翻身立起，忽見眼前一晃，來了一個人，用手在高義的肩頭上一按，高義立刻周身發麻，不能動轉，被人家一把抓住十字絆，提到南房之下放在地下。因為這個人身法太快，等他站住，大家方才看清，來人也是一身青色夜行衣，背後插著一對倭瓜紫金錘。就見人家站在牆下，看著高義也不捆綁，大家這才知道高義被人家點了穴了。這時高智一分雙拐，左手拐一晃石爺的面門，右手拐掄起來當頭便打，石爺一上步，用金刀一磕右拐，順水推舟，刀奔高智的脖子，高智一蹲身躲過金刀，沒想到百靈俠用個翻身跺子腳，左腿飛起，嘣的一聲踹蹦在高智的胸膛之上，高智一歪身，撒手扔拐倒在地下，還沒有起來，猛覺著脊背被人家踢了一腳，立即同他哥哥一樣不能動轉，被人提起來放在南牆之下，同他哥哥放在一處，大家一看這個人二十多歲，面如少女，身背一對日月鳳凰輪，同那個使錘的立在一處也不捆人，大家才知道高智也叫人家點了穴了。大家一看暗道：「不愧石昆人稱俠客，高氏兄弟一照面全都被擒。」

葛三雄對李玄修說道：「那個使錘的就是陸貞。」

老道一聽氣沖牛斗，一回手把拂塵插在大領之上，緊跟著亮出寶劍，一個箭步跳在當場，口中說道：「石昆，我們無仇無恨，請你撤退，我要會一會這個賽元霸陸貞。」

陸貞一聽，一縱身來到當場，說：「石兄，請你休息，我問問這老道。」石昆無法，只可退下身來。陸貞雙錘一分，說道：「老道通名受死。」

老道說：「你要問祖師爺，乃是山東青州府雲門山清妙觀主，九首蜈蚣李玄修是也。」

陸貞說：「原來是採花的淫賊，下流的盜寇，今天活該你報應臨頭。」說著流星趕月雙錘向下就打，老道抽身舉劍相還，二人戰在一起。要說老道的武術還真不錯，論身分說，足夠俠客的資格，可是跟陸貞走到一處，他可差點，動手不到十個照面，就被陸貞的雙錘把他困在當中。小蝴蝶葛三雄同小蓮花沈德秋，一見老師不是陸貞的對手，二人不約而同，一個擺單刀，一個抖鏈子雙鐝，直奔陸貞。陸貞一看，不由得有氣，說道：「好兩個小輩，在魚鱗鎮饒了你等性命，不思報德，今天反來搗亂，我若叫你三個小子走了，那算我枉稱賽元霸。」說著刀到了近前，陸貞左手錘向外一掛，右手錘向著葛三雄面上一推，就聽撲哧一聲，葛三雄腦漿迸裂，倒在地下，這時沈德秋的鏈子雙鐝已經來到腋下，老道的寶劍也到了近前，陸貞一看，向前一探身，左足用了一個扣步，身形一轉，躲過雙鐝同寶劍，雙錘風掃葉，向外一揮，正掃在沈德秋的腰上，這一錘把小子打出去了七八步遠，小子一抖手，扔了雙鐝倒在地下，一聲也沒言語立刻身死。老道一看，一照面兩個弟子雙雙身死，心裡一難過，寶劍抽回來稍晚一點了，噹的一聲碰在錘上，嗖的出去了三四丈遠掉在地下，老道大驚，趕緊墊步擰腰，跳出圈外，撲的一聲上了西房，陸貞說：「惡道哪裡去！」

只聽房上說「走不了」。啪一聲，又把惡道撞下房來，原來上面正是駱敏站在那裡，老道驚魂未定，一心逃走，也未留神房上有人，所以被駱敏一掌正打在前胸之上，一歪身摔下房來。陸貞過來在他胸前一點，把老道制住。這個時候金鞭太保徐通，把雙鞭一擺，奔陸貞撲來，烈火俠芮靈，亮出寶劍奔了石昆，清風俠羊天受一個箭步正要去救高氏弟兄，不想由房上跳下一個人來，手捧點穴飛錐，擋住去路。高信一看，說道：「羊大哥，這個小孩子正是駱敏，千萬不要讓他走了。」於是六個人戰了三對，徐通同陸貞戰了個平手，十個照面以後，漸漸就不成了，摩雲金翅鳥陳山說道：「徐寨主，我來幫你。」一擺手中短把牛頭鏟，雙戰陸貞，這時芮靈一口寶劍同石昆對敵，也是不占上風，看情形工夫大了也得敗北；清風俠羊天受一支清風劍同駱敏戰在一起，也將好平手。高信一擺分水蓮花奪，過來雙戰駱敏，九頭鳥米瑞一擺鳳尾雙攔來雙戰石昆，正正的兩個打一個，工夫一大，你猜怎樣，石昆同駱敏那裡尚還看不出一定的勝負，就是陸貞一對六瓣紫金錘，如同流星趕月，雨打梨花，一片寒光把徐通同陳山二人迫的只有招架之功，要按說雙鞭，同牛頭鏟，還有金錘，全是沉重的兵器，但是二人比陸貞差的太多，所以招數顯著遲慢，倘若無人相助，二人恐怕被獲遭擒，雙鉤太保林兆東一看不好，趕緊一分雙鉤，跳到近前，三戰陸貞，這才勉強打個平手。

九頭鳥米瑞同烈火俠芮靈二人同石昆戰在一起，石昆一口紅毛寶刀，鎖閉住三般兵器，米瑞稍一失神，左手劍碰在刀上，噹的一聲，削成兩段。哪知石昆左手暗藏一粒鋼丸，他一瞧米瑞向外一縱，於是左手一揚，一點寒星奔米瑞的面門飛來。米瑞腳尚未曾站地，眉眼中間早中了鋼丸，哎呀一聲，血流滿面，二目難睜，坐在地下。這時，樊瑞一瞧米瑞受傷，一分手中連環雙刺，來助芮靈雙戰石昆，米瑞正立起身來，不防嗖地跳下一人，此人正是霍星明，寶劍一指奔米瑞劈來。米瑞這時面門帶傷，血液迷離，又是赤手空拳，如何抵擋，兩個照面被霍星明一腳踢個跟頭，踏住脊背，擰手臂擰腿捆了結實，同高義、高智、李玄修放在一處，仍同尹成立在牆下觀瞧。

單說駱敏一對點穴飛錐，同清風俠羊天受、乘風俠高信三個人戰在一處，一對雙錐上下翻飛，清風俠一口清風劍，高信一對蓮花奪，竟連半點便宜全沒有。正戰之間，聽哎呀一聲，米瑞受傷，被人家擒住，高信微一失神，駱敏的左手錐一鬆手，撲的一聲，高信左肩井穴中了一錐，噹的一聲左手奪落在地下，高信一縱身跳出圈外，將要逃走，尹成一擺雙槍攔住去路，說道：「哪裡走！」高信一臂受傷，只一隻右手，如何是尹成的對手，三兩個照面被尹成一腿踢了一個跟頭，按住捆上，這個時候只剩下羊天受，獨戰駱敏可就更不成了。這邊樊瑞同芮靈雙戰石昆，也是不得便宜。徐通、陳山、林兆東三戰陸貞，還被人家迫得團團亂轉，稍一失神就有性命之憂。這個時間可就大了，陸貞一看，他三個拚死惡鬥，我若拿住個活的也叫旁人笑話。想到這裡錘招一變，三個人一時可了不得了，周身前後盡是錘頭，不見陸貞的蹤跡，這就是陸貞，相逢老師二十年來所得的錘中精華，這一路錘名迷蹤錘，共分三十六路，每蹤分六十四招，要不怎麼陸貞小一輩的俠客中算頭一位人物呢！那陳山三個人一瞧被人錘頭困住，不要說戰，連跑都跑不了，時間一大，陸貞一錘把陳山的牛頭龐打落塵埃，一抬腿把陳山踢了一個跟頭，林兆東同徐通得了空隙，一齊跳出圈外，口中說道：「風緊扯活。」這個時候羊天受戰駱敏，看看要輸，一聽徐通叫跑，於是一挫腰向外一縱，腳未沾地，駱敏右手錐一撒手在羊天受右肩，微微點了一點，道：「念你是成了名的俠客，如若將你刺傷，可惜你一生的名譽，這不過先給你送個信兒罷了。」羊天受一聲不語，跳上房去，這時樊瑞同芮靈也抛開石昆，跳上牆頭，一同奔西南逃走，陸貞大家並不追趕，這時陳山也被尹成捆上。玉龍山的五個人向外一走，一瞧高家堰，四面被官兵圍了個水洩不通，全都弓上弦刀出鞘，你雖看他五個人不是陸貞等人的對手，但是要同這些兵士遇上就如同大人鬥小孩一樣。三晃兩晃全都出了重圍，逃回玉龍山去了。

守備伍大爺，一瞧群賊逃走，趕緊帶兵向裡圍，把高家的宅舍團團圍住，伍守備手持單鞭，進了大門，一看許多的莊丁，跪了一地，滿地上盡是刀槍，就見石昆向眾莊丁正在講話，原來自從五個人一跑，石昆對眾莊丁說：「你們趕快扔下兵器免死，不然就一個也走不了。」大家一聽，於是扔下刀槍跪了一地，一瞧守備伍老爺進來了，說道：「守備老爺來了，一共拿住了六個活的，兩個死的，跑了五個，請守備老爺撥查他的家眷，封他的宅舍，我們可要告辭了。」

伍爺說：「好吧，以後的事全交給我就是了，你們幾位請回休息吧。」於是石昆領四個人出了宅院，一瞧外面的兵丁，全都精神活潑，手拿刀槍弓箭之類，如臨大敵一樣，石爺說道：「老哥兒們，讓一讓吧，我們過去，裡面的賊，全拿住了。」

兵士一看，認識是石爺，說道：「石老爺，辛苦了。」於是大家一閃，讓出一條路，石爺領著四個人，一直出了高家堰。

這個時候天已黎明，五個人包好了兵器，換上白天的衣裳，一直奔府衙而來，走出不遠，小諸葛霍星明說：「石俠客，現在事情已經完了，我們又不願意出頭當原告，何必去見府太爺呢？再說我們曾寄柬留刀，總算是犯法，現在去見府太爺，我們算是做什麼呢？」

石爺一聽，連忙說道：「四位俠客千萬不要這樣說，我昨天就同府官商量好了，以前的事不提，單說這件事，算是我聘請你們幾位相助拿賊。現在賊也拿住了，還有什麼說的嗎？再說知府還要見你們幾位呢。」苦苦相約，四人無法，只好隨石爺一同來到淮安府。此刻已是巳時左右了。石爺請四位暫在自己屋內休息，自己到內宅去見知府。府太爺因為派人前去拿賊，剛把公事辦完，也是一夜未睡。石爺一見知府，報告了一切經過，並說人犯全都交給了伍爺，大約下午就可以押賊回府。知府說：「你請的那幾位幫忙的呢？」

石爺說：「我已經把他們請進衙門來了，要不是他們幾位，我一人是絕對不成。」

知府說：「現在哪裡呢？」

石爺說：「現在我那屋裡坐著休息。」

知府說：「既然他們來了，人家幫了我們忙了，你請請他們去到客廳，我見見他們，也謝謝人家。」

石爺說：「大人可別提以前寄柬留刀的事，因為在晚上我邀人家的時候，人家不來，因為怕你怪罪，是我對人家說，以前的事再不提起，算是我請他們相助擒賊，他們四位才來的。」

知府說道：「那當然不提了，既然人家替我們出力，我們要不謝謝人家那還對嗎？因為人家並不在官應役，這總算是客情呢。」

石爺一聽，說道：「既然兄長如此說，待我去到外面同他們說說，我先請他們客廳內坐，你老隨後去就成了。」

知府說：「好吧。」石爺於是來到自己屋內，把四個人請到客廳等候，緊跟著家人打簾子，說：「大人過來了。」五個人一聽站起身來，一齊向太尊行禮。

鄭知府說道：「眾位義士請坐，未領眾位貴姓高名？」

四個人連忙各通了姓名。知府說：「今夜這個事情，多虧眾位拔刀相助，方能拿住群賊，給這一方除此大害，不能說不是眾位的大功，本府職在除凶去暴，為人民解除痛苦，這一來眾位努力立下的功勞，本府反倒坐享其名，這本處的百姓以及淮河往來的客商，全都無形中享了幸福，本府這裡先替本處的百姓謝謝眾位。」說罷躬身一揖，四個人一看，連忙頂禮相還。

陸貞說道：「太尊為民除害，小民等理應竭力相助，況除暴安良本是練武的應盡的責任，自問毫無德能，蒙太尊不惜降貴而賜教益，又復過蒙獎勵，不勝感愧之至。」

知府這才讓大家坐下，衙役獻上茶來。知府說：「眾位身懷絕技，為什麼不一刀一槍去到邊疆上求取功名，將來圖個封妻蔭子，本府實為眾位可惜。」

霍星明一聽，連忙說道：「太爺說的固然是金玉良言，但是小民等出身草莽，第一沒有那種福分，再說閒散慣了，一旦若入了官場也受不了這種拘束，反不如這麼無拘無束倒覺著身心安泰。」

知府一聽，連忙點頭，說道：「按義士這樣說法，不貪功不求名，只求合乎人情天理，可說是十分清高，這一求倒顯著本府齷齪不堪了。」

霍星明一聽，說道：「太爺說得太謙了，若各處的府縣全像你老人家這種愛民如子，兩袖清風，不避權豪的辦法，小民佩服之至。」

談了工夫不大，知府說：「現在本府還有點小事未定，請石賢弟代我相陪就是了，四位如若無事，很可以多住幾天，我們也可以暢談幾次。」

兄弟四個人一齊說道：「蒙大人不棄，小人等如有閒暇，一定前來請安。」於是送走了知府，四個人由石昆領導，一齊又到了石昆屋內，剛剛坐下，只見外面家人抬進了一架食盒，說道：「石老爺，這是太爺叫送來的，請你老人家陪客。」

石爺說：「抬進來吧。」於是眾人擺開桌椅，開啟食盒一看，裡面是一桌上等的燕翅席，五人這才入座開懷暢飲。工夫不大，吃完了早飯，四個人託石昆入宅辭別，也就告辭回駱家鎮來了。再說尹成要邀著霍爺和駱敏，一同到尹家林去住幾天。還是陸貞說：「這個事還不算完，我們把事情鬧起來了，若不聽個實在，可未免的對不起石昆，我們不如多待幾天，聽聽府裡的消息，然後再走。」

霍爺也說：「應當如此。」於是又住下，到了第三天，聽人傳說，府衙大獄裡，今天夜間跑了強賊三名，後來一打聽，才知道是九首蜈蚣李玄修、九頭鳥米瑞、摩雲金翅鳥陳山越獄逃了。又聽得知府於賊人越獄之後，趕緊詳明上憲，不到幾天的工夫，批示回來，就把高家哥三個就地正了國法，通緝越獄的賊人，又把高家的財產查封入官。陸貞等得了這個消息，這才放心，邀了霍星明同駱敏，兄弟四個，拜別了駱大奶奶，一同奔河南彰德府來了。

這天到了尹家林，正趕上大爺尹玉、三爺尹昌，全在家中，於是由二爺尹成給五個人互相一一介紹，又將陸貞同駱敏他們的來歷一說，並將沿途所經的一切全部仔細說了一遍，大爺同三爺這才知道新結的三個盟兄弟，全是劍俠的門人，武術精奇，不由得十分歡喜，於是一序年庚，仍是尹大爺居長，陸貞行二，霍星明居三，尹成居四，尹昌居五，駱敏還是老兄弟。哥六個每日在家中談論武術，研究功夫，一晃住了兩個多月。駱敏惦念著家中的母親和妹妹，於是辭別了五位盟兄，回家去了。駱敏走了之後，這天三爺霍星明可就說了：「大哥我瞧你這裡，看上去也不像是個富有之家，類乎我們，練成了武術，既不保鏢，又不護院，我們若盡這麼一吃，這算作什麼的呢？頭一樣對不起我們的藝業，再說可就違背了老師當年傳藝的苦心了，還有一件是將來吃什麼呢？」

尹玉說：「三弟依你怎麼辦呢？」

霍爺說：「我們不會也沿著漳河一帶使漂兒做買賣嗎？」

尹玉說：「莫非我們也學山寨主打搶路劫不成？」霍爺一聽說：「大哥你可別把打搶路劫看低了，因為這個打搶路劫得分了界限。」

尹玉說：「怎麼辦法呢？」

霍爺說：「真要不分好歹，見人就劫，見錢就搶，利用薰香，蒙汗藥酒，那算是賊，我們這個辦法跟那個不同，先得說有五不劫。」

尹玉說：「哪五不劫呢？」

霍爺說：「第一不劫孤行人，第二不劫鏢車，第三不劫公帑，第四不劫孤寡，第五在本地面不劫。」

尹玉一聽不由得一笑，說道：「賢弟你這不劫那不劫，那麼做這個買賣幹什麼呢？」

霍爺說：「你別忙，聽我說完了你再批評，我說一不劫孤行客是為什麼呢？凡是孤行客，全不是大客商，第一沒有多少錢，再說他好不容易將本圖利賺幾個錢來，養家餬口，你給他劫了來，他就得餓死，再說也不值得一劫呀，所以我說一不劫孤行客。二不劫鏢車，因為鏢車全是江湖人開的，我們不能失了江湖的義氣同規矩，只要他們走鏢的不失規矩，我們也絕不劫他，這是維持江湖上的公理。三不劫公帑為什麼呢？是因為公帑是國家之物，我們不能藐視國法。第四不劫孤寡，是為什麼呢？人若到了鰥寡孤獨的程度，那是最可憐的，我們作俠義的，應該憐恤他們才是，哪能再去劫他呢？第五在本地面不劫，是為什麼呢？因為本地面的各衙門，凡作公的耳風全靈，你若在本地上做買賣，十有八九窯兒安不住，因為你盡給本地面留案子，官府一定怕麻煩，或者動兵剿捕，或聘能人，一次不成兩次，兩次不成三次，幾時轟了，幾時為止，不然就沒有安定的時候了，所以有句俗話是兔兒不吃窩邊草，何況是人呢？不獨五不劫，還得保義鏢，怎麼叫保義鏢呢？比方說有遭難的忠臣孝子義夫節婦，或是正式的往來商賈。怎麼叫正式的往來商賈呢？就是將本圖利公平交易的買賣人，由我們這裡經過，我們得沿途暗中保護送他出境，不能教他在本地面出了是非，如若他們出了是非，叫江湖人可就恥笑我們沒有開門立戶的資格了，那麼我們是幹什麼的呢？我們劫的是貪官污吏，解任回家，或是奸商猾賈，欺騙百姓，或是土豪惡霸，出外遊行，只要聽見說，那是絕不客氣，跟著他離開本地面，或明劫或暗取，非把他劃個兩手空空不可，而且非到勢不得已，不可傷人，我們劫來的這種錢財貨物，可不能任我們自己揮霍，那麼做什麼用呢？就是賙濟貧困恤寡憐孤，最要緊的是，無論何處有了水旱天災，我們必須盡力暗中接濟，這個名字就叫井裡打水往河裡倒。自己原無事，盡為他人忙，所以江湖上對這個就叫做俠。雖說俠以武犯禁，但是比起奸詐害民的官吏，可不強著萬分了嗎？我們真要這麼做起來，不消三年就可以名利兼收，你們哥幾個看看怎麼樣呢？」

尹大爺一聽，說道：「還是三弟精明，不怪人稱小諸葛，可是我們做水路還是做旱路呢？」

霍爺說：「水旱兩路全可以，無非得多用精明強悍踩盤子的夥計，在這周圍二百里之內，廣設耳目。還得在各城鎮多設臥底的夥計，到時候方能消息靈通。不然真若有了應劫不劫的，那豈不叫江湖上笑我們不夠資格嗎？」

尹大爺一聽說道：「賢弟你指揮一切就是了，我們幾個是一律聽從。」商定了之後，霍三爺可就暗中排兵布陣，安置指揮，不到一年的工夫，做了三次大買賣，可就成了功了。手底下的踩盤子夥計就有六七百個，分布在各處四路探聽。說到錢足有百十多萬，同各處的綠林人、正氣一點的山王寨主都有聯繫，越來聲勢越大，一般的綠林人中可就知道在漳河一帶有個尹家林了，當家的名叫金頂貔貅尹玉，真是不到三年的工夫，名也有了，利也有了。

這一天霍爺對尹大爺說道：「我們現在的名譽是立起來了，可是外表也得把虎頭支起來，才像個樣子。」於是召集人夫，在本村周圍掘下了護莊河，築起了土圍子，四門上修好橋梁，裡面建設房屋，整理街道，這樣一來尹家林可就成了局式了。

恰巧尹玉的宅院後面有一片空地，方圓足有一百五六十步。霍爺說：「大哥你瞧現在我們的財產雖然不多，可是也得有個地方貯存才好，現在我們的房屋雖然很多，我瞧完全不能貯藏貨物。」

大家說依三哥你怎麼辦呢？霍爺說道：「我瞧後面那片空地方很好，我們不妨在那裡起造一座倉庫，儲蓄所有的財物，以備將來。內中安置上轉旋螺絲機關，這種機關，可是不能安上殺人的利器，最厲害不過將人困住，或是被獲遭擒。裡面再安上點武術趟子，我們閒著可以操練身體，以作消遣。」

尹玉一聽說道：「你瞧著辦吧。」於是霍爺在各處搜尋能工巧匠，購買各種五金和木料，量好了地盤，安好了基礎，霍爺才由自己的屋內取出一張樓圖來，按圖修造，這一座樓足足修了一年零三個月，這才修成。趕到裝置機關，由霍爺親自動手，一切配合，別人可就見不著了，就是看見也莫名其妙。等到一切全裝置好了，把所有的財貨一齊移入樓內收藏。這時霍爺對大家說：「現在樓已造成，所有的貨物也完全收好，今天由我領導，我們往樓內瞧瞧。」大家一聽，十分歡喜，霍爺領著大家各處觀看，大家親自開動機關。一切的木人木狗，同各種的機關真同活的一樣。陸爺說：「不怪人稱你妙手霍星明，這座樓就可以作為你這個外號的代表，可是這座樓既然這樣的奇巧，還得給它取個名兒才對呀。」

霍爺說：「這座樓我打算取它叫明志樓，因為我們並不是志在為盜。所得來的東西，全是不義之財。用這座樓就表明我們的志向，你們五位瞧如何呢？」大家一聽，俱都稱妙，於是回了聚義廳，令木匠刻匾懸掛。

這天陸爺同尹氏三傑正在坐著閒談，忽見北路的夥計來報，山西大同府鎮遠鏢局的鏢，往山東送，我們通知下邊人，是不是同他們打個招呼，陸爺說：「鎮遠鏢局是誰開的？」

夥計說：「鎮遠鏢局是兩位鏢主，一位姓婁名玉外號人稱鐵掌猴；一位姓盧名俊人稱通臂猿，每人手中一條子母三節螺蛳棍，招數是七十二路行者棒，十二枝牙梭三稜凹面毒葉鏢，武術高強，在大同開設鎮遠鏢局，一晃五六年了，再沒有出過一回事，在江湖很叫的開，二位鏢主人也和氣，永遠沒有失過規矩，聽說他二位是師兄弟，是江湖七雄的門人，婁玉是二爺雙輪邱雨的門人，盧俊是六爺臥海龍江濤的門人。」

陸爺一聽，心中一動，對夥計說道：「江湖七雄現在什麼地方居住？你們知道嗎？」

這個時候尹昌說：「原先倒知道他們住在山西壽陽縣內，以後聽說他們隱居了，不曉得他們搬在什麼地方，這五六年來沒有消息。」

陸貞說：「他們的鏢既然動身，你們打聽準了，幾時來到我們這裡，把鏢銀給他留下，我要問問這個江湖七雄。」

尹昌說：「二哥為什麼同江湖七雄這麼過不去呢？」陸爺就把當初自己的哥哥被邱雨一掌擊死，父親由此一氣身亡，雖說是禍由自取，但是也得會會七雄，講說明白，並非是懼怕七雄的威名，不敢報復，不過遵守江湖上的道義，所以才不去找他。尹大爺說：「那麼二爺你不會去找二爺邱雨同他說明嗎？」

陸爺說：「第一不知他們的去向，第二找著他又怎樣呢？不過把話說明了完事，知道的說我們遵守道義，不知道的豈不說我們不敢報那父兄大仇，反倒登門謝罪嗎？現在我們雖然不知七雄的去向，可是他徒弟一定知道邱雨存身的地點，我們一旦把他的鏢銀留下了，那時我再同他們一講和，不就完了嗎？

既不失江湖的義氣，又不失自己的面子，這不是兩全其美嗎？我們又不是要人的鏢，不過為的引出邱雨這個人來，我們也瞧瞧七雄的武術，為什麼號稱七雄，然後再託人從中說和，就是當中沒人，我們不會見坡就下嗎？」尹大爺一聽，十分有理，於是大家一商量全都同意。內中只有駱敏，因為回家探母所以他沒有參加，兄弟五人規定好了，就打發夥計向四面探聽。

這天夥計來報鎮遠鏢局的鏢，到了清風嘴旱葦塘，大家一同帶領莊丁戰敗了鏢師，可就把鏢留下了，因為打算後來還要講和，所以對鏢局的人員，一個也沒有傷害。這時鏢局子的人員可回了大同府了。所以七雄老兄弟先託裘逸過去往尹家林探聽尹氏三傑的消息，裘爺當時應允，於是領著崔三一直回大同鏢局來了。

第九章　七雄六義逞俠風

這天來到鏢局子門首，夥計們一瞧這可稀奇，頭戴煙氈大帽，身穿青色的破棉袍，破褲子飛滿了花，破襪子跟地皮一個顏色，拿著一條鐵菸袋，閃光雪亮，看情形這條菸袋足有十好幾斤重，真像個乞丐，要不是崔三跟著，非將他吆喝走了不可。就聽崔三說道：「老爺子，你老候一候，小子我通知鏢主好來迎接。」裘爺點頭，只見崔三進去，工夫不大，就見二位鏢主從裡面跑出來，說道：「老爺子幾時來的，小姪未能遠迎，這裡給你老磕頭啦！」

裘爺一擺手，說：「起來前邊帶路。」

夥計們一看，暗道：「這個破花子是誰呢？好大架子，怎麼二位鏢主這樣恭敬？」工夫不大崔三出來，大家一問才知道是名馳冀北的燕冀大俠。

再說裘爺隨著二位鏢主來到櫃房坐下，夥計獻上茶來，裘爺說：「你們這個事，我全聽崔三說了，明天你們兩個去一個，帶著夥計前去要鏢，我在後面跟著，有了事，自然我出頭解決。」婁玉點頭答應。到了次日，婁玉帶著兩名夥計，寸鐵不帶，身穿長大衣服，這是鏢局請鏢的規矩。三個人就奔彰德府來了，天到過午來到尹家林，一看周圍一丈二尺寬的護莊河，一丈二尺高的土圍子，上面有堆口，四面四個圍子門修的磚門樓，門外用條石修的小橋，從漳河引來的活水，灌滿了城河，足有一丈多深，河兩岸用木頭作的欄桿，河內種滿蓮花。婁玉帶著夥計進了西門，一看街道整齊，房屋緊湊，做買做賣的，還有士農工商，非常的熱鬧。婁玉找了個老頭，向人家一打聽尹莊主的住宅，那個老頭用手一指，說你往正東走，到了十字街往南一拐，第一所大房子，坐北朝南的門樓，門前一路八棵垂柳，就是他的住宅。婁玉一聽道一聲勞駕，帶著夥計一直來到尹玉的住宅。一看門前坐著十幾個家人，全是青衣小帽，看著倒是很規矩。婁玉一抱拳，說：「眾位辛苦，勞駕通稟一聲，就說山西大同府鎮遠鏢局的鏢主，鐵掌猴婁玉前來拜莊請鏢。」

莊丁一聽，不敢怠慢，連忙說道：「婁鏢主請門房坐，小子就進去通稟。」莊丁進去了工夫不大，就聽裡面說道：「婁鏢主在哪裡？」由裡面出來了六個人。

這六個人一色的青綢子大衫，白襪灑鞋，一齊抱拳拱手滿面含笑，就聽頭一位說道：「婁鏢主在哪裡，不才兄弟迎接來遲，當面請罪。」

婁玉連忙還禮，口中說道：「不才來得魯莽，請六位莊主海涵。」二人攜手向裡相讓。婁玉同大莊主一拉手，尹玉一用力，婁玉早知道有這一手，已經提防著，尹玉就覺著婁玉的雙臂如鐵，趕緊撒手相讓。婁玉一打量尹玉，四十上下的年紀，五尺高的身材，赤紅臉，濃眉大眼，頭上正當中一塊巴掌大的黃頭髮，如同金線一樣，所以江湖人稱金頂貔貅。大莊主也打量婁玉，只見他中等身材，細腰寬臂，雙肩抱攏，三十多歲的年紀，窄腦門子尖下巴，兩道劍眉，一雙圓眼，黃焦焦的眼珠子，滴溜溜地亂轉，身穿青綢子大褂，白襪子皂鞋，帶著兩個夥計，真是精神百倍。婁玉一進大門，轉過影壁，原來是一片廣場，黃土墳的甬道四通八達，有三四所院落，每所各有二三十間，在最後還有一座高樓。六位莊主領著婁玉奔了正中那所房來，走到近前一看，向南的大門帶門洞，一進大門就是門房，迎面是個長方院落，二門是個屏風門，一進屏風是個大當院，一概用方磚鋪地，砌出許多花池子，裡面栽花種竹。正房是七間大廳，外面南房也是七間，東西配房各五間，全是前出廊、後出廈的瓦房，正房門上掛著板簾，大概這一所是專為待客用的。正房門口站著四個家人，青衣小帽，打起簾子，六位莊主讓婁爺進了大廳，一看內中無甚陳設，正面擺著一張花梨大案，案後面擺著六張交椅，一式大紅走金線的桌袱椅披，案前面雁翅兒列著十幾張方凳，靠北山牆兩邊放著刀槍架子，上面插著十八般兵器，正當中懸著一塊立匾，寫的是正心堂。六位莊主讓婁爺上首落座，尹大爺領著五個盟弟在下首相陪。莊丁獻上茶來，婁爺這時抱手當胸，說道：「大莊主，請你給我介紹介紹這幾位朋友。」

尹大爺這才說道：「眾位賢弟，我給你們介紹介紹，這是山西大同府鎮遠鏢局的鏢主，姓婁名玉，人稱鐵掌猴，是江湖七雄二爺雙輪邱雨的門人。這是我二弟陸貞，人稱賽元霸。這是我三弟姓霍雙名星明，人稱小諸葛。這是我二舍弟，名叫尹成，這是我三舍弟名叫尹昌，這是我的六弟名叫駱敏，字成英，人稱燕蝠齊飛。」大家互相一客氣，復又入座吃茶。婁爺這才說道：「前幾天敝局有一支鏢，往山東去送，也是婁某太得閒，所以託了兩位鏢師，帶了幾支鏢，行到清風嘴旱葦塘，大概是失了規矩，才惹得貴莊把鏢留下。這不怨貴莊留下鏢銀，都怨婁某用人不當，再說也是兩位鏢師經驗太少，所以才惹得六位莊主怪罪，今天我婁某按我們江湖的規矩，特來賠罪，還請眾位念江湖的道義，把鏢銀賞下來，好叫他們起鏢，過後我婁某總有一份謝意。」要按江湖規矩，鏢主因為理短，請鏢謝罪，山主或莊主就該把鏢銀發還，叫人家起身就算對了。但是這一次留鏢，並不是這種用意，所以婁爺將把話說完了，只聽二爺陸貞說道：「婁鏢主千萬不要這麼說，這個事情並非貴局失禮，也不是鏢師失了規矩，要說錯，還是我們無理取鬧。我們這個無理取鬧，可是另有一個緣故，第一閣下的業師，人稱七雄排行第二雙輪邱雨，天下聞名。我本意欲請老七位來到敝莊，但是苦於不知這七位的住址，所以再三的打聽，才知道閣下是二爺的高徒，當然深得二爺的真傳，我要找到大同前去領教，又顯著我們到門欺人，十分的不對，不如不按規矩把鏢留下，鏢主自然前來要鏢。就請鏢主把貴老師替我請到敝莊，我們一定把鏢銀一分不短送到清風嘴。如若令師不到，單憑鏢主前來要鏢，我們能失了江湖規矩，也不能叫你把鏢銀拿了去，說真了我們這就叫強詞奪理，不講人情。我們拿鏢銀作個當頭，幾時二爺邱雨來了，我們把鏢銀送還，如若二爺不敢前來，那時鏢銀也送出莊去，若單憑鏢主一說，立刻就拿鏢銀，那如何能夠呢？鏢主你也不必著急，我們這就叫不講情理，說難聽的就是不夠程度。」婁爺一聽心說要壞，真要他強詞奪理那倒好說，不怕說僵了，當場動手，那算他不夠程度，現在他不但認錯，而且還真認不講情理，就因為跟我老師過不去，他才不給鏢銀，你說這個事情怎麼辦呢？

婁玉正在為難，尋思答話。忽見莊丁來報，說道：「莊主，外面來了一個乞丐，拿著個大鐵菸袋，要見莊主。」

尹大爺說：「你們多給他幾個錢不就完了嗎？見我做什麼呢？」

霍爺一聽，說道：「且慢，大哥你老這算粗心，江湖上的異人不可勝數，你老知他是做什麼的。」

一回頭對莊丁問道：「你沒問他的姓名嗎？」

莊了說：「他自通姓名，說姓裘，名逸，字山民呢。」

霍爺一聽，說道：「大哥，還是把他請進來為是，當初我聽家師說過這一位，大概是燕冀大俠，無論是與不是，請婁鏢主少坐，我們兄弟六人先迎出門去一看就知道了。」

於是兄弟六人對婁玉說道：「婁鏢主暫坐片刻，我兄弟去去就來。」說著六個人一同離開正心堂，一直來到大門之外，用目一瞧，只見大門外站著一個乞丐，頭戴一頂煙氈大帽，捲著後沿，前邊遮住二目，兩撇小灰鬍子，身穿一件破棉袍，真是補丁疊補丁，下身穿一條破棉褲，兩隻破棉鞋，破襪子跟地皮一個顏色，右手拿著一個大皮菸荷包，足夠一尺多長三寸來寬，用皮繩穿著，一頭拴著一個大鐵環，足有手指粗細。還有一個鐵菸袋，二尺多長，核桃粗細。尹大爺一看說道：「前面來的可是燕冀大俠，裘老義士，想我兄弟未曾遠接，我們這裡賠罪了。」

就聽裘爺說道：「豈敢豈敢，老朽來得魯莽，還請六位莊主海涵。」

尹大爺說：「此處並非講話之所，還請你老人家裡面一談。」

裘爺說：「正要打擾。」於是六位莊主在前，裘爺在後，一直來到正心堂，家人打起簾子，請裘爺來到堂內，分賓主坐下。裘爺一問大家的姓名，大莊主尹玉一一指引，裘爺說道：「自從六位在尹家林聚義以來，老朽早就有意相訪，因為好動的毛病，所以總不得閒，今天可算萬幸，六位全部在家，老朽今天又得了六位小朋友，真是痛快得很呢！」

尹玉說道：「不才兄弟六人自從出世以來，年輕節薄，多承各處的老少俠義垂青，方能得有今日，不想現在你老人家又光臨敝舍，實在是蓬蓽生輝，給愚兄弟增光不少。」

裘爺說：「六位莊主太客氣了。」回頭問道：「婁鏢主來到尹家林有何貴幹呢？」婁爺於是又把清風嘴丟鏢的始末說了一遍，自己因此前來請鏢，但是二莊主因為同家師當初有一點小小的宿怨，所以他主張不放鏢銀出山。小子我又因為家師既然當初開罪過莊主，所以我這裡正在為難，不想你老人家就來了，這不是你老人家趕上了嗎？沒別的，求你老說和說和吧，如若我的老師他老來了，豈不更把莊主給得罪了嗎？裘爺一聽婁玉這片話，不由得暗笑，婁玉這小子真是嘴把式，照他這一說，倒像尹家林這夥人完全不是他的對手，不過他不肯再得罪他們罷了，這真得說好漢出在嘴上。想到這裡，一拱手對陸貞說道：「二莊主，留鏢請鏢這乃是江湖的規矩，二莊主為什麼不把鏢銀還他們呢？」

陸爺一聽哈哈大笑，說道：「老義士，你老人家不知內中的細情，方才我同婁鏢主已經談過了，本來這一次留鏢，並不是鏢局失理，乃是我無理取鬧，不過小可久聞江湖七雄威名，尤以邱二爺為最，所以我打算會會他老人家，只是苦於不知他老的住址，所以再三訪聽，才知道婁鏢主是邱二爺門下的高徒，如今我若故意不還鏢銀，非二爺出頭不可，不是二爺無形中就出頭了嗎？」

裘爺一聽哈哈大笑，說道：「二莊主你這個話我明白了，一定當初你同邱二爺有過節了，今天誰叫我趕上了呢，本來我同邱二爺也有一面之識，同閣下六位也得說一見如故，我打算從中給你們兩個調和調和，不知道二莊主你老的意思怎麼樣？」

陸爺一聽連忙說道：「老義士你老人家可聽明白了，要按說名馳冀北的老俠客出頭給維持事情，第一得說賞給不才的面子不小，第二可就算是兩人的福神，但是你老調解的早了一點，既然你老出頭維持，早晚有求你老解和的一天。」

裘爺一聽，說道：「二莊主，到什麼時候才算不早了呢？」

陸貞說：「你老要調解，非邱二爺出頭不可，到那時你老一說，可就算完了。」

裘爺說：「我同兩人全是朋友，我這個了事，是金磚不厚，玉瓦不薄，仇宜解不宜再結，如若冤冤相報，何時是完呢？再說你跟二爺有仇應該去找二爺報仇才是，你跟鎮遠鏢局不是沒仇嗎？我們這麼辦，你先叫他們鏢局子起鏢，你不知道二爺邱雨住在什麼地方，我倒知道，現在他們移居壽陽城南八裡遠近，地名紅柳坡，現在改名七雄堡。老朽作為訪友，我領你去，你瞧怎麼樣？你何必對鏢局子過不去呢？再說鏢局子又不是二爺開的，你兩人大概也沒有多大冤仇，何必這麼沒完沒了呢？」

陸爺一聽，說道：「老義士你老不用說了，我不是說過了，我不對嘛，雖然鏢局子不是邱二爺開的，可是他高徒開的，不是同邱二爺開的一樣嗎？你老不是說沒有多大仇嗎？你老不知道，父兄之仇不共日月，所以說非二爺出頭不算完事，你老人家要非管不可，我陸貞寧可得罪你老人家，也不能讓婁鏢主把鏢拿了去。依我說，最好現在你老先別管，等到了完的時候，你老人家不管也不成，哪怕我給你老磕頭呢，那就應了你老那句話了，誰叫你趕上了呢。」

裘爺一聽，說道：「二莊主，你們究竟是什麼冤仇，可以說出來讓我聽聽嗎？」

陸爺說：「那有什麼不可呢？」於是把當初結仇的原因仔細說了一遍，又說道：「按說我兄長之死是他禍由自取，我父親之死算是由於自己是非不明，可是我要放下不管，教江湖說起來，我陸某算是個什麼人呢？所以說非邱二爺出頭不能算完。」

裘爺一聽不由得哈哈大笑，說道：「二莊主，你既然知道令尊同令兄做事不對，為什麼還非報仇不可呢？」

陸貞說：「我不是對你說明白了嗎，明知不對，也得報仇，如若不言不語，江湖上一定得說，姓陸的不報仇，並不是遵守道義，而是怕人家邱二爺的威名，不敢報復，要不父兄之仇為什麼這麼不言不語呢。就是找不著二爺邱雨，也應該找他的後代門人哪，雖然說父兄不對，難道說還能不是父兄了嗎？別人要這麼一談論，叫我還怎麼在江湖上混呢？所以說這個仇一定得報，不怕邱二爺一掌將我擊死，那算我學藝師不精，也不能怨人家心狠手黑，你老非叫我把鏢給了人家，言歸於好，你老請想，這如何能夠呢？」

裘爺一聽，心中說道：「這小子真把沒理的事說得有了理了，你說我還能栽在這裡嗎？」想到這裡，不由得著急，把煙氈帽向後一推，說：「陸莊主，這個事情按理說，老朽既然出頭調解，你就該完了才對。為什麼呢？你想我這麼大的年紀，出頭了事，如若了不完，你叫我怎麼出尹家林呢？不想我說了半天，你是滿不聽題，你想往後你還怎麼交朋友呢？我們這麼辦，你看我偌大年紀，在二莊主這裡討個臉兒，成不成呢？」陸貞一聽，老頭子是沒的可說了，我若再擠兌一點兒，就許把老頭子僵火了，真要火了也不錯。我也看看這燕冀大俠的武術如何，哪怕過後我再給他賠禮呢。

陸貞想到這裡，說道：「老義士，你只顧了你老人家面目難堪，你老就不想我陸某大小也有個微名，我的面目何在呢？你老人家要非此不可，這麼辦，求你老人家辛苦一趟，去一趟七雄堡，給邱二爺帶個信，我等他半個月，他如不來，那時我哪怕一步一個頭，拜到隱賢村再請你老出頭了解，你看如何？」老頭子一聽可就煩了，本來了事不成還有事在，裘爺哪能給他帶這個信呢，這不是當面刻薄人嗎？裘爺不由得雙睛一瞪，說道：「陸莊主，你這就不夠朋友，我老頭子的事是好朋友的事，成有你們的事在，你不該用言語奚落我老頭子，我合著是到了你們家裡頭了，要打了事的對不對？這分明是欺壓老夫，今天我要領教領教你這個賽元霸，沒有別的，我們院裡見吧！」陸貞一看老頭子急了，說道：「老俠客，我陸某可不敢同你插手比拳，這是你自己倚老賣老，你別看你坐鎮幽燕，你要打算來鎮尹家林可辦不到，你老人家不是要動手嗎，我們也只好奉陪。」

回頭對尹大爺說道：「大哥，既然老俠客打算動手，我們不如陪著老人家走兩趟吧。就是輸了，輸在高人手裡，還算難堪嗎？」於是命家丁打起簾子，七人一同走到院中。婁爺一看說僵了，自己也沒有辦法，只好也跟到外面。

那裘爺走到院中一站，把菸袋掖在腰裡，說道：「你們哪一個先過來動手？」

就見翻江雁尹昌尹三爺說道：「老俠客，我給你老接接招。」一縱身形來到當中，向前一進步，左手一晃，右手向著裘爺胸前就是一拳，裘爺向後一退左步，身形一閃，用兩個手指頭一戳尹昌的袖子，手腕向下一沉，就見尹昌身形向前一栽，將要躺在地下，裘爺一伸手，抓住尹昌後心的衣服，說道：「五莊主請你休息。」尹昌一怔，真不知道自己為什麼倒下，又教人家給抓起來，看來人家高明得多，於是一言不發退在廊下。這時候六爺駱敏一看五哥一照面就輸了，知道裘爺的武術精奇，自己暗想，我隨二位恩師一十四載，可不敢說高，自從出世以來，可沒遇過敵手，今天我何不領教領教這位燕冀大俠，也看我夠個什麼身分，想罷一縱身，來到當場說道：「老俠客，我給你老接接招吧！」

於是雙拳一晃，直奔裘爺的門面。裘爺一瞧這位六莊主，頭梳雙髻，面似桃花，還是一個童子，不由地起心裡愛惜，一看雙拳離面門切近，一上左步用右手向上一穿，左手奔駱爺肋下便打，駱敏一撤右步，右手向下一耷拉，左掌嗖的一聲奔裘爺面門打來，裘爺一看這孩子好快的手，足見他受過高人的傳授，不由得一高興，心想我給他領領招，也看他是哪一門手術。想到這裡施展身法，展開雙拳，同駱敏打在一處。駱爺一看，心說不怪人稱燕冀大俠，真得說高，今天我絕不是人家的敵手，二人動手七八個照面，打了三十多個回合。裘爺一看孩子的招數，真不亞如狂風驟雨，今天我要把他打倒了，可惜燕蝠齊飛的名譽。想到這裡，正趕駱敏雙手向自己雙肩上一按，老頭子雙手一合，向前一伸，由駱爺肘底下過去，兩個中指正點在駱爺的兩個乳根之穴上，雙手要一坐腕子，一發真力，駱爺就得當場喪命。裘爺偌大年紀，如何肯做這樣狠毒事情，於是兩指向下一劃，說道：「小朋友你也休息。」駱爺知道人家手下留情，不傷自己，連忙向後一退，一抱拳說道：「老俠客手下留情，我謝謝你老人家。」說罷退到廊下，裘爺說：「還有哪一位？」陸貞一看，兄弟六人，按武術，除了自己，就是尹大哥。再就是六弟，現在六弟敗了，還能讓大哥出頭嗎？於是一縱身形，說道：「老俠客我來接招。」

話到手到，左手一揚，右手一伸用了個單撞掌，裘爺一瞧暗道：「小子好快的手。」裘爺一上左步，右手一擄陸貞的腕子，左手向陸貞肋下一按，陸貞一側身形右手一拳，左手掌帶風聲，向裘爺頭上砸來。裘爺一撤右步，右手向上一伸向外一捲，這一掃名叫抗掌，把陸貞的左手捲到外面去了，右掌向下一落，直撲陸貞的胸膛。陸貞右手一拳向懷中一掄，名叫立樁，跟著右掌翻背手向裘爺的面上打來，這一招名叫摔掌。裘爺一看怪不得小子狂，真有兩下子，我若不叫你認得我了，恐怕你還要目空一切，想罷招數一變，把自己的看家拳可就施展開了。

原來裘爺自幼受過異人傳授，有一趟八面進身如意掌，平生指著這趟掌法成名，沒有逢過敵手。今天一施展，可就把陸貞給圍住了。陸爺一看心中駭怕，只想隨老師練藝二十年，賜號賽元霸，實指望打遍天下無敵手，不料今天遇上裘逸，別想說贏，準保不輸，全都不易，真要被人家一掌擊倒，自己尚在其次，豈不給老師喪盡名譽，於是也把拳法一變，三五個照面，居然走出圈外。心中暗想，趁此下場，倒是很好的機會，不然工夫一長，非輸不可。想罷雙拳一抑，說道：「裘老俠客，且慢進招，我有話說。」裘爺一施展八面進身如意掌法，準知道陸貞必輸，心想只要用掌法把他圍住，那是穩操勝算，不想陸貞能從從容容走出圈外，自己十分的驚訝，暗道後起者竟有這樣人物，真是能人背後有能人，看起來為人不可目空一切。

裘爺他哪裡知道，陸貞有一種護身絕藝名叫退步連環掌，這是通真子一生的絕技，只要與人比較，一看對方技藝超出己上，勢不能敵，趕緊把這趟掌法施展開了，一招一式就同練拳一樣，自然而然的就可以走出圈外。這個掌法，只可護身，不能擊人，陸貞練這趟掌，整整的花了三年的工夫，所以未曾一次被人窘困到底，原因就是這趟掌法的關係。

陸貞這一走出圈外，裘爺可就納了悶了，本來沒有看出他有什麼出奇的招數，可就是自己沒有把人家圍住，將要進身追趕，就聽陸貞說有話說，於是站住身形，說道：「二莊主未見勝負為何撤招？」陸貞說：「老人家，我們本不是仇殺惡戰，何必定分勝負呢？再說我若敗了，小小的虛名就算化為烏有，你老人家看著，豈不可惜。再說你老人家倘若萬一失神，一世英名亦付東流，悔將何及？我因為不是你老的對手，這才走出圈外，你老的名譽已成，對於後輩正宜獎掖提攜，何必不忍一朝，定要分出勝負呢？」

裘爺一聽，暗道：「這小子說的真有道理，再說自己雖然輸不給他，可是無法贏他，再動手也不過如是，不是白生氣嗎？」

於是說道：「不比倒也可以，但是請鏢的事情怎麼樣呢？」陸貞一笑，說道：「還是那句不通人情的話，非邱二爺出頭到了敝莊不能解決。」老頭子一聽，這可沒有辦法了，這小子軟硬不吃，俗話就叫纏磨頭。這時外面進來了個莊丁，報導，門外有山西壽陽縣城南七雄堡的六位莊主前來拜莊。陸貞一聽不由得大喜，對裘爺說道：「老人家，你可聽見了，現在江湖七雄來了六位，這可應了你老那句話了，這個事誰叫你趕上了呢，將來還得你老給調解，可是現在你老千萬別開口，為什麼呢？如若我們閉口不應，你老人家的面目安在呢？因為凡是年高有德的人來到敝莊，我是一概以老前輩看承，絕不敢說一句無理的話，方才我對你老說的那種無禮的言語，那是故意教你老生氣，還請你老原諒才好。」

老頭子一聽，暗道：「這小子是怎麼回事呢？他倒是什麼意思呢？你說他誠心同七雄作對，他可處處計念著和平解決，索性連和事人都安下了，你說他不是同七雄為仇呢，他可非見邱二爺不可，而且口口聲聲要報父兄之仇，要按武術說，別瞧七雄兄弟武術精奇，恐怕也制不了他。」

不提裘爺暗中思想。單說陸貞對裘爺把話說明，尹大爺帶著五個兄弟一同向大門走來，走到大門一看，只見門外站看六個老者。頭一位，鬚髮皆白，微微的謝頂。第二位也是髮賽冬雪，鬚似秋霜，肋下懸劍，原來是一位出家的道長。第三位形同乞丐貌似花郎，七十多歲，鬚髮不亞如掛雪的飛蓬，手中持著一支三尺多長的鐵笛，真有鴨卵粗細。第四位皓首虬髯，一雙碧目，神光炯炯，約有七十餘歲。第五位風神瀟灑，一部花白鬍鬚，威風凜凜，肋下懸劍。第六位五短身材，六十多歲，瘦小枯槁，金睛亂轉。

這六位在門首一站，全都是面帶笑容，雙方拱手後一齊進了正心堂，邱爺用目一看，裘爺同婁玉全都坐在廳中。再說裘爺一見邱二爺大家來到，連忙起身讓座，婁玉過來給老師和各位師叔磕頭，立在邱爺背後。尹大爺同五個兄弟在下首相陪，互通姓名。家人獻上茶來，吃茶已畢，就聽邱二爺說道：「前者鎮遠鏢局的鏢車走到清風嘴旱葦塘，被貴莊將鏢銀留下，當然是他們失了規矩，以致惹惱了眾位莊主，若按說留鏢請鏢原與我邱某無干，再說我隱居七雄堡，原打算不問世事。不過聽鏢局夥計報告，此次留鏢頗與老朽有點關係，再說小徒前來請鏢，出來了十餘日的工夫不見回去，所以我第一前來看看他們請鏢是否合乎手續，第二同著幾位盟弟前來拜會六位莊主，請問一聲，我邱雨有何不到之處，以致惹得江湖朋友對邱某發生不滿。現在小徒既然在此，不知請鏢的事情如何，並邱某有何問罪之處，還請莊主明言示知，老朽願聞。」

尹大爺聽了，雙手一拱，說道：「這個事要說其錯全在我們。不過內中的情由，得細細分說明白，本來這個事的起源，起在我的二弟身上。」於是就把當初邱爺如何掌震陸元，氣死陸天霖，陸貞千里投師，仔細說了一遍，復又說道：「邱二爺你老請想，要按俠義的道德，這個仇可就得放在一旁，不能再道隻字，為什麼呢？因為那算禍由自取。但就父子的關係，可就不能那麼說了，真要是隻字不提，我那二弟陸貞可就不能再在江湖上站立了，旁人必說懼怕二義士你老的威名，不敢存報復的思想。但是江湖七雄正大光明，人所共知，要為個人私仇不遵道理，也實屬惹人唾罵，滿打算找你老人家敘說明白，又不知道你老仙居何處，所以我兄弟議論了幾天工夫，這才想起對鎮遠鏢局無故留鏢，無論何人出頭，全不放鏢出境，第一為的是把你老人家引出來，說明以往的情由，第二領教領教你老人家的武術，這就算報了仇了。方才裘老義士還說他老情願帶著我二弟前去拜謁你老人家，你想我二弟若再去到七雄堡，豈不叫江湖人說他不獨不敢報仇，反倒登門謝罪嗎？所以說必須把你老請到這裡，大家說明，方算兩家全都不傷面子，第一我二弟不落個賠罪的名譽，第二你老人家也得一個優容晚輩後生的美名，這不是兩全其美嗎？就是因為這個緣故，裘老俠客也要出頭維持，我二弟還故意不講情理，同裘老義士雙方動手，雖然動手，這也不過是遊戲性質，這個時候各位老義士可就來了。還有這件事情也得當面說開，我們兄弟幾個人有個遊戲的所在，我們完了事，請你們幾位到那裡消遣消遣。」

邱二爺把話聽完，說道：「大莊主，現在我也來了，這幾個條件我是完全接受，不知現在該怎麼樣呢？」

尹大爺說：「原先不是跟裘老俠客說過了嗎？只要二義士你老人家一露面，立刻就請婁鏢主起鏢，現在第一步就照著原定的辦法，就請婁鏢主派人接鏢，我這裡派人把鏢送到清風嘴，以全兩家的面目，話也說明瞭，還請婁鏢主原諒一切，我們不是錯了嗎，以後我們去到大同登門謝罪就是了。」婁玉一聽，不敢答應，兩眼看著邱爺，邱爺說：「既是莊主把鏢銀賞下來，你可以去到本鎮天心店，叫夥計接鏢就是了，這裡的事有我們了結，你們去吧！」婁爺一聽，於是告辭，尹大爺把婁爺送出大門，婁爺一問天心店，有人告訴他就在南街，於是到了南街天心店裡一看，呵，連鏢師帶夥計及客人全都來了。

原來邱爺大家本打算在七雄堡聽候消息，趕裘爺走了之後，二爺一想，這個事本由自己所起，真要不露面恐怕完不了，如果再等裘爺回來，往返得多少時間，不如自己去一趟尹家林，看一看這尹氏三傑同這個賽元霸的人格如何。如若人格正直，巧了就許交幾個朋友，如果人格不正，除了他們，也給百姓除一大害。於是對大爺一說，大爺倒是贊成，不過一問誰去，三爺四爺五爺六爺七爺全要去，全是恐怕人太少了孤單，一個不謹慎，就許把一世英名付與流水，所以大家全要去。大爺自己在家看家，老哥六個這才一同奔大同走來，到了鏢局子一問，夥計說老爺子你老來晚了一步，前半天鏢主及裘爺全走了，邱爺一聽，說道：「既是他們全走了，你把此次出事的人員連同客人招集齊了，一同跟我前去要鏢。」大家趕到尹家林之後，邱爺叫大家在天心店等候，所以婁玉才同大家會在一起。於是算清了帳目，直來到清風嘴等候。工夫不大，尹家林的莊丁把鏢車送來，客人一檢查，原封未動分文不短，於是大家起鏢奔山東去了。

再說邱爺，一見婁玉走後這才說道：「現在鏢銀已走，總算莊主賞給我們的面目不小，以後再謝，不知還有何事？」

尹大爺說：「第一為的是把你老引出來，第二為的是領教你老人家的武術，就算我二弟報了仇了。第三我們這裡有一點不值錢的東西，把它放在一個地方，如若你們老幾位手到拿來，那就算是我兄弟輸了，情願以此作為一個謝罪的東西，如若老幾位拿不出來，我們也將這個對象相送，一來是聯繫感情，二來是作為進見之禮，並且可作為此次無理留鏢謝罪的物品，這不是裘老俠客也在這裡，就請他老人家作個調解人，我們雙方全有面子，幾位老俠客，看看此事意下如何？」邱爺一聽心中暗想，好一個金頂貔貅，他處處站穩腳步不栽跟頭，這還不算，並且把了事的也安排停當，分明是願意了結，可是必須較量較量，還有謝罪的物品，比方說，我們若不能手到拿來呢，七雄的威名從今以後可就栽到家了，看起來別看他們幾個人年輕，做事真得說有根有據，想罷說道：「既是大莊主你說出來了，老朽幾個人還能駁回嗎？但是我們現在先履行哪一條呢？」

尹大爺一聽，說道：「你老人家先別忙，我還未將這個謝罪的物品拿出來呢。」於是一回頭，對莊丁說道：「你去到內宅見大主母要我原先交給她的那個盒子，把它拿出來。」

莊丁從內宅出來時，懷中抱定一個長方木盒，足有三尺多長，五寸多寬，進來放在桌子上。尹大爺站起身形，伸手把盒子開啟，由盒中取出一物，開啟包袱一瞧，原是一口單刀，黑鱗魚的鞘子，真金什件，刀盤盒吞口是一個整龍頭，龍眼睛是兩顆櫻桃大小的明珠。珠光射出半尺遠近，刀把用紫絲繩子纏著，刀督也是一個龍頭，張著口，口內含著一個鴿卵大小的金球，兩個龍眼睛也是兩顆明珠。在兩腮上穿著一個手指粗細，茶盅口大小的金環，手腕子一動，嘩啦啦亂響。那尹大爺手執寶刀，說出一番話來。

第十章　明志樓夜獲雙雄

那尹大爺手執寶刀對眾人說道：「各位老人家請看這口刀，前年敝莊修蓋了一座明志樓，為什麼叫做明志樓呢？不過是表明我們兄弟六人雖然身居綠林，並不是志在為盜。這是修樓掘土時由土裡得來的，我把它交巧手匠人精心修理，才露出本來面目，也知道是口寶刀，就是不知道它的出處和名目，你們老幾位闖蕩江湖，最少的也有四五十年，可謂經多見廣，一定能知道它的名目。常言說好寶劍贈予烈士，所以我才立意以此物相送，作為一種謝罪的物品。並且說開了，我們取個笑，把此刀放在明志樓上，任憑老幾位去取，可是我們這座樓上面裝置著幾種機關，這個機關可不是殺人的埋伏，也沒有有毒的對象，不過中了機關至多身帶微傷，或是被獲遭困，絕對沒有意外發生。我們以三日夜為期，取出來不傷身體，那算我們輸了，咱就實行末後的條件，言歸於好。取不出來，也實行末後的條件，不知各位老俠客以為如何？」

邱爺一聽，心中暗想，取出來言歸於好，取不出來也言歸於好，並且還用寶刀考教我們，這口刀不用說取出與否，就是叫不出個正當名目，那時我們七雄的名譽可就付與東流了，這個事情擠到這裡可是不能不答應，於是說道：「既是尹莊主這樣說法，我是無可無不可。」用目一看自己五個盟弟，一個個手拈髫鬚微笑不語，唯有七爺東方，用目觀看自己。二爺明白他善作機關埋伏，大概這機關他一定能懂，於是心裡略寬了一步，一伸手從尹玉手裡接過寶刀，左手拿住刀鞘，右手拿住刀把，一攝崩簧，只聽嗆啷一聲，寶刀出盒，真不亞如龍吟虎嘯，寒光閃閃，冷氣侵人，活似一汪秋水，耀人二目。邱二爺仔細一看，這口刀通體三尺六寸六分，頭上作成缺尖式，足有三寸多寬，一身龍鱗。二爺看罷，不明此刀的來歷，一伸手遞給谷三爺，谷三爺接過來，掂了掂分量，量了量尺寸，往下傳遞，不多時連裘爺全看完了，尹玉接過刀來插入鞘內，說道：

「眾位老俠客可知此刀的名字及出處？」

就聽三爺谷玄真說道：「大莊主，貧道對於寶刀寶劍可不認識，不過這口刀我倒聽見說過，只不知是與不是。」

大莊主一聽，說道：「你老人家既然知道，何妨說出來我們聽聽呢。」

谷爺說：「此刀出在大晉，赫連老丞相所造，一共三口。

頭一口，通體身長四尺，按一年的四季，把長一尺二寸，按十二元辰，刀長二尺八寸，按二十八宿，刀把不用物纏，造就一身鱗甲，連刀把帶刀盤是一條整龍，如同現在的斬馬刀相仿，其名叫做龍鱗。第二口，通體身長三尺六寸，按周天三百六十五度有奇，把長八寸，以合八卦，連盤帶督是一條整龍，龍口吞著刀身，在刀面上龍頭的前面有一個透眼，內中含著一粒彈子大小的鋼珠，其名叫做龍殼，俗名叫做劈水透瓏刀。第三口也是身長三尺六寸六分，刀把是兩條龍，一個龍頭抱著刀身，一個龍頭含著一粒鋼珠，龍腮上穿著一個鋼環，那個龍鱗可起刀身上，這口刀正名叫做龍紋，俗名叫做大環。這三口刀全有四益三絕之稱，那四益是什麼呢？一決勝負，就是出兵打仗，主帥身佩此刀，如若這一仗能夠勝了，此刀在鞘內自己錚錚作響，如果此刀無聲無響，那就趁早收兵，不然非敗不可。二防盜賊，就是房屋之內，如把此刀掛在牆上，他自己能在鞘內作響，你就趕緊盯著他，今天夜裡一定鬧賊。三驚刺客，就是如若身佩此刀，出門遠行，前面有刺客，這口刀自己會刀出鞘外，或二三寸或四五寸不等，自己就趕緊留神，前面一定有小人潛伏。四避邪魅，就是若身佩此刀，夜晚走路，一切的邪魔鬼怪不敢近前，這就是四益，那三絕是什麼呢？就是切金斷玉砍毛髮，這就是三絕。我見大莊主這口刀的尺寸同形式，好像那第三口龍紋大環刀，是與不是我可是妄談。」

尹大爺一聽說道：「三爺可謂博古通今，這一段定刀論，使我頓開茅塞，此刀一定是大環刀無疑了。」於是把刀放回盒內。邱二爺說道：「大莊主，我們現在應該履行哪一條了呢？」

尹爺說：「第一條是請你老人家出頭，這不是你老來了嗎？第二條可就是研究武術，這個研究的性質可是遊戲，點到為止，指到算輸，可不能下其毒手，因為我們這是友誼的比賽，我們現在就履行第二條。」於是告訴莊丁在外面預備。工夫不大，莊丁進來說道：「已經預備妥了。」尹大爺說道：「請大家外邊坐吧。」於是大家起身，家人打起簾子，眾人來到外邊。

鐵笛仙四爺白天乙性最急，手持鐵笛，先來到當場，口中說道：「不知哪位莊主前來賜教，白某奉陪。」

就見六爺駱敏手捧一對點穴飛錐，說道：「小可不才，給你老接招吧！」說著左手錐一晃，右手錐奔白爺的面門扎來，白爺向後一仰身，鐵笛向駱爺的小腹便點。駱爺雙錐十字架向下一按，白爺的笛子一翻手，又向駱爺的頭頂擊來，駱敏向左一上步，右手錐向外一掛，左手錐奔白爺右肋就點，二人抽招換式打在一處，三五個照面駱敏轉身就走，白爺一看孩子要走，自己把鐵笛一橫，進步就追。只見駱敏一轉身，雙手一揚，雙錐出手，一隻奔了白爺的面部，一隻奔了白爺的小腹。

按說這一招就不好躲，顧上顧不了下。哪知會者不難，白爺本來右手託笛，橫在胸前，拿著當中，眼看雙錐到了身上，白爺一上左步，用鐵笛一立，向右一推，噹的一聲，兩隻錐一齊落下。白爺說道：「原來如此！」這時駱敏抖手雙錐，白爺的鐵笛向前一伸，可就到了駱敏的胸膛上了。這一招真是迅雷不及掩耳，白爺如若一用力，駱敏就得當場身亡，可是白爺的鐵笛微微一沾駱敏的衣服，立即右手一撤，說道：「小朋友，請你休息吧！」

駱敏面目一紅，說道：「謝謝你老手下留情。」於是退下身來，說道：「大哥，小弟武藝低微，請你另派別人。」

未等尹大爺說話，二爺陸貞說：「六弟你暫時休息，還是愚兄領教。」

說著一抱雙錘來到當場，說：「白四爺，不才領教，請你老進招吧！」雙錘一分，做出大鵬展翅的架勢，白爺一看，一舉鐵笛，迎頭便擊。陸爺左手錘向上一迎，右手錘向白爺的前胸推來，這一招叫做金錘亮月。白爺鐵笛向下一垂，一上左步，用鐵笛一磕錘頭，緊跟著順著錘的上面向陸爺的面上打來，這一招叫撥草尋蛇。二人抽招換式打在一起，陸爺仔細一看，白爺的鐵笛沒有一定的招數，有時當刀，有時當劍，有時當棍，招數是層出不窮，內中真有許多叫不上名兒來的手法，要按這個樣子，自己非輸不可，於是招法一變，改了迷蹤錘的路子。白爺一看，暗道怪不得小子要找我們七雄比藝，他真受過名人的傳授，只聽錘帶風聲，如同狂風驟雨，四面八方盡是錘頭子，陸貞的身形圍著自己滴溜溜亂轉。心中暗道：小子你不用狂，我今天若贏不了你，我就不叫報應了。於是把鐵笛舞動，幾個孔隨著風聲，真如八音合奏，十分好聽。二十來個照面，陸貞一看又被笛圍住了，心中暗想：我若再延長時間，可就要輸了。於是把退步連環掌的招數變作錘法施展出來，三五個照面走出圈外。白爺不由得暗暗稀奇，暗道，我蒙江湖抬舉稱我一聲劍客，武術雖然不高，今天就沒看出他是怎樣走出的，這不是怪嗎？正要進步追趕，就聽陸貞說道：「白四爺且慢進招，你老請先休息，我再請一位莊主領教。」這個時候邱二爺將要上前，就聽飛行劍客雲靖說道：「陸莊主我來領教。」

說著來到當場，左手一攏劍匣，攝崩簧向外一扯，只聽嗆的一聲，寶劍離匣，如同一汪秋水。只見雲六爺右手抱劍，用左手一指，說道：「二莊主請來領招。」陸貞早就知道這位飛行劍俠，劍術絕倫，一口湛盧劍三十六路天罡劍法可稱得上壓倒四方，於是小心翼翼向前進招，把錘法一施展，同雲六爺打在一起。再瞧雲六爺一口劍走開了，不亞如銀龍鬧海，化成一團白光圍著陸貞來回亂轉。也虧得是陸貞，換個人早就敗了。陸貞一瞧，可了不得了，一個照顧不及就得栽個跟頭，正要施展錘法走出圈外，不想自己的左肩頭被人家輕輕地按了一把，於是一挫腰縱出圈外，說道：「老劍客手下留情，陸某這廂謝謝你老人家。」雲六爺說：「二莊主，這該怎麼樣呢？」

陸貞說：「仍請你老休息，陸某還要請一位莊主領教。」雲六爺一瞧，心中暗道：「這小子是不論輸贏非把我們弟兄領教全了不可，你就是領教全了，你也占不了上風。」於是定劍還匣歸了座位。這個時候邱二爺可就站起來了，手捧一對五行輪，口中說道：「陸莊主，老朽也要領教你的錘法。」於是雙輪一分，作出鶴立沙灘的架勢。陸貞暗道：「方才一個不留神，輸與雲靖，大概這七雄的本領全都絕倫，今天準保不再失敗，全不容易。」於是小心在意，雙錘用了個泰山壓頂向下打來，邱爺一看，雙錘切近，向右一步，左手輪向上一撐，要剪陸貞的腕子，右手輪直奔陸貞肋下截來。陸貞一看招法厲害，向後撤一左步，左手錘向外一蕩，右手錘蓋頂砸來。邱爺抽招換式二人打在一處。邱爺這對輪六十多年來未逢敵手，運用起來真好似雨打梨花，陸貞這對錘施展開了也如同狂風驟雨，二人走了三十多個照面，邱爺雙輪一併轉身就走，陸貞一瞧暗道：

「老義士，你要走那如何能夠？」遂進左步左手錘直希望頂，右手錘直奔後胯。眼看著錘離身不到二寸遠近，就見邱爺身形向右一轉，閃開雙錘，左手輪向上一託，已經到了陸貞的手腕之上，右手輪迎面劈來，這一招名叫迎風劈柳。陸貞一看，左手是回不來了，右肘也叫人家壓在輪下，冷颼颼二寸多寬冰盤大小的純鋼圈子已經到了面前，這要換個別人，只有閉目等死。

那陸貞不愧練藝二十年，受過高人的指教，真有救命的絕招，就見猛的身形一仰，平著身形仰在地下，這個名叫鐵板橋。緊跟著腰部一用力，嗖的一聲，出去了足有一丈有零，雙肩一晃站在地下，說道：「二義士我算輸了。」說著將雙錘放在地下，他這一招連邱爺全都出乎意料之內。別看是贏了，還得佩服人家。一聽陸貞認輸，說道：「陸莊主，這是你讓我年邁。」家人過來揀起雙錘，邱二爺說道：「陸莊主既讓了我，不知還有哪位前來賜教。」

那陸貞想七雄果然本事超群，再比也是不行。遂說：「不才兄弟既然輸了，也就不必再相較了，還是按著原序履行第三條吧。」邱爺說：「既然如此，我是一聽遵命，但是這個明志樓在什麼地方呢？」尹大爺叫家人抱定龍紋寶刀的匣子，尹大爺同五個兄弟在前引路，邱爺帶著大家在後跟隨。轉過當中的一所大房，後面還有三所，各處栽花種竹，十分精雅，又轉過了一個房角，可就瞧見明志樓了。於是尹爺領著大家圍著樓的外圍牆轉了一周。原來這個外圍牆是個八角形的，每面有十丈寬闊，當中一個黑漆門樓，清水起脊磨磚對縫，上面是泥鰍背，下面的牆是用虎皮石亂砌的，除去三尺多的條石基城，一共一丈二尺多高，牆根下面是八尺多寬，一尺多高的牆沿子。每個門樓全是五層臺階，各門全都關著，門上釘著盤大的銅環子。

尹大爺領著大家依然繞到南方，離為火的方位，把莊丁們止住，對霍星明說道：「三弟你可以頭前帶路。」於是霍三爺領眾人上了五層臺階，尹大爺一回手，從家人手內接過寶刀匣子，自己抱在懷內。只見霍爺用手一推大門，門分左右，裡面是一丈五尺方圓的一間屋子，東西兩面全有門兒，門可是關著，出了北面的門兒前面是第二道圍牆。東方七爺一瞧明白，這頭一層既是按八卦的方位，當然是六十四卦，一定是六十四間房子，全能通連。再瞧地板上全是一指寬闊，橫三豎四的縫子，這一間房子裡面可是空無所有，正要開口來問，只聽三爺霍星明說道：「眾位老義士，這是頭一層，按八卦的方位共分六十四間，每間裡面含著一種武術的路子，只要你一進大門踩動機關，自然發生作用。可是你老要能把第一間的武術破去，下面的千斤墜走動，自然上首那一間就轉到你的面前，接連不斷，這六十四間轉完為止，內中飛禽走獸昆蟲全有，可是你老要知總弦在什麼地方，把總弦摘下來，自然這房子就不轉了，破去第一間就算完事。這裡面的一切對象全是用木料製成，可不許用寶刀寶劍隨便損壞，小可久知東方七爺人稱飛星子妙手先生，當然對於一切的機關十分明瞭，我這是班門弄斧，你老人家可別笑話。」

七爺說：「三莊主何必如此客氣，老朽不過承朋友過譽，徒有虛名。」霍爺領著大家直向裡走，一出門是五層倒下的臺階，臺階下面是三尺寬的牆沿子，也是八角形，在臺階兩邊有兩個八尺多高的井亭子，路沿子下面直頂二道牆，完全是水。

大概圍著二道牆是一條大河，河內滿栽蓮花，由第一道牆到第二道牆足有七八尺寬，那河也有六七丈寬，由霍爺領著大家順著外牆沿子轉了一圈，外邊的八門全是一樣，每門旁邊全是兩個井亭子，再瞧這第二道牆也是八方八面，不過分十二門，正南正北正東正西全是兩個門，東南東北西南西北全是一個門，門的顏色和牆的形式，全同第一層一樣，由大門到二道牆的門戶，全有通道連線，不過這個通道全是方磚鋪成，在上面一走，蹬蹬的亂響。不問可知下面一定是空的，為的是流通河水，每面一個門的一條通道，兩個門兩條通道，做成人字形。

霍爺領著大家，轉到南方偏東的一條通路。七爺一看便知道這十二個門按十二元辰所造，走到門前，上了五層臺階，用手把門一推，門分左右，大家一瞧，原來是一丈五六尺見方的門洞兒，門內空無一物，地板也是橫三豎四的縫子，出了後門一瞧，也是五層倒下的臺階，這就瞧見明志樓了。

只見這座樓高有六丈，共分三層，上層是圓形的，周圍盡是門窗，赤紅油漆，十分光亮。頂子形如一把大傘，一個焦黃的金頂兒，靛藍的琉璃瓦。走水簷子罩出足有八尺遠近，簷上掛著風鈴，下面周圍是三尺多高的朱紅欄桿。中層是四方形的，南面門是黃色的，連窗櫺子通體皆黃，在門上面懸著一塊立匾，白地紅字是「明志樓」三個大字。上面飛簷，紅椽子藍瓦，簷上也掛著風鈴，下面也是三尺字朱欄圍繞。下層是個八角形的，也是藍瓦紅椽子，飛簷上掛著風鈴，下面的牆面全是白色的，連欄桿帶門窗全是白色的，再下面就是樓基，高約九尺，共分三層，每層六級臺階，共分八面，全是白色條石做成的，四外圍著四尺高的通道，這通道白石鋪成，上面橫三豎四盡是縫子。通道下面的平地用黃土填成，十分平整。在樓門前樓基下邊，站著兩匹紅馬，身高八尺，從頭到尾長有丈二，如同火炭一般，通體連一根雜毛也沒有。看去頗有神駿氣概，站在那裡動也不動，仔細一看原來是假的。霍爺領著大家上了十八層臺階，進了門，裡面是四四方方的三間屋子，還是一明兩暗，裡面陳設真是几淨窗明。上面是白紙糊的頂棚，正面懸著一幅八仙慶壽圖，兩邊一副對聯：「唯大英雄能本色，是真名士自風流」。屋中條案桌椅所有的擺設十分講究。在屋子當中有一座八角的木臺，臺上放著一隻銅鼎，就見霍爺一按銅鼎的左耳子，聽見西裡間嘩啦一聲，霍爺領著大家到了西裡間一看，原來裡面的陳設也十分整齊，靠北牆放著一張大床，床上掛著黃羅寶帳，就見帳子當中，由房頂上垂下一條軟梯，霍爺到了床前，用手把左首的床柱子一推，吱的一聲連床帶帳子分為兩段，當中現出一個方圓二尺大的地方，那個軟梯不偏不倚正落在空地上。霍爺領著大家，順著樓梯上了三層樓，到了上面一看，也是一明兩暗的三間房屋，這個軟梯正懸在外間北牆下面一個方洞之內。就見北牆上面離地六尺多高，安著一個銅龍頭兒，龍口內懸著一條七八寸長的銅鏈子，粗若胡桃，鏈子下面墜著一個碗大的銅球，正對著方洞。霍爺一見大家上來了，一伸手拉住銅鏈子向下一拉，只聽嘩啦啦一響，立刻下面的軟梯收將上來，啪的一聲，由牆上倒下一塊木板，正蓋在四方洞上，真是嚴絲合縫。霍爺又把龍頭往上一託，又聽嘩啦啦一聲，北牆下半截向兩旁一退，當中出現一個五尺方圓的洞兒，由洞內咕嚕咕嚕出來一張方桌，正正的放在那塊蓋梯的木板之上。北牆上那個方洞緊跟著也吱的一聲，合到一處。大家四面一看，這間屋子並無陳設，只是正當中放著一座八角的木臺，臺上正當中刻著一個太極圖，木臺四周放著八張椅子。只見霍爺在那個太極圖的當中用力一按，就聽東屋裡微微有點聲音。於是霍爺領著大家進了東裡間一看，同外間一樣並無陳設，在屋當中放著一座八角木臺，上面也刻有太極圖，八面八把椅子，在門後靠北牆放著一條樓梯，頂上是個圓洞。霍爺領著大家順著樓梯上了三層，這三層樓原是圓形，周圍盡是門窗，內中方圓足有五丈大小，正當中一座三丈見方的八卦石，一共三層，每層一尺高，一層比一層小進三尺，形如三尺臺階。正當中六尺見方三尺多高的一座八角臺，臺上面盤著一條五爪金龍，龍頭張著口向上揚著，房頂上面一個八角的天井，周圍向下垂著朱紅欄桿。天井中也盤著一條五爪金龍，龍頭向下垂著，張著口，口內垂下一條金鏈，鏈下繫著一個盆大的金球，球下面一個金環，環上一隻小小的金鉤。就見霍爺在尹大爺懷內接過木匣，開啟匣子取出刀來，順著八卦臺，一層層走到上面，到了八角臺前，將腳蹬在龍口上，一揚手將刀掛在金球下面的金鉤上，一翻身跳到地下，對邱爺說道：「二義士你老請看，現在把刀掛在此處，我們三天三夜為期，請老幾位到這裡把刀拿了去，那就算贏，我們這座樓並無一人在內看守，進大門就是機關，但是所有的機關可沒有殺人的利器，最厲害不過是使來人身帶微傷，再不然是被困住，只要困在樓內，我們在正心堂內自然知道，趕緊前來解救，也不論一次兩次，直到三天為止。」

大家一聽也只可如此，於是霍爺帶著大家又在樓上瞧了一回，原來在地板上圍著八卦臺，乾三連，坤六斷，震仰盂，艮覆碗，離中虛。坎中滿，兌上缺，巽下斷，大家上來的那個圓洞正是巽官。不必說，大家下去之後，那塊圓板仍然蓋上，大家隨著霍爺下了三層樓，一回頭那個樓梯自己晃徘徊悠回了房頂，嵌在上面，一絲也瞧不出來。霍爺請八義六俠來到外間坐定，又請本莊的五位在裡間坐定，就見霍爺一伸手在那太極圖的陽魚上面一按，大家就覺得一陣頭暈，眼前一黑，再看已經到了下面當中的屋內，裡間的五位也由內屋出來。

大家一齊稱讚霍爺，說此樓的機關真是靈妙非常，三莊主不愧人稱妙手。霍爺說：「眾老義士過獎了，小巧之術，在東方七爺面前，可算貽笑大方。」

七爺說道：「三莊主妙手靈心，老朽實在佩服。」說著大家隨著霍爺一出樓門，原來已經變了方向，方才進來時為南方離為火，門前本來拴著兩匹紅馬，現在一看變為坤為地，門前變為兩隻黃羊了。這時只有東方七爺明白，這是火能生土的意思，他這樓上的屋子一定能互為移動，樓下一定有千斤墜著，自己也不言語，隨著霍爺一同出了頭層大門，一直向正心堂走來，歸了座位。尹大爺說道：「小可兄弟現在同眾位老義士總算把手續訂好了，請你們老六位就在這正心堂休息，暗間之內大概也可以住得下，我們也可以多談幾天，不知眾位老義士以為如何？」

邱爺說道：「既承抬愛，焉敢推辭，不過打擾貴莊，心內不安罷了。」

尹爺說道：「老人家不必客氣，我們原是道義相交，此次不過遊戲而已，就是我二弟，也是為的將你老請出莊來，就說現在的用意，也不是非報父兄之仇不可，大概這種情形，老人家一定原諒。」說著天色已晚，擺了二桌酒席，一桌是邱爺為首，尹大爺作陪，一桌是裘爺為首，陸貞作陪。酒後散坐吃茶，老少十三位坐到了天過初鼓，陸爺說了：「哪位老義士去到樓上取刀呢？」

就見七爺東方玉站起身說：「老朽不才，去到樓上看看，取不出來，六位休要見笑。」

谷三爺同雲六爺一齊說道：「我兩個同七弟前去。」

二爺邱雨說道：「既是三位賢弟替愚兄效勞，可千萬小心。」三人辭了眾人，轉身出了正心堂。

三位爺一直奔明志樓走來，到了樓的外圍一看，八個門上全都掛著牛角氣死風燈，十分的明亮。東方七爺領了三爺六爺由南面向西繞，剛到了西北乾方，只見門已大開，五層臺階是五層翻板，已經全被人踏開了。藉著燈光向門內一看，只見地板上倒著兩個人，一個折了手臂，一個掉了腦袋，三個人不由得吃了一驚，仔細一看原來是假的，兩個假人每人腳底下帶著兩條絲弦。東方七爺說：「三哥六哥，現在樓內一定進去人了，這個人一定是不懂機關，仗著身體靈巧，過了頭道機關，我們先別進去，少刻這個人一定會被機關拿住，我們暫且躲開，聽聽動靜，然後再上樓取刀。」

谷三爺雲六爺說道：「不錯，我們先聽聽有什麼動靜。」三個一同奔了正西，坐在黑黝黝的一片大松林裡。工夫不大，就聽樓上噹的一聲鐘響，東方七爺說道：「探樓的朋友一定被獲遭擒了，少時他們一定來看。」

再說正心堂內邱爺同四爺五爺，還有燕翼大俠正同六位莊主閒談，只聽鐘聲響亮，由牆上掛著的一個大方匣子內跳出一個三寸來長、一寸來寬的小銅牌子，霍爺說道：「二義士，東方七爺被困在頭層樓的天花寶蓋，我們趕緊去救，不然恐怕三爺同七爺用寶劍損壞機關。」於是霍星明帶著四個莊丁直奔明志樓來了。工夫不大，來到乾宮門外，霍爺一縱身上了第五層臺階，把門旁的一個門環子一拉，咕嚕一聲，翻板扣好，陸貞領著家丁上了臺階，一進大門，見兩個假人倒在地下，霍爺說：

「東方七爺這就不對，不該用寶器損壞機關，這太不夠朋友。」說完一伸手，將兩個假人腳下的走線勾兒摘下來拎到牆根底下，掛在牆上，又把門後頭一個銅環子擰了三扣，令家人將木人放在牆下，領著大家到門後一瞧，翻板未動，就知道是跳下去的。

霍爺一縱身，上右邊的井亭子，跳將下去，工夫不大又縱上來。於是教陸貞帶著家丁上了臺階，自己領著順通道一直奔了二層門，到了近前一看，臺階的翻板並未曾動，那門帶門框全沉入地中去了，上面壓著一條鐵梁。霍爺一抬頭，看準了上面的椽子，在第三根椽子之上嵌著一個銅疙瘩，霍爺向上一縱，一手抓住椽子，一手把銅疙瘩擰了三扣，只見鐵梁也起來了，那門和門框都復了原位。霍爺又一拉門環，這才叫陸爺帶著家丁一同進了二門，原來這個宮位在十二元辰裡面，屬於亥宮，樓前的兩個大豬已經離了地位。

霍爺一縱身，下了五層臺階，一踏通道，就見那兩個大豬雙身一縱，直奔霍爺撲來，霍爺見前邊那一隻來到切近，身形向後一倒，左腳飛起，正踢在豬的下嘴唇上，那豬立時站住，後面那豬也來到近前，霍爺向豬頭上一按，這隻豬也不動了。

於是將豬耳朵每個擰了十幾扣，又從地下拾起二十四支竹箭，一按豬的左眼，兩隻豬一張嘴，抬起頭來，霍爺在每隻豬口內裝上十二支箭，又一按豬右眼，咯噔一聲，箭已入了巢子。於是霍爺回到二層門，在五層臺階下面有一塊三尺見方的青石，霍爺在石邊上用力一踩，這塊石頭可就立起來了，原來是一個洞穴。一翻身下了地穴，就見那隻豬吱的一聲回了原位，這時霍爺方才從地穴上來，蓋好了石穴，同陸爺領著家丁一直到了十八蹬臺階之下。一瞧第一二三蹬的翻板已經動了，可是並未損壞，右首第一個石欄下面有一個五寸來高的石柱，用腳向下一蹬，踩得同地一樣平，這才帶著家丁上了十八層臺階。平台的石面並未曾動，霍爺又把石階當中的一個銀錠扣兒一推，帶著大家直奔樓門，只見樓門大開，裡邊一切全都未動，就見正當中一個手指粗細的銅絲擰成的罩兒，形同一口小耳朵，上面一條鐵鏈子繫在房頂上，高有八尺，大有三尺，裡邊盡是倒須鋼鉤，在裡面扣著一個人。藉著屋內的燈光，一看，只見這個人細腰寬臂，雙肩抱攏，五尺多高的身材，一身青綢子夜行衣靠，青綢帕包頭，鬢邊斜插一朵守正戒淫花，看年歲三十上下，俊俏人物，背後斜插一把雁翎鋼刀。大家一看就是一怔，原來不是東方七爺他們，卻是另一個人。

第十一章　鎮龍坡俠僧除怪

霍爺於是來到樓門下面，兩邊門框上本就一邊嵌著一條金龍，張牙舞爪，雙角齊出。霍爺將左門框上那條龍的犄角用手一按，就見那個銅鐵罩兒，向上一起，回到屋頂之上，由屋頂開了一個圓洞，那個罩兒縮入圓洞之內，啪的一聲，由洞內飛下兩條皮套兒，不偏不倚，恰巧套在那個人雙肩之上，皮套一收，生生將那個人拖離地面。霍爺於是走到近前，將那個人的搭包解下來，捆上二臂，又將皮套摘下來，一鬆手，哧的一聲，兩條皮套，縮回屋頂，復又細看，各部器息俱都未動，於是對陸貞說道：「二哥，你先把這位英雄請回正心堂內，我收拾收拾消息（指設各種陷人的機關），然後回去。」

陸貞點頭，帶領莊丁同那個被擒的壯士，下了十八層臺階，出了二道門，順著通路，出了大門，一直奔正心堂來了。

工夫不大，來到正心堂處，陸爺進了正心堂，尹大爺說：「二弟，是哪位老義士困在樓上？」

陸貞說：「樓上困住的並不是我們的人，原來是另一位，我們不妨將他叫進來問。」說著將要叫莊丁，只見霍星明由門外進來。陸爺說：「三弟收拾好了嗎？」霍爺說：「妥當了，只是那個假人得另換一條手臂，那隻好過幾天再說，可是那個被擒的人怎麼樣了？」陸貞說：「我們將要把他叫進來問，三弟你就來了，你先坐下休息。」陸貞回頭對莊丁說道：「你們去把被擒的那位請進來，我問問他。」莊丁答應，轉身出去，工夫不大，只見推推擁擁由外面推進那個人來，陸爺令莊丁搬了一個凳子，說道：「朋友，你先請坐。」

只見那個人一言不發坐在凳子上，邱爺四位一看，不認識，起先一聽鐘響，還真以為是東方七爺在樓上被困，不由得提心吊膽，現在一瞧，可就放了心了。

這時候就聽霍爺說道：「朋友貴姓，我們素不相識，又沒有冤仇，為什麼半夜三更來攪鬧我們的宅院？」

就聽那個人說道：「朋友，某家既然被獲遭擒，請你或殺或剮，可不許用言語刻薄我，你們如若用言語奚落，就別怪我罵你們。」

霍爺說：「朋友，我並沒用言語刻薄你，你何必著急？我不過請問你的姓名，我們並不認識，你為什麼攪鬧我們的宅院，難道說這就是刻薄人嗎？」

那人說：「我既被擒，只求速死，你們問我的姓名做什麼？」陸爺說：「朋友，你這個人，可真難說話，我們不是沒有說要殺你嗎，為什麼你口口聲聲只求速死呢？常言說得好，天下人交天下友，我們問你的姓名，自然有個心意，你何必這麼不悅呢？難道說閣下是無名氏嗎？既然相遇全是有緣，問問姓名，又有何妨呢？」

那人一聽，說道：「朋友，你既然要問，大丈夫行不更名坐不改姓，家住陝西華陰縣四賢莊，姓白名敬字子謙，江湖人稱銀白熊。提我你不知道，提我的父親，雖不敢說人人盡知，但你們總有個耳聞，他老人家單諱一個哲字，字謂天俠，江湖人稱紅眉劍客。」

陸貞一聽，呵了一聲，說道：「原來是少劍客到了，這可怨我們無理，太對不起朋友了。」於是陸貞站起身來，一伸手把繩子解開，說道：「請白兄千萬別怪，先喝碗茶休息休息。」

家人一看，趕緊斟過一碗茶來。

白敬一看，把手一拱，說道：「不怪江湖傳說尹家林六傑義氣深重，果然名不虛傳，我這裡先謝謝眾位。」陸爺說：「白兄不必客氣，請坐吃茶，我們還要談一談呢。」白敬說：「在座的眾位老少英雄，我白某出世年淺，全不認識，請莊主給我介紹介紹。」

陸爺這才把本莊的各位莊主連自己全說了姓名，白敬對大家互道傾慕，陸貞又接著把邱二爺、白四爺、江五爺還有裘爺老四位一一指引，白敬連忙行禮，說道：「原來是江湖七雄，前輩的老英雄，小子失敬。」邱二爺四位說道：「不敢當，白少劍客請坐下談話。」於是大家坐下。

陸貞說道：「白兄，我們尹家林，雖然出世年淺，可不敢得罪過江湖的朋友，不知閣下為何夜間來到舍下？依我的愚意，莫非閣下受了小人的蠱惑，抑或是我們有了不合規矩的地方，不然，絕不能惹得白兄不滿。本來我們既不認識又無仇恨，若不是這兩種緣故，何至惹得你老連夜涉險呢。如果你老受了人的蠱惑，我們說開了就算完事，如若我們有了不對的地方，請白兄說出來好研究研究，果然不對，我們一定要當場認錯。白兄千萬不必客氣，請你當面指示明白。」

白敬一聽，說道：「二莊主，若問我來探貴莊的緣故，你先瞧瞧這封書信，然後再一說你就明白了。」說著由懷內掏出一封書信，遞給陸爺。陸爺連忙接過來，送給尹大爺觀瞧，尹大爺看過了，仍然交給陸貞。陸貞看完，依次往下傳遞，直到駱爺看畢，這才重新交給陸貞。陸貞說道：「這封信乃是一個請帖，同閣下來探明志樓，有什麼關係呢？」

白敬說：「這個請帖你老看清了誰是主人嗎？」陸貞說看清了，頭一位是雲南玉龍山金波寨的大寨主，神拳無敵靈威叟，大爺方化龍。第二位是萬里追風長髯叟，二爺江天鶴。第三位是神掌白眉叟，三爺蔣東林。

白敬說：「他們三位人稱南方三老，自從盤踞在玉龍山二十多年，始終也沒有做過一次不法的事情。後來又請來了一位軍師，複姓諸葛，單名一個周字，號聞人，江湖人稱聖手先生。這個人上知天文下知地理，三教九流無所不通，諸子百家無所不曉，引鬥埋伏排兵布陣，可說是沒有不知道的。自從這個人一來，才重整玉龍山，把玉龍山分出前後中三路，共二十四寨餘外，還有水八寨，總名叫做金波寨。金波寨的總寨主十分年輕，姓朱名復，字意明，原是前明皇室嫡派的子孫，現年二十多歲，胸懷大志，要謀奪大清一統江山，恢復明朝的天下。他入了金波寨不到一年，每日同寨中各寨主研究武術，叫他把所有的寨主完全戰敗了，連三老全不是他的對手，所以大家尊他，在金波寨坐了第一把交椅。當初家嚴同不才兄弟都與他見過面，分手之後，聽說他圖謀不軌，在金波寨造了一座百靈樓，內藏一本《龍虎風雲譜》，上寫所有的各位寨主的名姓，每日招兵買馬積草囤糧。今年二月間，從南方來了家嚴的一個朋友，是直隸大名府艾家莊的人氏，姓艾名元字天民，江湖人稱奇情劍客。他說有人在南方交給了他一個柬帖，請他給家嚴帶來。家嚴一看這個帖，不明白用意，一問艾老劍客，才知道是金波寨打算網羅天下的英雄，在今年五月端陽節要開一個天下英雄會，用柬帖分請各路英雄，前去赴會。因為朱復年輕譽淺，所以柬帖用的是三老署名。家嚴得了這封請帖，才打發我跟我二弟白純往山東第山山下三公堡，去見第山三劍，太乙劍客古天心，無形劍客孟天祥，混元劍客元天固，帶著這個請帖教他們瞧，請他們一同前去赴會，到時好給玉龍山剪除羽翼，暗中幫助國家。我兩個走到這裡，久聞六位光明正大，打算進莊拜望，一同邀著六位前去雲南觀光。後來又聽說你這裡有一座明志樓，裡面盡是機關，是我兄弟好奇心重，打算暗中進去瞧瞧，不想我就被獲遭擒了。現在我兄弟白純，大概也進了埋伏，十有八九也圍困在裡面，真是可笑得很。」

那白敬說完原委，眾人才知其詳，陸貞一聽說道：「原來白純兄也來了，我們趕快去請。」

不提大家尋找白純，單說玉龍山金波寨的總寨主朱復，他原本是大明朝的嫡派子孫。自從闖王攻破承天門，思宗皇帝煤山殉國，那些皇子皇孫，同許多的皇室近族，全都四散逃走，隱姓埋名分處四方。朱復的父親名叫朱文，字建武，乃是飽學儒流。他帶著家眷，暗攜珠寶，逃到貴州省清涼山下，地名鎮龍坡，在貴陽府西南，距城四十餘里。這裡荒遠偏僻，不易為人察覺，再說朱文也喜愛這個地方，山清水秀，於是就在這個鎮龍坡，置房買地住了下來。朱文自從來到鎮龍坡，一晃住了二十餘載，闖王已經被吳三桂平定，清世祖順治皇帝駕坐金闕，這位朱文一看，大清江山總算國基安奠，明朝永曆皇帝偏處一隅，也不過是東奔西走，鄭成功雖然占據臺灣，可也沒有恢復明朝的希望，自己於是也把返歸故里的念頭打斷了。於是，他每日同本地的幾位文人，栽花種竹，飲酒賦詩，同降龍寺的方丈，更稱莫逆。雖然半頃田園，倒也怡然自樂，但是年過半百，可惜膝下尤虛。這年朱文五十九歲，朱太太四十九歲，生下了一個孩兒，老夫婦一看自然愛若掌上明珠，取名朱順，字是戴天，不過因為天意亡明，只可戴天之恩順天之意，以度一生罷了。

朱文同清涼山上降龍寺中的和尚空空長老本是莫逆之交，他時常去寺中與長老談論儒經佛典。這位空空長老，乃是一位世外高人，琴棋詩畫，武略文韜，三教九流，諸子百家，以至於醫卜星相，飛星奇門，文武兩科的技藝無一不知，可說是一位博古通今道德高尚的僧人。他的年歲，大概是有一百多歲，因為養的功夫深純，所以面目步履一切都同少年一樣。他鬚髮雪白，可稱是鶴髮童顏。這座降龍寺並不是十分了得的大廟，也不是十方常住，所以內中只有兩個夥工，供應一切的奔走，兩個小沙彌專司暮鼓晨鐘，真是叩戶蒼猿時獻果，守門老鶴夜聽經。朱文時常同這位空空長老坐到一處，不是飲酒賦詩，就是著棋觀樹，年年如此。

他原不知空空長老是個奇人，朱文的發現也是一個偶然的機緣。這一年，清涼山後忽然起蛟，山洪暴發，把山後一帶的居民淹死無數。這座鎮龍坡幸虧是在山前，所以未遭波及。這天朱文吃完了早飯，自己一個人打算去降龍寺找空空長老。剛走到半山腰，就見空空長老帶著兩個沙彌，急急向後山走去。

一個沙彌肩著禪杖，一個沙彌懷抱寶劍。朱文一看，心中納悶，這是做什麼去呢？我們相交二十來年，未見他出過一次降龍禪院，今天帶著禪杖寶劍，直奔後山，莫非有什麼事嗎？我何不跟在後面，瞧瞧他的行動，看看到底有什麼祕密。於是朱文可就暗中緊跟不捨，工夫不大，來到後山一個巖頭之上。朱文一看，原來在巖頭上，不知什麼時候擺著一張香案，案上設著香燭紙馬五供蠟扦等物。朱文暗想，莫非今天他來祭祀什麼神聖，但是何必前往後山呢？正在納悶，就見老和尚來到案前，兩個小沙彌一邊一個，站在香案兩頭，那空空長老，伸手拿起一封香來，點著插在爐內，跪在案前蒲團之上磕了三個頭，便站起身來，向對面觀看。朱文也隨著和尚的眼光，向對面觀看，可是看來看去，也看不見什麼東西，感覺非常奇怪。

正在這時候，忽見雲生西北霧長東南，天上一團一團的黑雲，如同奔馬，直向山頭攏聚，頃刻遮住陽光。工夫不大，濃雲如墨，黑氣漫空，狂風驟起，透體生寒。再瞧空空長老，已經盤膝坐在蒲團之上，手敲木魚，口內喃喃念起經來。朱文一看，心中暗想，看這個樣子，立刻就有大雨，自己可往哪裡去避雨呢？他有心趕緊回去，又惦著老和尚。面對這種奇異的舉動，非常想看個明白。於是，他找了一株松樹避雨，打定主意要看個究竟。

這時和尚把木魚敲得十分響亮，那誦經之聲越發得響徹雲霄，那天上的黑雲越聚越厚，眼看要壓到頭上，狂風也越來越大，真有拔木倒屋之勢，聲響如同牛吼。在這個空山寂靜的時候，風聲經聲木魚聲，互相應答，真是別有一種情趣。

朱文正在觀看，猛的一個閃電，紅光滿目，大地全都變成鮮紅的顏色，電光一過，緊跟著山搖地動，震天的一個大霹靂，震得人耳聾目眩，雷聲一過，拳頭大的雨點，迎面飛來，自己幸虧坐在松樹下面，枝葉遮住雨點，再一瞧和尚，坐在風雨之中，木魚兒敲得連聲響亮，經聲越發緊急。那兩個小沙彌手捧著劍杖，迎著風雨，精神也越發興奮。這個時候的風雨越大，雷聲越緊，真是雷電交加，大雨如注，不亞如天崩地裂，險些震倒了這座巖頭。再瞧黑雲更厚了，眼看就要壓到頭頂上，那個雨也如同傾盆一樣，轉眼的工夫，山洪暴發，萬壑奔流。

朱文這時也看清了這個雷的方向，原來那個雷，一個跟著一個，直向北面山窪內射去。朱文探頭向山窪內一看，嚇得把舌頭一伸，險些哎呀叫出聲來。原來在山窪之內有一塊三丈高，一丈粗細的大青石，在青石上面纏著一條錦鱗大蟒。這條蟒足有缸盆粗細，在石上盤了約有四五個周圍，尾巴拖在積水之內，一顆頭竟有水缸大小，兩個眼睛好似水盆，射出逼人的光芒，周身鱗甲掀動，金光閃閃，一開口吐出三丈長的蛇信，紅如烈火，一抬頭翹起兩三丈高的一顆蛇頭，搖搖擺擺，目光一直射到巖頭上面的三個和尚身上。猛然紅光一閃，好似一條金龍，一個霹靂向蟒身上射去，只見那蟒身上的鱗甲微微掀動，那雷就空用無功。

這個時候，雨更大了，天雨相連線到一處，那雷更緊了，各處的飛瀑流泉，直向山窪，奔流而下。工夫不大，把一個偌大的山窪，變成一片汪洋大澤，那蟒的下半身已經浸入水中，再瞧老和尚止住經聲，二目一閃，由沙彌手內接過寶劍，向外一抽，嗆的一聲，寶劍出鞘，不亞如一汪秋水，正趕上一個霹靂直向蛇頭擊去。那蛇把頭一揚，一張口吐出二丈多長的蛇信，由信上發出一片青煙，立刻把神雷阻住。再瞧和尚把手一揚，只見一條白虹，如飛雲逐電，直奔那條大蟒射去。那蛇頭抬起來剛剛抵住神雷，這條白光不偏不倚，筆直地射在那蛇的七寸之上。原來是口寶劍，一下子刺在蛇的身上，那蛇傷著要害，將頭一低，緊跟著一霹靂，如同天崩地裂，正正落在蛇頭之上。這個時候，那個蛇的身體一伸，立刻把一窪積水，旋起一座水塔，水塔一落，那條數十丈長的大蟒可就死在水中了。

雖然身死，牠的餘威還在，只見牠在水內翻滾挺折。一路亂滾，直把一個一丈方圓二三丈高的大石，用尾巴來回打了粉碎。這個時候，這一片積水，可變成紅水了，蛇也死了，雨也住了，雷也不響了，電也不明了。再瞧空空長老同兩個小沙彌，也成了落湯雞了。

那長老一瞧，蛇身橫在水內，立刻帶著個沙彌，向巖下窪繞去。工夫不大，已經繞到山窪積水邊上，只見那許多積水，順著山石缺口大小的隙縫，四處奔流，聲如牛吼，直待了足有半個時辰，這才把積水瀉去了十分之八九，露出許多高低不平的石塊。那大蛇也曲曲彎彎死在地上，距離兩丈多遠，蟒身上插著一口寶劍，前面只露出劍柄，劍尖透出脊背。只見老和尚一伸手將劍拔將下來，身體向後一縱，退出約有三丈多遠。此刻，血湧如箭，由劍口噴射出來，也虧了老和尚身體敏捷，不然非濺一身鮮血不可。由此可見此蛇之大，死了偌大的工夫，流了許多鮮血，寶劍一拔還有偌大的血力。

這時，和尚手提寶劍，走到蛇前，寶劍一揮，割下蛇頭。

老和尚用劍把兩個蛇目挖出來，鮮血淋漓，約有大海碗大。老和尚又將蛇頭劈開，在頭內取出碗大的一塊血肉。老和尚用青藤把這三塊血肉纏在一處，交給小沙彌拿著，一轉身在腰內取出一個小小的白瓶，拔下塞兒，倒在手心裡一些藥末，灑在蛇頭和蛇身上。這條蛇立刻向一處抽縮，漸漸地化成一汪清水。

然後，老和尚把瓶兒帶起來，把劍交給小沙彌，自己雙手合十，口內喃喃念起經來，圍著那汪清水足足轉了三個周圍，這才帶著小沙彌上山來。到了山頭香案之旁，叫小沙彌去請朱先生過來，小沙彌答應一聲，奔松樹走來，到了松樹後面，說道：「朱先生，方丈請你那邊談話。」

再說朱文，這半天的工夫，看得二目發直，小沙彌說話，他全沒聽見，直到小沙彌又說：「朱先生，老方丈請你那邊談話。」這才愣愣地說道：「好吧。」站起身來隨著小沙彌來到香案前面，說道：「老方丈劍術通仙，鄙人不勝欽佩。這一來給世人除去大害，真是功德無量。」

老和尚口念阿彌陀佛，說：「朱先生太誇獎了，這條蛇本應被天雷震死，老僧不過略效微勞，何功之有呢？再說牠要不是勾動山泉，淹死居民牲畜，也不致上遷天怒遭到雷擊，牠真要勾動山泉，自己找個深山古洞，悔過潛修，也可以躲過天災。牠不但不知改悔，反倒顯露原身，同神雷相較，所以老衲算準時刻，幫助神雷用劍將牠刺死，這就叫自作孽不可活，若不把牠除去，以後不知道還得傷害多少生靈。自從閣下站在我的身後，我就知道，不過閣下為人正大，所以並不避你，本想同你接談，又怕誤了時刻，所以沒有同你說話。現在我們被雨淋得周身溼透，不如去到廟中，換上乾衣再為細談。」

朱文一聽，這才覺出周身被溼氣浸得十分難過，自己低頭一看，周身水滴淋漓，好似落湯雞一樣，不由得好笑，再瞧瞧老和尚同兩個小沙彌，也周身是水，連忙說道：「老方丈說得有理，我們回廟再談吧。」

空空長老仍令小沙彌提著禪杖寶劍，還有那三團血肉，帶著朱文，一同走下山來。進了降龍院，一直步入齋室，老和尚命火工去到後山收拾香案，令小沙彌取出乾衣，說道：「朱施主，暫且受點委屈，穿上老衲的僧衣，等把你的溼衣烤乾了，再換下來。」

朱文連連稱謝，於是大家一同把溼衣換下來。朱文自己低頭一看，居然變作了一個僧人，不過頭上多著一條髮辮。這個時候火工道人已經端上茶來，老方丈同朱文對坐飲茶，朱文這才問道：「老方丈，你緣何知道此次發蛟是這條蛇精作怪呢？再說怎樣知道今天這條蛇怪要遭雷擊呢？」

空空長老不由得微微一笑，口稱：「朱施主，你要問此事的始末，讓我慢慢告訴你。老僧在家姓李，自幼出家，在大明中葉的時候，拜天臺山紫靈上人為師，多蒙他老人家盡心指點，奈我天性愚魯，相隨七十餘年，對於一切飛星奇門文武兩科的技術，盡心學習，才將他老人家的學業得來了十分之三四，對於性命之學，三乘佛法，可說一無所得，於是又苦心研究。二十來年，方才得了一點門徑，後來上人圓寂之時，才將大乘的功夫相授，但是我只將靜中生靈的第一步功夫做得稍有進步。在前一個月，我在入定的時期，查出本山空靈峰下，潛藏著一條千年怪蟒，可是牠的巢穴，正正的坐在本山的一個泉眼上面。如果牠要靜臥潛修，那山泉一定得被牠阻住，不能發瀉，就是發瀉，也不至如此厲害，但是牠千載修練，已經躲過兩劫，牠若再躲過這末次的雷擊，即可脫去皮囊，神遊物外。

牠因為修練得雷火不能傷身，所以處心積慮，同雷神相抗，牠這一出頭不要緊，勾動山泉，山洪暴發，把這一帶的村莊變成了澤國。牠自己也知道，輕舉妄動，罪犯天條，如果找一個深山古洞靜候天刑，那倒會感動天庭，念牠苦修不易，未必不網開一面，許以自新。不想牠野性難馴，要憑小小的道力逆天而行，於是我才暗助神雷，用飛劍將牠殺死。真要被牠躲過末劫，牠必以為自己可以勝天，以後不知得有多少生靈塗炭呢。」

二人正在談話，小沙彌已經把朱文的頭巾衣履用火烘乾，送進齋室。老和尚請朱文換好了衣服，夥工可就把飯菜端過來了。老和尚又留朱文吃過了午飯，再行回家，朱文也不推辭，入座用膳，席間二人又談了許多閒話。午飯用完，朱文這才告辭回家，空空長老送出山門，二人拱手作別。

單說朱文順著山路慢慢走下山來，這個時候紅日斜掛，萬里無雲，一陣陣山雀亂噪，各山頭被雨水洗得清淨無塵，一條條飛瀑流泉聲震耳鼓。朱文來到自己的門前一看，朱太太正抱著兒子朱順，在門前閒眺，一抬頭見丈夫回來，連忙說道：

「大概今天遇雨了吧？午飯在什麼地方吃的呢？」

「可不是遇上雨了。」朱文一邊說著一邊撫摸孩子，「今天被雨淋了個溼透，蒙寺裡的方丈給我烘乾了，又留我吃了午飯，我才回來。」

夫妻二人進了上房，丫鬟斟過茶來，朱文一面吃茶，一面把今天在山上所見的老和尚如何斬蟒說了一遍，把個朱太太嚇得目瞪口呆，不住地念佛，直說這位方丈八成是羅漢降世，不然哪裡有偌大的能為呢？

朱文每日除了栽花種竹以外，毫無別事，似這樣悠遊歲月，轉瞬過了三年，朱順已經三歲了。這年也是合當有事，朱文的住宅，本是一所小小的四合房，一共十六間，抽成裡外兩個院落，正房後面是一個小小的花園，約有十餘畝大小，周圍石塊砌成八尺多高的圍牆，裡面也開了一條大溪，幾個小小舊荷池，溪上也種了幾株垂柳，還有用人工堆成的假山，築了幾處小小的亭榭，雖無四時不謝之花，可也清雅宜人。在正面蓋了三間草廳，匾額是「樂天知命」，在這樂天堂前種了一百多株牡丹，雖無異種，但也各盡其妙，又加上這位朱先生愛花成癖，每日親自澆灌，每到春夏之交，牡丹盛開，五光十色燦如錦繡，又加上清流蕩漾，池水澄澈，岸上垂柳成蔭，池內錦鱗游泳，可說是和風拂面，清潔無塵。所以每到春天，朱文必要安排幾桌酒席，邀請本村的鄉鄰，在那樂天堂前歡飲一日，一來是聯繫鄉情，二來自己是個獨門外戶，對本處的住戶必須有一種親近的表示。這年到了三月中旬，牡丹盛開，朱文照例安排酒席，邀請鄉鄰宴樂，這年的牡丹開得十分茂盛，各鄉鄰飲酒看花，也十分高興，有人說道：「朱先生，我們年年這個時候擾你老一次，我們也無法回敬，不來又覺著對不過你，真使我們心裡不安。」

朱文一聽連忙說道：「眾位鄉親千萬可別這麼說，你想我朱文，本是一個外鄉人，寄居貴處，無一點不受大家的照應，無一處不受大家的栽培，我沾眾位的光可大了，區區這麼一頓飯，又何足掛齒，這不過是略表微忱罷了。再說我們全這大的年歲了，樂一年少一年，聚一次少一次，不過我沒有那麼大家產，真要像人家有錢的，就是天天聚首，也不算多，現在不過每年一次，眾位還提到話下，這不是更叫我抱愧嗎？」

大家一聽，說道：「你太客氣了。」於是當日盡歡而散。

單說本村有一個人姓仇名仲表字古石，年紀四十多歲，本是個大家敗落的子弟。幼年的時候，飛鷹走狗，指著家中有兩個糟錢，捐了個監生。這一來可就成了紳士一流的人物，每一動身居然翎頂輝煌，最專長的就是拍馬吹牛，並且陰毒險狠。

這一上了年歲，越發結交官吏走動衙門，包攬詞訟坑害鄉民，總之雖然名列縉紳，卻是無惡不作，所以大家替他起了一個外號，叫做「飛天烙鐵」。為他一沾誰，誰就得脫一層皮，雖然他品行卑污，人格低下，可是大家全都不敢得罪他，還得恭而敬之，所以朱文每年請客，必須把他請到第一席，坐第一個座位方罷。今年請客仍然把這位仇先生早早地邀上，趕到了時候，派人一請，不想他有事進城沒有趕回來，因為人已邀齊，只好不再等他，趕到仇大爺由城內回來，也就到了第二天了。

他一聽，朱家已經把客請了，不由心中十分不悅，暗暗說道：

「好一個朱文，你這次請客，真要有三位或二位不請，我倒不惱，現在你不該單獨把我給除外。你既然知道我不在家，你就應該改期才是，你這一不改期，當然是瞧不起我，教別人瞧看我不夠請的資格，這分明是給我難看，這不是你成心給我不好看嗎？這若不教你認得仇大爺是誰，我就枉稱飛天烙鐵。」

世上人心各一，本來人家請客是為的聯繫感情，通知之後定好日期，到時你若無暇就可以不去，絕不能因為你一個人，大家全都等你。所以說這種人就得算是小人之尤，說俗話，就是不講理的地痞。

仇仲既然對朱文存不滿的心理，當然他要無事生非。單說這個鎮龍坡屬貴陽府管轄，府官姓程名繼先，字繩武，原籍是河南中州人氏，為人倒是老成練達，但是有一種毛病，就是懼內，因為他當初是一個不第的寒儒，家內父母雙亡，一貧如洗。這年正當北京大開科場，他於是求親告友措置川資，由河南起身，直奔北京走下來了，一路之上，不過是飢餐渴飲，曉行夜宿，非止一日。這天到了北京，就住在前門外大柵欄吉順老店之內。這個店裡的店東姓李名哲字又賢，秉性直爽，仗義疏財，同這位程繼先一談，倒是投契，趕到考場試罷，回到店中，滿想鰲裡奪尊，大魁天下，誰知放榜之後，竟自名落孫山。程繼先這一氣非同小可，又因為川資短少，舉目無親，不知不覺憂思成疾，可就病倒在店中。幸而李店東憐他異鄉孤客，每日給他請醫調治。這一場病，足足病了一個多月，方才病退災消，病雖好了，可是也兩手空空了，店錢飯錢，反倒欠下許多。

這天晚上吃過了晚飯，程繼先打發夥計把李店東請到屋內，李店東說道：「程先生如今病好了嗎？」程繼先說道：「多承你老惦記著，現在好了，今天請你老過來，有一點事情同你商議。」李店東說道：「不知先生有何見教。」

說著二人對面坐下，程繼先說道：「自從我來到店中，住了兩個來月，沒想到病了一個月，多蒙你老人家處處照應，方才病體痊癒，真要換個旁人，縱不病死，也得餓死。現在受你老的大恩，身體已然復原，自知道這一個多月的工夫，我一個人一切的用度，當然虧了不少。但是我一個異地寒儒，這筆欠款，真是無法償還，我可不知道你老怎樣打算，說到我如果再要賴在店中，不作打算，你老想想我這不是恬不知恥嗎？所以我今天請你老人家來，跟你老把話說明了，我打算三五天回歸故里，求你老再給我安排幾個路費，等我回到家中，再行設法償還，不知你老看著怎麼樣。」

李掌櫃一聽，微微一笑，說道：「程先生，你聽我說，要按說自從先生你病在店中臥床不起，我明知你是一個落第的寒儒，那麼我為什麼還照顧你呢？這不過是出門人的義氣。常言說得好，在家靠鄉鄰，出外靠朋友。遇到一處就是有緣，再說誰沒有個三災八難呢？有錢的病人就有人管，窮人病了莫非說就得命喪無辜嗎？這個事請你不要掛在心上。至於你在店中，病了一個多月，通共耗了不到二十兩銀子，可是我要說不要了，先生你覺著過不去，可是我要說要，你現在哪裡有錢呢？

這不是你今天說到這裡了嗎？索性我們說開了，你幾時有錢，幾時還帳，如若沒有錢呢，我們那可就是交了朋友了。再說出外的人誰沒有為難的時候呢？家有萬貫，還有個一時不便呢，這個事情你也不必放在心上。就是對於先生你回歸故里這一層，我有點不贊成。我可不是攔先生你的高興，這個回家，依我說，你可作為罷論，因為什麼呢，你今年雖然不第，不是還有明年嗎？梁灝八十二歲，才中了狀元。這功名二字盡早總有個命定，你焉知道不是大器晚成呢？比如說，今年回家，明年你還來不來呢，雖說相隔不遠，可是這一二千里路程，你得多少川資呢，所以我說你不如耐守，準知道明年不能平步登雲嗎？」

程繼先一聽不由得咳了一聲，說：「李店東，你老這一片金玉良言可完全是為我，可是我何嘗不做這種思想，但是有一件難處，你老請想我一介寒儒，肩不會擔擔，手不能提籃，你叫我指何為生呢？」

李又賢一聽，哈哈大笑，說道：「程先生，鬧了半天，你是愁著沒飯吃，你想年年開科取士，莫非說應試的舉子全是富有之家和本地人嗎？就怕你沒有能力。真要你學問深遠，何愁沒有飯吃呢，往大裡說，給各衙門作個幕友師爺，一邊自己刻苦用功，單候明年秋季大考。如若不然，找個館地給人家教訓蒙童，一邊自己研究學問，等候明年應試。說到最下等，各處遊學不是也能吃飯嗎？現在生在這種太平盛世，就是每日寫點字畫沿街去賣，也可以進錢餬口，你怎麼就愁起沒飯吃來了。」

程繼先一聽，一聲長嘆，說道：「蒙你老多方指教，可是作幕教館，全得有人介紹，我在北京城，除了你老人家以外，連一個認識人也沒有，我就是有天大的學問，你叫我找誰給介紹呢？真要你老能給我介紹一個館地，那就同救了我的性命一樣，哪怕就是在你老櫃上幫忙，我也心甘情願。」

李又賢一聽，說道：「程先生這不是你說到這裡了嗎？你先在店裡候幾天，我託人給你吹噓吹噓，成了呢更好，不成呢，咱再想辦法，你可別忙。」程繼先一聽說道：「你老就多費心吧。我也不說謝了，反正我刻骨銘心永感大德就是了。」一連過了三天，這天李店東一直來到屋中，見了程繼先說道：

「程先生我有點事情求求你，可不知道你對於這路文字研究過沒有。」程繼先說：「不知你老教我做什麼。」

李又賢說：「我有一個朋友，大後天給人家前去祝壽。他已好幾次找人作一篇壽文，可是總不對心思，不是太泛就是不恰當。他一託我，我可答應了，可是你要能作，就給他作一篇，如若你對這路文字沒研究過呢，我再另找別人。」程繼先一聽，說道：「店東，我當初在這種文字上可也用過心思，不過現在手生了。既然你老把事攬了來，少不了我們敷衍一下。

不過作這種文字，必須把做壽的人年齡、出身、官階平生、所做事情以及祝壽人雙方的關係還有祝壽人功名，先得問明白了，這篇文章作出來方才恰當，不能移到別人身上去，非這兩個人不能用這一篇文章，不然泛泛地說上一大篇，仍然是合不了心思。」

李又賢一聽，一拍雙手說道：「程先生，你這一說這篇文章就錯不了，因為你的命意先來的高超。」說著在懷內掏出一個白摺兒來，「上面這就是雙方的履歷年歲與關係，你慢慢地瞧吧，今天下午或明天上午，在這一天之內作成了，明天下午送去。」說著放下摺兒告辭走了。

第十二章　劉露秋計陷朱文

再說陳繼先，開啟摺兒他細一看，原來是鹽商秦慕淵，給工部侍郎陳文泰，祝六十正壽。這秦慕淵原是個舉人出身，年紀四十多歲。那陳文泰是秦慕淵的姑丈。程繼先看完了摺兒，開啟箱子取出文房四寶，磨墨濡毫，可就作起文來。他本是個飽學儒流，工夫不大把這一篇壽文已經脫稿，自己又仔細看了一回，把不妥的字句修改一遍，這才找出一個宣紙的白摺兒，慢慢地工筆抄寫。他本來寫得一筆飛快的趙字，天將過午已經錄完，自己坐在椅子上閉目吟味。這個時候夥計從外面端進飯來，程繼先一看，是四個菜兩葷兩素一大壺酒，一份碗筷，只聽夥計說道：「程先生你先吃酒吧。」

程繼先說道：「夥計，這是誰叫你預備的？」夥計說這是店東的侍敬，吃完了酒，飯是扁食。程繼先說：「這又叫店東費心。」

夥計把酒斟上，程繼先自己入座吃酒，夥計轉身出去，工夫不大，把扁食端來，放在桌上。程繼先這時酒已吃完，於是自己吃飯，飯吃完，夥計收拾家具，一轉身送進一壺茶來，順手斟了一碗放在桌子上，說道：「程先生你老吃茶。」

程繼先說：「夥計，你去張羅客人去吧，我們自己人不用伺候。」

夥計說：「外邊沒什麼買賣，再說人很多，今天店東說下午請你老作文章，叫我來伺候茶水，你老用什麼，只管言語，我在外屋裡候著。」程繼先一聽，不由得一笑，說道：「我的文章已經作完了，店東要給人家送去，就請他給人家送吧。」

夥計一聽，連忙說道：「好吧，我去說去。」說著直奔前邊去了。不一會兒，就聽外面李店東連說帶笑地嚷道：「程先生真是人才，怎麼這麼快呢。」說著一掀簾子，走進屋來，說道：

「程先生手筆真快，受了累了吧？」

程繼先說道：「你老太揄揚了，我這不過是對付著應酬罷了，作可是作得了，成不成可不敢說。」

李店東說道：「一定能成。」說著把白摺兒開啟一看，說道：「喝，抄清了，真快！這筆字也真好，今天下午我就送去，你就聽信吧，準不能叫你白受累。」程繼先說：「你多費心吧。」

李店東將白摺兒捲好攏入袖內，可就告辭走了。到了下午太陽將落的時候，就聽李店東在外面說道：「程先生在屋裡嗎？」程繼先說：「在屋子，請進來吧。」

就見李店東滿面含笑走將進來，程繼先讓他坐下，就聽李店東說道：「程先生你的學問真好，這篇壽文我送去之後，秦先生一看，真是愛不釋手，滿口稱讚，說是鏘金戛玉，非受了千錘百煉之功，沒有這種擲地金聲之作，並說你那字，寫得龍飛鳳舞鐵劃銀鉤呢。秦先生因為愛你的學問，他細問我是請誰作的，我才把先生你說了出來，秦先生一聽十分替你可惜，說是有這樣的學問，不能名登金榜，可說是試官無目。」說著又在懷內掏出五十兩一封銀子，放在桌上，說：「這是秦先生送你的潤筆之資，並且對我說他有兩個少爺，大的十五歲，小的十三歲，要請你老去到他家內教訓兩個少爺讀書，每年束金三百兩，叫我對你老說說。我因為不知你的意思，當時我可沒有答應，你如若樂意的話，他說明天他自己前來請你，要按說這個事情可不錯，只不知你老的意下如何。」

程繼先一聽，連忙說道：「這全是你老的栽培，同秦先生的憐貧起見，我程某倘得寸進，一定忘不了你老。這個事情你老就對秦先生說罷，我是很願意。這不是五十兩銀子嗎，請你老收起來存在櫃上就是了。」

李又賢一聽說道：「程先生你聽我說，這不是有了這筆銀子嗎，你先置辦點衣服行李好去上館，我那點店錢不成問題，請你不必掛心。我攀個大說，明年兄弟你要一舉成名，哥哥我求你的地方可就多了，這點區區的飯錢，不是有限嗎？」

程繼先一聽，十分有理，再說李店東又是誠心實意，說道：「既蒙你老成全兄弟，那麼我可就不讓了。」李店東說：

「正該如此，你安排罷，我要告辭了。」

程繼先送走了李店東，自己帶上了點銀子，走到街上找了一個成衣鋪，買了幾件衣服，一份鋪蓋，回到店中。這份高興就不用提，本來受困他鄉，身逢絕地，遇見這種機緣，不啻絕處逢生，旱苗得雨，焉能不高興呢？

第二天午飯後，就聽夥計在外面說道：「程先生在屋裡嗎？」程繼先說：「什麼事呀？」夥計掀簾子進來，說道：「現有鹽商秦老爺來拜，現在櫃房坐著，同店東說話了，叫我拿了一個帖來。」

程繼先接過來一看，紅單帖上面恭筆小楷寫的是「教弟秦慕淵拜」。程繼先說道：「你去到外面請秦老爺進來吧。」夥計答應一聲轉身出去，工夫不大就聽院中有人說道：「程先生在哪屋裡住？」就聽店東說道：「就住上房西屋。」一邊嚷道：「程先生，秦先生來拜你來了。」

程繼先連忙迎接出來，說道：「小弟有何德能，敢勞秦先生玉趾下降，快請屋裡坐吧。」

二人彼此一抱拳，讓進屋內，分賓主坐下。程繼先留神一打量秦先生，身高五尺，便衣便帽，四十多歲的年紀，掩口髭鬚，倒是神清氣爽，並無市井的俗氣。

二人坐定，夥計獻上茶來，秦慕淵說道：「久仰先生大才，自恨無緣得見，昨天獲讀大作，真是滿目琳瑯，試行擲地，留作金石聲，實令人欽佩之至。迨一問又賢兄，始知先生今科名落孫山，以先生之才華，竟未獲售，這真應了古人那句話，不願文章高天下，但願文章中試官。雖然說試官盲目，但未必不是大器晚成呢。昔梁灝八十二歲，方得大魁天下，況先生正在英年，前途未可限量，萬勿以此介意也。小弟犬子兩人，擬請先生予以教誨，昨煩又賢兄代達鄙意，承蒙俯允，真令弟感荷不盡。」

程繼先一聽，連忙說道：「小弟一介寒儒，落難旅邸，多蒙閣下垂青，慨助資斧，此德此情正思無以為報，由又賢兄代達閣下盛意，既承錯愛，敢不勉竭愚誠，以報厚德。但弟才庸學淺，若同兩位世兄同席研究，互相砥礪，尚可勉應遵命，至必以師位推崇，小弟有何德能，詎敢謬膺斯席。」

秦慕淵一聽，連忙說道：「先生太謙了。」一回頭對李店東說道：「又賢兄，今天兄弟來得倉促，甚非敬師之禮，俟小弟回去，擇定日期，再來迎請先生，屈就蝸居吧。」於是起身告辭，程繼先送到店門之外，方才回來。

到了第三天，秦宅打發車子，來請先生上館。這也是程繼先時來運轉，這一篇壽文，打動了工部侍郎陳文泰。

趕到過了壽期，直接著由秦宅把程繼先請到侍郎府，見面一談。也是陳侍郎愛才心切，就令程繼先在府裡辦理檔案，問明了程繼先出身根底，知道他家世清白，於是就把幼女配與程繼先為妻。到了第二年秋季大考，陳侍郎替他上下託人。趕到榜發，竟高高中了第十九名進士，榜下用了個知縣，出任山東，到省後又蒙撫臺委署泗水縣，一帆風順不到三年，直升到了貴州省的首府貴陽府知府，他的功名富貴，可說完全是由於泰山府內一手造成。

這一來對於太太這一層，未免由敬生出畏來。人之懼內，對於做官行政原沒有關係，但是對於隨任的一班妻黨，可就無形中不敢十分管束了。這位府太太本有一個幼弟名叫陳步雲，是陳文泰最小的兒子，因為人情多，又愛惜少子，所以這位少爺未免嬌養太過。這一嬌養可就慣壞了，每在花街柳巷，揮金如土，結交了一班走狗流氓，常常在外面無事生非，仗勢欺人，人家一聽他是工部侍郎的少爺，誰還敢惹呢，所以膽子越來越大。陳文泰可是多少也有個耳聞，因為舐犢情深，也不十分注意，趕到程繼先到貴州上任，陳侍郎可就打發他跟姐丈同去，第一是練習世故，第二也打算離開他那素日結交的一班流氓，將來大小好給弄個功名。但是人當青年的時候，走入下流，做父母的就該加意管束，令他歸入正途，方是正理，若不加管束，反倒教他各處瞎跑，豈不知到處都有流氓走狗，要想躲避，哪能避得開呢。

單說程知府，自從到了貴陽府，要按他做官的經驗與能力，可說是一位幹員。唯獨對於這位舅老爺，可說是沒有辦法，因為有太太從中袒護著，管又不是，不管又不是，所以只可裝瞎裝聾，反正他出不了大毛病就得了。可是這位陳步雲，若結交幾位正人君子，互相規勸，也不至鬧出笑話，但是那些正人君子對他不合脾胃，所以他交下的好友第一位就是這個飛天烙鐵仇仲仇古石先生。當初因為仇仲住在城裡給人家說官司，二人一見，可說是情投意合，居然結了金蘭之交。常言說得好，物以類聚，人以群分，這一幫狐朋狗友跟那一班走狗流氓，都是仇仲的介紹，可就全都來了，暫且不表。單說仇仲，既然打算暗害朱文，只苦於無法插手，也是該當出事，這天正趕上仇仲進府有事，偏偏遇見陳步雲在街上閒遊，一見仇仲連忙說道：「仇大哥，我們好幾天不見了，今天你若沒事，何妨去府前街太和軒喝一杯呢，並且我還有點事求你。」

仇仲一聽陳步雲讓他去太和軒吃酒，連忙說道：「陳賢弟，我因為每日窮忙，所以總沒與你相會，我今天第一是來瞧瞧你，第二有點小事，不想一進城就遇上你了，你若有暇，我們立刻就去吃酒。」

二人於是直奔府前街而來，到了太和軒一看，座全滿了，灶上刀勺亂響，跑堂的一看進來熟座，連忙說：「二位爺後面坐吧，雅座清靜，前邊人多麻煩。」二人隨著跑堂的一直來到後面，進了雅座坐下，上酒上菜，大斟大酌起來。

在這酒飯中間，仇仲說：「賢弟，方才在街上你說有事求我，不知兄弟你有什麼事教我去辦。」

陳步雲一聽，說道：「大哥我們相交日淺，你不知道，我有一個小毛病，想著託你，因為你是此地人氏，可說人傑地靈，你一定可以辦得到，所以我才說求你。」仇仲說：「兄弟你有什麼事呢？只要我辦得到，我一定去辦，如若辦不到，也可以替你來想法子，你就說吧。」

陳步雲說：「小弟自幼，最愛喜牡丹，我在北京的時候，我那書房同臥室裡外擺的盡是牡丹，擺著足有十幾盆子，單有一個花匠替我收拾。自從我來到這裡一住，不獨看不見花兒，連個花的味兒也聞不著了，所以我每天悶得十分難過。我說求你，就是求你給我買幾盆子牡丹，因為你是本地人，你一定知道哪裡有好種子，只要你能買，不怕多花錢。」

仇仲一聽，沉吟不語，暗暗說道：「我何不如此如此呢。」

他這一沉吟，陳步雲可就說了：「怎麼了，大哥莫非為難嗎？為什麼不言語呢？」

仇仲說道：「這為什麼難，不過我想起一個地方來，不獨有，而且多，不獨多而且還好，就是怕他不賣。」

陳步雲說：「不要緊，他不賣，我們多給錢不成嗎？」

仇仲說：「人家並不是賣花的，人家養花，為的是自己消遣。兄弟你若不信，明天你去到我那裡，在我那蝸房吃個早點心，我領你去看一回牡丹，你就知道我不是虛言了。」

陳步雲一聽大喜，連忙說道：「大哥你今天回家候著吧，我明天一早準到。」仇仲說：「好吧。我一定恭候。」

仇仲回到家中，暗暗思索良法：「朱文哪，你只顧你請客，把我放在一旁，你可忘了打人一拳防人一腿了，我教你閉門家中坐，禍從天上來。」

次日天將晌午，只見外面看門的進來說道：「外邊來了好幾個人，說姓陳的同姓劉的，要見老當家，不知你老見他不見。」

仇仲一聽說道：「快請進來。」一面說著向外就走，到了大門一看，見來了七八位，除了陳步雲之外，盡是每日一同吃喝不分的一些閒漢，什麼吃喝嫖賭、坑蒙拐騙，盡是些無所不為的人物。內中有一位姓劉，名叫劉露秋，字曉寒。他在衙門是個刑名師爺，原籍是直隸省大名府人氏，也是跟官過來的，可是已經連了好幾任了，所以對於歷任的案卷，一切府衙門中的大小私弊，沒有他不知道的。他是個刑名老手，人雖然能幹，但是六行卻十分的卑污。

本來在這種山高皇帝遠的地方，就有好官，也不敢得罪他們，否則，他們一定可以叫你撤職查辦。因為他們手眼通天，上下矇騙，非把你鬧得一塌糊塗，不算完事，可說是金光遍地，銅臭熏天。可是自從這位程知府到任以來，就看出這位劉先生厲害來了，但是捨其短而取其材，細心監視，所以還沒有鬧出大笑話來。劉師爺雖然不高興，因為知府是陳侍郎的姑爺，本省的撫臺，還得高看一步呢，自己可有什麼法子呢，不過相機而動罷了。後來一看隨任的這位陳步雲少爺，是個花花公子，歡喜逢迎，他可就在陳步雲身上留了意了，所以一拉攏，立刻水乳交融。他本同仇仲是莫逆之交，仇仲仗恃府衙作惡多端，可說是盡出此公之手。這天聽陳步雲說，請他去看牡丹，他就叫陳步雲把認識的那些狐群狗黨，全都叫來，同陳步雲去看牡丹，又在本衙之內選了四名健役，作為跟班。他這樣做是抬出官家，好欺壓百姓。本來同人家素不相識，如果人家不讓看，豈不敗興而返，所以帶著衙役，好用那吹三班詐六房的手段。再說在那個時期，人民畏官如虎，有句俗話，是屈死不打官司，冤死不告狀；又道是衙門口向南開，有理無錢莫進來。雖然皇上派出多少監察，可是官官相護，鬧到歸齊，還是老百姓沒有理，不像現在的時期，人人可以發言，不受那種官府的惡氣。

單說陳步雲同劉露秋，帶著大眾到了仇仲門首，仇仲恭恭敬敬把大家接進去，到了客廳，分賓主坐下，仇仲道：「不想曉寒兄，同陳賢弟連眾位兄弟，來得這樣早。我們說句不客氣的話，大家一定沒吃早飯，我這裡預備了點粗糙的點心，眾位將就著吃一點，我們好去賞花。」陳步雲一聽，說道：「很好，大哥就叫他們預備吧，我還是真沒吃點心。」這時家人已經泡了茶來，仇仲對家人說道：「那幾個跟班的，也給他們收拾酒飯，叫他們在外面去吃。」

家人答應，把跟班的讓到外面吃酒，這裡面擺了兩桌酒席，自然是陳劉二位坐在上首，其餘按資坐下。仇仲坐在主位相陪，飲酒中間陳步雲可就說了：「這牡丹是誰家的，我們看完了，是不是可以買？」

仇仲說：「提起這位栽牡丹的主兒，可大大的有名，姓朱名文字建武，原是個外鄉人，遷居此地，大家議論，恐怕是亡明的後裔，來到此處避難逃災。自從本朝定鼎之後，他就遷了來了，二十多年可沒有別的舉動，不過他很有銀錢，每年他必須要大宴鄉民一次，明著是聯繫感情，暗中可就不得而知了。」

陳步雲說：「大哥沒有吃過他的請嗎？」仇仲說：「也去過兩三回，不過他十分邀請，我才去一趟，若非他極力請求，誰願意同來歷不明的人做朋友呢？他家有個小小花園，收拾得十分幽雅，內中各樣的花木果品，無一不備，最好的就是牡丹，足有二百多株，各色的全有，可惜每年大家只能在他請客的那天看一次。聽說夏天的荷花，秋天的菊花丹桂，冬天的蠟梅青竹，全都十分茂盛。這個園子真要在兄弟你的手內，我們每日就能夠大飽眼福了。這個可就不然啦，非得他請大家去看，才能玩賞一天，不然他就許不讓進去，因為他那住宅同園子連在一起，如若進園子非走住宅不可，別處沒有門戶。」

陳步雲一聽說道：「若按仇大哥這樣說法，我們今天豈不空來一趟嗎？」仇仲說：「為什麼白來呢？」陳步雲說：「不是你方才說的，若不是經他請來的，就許不叫進去嗎？人家又沒有請我們，倘若是不叫進去，豈不是白來一趟？」

仇仲一聽哈哈大笑，說道：「雖然話是這麼說，可也得分看花的是誰，類乎我們弟兄若去賞花，這還不是賞給他臉嗎？

你先不要忙，我們吃完了點心，就去走走。」一回頭，說道，「仇福嗎？」

就聽門外答應一聲，進來一個四十多歲的家人。仇仲說：

「你拿我一張名片，去到朱文家內，問問朱文可曾在家。如若他沒有出門，就說我同府裡的陳舅老爺，還有幾個朋友，今天去他園裡玩賞牡丹，請他在家裡陪客，如若他不在家，告訴朱太太吩咐看門的把園門開開。」

仇福連聲答應轉身出去，待了不大的工夫，回到客廳，仇仲說：「你去啦嗎？」

仇福說：「去了。朱先生說了，陳舅爺幾時去，他幾時候著，他還叫長工打掃園內的樂天堂，叫人預備酒菜，要請舅老爺同眾位爺們吃午飯呢。」

仇仲一聽把桌子一拍，說：「劉大哥陳賢弟，你看怎麼樣，準有點特別的面子，他既誠心預備，我們就擾他一頓春酒，也真難為他這樣的開通。」

吃過早點，一干人全奔朱家來了，本來相隔不遠，來到朱宅，只見汀口上立著一個長工，一見仇仲說道：「當家的來啦，裡面請吧，我們當家的在園裡候著你老啦，你老往裡請吧。」

仇仲一聽，說道：「你在前邊引路。」

於是長工在前面引導，進了大門，轉過屏風順著西廂房一拐，就是甬門，這個甬門就是園門，一進園門，只見一條假山擋住去路，這個假山雖然是人工堆砌，也頗玲瓏奇巧，上面許多藤蘿，枝葉茂盛，轉過了假山，前面就是一條小小的清溪，沿溪種著垂柳，真是和風拂面，綠柳垂金。溪上橫著一條小小的板橋，過了板橋，前面就是一片荷池，那荷葉浮在水面，水清見底，游魚喋喋，轉過荷池四面一看，園子雖然不大，可是構造得十分精緻，茅亭草榭，風雅宜人。大家跟著長工順著園路，一直奔了正北一片青竹塘來，在竹徑裡面繞了二十餘步，豁然開朗，原來是一片畝餘大的空地，四面綠竹環繞，正面三間草堂，倒是十分寬敞，圍著草堂，盡是用青石堆砌的花壇，有長的，有方的，也有圓的，形式不一，壇上種了一片牡丹同芍藥。這時正值三春之末，牡丹芍藥大開，真是綠葉紅葩燦若錦鄉，姚黃魏紫鬥勝爭妍，又加上在草堂之前十餘株青桐，濃蔭匝地，觸體生涼。

陳步雲同劉露秋一看不禁連聲喝采，說道好地方，清幽得很呢。看起來，這位朱文先生，一定是清雅一流的人物。

正觀賞間，只見由草堂裡面走出一位先生，看年歲六十多歲，花白的掩口髭鬚，便衣便帽氣爽神清，笑嘻嘻的立在對面，抱手當胸，口中說道：「仇兄相陪眾位駕臨敝舍，可說是蓬蓽生輝，恕我接待來遲，當面請罪。」

仇仲連忙說道：「豈敢豈敢，朱先生，我來給你介紹幾個朋友。」說著，用手一指說道：「這位姓陳，字是步雲，是本府太尊的舅老爺，是現任工部侍郎陳老爺的三少君。」一回頭對陳步雲說道：「這就是朱先生，名文字建武。」

二人彼此一抱拳，又給劉露秋同大家一一介紹，彼此對施一禮。朱文用目一打量陳步雲，二十多歲的年紀，短眉毛小三角眼傑出人士，薄片子耳朵，兩撇小黑鬍子，一臉奸詐的神氣。再看大家，沒有一個安善良民，盡是些不良之輩，無奈只得拱手相讓。進了樂天堂，叫長工將那幾位跟班讓在清涼塢去休息，自己到了外邊又請了幾位鄉鄰，幫著陪客。這夥人一直在這裡亂了一天，直到太陽西斜，方才告辭走了。

單表陳步雲，自從在朱家飲了一天酒，帶著家人回了衙門，心中暗暗想道，想不到在這種偏僻之鄉，未經王化的地方，竟有那麼一個清雅的所在，真要能常常住在這個園中，賞花飲酒，這才有點趣味。就是我那京中的後園，也沒有這麼清幽靜雅。待了沒有兩天，他又同劉露秋找到仇仲家中，叫仇仲領他去看牡丹，少不了朱文又有一番應酬。這以後從三月下旬至四月上旬，一連去了五六次，朱文一連應酬五六天，眼看池中綠蓋參天，荷葩出水，朱文這個應酬，可就有點應接不暇了。雖然無法應付，但是還得勉力恭維，因為仇仲這個小子，是個飛天烙鐵，如何敢得罪他呢。

按下朱文不表，再說陳步雲。因為三天兩頭去逛花園，雖然人家不說什麼，自己覺著實在有點討厭，所以一連三天坐在書房悶悶不樂，忽見差人進來說道：「仇老爺來了。」陳步雲說道：「快請。」

只見差人打起簾子，仇仲由外面進來，口中說道：「賢弟好幾天不見了，你每天在屋內坐著，不嫌悶得慌嗎？」陳步雲說道：「可不是，悶得慌，可有什麼法子呢？」仇仲說：「現在荷花開放，我們何不到朱家去看荷花。」

陳步雲說：「三天兩頭去，不怕人家討厭嗎？」仇仲說：

「那有什麼討厭的呢？」

陳步雲說：「本來花園又不是公共的，我們若天天進去，人家豈有不煩的道理呢？若是打算天天去逛，我們只可多出銀子，買到手內，就能天天住在裡面了，就怕人家不賣。」

仇仲一聽，暗道：「是時候了。」口中卻說：「憑賢弟你這樣的人物，又有府尊給你作主，還能買不到手嗎？真要是朱文明白，一看你愛惜，不用你說話，就應該雙手奉送才是。我今天回去，明天打發人去說，聽聽他的口氣如何，他若不賣，我們再想法子。」陳步雲說道：「全憑大哥辦理好了。」

再說朱文，一連應酬了五六次，心裡可就煩了，本來牡丹一謝，緊跟著荷花出水，菱芡迎輝，丹桂秋菊相繼耀彩，再就是紅梅開放，如若說每天應酬，這可就應接不暇了。這天早晨，正在屋中閒坐，忽見家人領著仇仲進來，朱文說道：「仇兄如何這樣閒在，快快請坐。」

於是分賓主坐下，朱文自己斟茶應客，說道：「不知仇兄光顧有何貴幹？」仇仲一聽，不由得緊皺雙眉，長嘆了一口氣，說道：「朱先生，今天來到貴宅，有點事情同你商議，不過對不起你。」說著又咳了一聲，說道：「這個事情本來怨我，不該多事。」

仇仲這麼一裝扮，把朱文可就鬧怔了，連忙說道：「仇兄，到底是什麼事呢？」仇仲說：「前幾天不是府裡陳舅爺來了幾次嗎，要不怎麼說怨我呢，他原先說是愛牡丹，問我哪裡有好牡丹，我以為他看看就得了，所以告訴他，說先生你這裡有，他磨著我領他來看，本來看花不算什麼，所以我就陪了他來，誰知小子蠻不知足，來了幾趟，他可就愛上你這個園子了。昨天他特意把我請到他的府內，託我來對你說，要出錢買你這個園子，你要多少他給多少。我當時對他說，人家築置園林，為的是自己消遣，恐怕不賣，比方說你若是朱文，你肯賣嗎？我這一說，小子可就光火兒了，立刻拿出他那公子哥的脾氣來了，把眼一瞪，說道怎麼著，他敢說不賣，慢說我給他錢，就是白要他的，他也得雙手奉送過來，你快快對他去說，他若真敢不賣，我自有對待他的法子，你瞧這小子有多麼不講道理，真是仗勢欺人的敗類，朱先生你看這個事怎麼辦呢？」

朱文一聽，心中一動，雙眉一皺，計上心來，不由得滿臉賠笑，說道：「仇兄，既然陳舅爺看上這個園子，何必講賣講買呢？我明天把園子同住宅隔開，另開一個園門，就請他老天天來逛，如若願意住在園中，園中還有幾間草舍，若不嫌窄狹，那是他瞧得起我，何必講賣講買呢？再說他又不能長期居住，幾時府尊一高升，他當然隨任得走，買這種無味的東西，有什麼用呢？雖然是我的，他不是一樣可以住居玩賞嗎，仇兄你何必為難呢？」

這是朱文逆來順受的一種辦法，明知此事是仇仲的主意，但要打算破他這個陰謀，非如此不可。仇仲一聽，心中暗道：「好一個朱文，你居然想著躲過飛災，那如何能成呢？」於是說道：「難得你老這麼開通，我回去一說他一定願意。」

說著告辭去了，朱文送到大門，拱手作別。到了次日仇仲坐車進府，見了陳步雲，陳步雲問道：「仇大哥怎麼樣了？」

仇仲把桌子一拍，說道：「兄弟不用提了，活活把人氣死，可恨朱文這個東西，園子不賣倒不要緊，他不該張口罵人。」

陳步雲不由地一怔，說道：「賣是人情，不賣是本分，他為什麼罵人呢？」

仇仲說：「你聽我說呀，我由這裡回去對他一提，他說原來陳步雲這小子是這麼一種小人，我的園子，讓他玩賞，不過是你的介紹，我瞧你的面子，所以才招待他，怎麼小子這麼蠻不知足呢？我當時一聽，說道：『朱先生你別急，這不過請你把園子同住宅隔開，另開一園門，要多少錢，給多少錢，租也可，賣也可，幾時府尊高升，他一定隨任，園子還是你的，你何必著急呢？』」

陳步雲說：「是呀，他說什麼呢？」

仇仲說：「他一聽更火兒了，說道：『仇仲，你不用說了，我的園子，我不賣，他有什麼法子？他別以為是工部侍郎的兒子，府尊的小舅子，我可不怕他，他依仗官勢強買民宅，說不定我要進京上告，真是狗仗人勢的小人。』我說：『朱先生，你不要張口罵人，人家並沒說非買不可，你不賣不是作為罷論嗎？』可他說：『仇仲你全不是東西，這個事你就不應該來說，給一個風月公子，來作走狗，全都是些什麼東西，快給我滾出去。』他以下還說了好些難聽的言語，也不便學說，當時差一點沒把我氣死！所以我回來，對你學說，就是你能忍這口惡氣，我也同他沒完沒了。」

陳步雲本是個少年公子哥兒，哪裡能辨別是非，一聽此言，不由大怒。當時就要打發差人，去抓朱文。仇仲一聽，已把事鬥起來，於是說道：「你何必著急呢，想法子治他就是了。」

陳步雲於是打發差人去把劉露秋請來。三個人在一處商議，兩個壞蛋同一個花花公子可就把計策定成了。

再說朱文，自從應付走了仇仲，一晃過了三四天，沒有動靜，這天吃完了早飯，自己慢慢走上清涼山降龍寺來，空空和尚方丈正在坐著，一看朱文進來，連忙讓座，沙彌獻上茶來。

朱文說道：「方丈，這幾天我心裡十分不淨，我久仰方丈卜筮通神，我打算請你老給占卜占卜，看看我的月令如何。」

空空長老說道：「出家人最忌自作口孽，但是先生起課非別人可比，你寫個字我給你測測吧。」朱文說道：「可以。」於是提起筆來寫了一個牛字，用鎮尺把紙壓任，說道：「老方丈，請你看看這個字義如何？」

空空長老一看，說道：「阿彌陀佛，朱施主，請你處處小心謹慎，恐你在最近期內有牢獄之災，你看你寫的這個牛字，在下面添一撇一捺，是個朱字，正合施主的姓氏，可是朱不成朱，恐怕人口有損。為什麼說有牢獄之災呢，你看牛字上面，你用鎮尺這一壓，正正成了個牢字之形，所以說你有牢獄之災，再說這個牛字，牛本屬午位於南方，朱者赤色，朱雀也位於南方，南方屬火，火者陰像也，其中必有陰人陷害，但是若在牛字下面添上一橫，化成一個生字，所以說還有一線生機。我瞧你印堂發暗，主有橫禍飛災，我想同你結個善緣，你如到了不得了的時候，就照柬行事。」

說著一開抽屜，拿出一個字柬，送將過來。朱文連忙接來放在懷中，說道：「老方丈，你怎麼就知道我不得了呢？」

老和尚說：「定數難逃，何必再問。那達人知命這句話，就是為朱先生你這一流人物說的。你千萬不要灰心，吉人自有天相，沉心靜氣，自然遇難呈祥。」

兩個人說了會子閒話，朱文告辭回家。晚飯之後，老夫妻燈下議論白天的事情，只不知禍由何起，莫非說仇仲真要害我嗎？但是我沒有得罪過他，他為什麼害我呢？夫妻說了一回，也就睡了。

一晃又過了兩三日，這天老夫婦正在屋內引逗四歲的兒子朱順，忽見看門的進來，說外面有人要找當家的，朱文一聽來到門首一看，原來是三個公差，朱文說：「三位是哪裡來的，找朱文做什麼？」

那三個人說：「我們是府裡來的公差，奉大老爺之命，來請朱先生，你老可是朱文朱先生？」朱文說：「不錯，我正是朱建武。」差人說：「今天早晨太爺下了一個條子，令我們來請你老到府裡有事商議，你老若有工夫就可以辛苦一趟？」

朱文說：「好吧，你三位略微一候，我到裡面告訴給家裡一句話，我們立刻動身。」三個差人說：「你老可快著點，我們就在這裡等著吧。」

朱文於是轉身到了上房，對妻室說道：「現在來了三個差人說府裡請我，大概真要有牢獄之災。我這裡有空空長老的一個字柬，交給你，如若我今天晚上不回來，你們就開啟觀看，照柬行事。」說完放下柬帖轉身就走，朱太太說：「既知有災，不能不去嗎？」朱文道：「定數難逃，你千萬不要忘了。」

你道公差為什麼對朱文這樣和氣，因為朱文雖然來自異鄉，在這一帶很有點聲名，全知道是個樂善好施的儒者。再說此次受這種橫禍飛災，完全起自幾個小人身上，連公差全有點不憤，所以對朱文無形中用了這麼一點人情，不忍用那種威迫的手段。到了城內進了府衙，差人讓朱文暫在班房等候，自己前去銷差。工夫不大，就聽裡面梆鼓齊鳴，府官升堂，喊道：

「帶朱文，帶朱文！」

只見看守自己的差人說道：「朱先生，裡面升堂了。」只見原先那三個差人進來說道：「朱先生過堂去罷。」

朱文說：「走哇。」心中明白，這一定是仇仲他們作的鬼，自己反正沒做過見不得人的事情，過堂咱就過堂！所以一聽差人相叫，他轉身就走。

那三個差人說：「先生就這麼去嗎？」朱文說：「怎麼樣呢？」差人說：「我們知道你老是個忠厚長者，但是上邊不知道，現在過堂了。請你把王法帶上點才成呢，不然我們吃不了。」朱文說：「帶上吧。」於是差人一摸兜兒，掏出一掛脖索，雙手一抖，嘩啦套在朱文脖子上，拉著就走。

朱文這個氣可就大了，本來沒犯國法王章，硬給索上了，於是忍氣吞聲地跟隨差人來到大堂之上，只見府尊高坐堂上，兩邊擺著許多刑具，站著兩行衙役，一見朱文帶到，喊喝堂威，說道：「跪下跪下！」

朱文走上堂來，雙膝跪倒，伏俯堂前，只聽知府一拍虎威問道：「下邊跪的可是朱文？」朱文說道：「小人正是朱文。」知府說道：「抬起頭來。」

朱文把頭一抬面容一正，做官的講究察言辨色。程知府一看朱文，文質彬彬神清氣爽，不像個凶殘之輩。於是張口問道：「你有無功名？」

朱文說道：「晚生是前明的秀才。」

知府說：「既然名列學官，為什麼窩藏盜匪，坐地分贓，從實招來。」

朱文一聽，不由得魂飛天外，連忙說道：「小人素日安分守己，並沒有做過非法的行為，不知大老爺此話從何說起。」

知府一聽說道：「你道我冤枉你嗎，若不給你個證據，你也不服，來！帶證人。」

只聽下面應了一聲，由外面帶進兩個鐵鎖鋃鐺的人來。

第十三章 朱建武避難入空門

知府問朱文，可認識他兩個。朱文搖頭說道：「小人不認識。」就聽左邊跪著的那一個說道：「朱大哥，你這就不對了，我們捨死忘生在外邊作案，你老太太平平在家坐地分贓，現在我們受了罪了，可是你老人家反倒自在逍遙，並不打發人來看我們一看。所以我們受刑不過，才將你老人家招出來，我們這是沒有法子，你老也就招了吧，省得自找苦吃，你豈不知人心似鐵官法如爐呢。」

這一套話，把個朱文氣得火高千丈，呸了一聲說道：「你們全是些什麼東西，妄攀好人，你們趕快說實話，是被何人主使，不然老爺是精明的，漫說小康之家不能為盜，就是我家中萬分的窮苦，憑我名列學官，也不能身為盜匪。你們既然說我坐地分贓身為盜首，當然你們時常在我家居住，你們可知我那宅院的形狀，我多大年歲，我家中還有什麼人，你們說對了，就算我坐地分贓。」

兩個人一聽，說道：「朱大哥，我們在你家一住半載，這個事如何會不知道呢？你家就是你夫妻兩人，還有一個男孩，今年四歲，你今年六十二歲，大嫂子五十二歲，使著一個老婆子，一個丫鬟，一個長工。你家是一宅分兩院，正房內房全是五間，東西廂房各三間，後面就是一所花園，老爺如若不信，可以派人調查，如果查不相符，小人情願認誤攀之罪。」

這一番話，把朱文說得目瞪口呆，知府一看，說道：「朱文，證據已明，你還敢抵賴嗎？快將所做的案件從實招來，以免皮肉受苦。」

朱文一聽，向上磕頭，說道：「求老爺明鏡高懸，這兩個人不知受何人主使，妄誣良民，望大老爺與小人作主。」

知府一看，這是理屈詞窮了，於是一聲斷喝：「好一個刁惡的朱文，大刑伺候！」只聽下面應了一聲，噹啷啷一聲響亮，三根木為五刑之祖，這一來把朱文嚇了個膽裂魂飛，猛然靈機一動，暗道：「看這兩個匪徒，一定是受了仇仲的主使，不然他們怎知我家院情況？看這個樣子，我若不招，他一定要有刑訊，我偌大年紀，豈能受此重刑。如若招認了，憑我帝室宗親，叫這兩個匪徒，同這個狗官，把我問成賊黨，豈不丟了我祖宗的面目？我寧可叫他知道我是明室苗裔，死在北京，也不能叫他把我問入賊黨，誣作匪徒，死了也落個不乾不淨。」

想到這裡，他連連向上搖手，說道：「大老爺不必動刑，我有下情上達。」知府說道：「你還有何說，快講！」

朱文一回頭對二賊說道：「你兩個受誰的主使，我可不知道，但是你方才不是說跟我共事多年嗎？當然我的出身，你們很明白了。我再問你一句話，你二人若是答上來，我一定認罪無辭了，你二人若答不上來，可趁早實說，不必再行狡詐。求大老爺問他主使之人。」二賊說：「大哥拉倒吧，不必再分辯了，招了吧。」

朱文啪的一口唾沫吐在二賊臉上，說道：「滿口胡說。」一回頭對知府說道：「求大老爺問問他們，既然跟我共事多年，我是何方人氏，遷在這鎮龍坡多少年了，我原來是個什麼人？」

知府一聽，暗道：「他說的倒是有理。」於是一拍虎威，道：「你二人可聽見了，快快說來，朱文是何方人氏，什麼時候移到清涼山，他當初是個做什麼的？」

這一問，把二賊問得面面相覷，知府一瞧勃然大怒，說道：「好你兩個賊匪，竟敢妄誣良民，情實可恨。」

正要追問他二人受何人主使，忽聽內宅哨聲響亮，原來內宅哨響，必有大事。於是知府把三個人標牌收監，拂袖退堂，來到內宅一看，夫人同舅爺陳步雲正在內宅相候，知府說什麼事，陳步雲說：「就因為前面這個案子，我請姐夫回來同姐姐商議怎麼個辦法。」

知府說道：「這個自有我來辦理，你們何必操心呢，問明二賊是何人主使，定一個買盜攀贓的罪名，不就完了嗎？」夫人說：「原來老爺不知內裡的情形。」於是仔細對知府說了一遍。

程知府一聽哎呀一聲，連連跺腳，說道：「你們怎麼這樣荒唐，這要叫撫臺知道了，還不是個倚官害民，貪贓枉法嗎？

輕者撤職，重了就得鐐解進京，你們這不是要我的命嗎。」說著不由得搔首望天，道：「你們太胡鬧了。」

原來這個買盜攀贓誣良為盜，就是仇仲同劉露秋，還有陳步雲鬧的鬼，他們三個人那天暗中商量的辦法就是這麼一段，正趕上前兩天獄中收了兩個大盜，一個叫過海龍李九，一個叫爬山虎黃七，於是劉露秋同仇仲，二人親自交給這兩人供詞，叫他二人硬攀朱文入獄。可是這兩個人起初不幹，他們說：我們既然當初做的事不道德，受了國法王章，現在再誣賴好人，我們覺著於良心上過不去，所以我們就不願再作孽了。劉師爺則哄騙道：你們若能把朱文拉到獄裡，陳舅爺一定能救你二人的性命。你須知道，陳舅爺是現在工部侍郎的少爺，一句話就可以把你們救了。螻蟻尚且貪生，為人豈不怕死，二人一聽能夠死裡逃學生，於是就應了，趕到過堂，就把朱文拉上。知府連忙把朱文拿到，一看朱文的神氣，不像個為惡之人，就疑心內中有人主使，不過沒想到自己的舅爺身上。但是一看朱文，被二賊問得張口結舌，自己才信以為真，打算刑訊，不想二賊又被問住。這時候陳步雲在屏後可就把話聽明白了，他本來怕二賊失言，被姐丈把自己問出來，所以一升堂的時候，他就把此事的始末告訴他姐姐，求他姐姐給他出主意。當時他姐姐埋怨他，不該這樣不顧天理，無奈姐弟情深，不能十分相逆，事情鬧壞了，於自己的父親也有關係，所以當時說等知府退了堂再說。趕到他聽到二賊被朱文問住，知道這個事情要壞，真要二賊當堂供出自己主使，這可怎麼辦呢，再說這個朱文也未必相饒。於是跑到內宅，請他姐姐嗚哨，請姐丈退堂。等問明白了之後，才把個程繼先嚇得膽裂魂飛，於是緊皺雙眉，在屋裡踱來踱去。他本有心問明之後把朱文當堂釋放。可是朱文一定要追問那主使害他之人，自己的功名富貴本來完全出在丈人峰下，怎能將他的少君問罪加刑呢？若打算將此案模糊下去，把朱文治罪，自己的舅爺可是樂了，但是這個事叫撫臺知道了，也得撤職被參，自己空被他們支使了，罪名可是還得自己去領。總之若依著舅爺的心思去辦，必然喪盡天良，紙內包不住火，早晚自己得有罪受。若打算一秉大公，自己實在有點對不起泰山和自己的夫人，真要模模糊糊把朱文放下，餘事一概不提，可是朱文若當堂質問，為什麼不追究買盜誣良的主使人，自己用何言答對呢？堂堂首府，豈不成了兒戲了嗎？再說這個風聲難免傳入撫臺耳內，自己仍然脫不了干係。左思右想，罪之不得，放之不能，所以只落得搔首向天，工夫一大居然被他想出一個主意，不由地咳了一聲，說道：「事情既然如此，我再想法子應付就是了。」

再說知府晚上想好了主意，次日一早升坐大堂，把朱文提上堂來，知府說道：「朱文，今天本府已經派人出去調查你的真相，如若果然冤枉，本府一定替你申冤。現在不要害怕，我且問你，到底是何方人氏，為什麼移居本處，你原先作何生理，你要仔細說明，我好替你設法。」

朱文心中暗道：「我若不把我的實在情形說出來，恐怕這個盜賊的官司，無法擺脫；但是我若說了實話，那明室的苗裔，正為清朝所忌，大概也難脫性命。兩方的輕重比較起來，能為明朝的忠魂，也不能受盜賊的誣衊，死在九泉之下，方對得起歷代祖宗。看起來天數造定，無法挽回，空空和尚，好神奇的占卜。」

自己想到這裡才毅然說道：「大老爺要問，我本是明朝思宗皇帝嫡派子孫，自從聖朝入關，小人由北京遷居此地，不過隱居避世以終天年，不想身受盜賊的誣陷，大概也是命該如此。大老爺請想，雖然國破家亡，堂堂帝室之冑，豈能失身為盜呢。」

知府一聽，原來朱文是前明的遺胤，問明之後說道：「原來如此。你先在獄內待幾天，我自有辦法。」

於是吩咐禁卒，對朱文好好地看待，不許虐待罪人。退堂之後，他把這個案情的始末，實在的情形，懇懇切切寫了一封家信，差人加緊送入北京，交工部侍郎陳府。他寫信的意思，因為陳步雲胡鬧，才鬧出這些糾葛，因為自己無法處理，才請示一種辦法。不消兩個月的工夫，差人回來並且討得回書，知府開啟一看，是叫自己稟明上憲，將朱文並他的眷屬，押解進京，路上必須派妥員護送，恐其遠處邊陲謀為不軌。朱文的家產，收沒入官。另外一個條子是對於陳步雲，必須嚴加管束，不許他再無事生非。這一封書信，真不啻朱文的催死文書，知府看完書信，有了主意，立刻親自到撫臺衙門稟見，撫臺傳見之後，知府就把現在捉住了一個亡明的遺裔，怕有私通匪類圖謀不軌的行為，所以京中家嶽來函，教稟明大人派妥員連同該犯的家屬鐐解進京，卑職因為未奉明示，所以還沒有派人去提該犯的眷口。說著把陳侍郎的書信呈與撫臺，撫臺看罷，說道：「此事倒甚容易，你先回去把朱文的家眷捉來，我這裡辦一個委札，就派你押解進京，我再派兩個委員一路相伴。」

知府得了指示，自己這才告辭回衙，到了府衙，立刻出簽，派人去捉朱文的眷口。哪知趕到鎮龍坡一看，朱文家雙門緊鎖，早已逃遁無蹤了。差人無法，只好捉了幾個鄰居便回府銷差。知府一聽走了朱文的家眷，嚇得心神不定，連忙升堂訊問鄰居，才知道於朱文一進府的那一天夜中，一家上下就逃避無跡了。又問鄰居，朱文字處可有親戚，鄰居回稟，朱文字是個外鄉人，本處沒有親故，連婆子帶丫鬟長工，全是人家由家鄉帶來的。知府無法，只好據實呈報，鄰居取保回家，一面派人查封朱文的家產。這一來好好的一個人家，因為得罪了一個小人，落了個亂七八糟。第三天程知府接到撫臺的委札，並派來兩個委員，攜帶奏章，一同在府衙等候解差起身。知府點了一位本府的把總，名叫劉洪運，帶著五十名兵丁護衛，把朱文上了刑具，押上囚車，一同奔北京去了。

這天進了湖南地界，地名臨江驛，屬沅陵縣所管，天色已晚，知府就打店住下。這個店房字號是洪福客棧，這一夥人是有六十來位，就把這座店完全占了。知府同兩個委員住了三間正屋，劉把總因為得保護知府，住了東廂房，把朱文由車上扶下來，去了刑具，先帶著鐵鏈，同看差的兵丁，住了西廂房，其餘兵丁分住客院。一陣索湯要菜搶碗奪盆，直鬧到二更多天，方才完全歇下。

再說朱文，他本來度量寬宏，安常守分，所以他並不上愁，一路放杯飲食，雖走了半個月的長途，始終沒有覺著勞累。這天在店裡吃完了晚飯，向後一仰身，不覺悠然睡去。到了次日五更，天將黎明，知府起來，上下兵丁全都起來燒水洗臉，叫廚房預備早飯，吃了上路。劉把總洗完了臉，端著茶立在屋門口，對著西廂房觀看，只見雙門半掩，裡面鴉雀無聲。

劉把總一看，十分惱怒，說道：「西房裡看差的怎麼這麼混蛋，什麼時候了，還不起來。等大老爺一旦起程，他們如何趕得上？你們去個人快快叫他們起來。」

於是過來一個兵士，走到門前，推開雙門，進去一看，不由得哎呀一聲，說道：「了不得了，老爺快來吧！」劉把總說：

「有麼大驚小怪的？」就聽那個兵丁說道：「捆捆捆——上了。」

劉把總說：「什麼捆上了。」說著帶了幾個兵丁一同進了西廂房，用目一看，不由得也哎呀一聲，啪嚓把個茶碗摔個粉碎。這一亂上房裡可就聽見了，知府叫差人出去喚劉把總進來問話，差人走到臺階上，叫道：「劉老爺，太爺請你問話。」

劉把總一聽，連忙進了上房，一見知府，撲咚一聲跪在地下，口中說道：「回稟大老爺，朱朱朱朱——文他他他——沒有了。」

這時兩個委員一聽，連忙站起來說：「你快說怎麼沒有了，是不是上茅房去了，看差的兵呢？」

劉把總說：「全叫人家捆上了。」

兩個委員一聽，說道：「這一定是叫人偷去了，你還不快快派人去追嗎？你跪在這裡有什麼用！」

劉把總一聽連忙立起身向外就走，那委員叫道：「回來，你叫人把被捆的解開，叫上來我們要問他話，把店家的人全捆上，私通土匪，劫去犯人，這還了得。」

劉把總應答後轉身要走，委員叫道：「回來，你叫別人前去追賊，你還得留下，保護老爺要緊。」劉把總這才轉身出來分派眾人。再說知府一聽朱文被人救走，不由得暗暗跺腳，想道：「這可要了命了！」正自怔怔地想主意，一瞧兩位委員，把個劉把總支使得暈頭轉向，自己這才說道：「二位仁兄，我們到廂房看看再說吧。」

兩個委員說：「府尊先不用出去，恐怕還有未走的賊匪，傷了你老人家那還了得。」知府一聽說道：「現在那賊恐怕早已遠走高飛了，我們瞧去吧。」兩個委員不敢不去，這才喊道：

「劉把總，府尊出去了，留神保護要緊。」

外邊應了一聲，這才陪著知府走出房門，抬頭一看，院中站著十幾個兵丁，弓上弦刀出鞘，如臨大敵一般。劉把總也手持腰刀，立在院中。兩個委員同著知府，走入西廂房一看，四個看差的四馬攢蹄，捆在地下，床上橫著一條割斷的鐵鏈，地下放著刑具，那個朱文卻不翼而飛了。知府叫人把被捆的兵丁解開，一回頭看見桌上放著一個紅紙字柬，自己伸手攏入袖內，轉身回歸上房。這個時候，追賊的也回來了，店中的掌櫃、夥計全都捆在院內，追賊的回來報告，四路追尋並無蹤跡。

知府叫他們在外面聽傳，自己這才坐下同兩個委員觀看字柬，只見上面寫的是：「買盜誣良，土豪污吏，苦害良民，暗無天日，朱文沉冤，暫救而去，如敢株連，取爾首級。」

下面寫的是：「字奉知府同委員，不許誣賴好人，鏡花水月留柬。」

三個人一看，才明白朱文是被俠客救去了，又見下面寫著「如敢株連，取爾首級」二句，嚇得三個人連忙吩咐把店裡的眾人放開，這才叫進看差的兵丁，仔細問訊，那看差的回道：「昨天晚飯之後，朱文已經睡了，四個人抽成兩班看守，天將三鼓，只見燈影一晃，由外面飛進一個人來，身穿一身青衣短靠，手持寶劍，我們四個將要嚷，還沒嚷出去，叫那人在我們肩上每人點了一指，我們也不能動了，也嚷不出來了，只好由人家捆上。只見他叫起朱文，用劍把鏈子割斷，一口吹滅了燈燭，以下我們就瞧不見了，大概是把人救走了。」

知府一聽，沒了辦法，於是把店東叫了來，又問了問，也沒有頭緒。於是叫大家下去，三個商量了半天，好在案子並未奏明皇上，只好帶著家人一路回貴陽來了。

到了府衙，叫劉把總回衙聽傳，自己同兩個委員，一齊來到撫院稟號。撫臺傳見，三人把丟犯人始末回稟撫臺，連字柬也呈上去，撫臺倒沒說什麼，只說了個此案好在尚未奏明，還不要緊，至於朱文慢慢想法通緝就是了。貴府回去趕緊寫信，通知令岳陳大人，看他有何辦法。知府連連稱是，於是辭別撫臺，回到府衙，趕緊寫好了書信，速派人送往北京。趕到了晚上，知府同太太把陳步雲叫到屋內，仔細一說，把個府太太同陳步雲嚇得面目變色。

知府對陳步雲說道：「你只顧你這麼無事生非任意胡鬧，差一點沒把腦袋給我鬧掉了。你如再不知悛，怕你自己還有性命之憂。你想我們上下六七十人圍著人犯，還神不知鬼不覺，被人把囚犯給劫了去，你就知道這是一個什麼高手了。所以我叫你處處小心，不然恐怕於你自己不利，以後你也不要再同仇仲這路人往來，若不是仇仲同劉露秋，給你混出主意，你絕不能做這種事，你自己想想，你雖然把朱文害了，他的花園子也歸了公了，也絕不能到了你手，你想想良心上過得去嗎？把人家害的家敗人亡，你得人家的花園子，有什麼用呢？慢說到不了你手，就是到了你手，我一離任，你就得跟我連帶同行，這所園子你怎樣辦呢，一定得落在仇仲同劉露秋手內，為什麼你被人家這樣巧使喚呢？再說京中老大人，本來名譽很好，你每天在京裡瞎鬧，鬧得老大人也教人家背後指責，因為這個才叫你跟我出外練習世故，沒想你依然不改。這個地方你須知道可不同天子腳下，五營十三汛，眼明手快的人到處全有，藏不住土匪盜賊。這個地方僻處邊陲，未經王化，你真要鬧得叫匪人把你害了性命，固然是自作自受難怨別人，叫我對老大人怎麼交代呢？」

正說到這個地方，就聽房上有人高聲說道：「知過改過暫且饒過一次。」就聽嗖的一聲，再往下就沒有聲息了。這一來，把個知府太太同陳舅爺可嚇壞了，一聲不響，全都躲到床下去了。知府膽大，一聽沒有聲息，這才喊人，差人進來一看，太太同舅爺全都躲在床下，一問老爺，方知外面房上有人，差人出去告訴下面三班總役沈梁。沈梁這個人倒是很正派，一身好功夫，對於捕盜抓差，也甚有經驗，所以人送外號金眼鷹。他一聽內宅鬧賊，連忙帶人來到內宅，給大人同太太舅爺請安。

知府才告訴他房上有人啦。沈梁說：「那人說什麼呢？」

知府不好意思學說，陳步雲嚇糊塗了，他說道：「外邊人說，知過改過，暫且饒過一次。」沈梁一聽，笑道：「大人請放寬心，這個賊已經走了。」知府說：「怎麼知道呢？」

沈梁說：「他明明說暫且饒過一次，當然已經走了。這個賊一定是劫囚犯的那些人跟下來了，以後還請舅爺諸事小心一點才好。」知府說：「既然如此，你下去吧。」

沈梁回到外邊對大家一說，這話可就傳到劉露秋耳內去了。劉露秋一聽，可了不得了。謀害朱文字是仇仲同自己的主謀，這個賊大爺萬一要來照顧照顧自己，自己豈能與他相抗呢？所以心裡十分害怕，好在一夜沒有發生事故。到了第二早晨，就見跑上房的差人，拿進一個白紙條子同一封銀子放在桌上，說道：「劉師爺，這是太爺叫小人給你老送來的。」劉露秋說：「拿來我看。」

差人把字柬遞過去，劉露秋接過一看，不由得倒吸了一口涼氣。原來上面寫的是本府職小財枯，實非藏龍之所，請先生離開府衙，另謀高就，紋銀五十兩權作程儀。劉露秋看完了字柬，說道：「太爺說什麼了沒有？」差人說：「沒說別的，就是叫小人告訴師爺，不必往上邊去了。」

自己一聽，事情是壞了，沒有挽回的餘地。自己一想，這不是為別的，一定是為朱文這個事，可是這也不能怨我，總算是你們舅爺的主謀。現在你對你們舅爺沒有法子，無緣無故將我辭退。你不想想你辭了我，你這個知府還能坐長嗎？你別看你的泰山，是在任的工部侍郎，我若不叫你知道我的厲害，我枉稱刑名老手。他自己賭氣寫了個辭事的稟帖，歸攏好了行李，就搬出府衙去了。

再說朱太太自從朱文被公差叫走，自己真是提心吊膽，一直等到天晚，不見朱文回來，可就害了怕了。於是把朱文留下的那個字柬開啟一看，上面寫的是如有官事牽連，快帶全家去降龍寺避難，老僧自有安排，千萬不要自誤。太太看完了字柬，暗道：「原來老方丈早就知道朱文必有官事牽連，我何不今日晚上收拾好了，帶著孩兒、婆子、丫鬟同長工，一同去降龍寺，一去躲災，二來請空空長老給想個辦法，好打救朱文脫離險境。」

於是連夜收撿好了行裝，一共三個包袱、兩個箱子，因為無法攜帶，只是揀了一個要緊的叫長工背著，婆子抱著朱順，自己同丫鬟互相扶持，鎖好了門戶，一家五口奔清涼山上走來。直走了兩個更次，方才到了降龍寺，一看寺門半掩，將一進門，就見東配殿內燈光閃閃，內中有人說話，說：「你們出去瞧瞧朱太太一家，大概許來了。」

朱太太一聽，十分詫異，暗道：「老和尚真是羅漢降生，要不怎能知道我們今天來此呢？」於是大家直向裡走，就見配殿門簾一起，出來一個小沙彌，手提燈籠一抬頭說道：「眾位來了，跟我往這裡去。」

朱太太五個人也不言語，跟定沙彌，直往寺後走來，出了降龍寺後門，直向正北，走了有半里遠近，順著山角向東一拐，只見在山崖陡壁上，有一盤方丈大的藤蘿，小沙彌掀起藤蘿，下面露出一座石洞。小沙彌領著大家一直向洞內走去，朱太太一行藉著燈籠一瞧，前面是一個斜形的小衚衕，走了有六七丈遠，盡頭處是一個小小的石門，門上掛著青布簾子，小沙彌掀起簾子，裡面露出燈光，大家進去一看，原來是六七間石室，石室裡面，一切日用的器具，應有盡有，除碗盞鍋灶之外，所有的桌椅炕床，全是石塊做成。小沙彌放下燈籠對朱太太說道：「朱太太你們住在此處，比在你們家中安穩多了。老方丈說明天再過來同你老談話，朱先生的事情，請你不要掛心，他自有辦法。」

朱太太一聽，連忙說道：「請問小師傅，方丈怎知拙夫有難呢？」小沙彌說：「你老不必再問，明天一見方丈，自然就明白了，請你放心休息吧。這是給你老預備的地方，你家裡如有該拿的東西，我們今晚全能替你取來，要過三天可就不能再去了。」朱太太就將收拾好了的東西，無法攜帶，說了一遍。小沙彌說：「你眾位休息吧，我走了。」說著辭了大家，自己出洞去了。

卻說朱太太大家一宿已過，次日天微明，打發長工去到寺裡，瞧一瞧方丈作何舉動。工夫不大，只見長工同小沙彌進來，朱太太一看，說道：「少師傅早起來了。」

小沙彌說道：「今天一夜沒睡，太太沒累著嗎？昨夜把你收拾的東西，全取過來了，請你自己看看。」朱太太說：「謝謝少師傅！」

於是大家來到洞外，只見兩個包袱、二個箱子，還有幾袋糧食整整齊齊放著。朱太太說道：「多謝少師傅費心，全點了也不短呢。東西雖然不短，不知我們先生現在怎麼樣了。」

小沙彌說道：「天亮了以後老方丈就過來，一切事情，他老人家全明白，請你老問他就是了。」說著話同長工把東西全部運入洞內，這時東方已經放曉，就見老方丈空空和尚手扶竹杖，慢慢走進洞來，說道：「朱太太受驚了。」

朱太太一聽，說道：「老方丈，處處勞你費心，我們將來以何相謝呢？但不知現在我們先生怎麼樣了？」

老和尚放下竹杖坐在石凳上，長工端上茶來，老方丈合掌當胸口念阿彌陀佛，說：「老僧說出來，太太可不要害怕。朱先生此次進府，這是變生不測，如若無人打救，是有性命之憂，就是朱太太也難免牽累之苦。但是太太現在總算脫離了危險，這裡是極嚴密的處所，沒人知道，再說輕易也沒人往這裡來，你們盡可以放心。我夜中去到你家，派人把糧米完全運入寺內，缺什麼你就派這位長工大哥往寺裡要去。至於朱先生，老僧再想法子救他，請你們大家不必掛念，老僧絕不能叫奸民得意，良士受屈。」

朱太太一聽連忙對空空長老合掌作謝，說道：「一切全賴老方丈維持，等我們先生出來之後，一總再給你老磕頭吧！」

老方丈一聽，說道：「阿彌陀佛，太太不要這種說法，出家人可擔當不起。」

說著合掌當胸告辭回寺，朱太太只可送到洞門。老和尚回到寺內，每日夜晚打發兩個小沙彌去到朱宅搬運糧米，不消三天，就把朱家的存糧完全運入寺內。自己則每晚去到府衙探聽，不上幾天可就把朱文負屈含冤的內幕，打聽了個明明白白。他本想將仇仲同劉露秋並陳步雲一刀兩斷，又一想不如救回朱文，再辦這幾個東西。於是打算由獄中把朱文救出來，後來一想，在本地動手，總不如遠方相宜，於是這才跟到湖南，把朱文由店中救出來。本來老方丈精通擒遁之術，一夜之內，同朱文走了一百餘里。老和尚沿途把朱文被害之事一一對朱文仔細說明。朱文這才如夢方醒，趕緊跪倒在地，向和尚致謝。

老和尚連忙還禮，說道：「朱先生，你本是先朝遺胤，本應該避處一方力謀恢復，不想你一蹶不振，須知道雖然天意亡明，又安知人力不能勝天呢？」

朱文一聽，說道：「老方丈，我自從來到貴州，何嘗不作此想，不過後來一看，人家清朝可說是君正臣良，已然根深蒂固，再說我這個年歲行將就木，唯恐畫虎不成，反類其犬，所以把這個主意打消了。我對小兒取名朱順字戴天，即是順天之義，戴天之德的意思。我現在既然身為逃犯，總算是有家難奔，有國難投，雖蒙你老救了我的性命，我以後應往何處存身呢？所以我定了一個主意，此次回到降龍寺，在佛前立誓懺悔，求老方丈給我剃度為僧，或者託我佛的力量，可以落個壽終正寢，只不知老方丈意下如何？」

空空長老一聽，合掌當胸，口宣佛號，說道：「人有善念，天必從之。等回寺之後，我們再從長計議。」

於是二人飢餐渴飲，五六天的工夫，就回到降龍寺內，夫妻相會，自然悲喜交集。不知不覺又過了三四日，這天老方丈打聽明瞭，知府回了省城，撫臺出了緝捕，老方丈夜中打發小沙彌去到府衙，打算將知府嚴加懲戒。不想小沙彌一到內宅，伏在房上，正趕上知府勸誡他的妻弟，小沙彌這才知道知府並不是壞人，不過受了他的舅爺同劉露秋的牽連罷了。再說陳步雲總算是個少年的公子哥兒，可與為善，可與為惡，非老奸巨猾可比，於是才說了一句。「知過改過，暫且饒過一次」，便返回降龍寺，對老方丈報告一切。老方丈一聽，才打算再辦劉露秋，趕一打聽，劉露秋已經被辭回了原籍，老方丈便把此事對朱文說明。朱文一聽，此事雖然未成大害，可是自己已經無家可歸了，於是決意對方丈說明要求剃度為僧，就在降龍寺出家，並且把朱順認在空空長老座下，學習文武兩科的技藝。老方丈一聽並不推辭，慨然應允，朱文這才回家對朱太太商量，朱太太說：「丈夫既然打算身入空門，妾身焉敢攔阻，可是我同順兒怎麼辦呢？」

朱文說：「這不要緊，順兒我已經請空空長老收在座下，學習文武兩科的技能。至於你們四五個人，咱這點家產雖然不多，大概也足夠你們吃喝一世。再說我此次這個大禍，若沒有老方丈，一定得性命不保，真要我解到北京，受了斬罪，你們又當如何呢？所以我看破紅塵，一定要皈依佛門，求一個壽終正寢，請太太不必相攔。」

朱太太一聽，知道不能攔擋，好在他這次出家，並不朝山拜廟，也同在家裡一樣，所以也就點頭。朱文於是回到寺內，同方丈商議，空空長老說道：「朱先生，你既然立意出家，那倒可以，不過我不能收你，第一我們是二十多年的老友，再說你兒子是我的徒弟，我怎能再將你收在座下呢？莫如我替我師父收你這個徒弟，我算是大師兄，替師收徒，你算我的師弟。

明天就是好日子，我給你落髮改換僧衣，並且把你兒子也帶來，我把他也接在座下，你看如何？」

朱文一聽，十分歡喜。第二天，朱文帶著朱順一直向寺內走來，到了寺內一瞧，院中打掃得清淨無塵，老方丈正在大殿上焚香禮佛。禮佛已畢，這才教朱文拜佛，沙彌早把剃刀開水，僧衣僧帽備妥，朱文禮佛已畢，方丈叫他換上僧衣，跪在佛前，受了三皈五戒，然後分開頭髮，用剃刀剃去，方丈贈名了凡。朱文拜師已畢，又拜了師兄，這才把朱順叫過來，對方丈拜了八拜，朱順這時年方四歲，生得面如赤炭，聲似洪鐘，粗眉大眼，鼻直口方。老方丈一看這個孩子，印堂之中，隱著一股煞氣，不由得一憂一喜，憂的是此子煞氣太重，雖然容易成名，但是若不趁早回頭，恐怕難得善終；喜的是相貌清奇，不愧帝室之胄，正是武林的人物，於是對朱文說道：「師弟此子年歲太小，恐不能乍然離開母親，我每日叫他兩個小師兄，往來接送，白日進廟，晚上次家，等他六七歲的時候，再令他住在廟內，就不必往返了。」朱文一聽，連忙說道：「此子既然託在師兄門下，一切自然由師兄主裁，小弟如何還好過問呢？」

從此朱文就在降龍寺出家，改名了凡，朱順早出暮返，每日從空空長老學習技能。初時，老和尚不過教他幾個字兒，或叫他蹲個小架了，不想這個孩子，天資穎悟，對於這文武兩科的能為十分相近，老和尚不由越教越愛越高興，小孩則越學越上心。不知不覺地過了三年頭，朱順年已七歲，四書五經已經練熟，說到武術上，各種大小架子已經蹲完了。老和尚一看，孩子十分可造，於是教他回家告訴母親，搬來廟裡居住，朱順回去對母親一說，朱太太倒甚願意，從此朱順就搬到廟中來了。

老和尚每日晚上也給他添上功課，教他打坐調息，練氣歸神，學習各種大小技藝。一轉眼又過了四年，朱順年方十一歲，這位了凡大師可就一病不起了，朱順少不了暫停功課侍奉湯藥。誰想大數來臨，醫藥無效，不幾日就圓寂了。臨危的時候，把朱順叫在床前，囑咐他學成武藝，必須殺盡世上的貪官污吏、土豪劣紳，好為父吐這口不平之氣。朱文還把自己如何移居貴州，如何受了土豪惡吏之氣，如何削髮為僧，根根本本告訴了朱順。朱順這才知道自己原是明朝之後，帝室宗親。了凡大師化去之後，空空長老按照佛門的規矩，把遺蛻焚化了，葬在降龍寺後。朱太太本同朱文十分和睦，朱文這一死，少不了多哭了兩場，又受了點山風，從此得了傷寒之病。你想年老之人，如何能受這種大症，所以不到十天，也一命嗚呼追隨丈夫往地下團聚去了。朱順少不了悲哀盡禮，把老太太偷偷地盛殮好了，葬在清涼山上，從此專心靜意練習功夫。

第十四章　鎮龍坡朱意明復仇

這天空空長老把朱順叫進方丈，說道：「現在你父母雙亡，我有一番話你要謹記在心。你的身世，大概你父親對你已經說明，我也不必再同你說，你父親臨危告訴你的話，大概你也記得，所以我今天告訴你，必須用心學習。因為我年紀一百好幾十歲了，萬一一口氣上不來，你再想學，可就晚了。我平生只收了兩個方外的徒弟，大徒弟複姓諸葛，單名一個周字，字表聞人，他的武學倒不見長，他將我的文學，得去了十之八九。

他在江湖上行蹤無定，人稱「聖手先生」。他最精的是飛星奇門，埋伏機關，所以得了這麼一個外號。再就是你，我這一點武學，想著傾囊相授予你，只恐你無福消受，所以今天對你說明，你要細心研究，如能將我的武學得去，將來不難出人頭地。」朱順一聽，連連答應，從此自己加意用功。你別看朱順是個十餘歲的孩子，他的志氣頂天，自己總想，若打算出人頭地鰲裡奪尊，非練點特別的技術不可，不然自己會的人家也會，自己明白的，別人也明白，那如何能成？所以他常常向空空長老請教，空空長老被他纏得沒有法子，便問他打算學什麼技藝，方算人所難能呢？朱順說：「我看見師父有一本拳譜，上面說有一種暗器，名叫吹翦，長一寸五分，三十步內取人周身的三十六穴。

弟子十分納悶，莫非說人的氣，就那麼厲害嗎，把翦吹出去，還吹那麼遠？」

老和尚一聽，不由得哈哈大笑，說道：「人的氣是由精神練成的，無堅不破，所以說，怒髮衝冠，又說其為氣也，至大至剛，你哪能知道這個氣的厲害呢？」

朱順說：「要這麼說起來，一口氣可以吹死人嗎？」老和尚說：「只要把氣練成了，練到爐火純青出神入化的時候，用氣傷人易如反掌。」朱順說：「怎麼個練法呢？」

老和尚說：「這個功夫別的門裡頭沒有，獨我們門中最後有一步功夫，名叫重樓飛血。為什麼叫重樓飛血呢？因為是練血化精，練精化氣，練氣化神，練神還虛，練虛合道。迨至合道一層，直與地仙無異矣。但這個功夫，是童子功，必須終身不娶，先把氣功練成了，然後每日子午二時，面向正南，對日長呼一百口氣，長吸一百口氣，以取日精；對月長呼一百口氣，長吸一百口氣，以取月華。呼吸的時候，必須以意運氣，氣貫丹田，才能向外撥出，直到一百天，方能氣聚成形；做到三年零六個月，共合一千二百六十天，方算成功。那麼這個功夫也太容易了，怎麼普通的武俠，練童子功的，到處皆有，為什麼不練呢？這因為人的稟賦不同。稟賦薄的人，練成了之後，那口氣撥出去，不過由無形而變成有形，雖然有形，可不能傷人損物，在三十步內，只能吹滅了燈火。稟賦厚一點的人，練成之後，不過能像一縷烈風，吹折細小枯枝雜草而已。

至稟賦奇厚的人，把氣練成，能粉木裂石。你想，木石遇之皆能粉碎，那人還經得住嗎？不少人因為稟賦太薄，雖然練成了，但全都等於白練，不過吹燈，吹樹葉，連個枯枝也吹不折，練這種沒用的東西，做什麼呢，所以就有人說，這種功夫是胡造謠言，因為練成了沒用，也就沒有人肯練了，眼看就要失傳。今天因為你問到那裡，我才對你細說。不過你練這種功夫，還不到時候，幾時到了練的時期，只要你願意練，我是傾囊相授，絕不藏私。你想我偌大年紀，臨死還帶著藝去嗎，你不要著急，自己好好用功夫去吧。」

朱順答應，自己到了休息室內，暗暗地尋思，這個氣功，本是武學的基礎，可是這個爐火純青，出神入化，知道在什麼時候呢，再說人哪能知道自己的稟賦呢，不如我現在就偷著練習，成了更好，不成不是氣功更有根基了嗎？於是他可就偷偷練習起來。也真難為他，風雨無阻，一直練習了一年，自己的氣功可覺出進步來了，每日撥出的氣，也有了形色了，一張口，丹田的真氣，衝口而出，成了一條雞卵粗的白氣，迎風不散，直吹出兩三丈遠，自己一看十分高興，氣功一長，各種功夫，自然月進千里，把個老方丈歡喜得真是如得異寶明珠。書不重敘，慢慢地又過了三個年頭。

這天朱順正在山頭對日呼氣，一張口一條白氣，直衝出三十多丈，飛入太虛，自己練得正然高興，只聽後面說道：「朱順，你這個氣，從幾時練起，居然到了這種程度？」

朱順一回頭，原來是老師空空長老，立在自己身旁，自己連忙說道：「弟子自從前三年，老師對我說了之後，我就偷偷練起，到現在，足有四年多了。」老和尚說：「你既然練了四年多，到底練成了沒有呢？」朱順說：「弟子只知每日練習，成不成自己如何知道？」老和尚說：「成與不成自己不知，還有可說，你可知道，你這個氣，有多大力量呢？」朱順說：「弟子對於成是不成，還不知道，多大力量，更不知道了。」

老和尚一聽，哈哈大笑，說：「你這孩子可說是瞎練一回，不知道，不許試驗嗎？」朱順說：「我若一試驗，不成還不要緊，如若成了，一口氣把人吹死了，怎麼辦呢？」

老和尚一聽，說：「你這孩子可說糊塗到極點，誰教你吹人呢，你不能用那棵枯樹試驗一次嗎？你試吹一口，瞧瞧樹上的枯枝，你能不能把那粗一點的吹折，或把細一點的吹折，不就度出成與不成嗎？」

朱順一聽，自己也覺好笑，四年的工夫，自己一點試驗沒有，真可說是渾練。於是用目向四處一瞧，只見離自己二十來步遠近有一棵很大的枯槐，一回頭對空空長老說道：「老師，弟子拿這棵槐樹試試成嗎？」長老聽了點點頭。

朱順於是一扭身，對準槐樹上面，一張口，忽的就是一口真氣，只見一條白氣，由槐樹的枝幹叢中穿將過去，耳內聽得磕嚓磕嚓一陣亂響，枯枝敗葉落了一地，最大的樹幹，足有茶杯粗細。老和尚一看，不由得口中念道：「阿彌陀佛，不想你的稟賦如此高厚，初意我本不願教你練這種絕後的功夫，因為你只是一個孤子，並無三兄二弟，將來還得由你身上接續你朱門的子孫後代。所以我對你說，以後再教你練，不過那是應付你的話頭，不想你偷偷地把功夫練成了。你須知道，這種功夫不同混元氣，那混元氣不練了就可以娶妻生子。這種功夫可不成，這個氣不能瀉，一瀉就有性命之憂，只要你練成了這個氣，那就同和尚道士一樣了，只可落個一世童男。現在你既然練成了，可就沒法子了，這本是天下絕藝，練成了的可說千無一二。你若能寒暑不斷，每日練習，七十年後準能平步登仙，因為這個氣，同道家煉的那內丹相同。那道家丹成入九天，那個氣煉成了就可以長生不死。你現在雖然元氣已成，可是不許間斷，再說你的外功也太欠研究，還要你用心追求，自不難超過老僧之上，那時為師自有光榮。再說你這元氣現能折木，將來自不難於碎石，頗可作為兵器之用，只是不許你隨便運用傷人，以損自己的陰騭，你要謹記勿違。」師徒二人一路閒談，慢慢回廟。

朱順自從知道自己的元氣成功，對於武技更加用心精練，在降龍寺不知不覺整整練了一十八年，現在年方二十二歲。最得意的兵器，就是一口寶劍，招數是八手寧天劍法，還有一對雙針，招數是進退連環二十四路。這天和尚把朱順叫到跟前，說道：「朱順，你現在的技藝，雖不敢說天下無敵，可是能敵你的，現在的武俠叢中也寥寥無幾。我的能為你雖然未能完全得去，這不過是因為你的功夫太淺，有許多功夫你練不到，我若叫你跟我個四五十年，可也就到了你歸隱的時候了，又怕誤了你的事業。所以我教你由今天為始，離山周遊天下，為師這裡有寶劍一口，你帶在身邊可作護身之用。」

說著在床內取過一個長條包袱，解開一看，裡面露出劍匣，又取過一個小包袱說道，這裡面是幾身長短的衣服，還有五十兩銀子，你可以帶在身邊。

空空長老一回手拿起寶劍來，說道：「這口劍原是一口古劍，名叫射斗，能切金斷玉迎風斷草，相隨為師一百多年，我可未曾錯用。現在傳給你，可要好好地收存。我昨天晚上曾替你起了一課，你且記著，劍在，你便在世上混，劍亡，你趕緊回山歸隱。不然恐怕你有性命之憂，今天我還得給你改換名字，可改為朱復字意明，這就是叫你不要忘了本來的面目，須知你是明朝嫡派的子孫呢。至於江湖上的規矩，自然不用我再細說，門戶中的規矩不許違犯，如若犯了，我可取你的首級以警後人，又因為你無家可歸，願意幾時回來，就回來再練。」

朱順一聽，連連答應，好在用不著惜別，不過初出茅廬，如有所失罷了。從此朱順可就改名朱復了。

再說朱復辭別了老師，腰懸寶劍，囊帶雙針，身後背上小包袱，直奔山下走來，一路走著一路思想，老師叫我周遊天下，我從什麼地方起手呢。古稱燕趙多慷慨悲歌之士，莫如我先往北方去一趟，看看地方的人情風土，也算見一見老家。打定主意，又一想，未去北方之前，本處這個仇仲，這類人萬不能容他活在世上，連劉露秋也不能放他逍遙法外，我一家人若不是受他二人的陰謀陷害，何至鬧得有家難奔呢？我先回鎮龍坡，打聽打聽這個仇仲是否還活在世上，然後再找劉露秋報仇雪恨。

一路思想直奔鎮龍坡走來，到了村裡找到了一個小茶館，泡了一壺茶，慢慢地喝著。一打聽仇仲，還有自己的住宅，原來早經官家拍賣，仇仲已經買到手中；仔細又一打聽，仇仲這個人倒是還活在世上，不過現在比原先可闊多了，原來他兒子名叫仇太平，在外跟官，他跟的這個官，就是當初的那位刑名師爺劉露秋。因為劉露秋自從被知府辭退，自己收拾行李回了原籍，到了大名府在家內住了幾天，一肩行李，直奔京都去了。

到京都之後，他立刻寫了一張呈文，遞到督察院內，告的是貴州省貴陽知府程繼先，沿途解差，賣放亡明遺孽朱文朱建武，請速查辦。本來這種事實係朝廷大忌，督察院如何敢壓，立刻奏明皇上康熙，御筆親批，將劉露秋交刑部看押，一面降旨，調貴州撫臺入京聽訓，並將貴陽知府押解來京。這聖旨一下，立時嚇壞了工部侍郎陳文泰，下朝之後暗中派能幹的家人，星夜往貴州送信，請撫臺同程知府預備一切。不上兩個月貴州撫臺帶著程繼先，並原送差的兩位委員，還有押差的把總，一併來到北京。皇上親批交刑部審問這個案子，一直嚴訊了好幾堂，這才覆奏上去，皇上降旨，貴州撫臺降級並記大過一次，程繼先革職永不敘用，劉把總疏於防守，發配軍臺效力。

這個案子因有陳侍郎運動之力，還算好，將賣放罪名抹去，否則定成大獄。劉露秋告發有功，放了個邯鄲的知縣。劉露秋一看，這才算心平氣和，也不枉自己用了這份心機，總算償了夙願，於是寫信打發人送到貴州，請仇仲前來作幕，仇仲因為自己年歲已大，不肯遠離鄉井，於是打發兒子仇太平去邯鄲。這個仇太平本來奸詐過於乃父，所以同劉露秋一見面，真是臭味相投，也是小子鑽營得當，由邯鄲縣一帆風順，升了河南陳州府。

他們這路人本來才有餘而品不足，所以官一升了，財也就發了。可是老百姓受了罪了，現在劉露秋已經調任陝西延安府，仇太平自然隨任高遷，這一來仇仲在家可就成了老封翁。

因為家財充足，所以護院的看家的全都僱上了，呼奴喚婢，突然這麼一闊，又把朱文的住宅買到手中，翻蓋一新，每日除了在花園中遊逛，就是同一班走狗飲酒談天，一晃過了十幾個年頭。實指望七十來歲的人，悠遊歲月得終天年，哪知禍不旋蹤，只落身首異處，這也算是作惡之報。

再說朱復，打聽明白了，於是算清了茶錢，提起小包袱慢慢圍著村莊繞了一個彎兒。只見由山坡之上，走來了一頭黃牛，牛背上坐著一個牧童。朱復說：「借問小哥，仇太爺在哪裡住？」牧童說：「由這裡往北，一道街當中一所大瓦房便是。」

說完趕著牛兒走了。

朱復依牧童的言語，來到二道街當中，一看果然有一所大瓦房，十分整齊，門前立著幾個差人。朱復圍著宅院繞了一周，看清了道路，這才找了一個飯鋪，買了點熟食乾肉，用手巾包著，走到村外，一瞧離村一裡遠近有一片大松林，自己奔松林走來。到了松林之內，找了一棵松樹，坐在下面。這時候太陽已經西下，自己把熟食乾肉吃了，天可就黑了下來，自己這才盤膝打坐閉目養神。工夫不大，已經更點齊敲，朱復把大褂脫下來，放在包袱之內，頭上用帕包好，將寶劍插在背後，用絨繩繫在胸前，又把雙針用卡子卡好，把包袱向腰中一繫，這才邁步出了松林，直奔村中。到了村中一聽，人聲寂靜，於是伏身奔了仇仲的住宅，到了圍牆之外，翻身上房，向裡一看黑漆漆的並無人聲。於是竄上正房，向四面一看，只見前邊院內露出燈光，於是竄到前邊房上，伏在房脊後面，只見院內無人，屋中燈光閃閃。這時只聽屋內一個年老的聲音說：「兒，現在有一個多月了，大爺也沒有來信，也不知是怎麼回事。這幾天我心裡總覺著不安定，也不知是什麼緣故。」

就聽一個小孩子說道：「老太爺總記掛著大爺，大概大爺的信，不出這幾天就可以來到，你老何必這樣掛念呢。」只聽那個老人說：「四兒點上燈籠吧，我要安歇了。」

工夫不大，只見簾子一掀，由裡面出來一個小孩，手提著一牛角氣死風燈，後面跟定一個七十來歲的老者，鷹鼻鷂眼，白髮銀鬚，兩個丫鬟左右攙扶。

朱復一看暗道：「這一定是仇仲了，這個老小子這樣養尊處優，少時我一定叫你身首異處，好替那些被害之家，雪恨報仇。」

他正想著，只見小童引路，轉過角門，往東跨院中去了。

朱復房上暗中相隨，原來東跨院內，上房中露出燈光，只聽屋內說道：「老太爺過來了沒有，你們再去瞧瞧。」

就見簾子一掀，出來了三個燈籠，提燈的是兩個丫鬟、一個小子。三個人正走到院內，仇仲也進了角門。

大家說：「老太爺過來了。」只見由屋內出來一個二十多歲的婦人，向前迎接，這原來是仇仲新娶的一個姨太太。

朱復正在張望，就聽著自己身後嗖的一聲，朱復知道身後來了暗器，於是一蹲身，噹的一聲，一隻鏢落在房上。朱復回頭一看，在房下立著四個人，各持兵器用手指著自己，說：

「上面的小輩，真乃膽大包天，竟敢半夜前來偷盜，你可知道飛鏢手金振鐸的厲害。」

朱復一聽，不由得有氣，暗道：「我並不是為你們幾個小子來的，不想你們暗中給了我一鏢，我本打算不動聲色把仇仲殺了一走，看這個樣子，大概不露面是不成了。」

想到這裡，一飄身縱下房來，這時候那四個人已經來到院中，再瞧屋內的燈光已經熄滅，原來鏢一落地，仇仲一夥人早嚇得跑到屋中，拴上門戶，把燈吹滅了。

朱復說道：「你四個哪一個是暗中傷人的小輩，還不過來受死。」

就見那四個人中竄過一個人來，一身青衣服，盤著辮子，用白手巾罩著頭，腳下白襪子灑鞋，腰內挎著一個鏢囊，右手提著一口單刀，只見他把刀一亮，說：「你是什麼人？敢來擾亂仇大太爺的府第，你可認識飛鏢金振鐸嗎？」

原來近幾年來，仇仲因為家中有了財產，所以請了兩位師爺，一位叫金弓金振聲，這一位叫飛鏢金振鐸，二人是嫡親兄弟，在江湖上賣藝為生，倒是有點功夫，因為在本地上賣藝，叫仇仲瞧見了，所以把二人留下護院，後來金振聲又介紹了兩個江湖人，一個叫花槍鄧龍，一個叫花刀鄧虎，也是親兄弟，四個人在仇宅護院。這天晚上，四個人正在各院蹓躂，將將到了前院角門，一抬頭，房上站著一個人，依著金振聲先打個招呼，若是夜行人，一聽招呼就走了。金振鐸說不對，我們自從來到宅內，寸功未立，今天我一鏢把這個賊打下房來，在老員外面前也顯著好看。說罷，回手取出一支鏢來，一抖手對準朱復的後心，就是一鏢，不想沒打著人家，滿想一道字號就把人家嚇一跳，哪知道一道字號，人家反倒下來了，自己一聽人家點手相叫，只可說道：「來人通名。」

朱復說：「小子你問我麼，姓朱名復字意明，小子你知道了有什法子呢？」金振鐸說：「沒別的法子，要你的命。」說著左手一晃，右手刀連肩帶背向下砍來。朱復一看，刀離不遠，身體一斜，一上左步，揚起左手向小子腕子上就磕，金振鐸向回一撤步，朱復的右手跟著向前一伸，嘣的一聲，撞在小子胸膛之上，小子撲通一聲坐在地上，撒手扔刀。

金振聲一看，兄弟一照面就輸給人家了，自己這才一言不發，向前一縱，掄刀向朱復背上便扎。朱復一聽後面有人暗算，向外一開左步，身體向左一歪，躲開這一刀，右腳跟著向上一抬，啪的一聲，正踢在金振聲的腕子上，噹啷一聲鋼刀落地。朱復緊跟著右腳一落地，右手一按地，左腳又起來了，嘣一聲蹦在小子小腹之上，金振聲一退兩退撲通坐在地下。花槍鄧龍花刀鄧虎一看，可了不得了，金氏兄弟一照面全教人家打倒，可見人家比我們能為大得多，若再單打獨鬥，恐怕依然敗北。於是哥兩個一口刀一條槍，一個在前一個在後，雙雙縱到朱復面前，鄧龍的刀劈頭就剁，鄧虎的槍在後面對心就扎。朱復一看二人雙上，仍然一上左步用右手一穿鄧虎的右臂，鄧虎的刀將要向下垂，哪知朱復的右手順著鄧虎的右臂向下一摳，啪的一聲按在腋下肋骨上，小子哎呀一聲倒在地下。這時鄧龍的槍也來到朱復的身上，朱復一轉身，左手一撥，一進左步一伸手把槍桿抓住，左腿一抬正踢在鄧龍的右腿之上，鄧龍撒手扔槍倒在地下。

朱復將要用槍去刺鄧龍，只聽弓弦一響，一點寒星奔面上飛來。原來是金振聲立在旁邊，打了一顆彈子，朱復一伸手把彈子捏住，只聽一陣弓弦亂響，那彈子如同暴雨一樣，向自己打來。自己連忙展開身法，躥縱跳躍，工夫不大將彈子完全躲開。金振聲本來打的一手很好的連珠彈法，一瞧四十多彈，未曾將人打著，不由得心內發慌，一伸手又向囊中取彈，只聽啪的一聲，弓弦斷作兩截，原來朱復一瞧小子彈法很好，若叫他打上一彈，自己就算栽了跟頭，自己若發出那重樓飛血的功夫，一口氣就可以要四個人的性命，但無冤無仇何必如此短見，於是丹田運氣，一張口這條白氣正正撞在弓弦之上，啪的一聲，弓弦變作兩截。

四個人本來全都聚在一處，猛然弓弦兩斷，不由得一怔。

就在這一怔的時候，朱復已經來到四個人的面前，四個人將要轉身逃走，朱復豈肯相容，每人肩上被朱復按了一把，就是這一按，就把四個人定在那裡，原來四個人被朱復全都點了穴。

朱復對四個人說道：「你們暫且休息，我同你們本來無冤無仇，誰叫你們多管閒事呢。」

一轉身上了臺階，來到正房門口，用手推門，原來裡面已經拴上了。於是一回手亮出寶劍來，嗆的一聲，寶劍離匣，真不亞一汪秋水，朱復把劍向門縫內一插，向下一按，門閂被削成兩半，用手一推雙門大開，自己先用寶劍向裡一探。然後由腰內取出火摺子，這才看清了，屋內陳設十分齊整，朱復用火摺子點上燈燭，用目向四面觀瞧，只見兩個小子同四個丫鬟，全都躲在床下。姨太太嚇得倒在床上，那仇仲蹲在桌子底下，抖成一團。朱復一伸手由桌子底下把仇仲拉出來，自己轉身坐在一張椅子上。那仇仲這時哆囉哆嗦跪在地下，口中說道：

「大王爺爺請你高抬貴手，饒了我這條性命，你老若用金銀，那旁銀櫃內就有。」

朱復說：「你這個老奴才，你可認識我？」仇仲戰戰兢兢地說道：「不不不認識。」朱復說：「你可認識當年在這村裡的一位外來住戶，姓朱名文字建武，這位老人家哪裡去了？」

仇仲一聽不由得打了一個寒戰，說道：「不不不知道他老老人家。」朱復說：「原來你不知道，可是這位老人家為什麼逃往他方，這個事你一定知道。」仇仲一聽嚇得冷汗直流，說道：

「小人更不知道了。」

朱復說：「我告訴你，叫你也死個明白，我也不是大王爺二王爺，我就是朱建武他老人家的兒子，姓朱名復字意明，我今天特意前來取你的性命。第一報仇雪恨，第二替這一方除去你這個飛天烙鐵，以免你再無事生非陷害好人。至於你兒子仇太平，早晚我也叫他死在劍下。你當初只顧陷害良民，不想天理昭彰，你也有今日，你聽見了沒有？」

那仇仲跪在下面，只知發抖並不言語，原來他一聽是朱文的兒子，早嚇得真魂跑到西方極樂世界去了。朱復說的後半截他完全沒聽見，朱復一瞧他不言語，不由得心頭火起，當的一腳，把仇仲踢得哼了一聲，倒在地下。寶劍一揮，仇仲變作兩斷。

那個姨太大同那幾個丫鬟小子早已嚇得昏了過去，朱復這才用劍在死屍上割下一塊衣襟，蘸著血跡，在粉牆上大書八字，「殺人者是朱復意明」，又用劍把櫃上的鎖頭削去，在裡面取了幾百兩金葉子，包在包袱之內，邁步出了上房，仰天長出了一口氣，這才算心平氣和。於是對那四位教師說道，明天報案，你們要實話實說，如若誣賴好人，我一定取你們首級。說完了雙足一蹬，上了正房，一路出了仇宅，乘著黑夜向正北走去了。

那朱回信步而行，這天來到一個地方，此地是河南湖北交界之處，在大別山南麓，地名叫做穿松林。原來這一帶盡是大松林，足夠十餘里方圓的一片，當中一條大路。時當正午，一輪紅日如同火傘凌空。朱復覺得十分炎熱，一看前面青松夾道，滿地濃蔭，越走越涼快。正向前走，猛聽前面人語嘈雜，內中還不斷有兵刃擊撞的聲音，不由得十分詫異，暗道莫非前面有了劫路的？用耳細聽，就在前面不遠。用目觀看，但是被松樹擋住目光，無法觀瞧。於是緊向前走，猛見對面不遠大路之上塵土飛揚，大約人數不少。自己連忙避在樹後，用目偷瞧，這才看清了，原來是一夥人在松蔭之下，拚命惡鬥。內中兩個老者，全都鬢髮斑白，一個穿青，一個穿黃。穿青的那一個，手使一口金背刀，約有七十上下，還是左臂刀，看面目兩條紅眉，一雙金眼；再瞧那個穿黃的，也是七十上下的年歲，壽眉長目，美髯飄動，手使一條三十六節蛇骨鞭。二人殺得難解難分，細看二人的招數，全都十分的高明，使刀的定上中下三盤，共分三十六路；使鞭的也是翻天三十六路，兩個人一個八兩，一個半斤，總算是藝業平衡，分不出高下。再瞧旁邊還有六個人打了兩夥，全是兩個打一個，這邊是個年輕的三十來歲，白臉膛俊俏人物，手使金背刀，也是左手刀，功夫十分老練。對方這兩個人，一個使劍，一個使雙拐，本領也甚高明。

那一夥呢，一個使蓮花鏟的，一個使鏈子钂的，二人敵住一個使左臂刀的黑臉少年，全都打得難解難分。

這工夫可就大了，好在地方偏僻沒有往來的行人，看日色過午，雙方仍然不見高低。朱復不覺看了約有一個時辰，就見那兩個老者，使刀的用了一招烏龍戲水，左臂刀直奔穿黃的小腹扎來，就見那個穿黃的一擺蛇骨鞭，把金刀纏住，兩個人一叫力，刀沒有削動了鞭，鞭也沒把刀帶撒了手。這時蛇骨鞭的蛇頭已經揚起來，口內的悶心釘，將要到了穿青衣的身上，那個穿青衣的金刀刀尖已經離穿黃的胸膛不到三寸遠近。這真是一髮千鈞，再待片刻，二人難免同歸於盡。正在這個時候，忽見一條黑影，如同孤鶴橫江，落在二老當中，手持一口寶劍，光華奪目，用劍的平面，向二老的兵器由上向下就砸，只聽嗆啷的一聲，也就是二位老者腕力特大，不然這一震，就得把兵器落在地下。二老者各撤兵器縱出圈外，用目觀瞧，就見在當中站定一個二十上下的青年童子，身穿一件青綢子長衫，青綢子褲褂，白襪雲鞋，辮子繞到脖子上，肋下佩著劍匣，腰內圍著一個小包袱，手中提著一口寶劍，冷氣侵人光華奪目，再往臉上一看，虎頭燕領，劍眉星目，鼻直口方，面似丹霞，紅中透潤。

這個時候，兩個老者一住手，那六個人也全跳出圈外，用眼觀瞧，不知是哪方來的幫手。就聽那個穿青的老者說道：

「這位少年壯士貴姓高名，因何攔阻老朽動手，請道其詳。」

朱復連忙拱手說道：「二位老人家，不必生疑，小子我先聽一聽二位老人家的名姓。」

那穿青的老者說道：「老朽家住陝西華陰縣四賢莊，姓白名哲，字天俠，江湖上有個小小的外號，人稱『紅眉劍客』，我可不趁其稱。」

朱復說道：「原來是白老劍客，小子失敬。」一轉身又向穿黃的老者問道：「小子也要領教你老人家貴姓高名。」

那老者說道：「老朽家住雲南，姓江名飛字天鶴，也有個小小的外號，萬里追風長髯叟，未領教閣下貴姓高名。」

朱復說道：「小子姓朱名復字意明，乃是貴州人氏，因為我出世年淺，二位老人家不知道，提起我的老師，大概二位老人家許有個耳聞。住持貴州清涼山降龍寺，法名空空長老，江湖人稱無上禪師。」

二老者連忙說道：「原來是大明朝的劍客，久仰得很。不知朱壯士，緣何來到此處攔阻老夫。」

朱復說道：「小子我原打算由貴州直去北省，不想走到此處，聽見兵器接觸的聲音，我起初以為是有了劫路的強人。後來暗中一看，才看見眾位在此動手，可是雙方總是拚命爭持，我才不揣冒昧出來將二位分在兩處。我想二位老人家，人稱劍客，俱都是年高有德之人，為什麼這樣仇殺惡戰呢？倘一失手，豈非把夙日聲名化為烏有，小子我看著實在可惜，所以我打算出頭問問是因為什麼，如能兩罷干戈，小子我就算個調和人，給二位老人調解調解，只要二位老人家看家師份上，高看我一眼，把這個事情的始末對我說說，我自己討個高說，或者也許能把這個糾葛，給二位老人家排解開了。不知此事，二位老人家能不能教我知道。」

要說朱復這就叫自不量力，也不想想自己出世幾天多大年歲，硬要給人家劍客了事，這豈不是笑話嗎?可是這個時候，二位劍客的心理，不是這樣的思想，一看朱復要給出頭調解，再瞧方才他那一劍解糾纏的腕力，若非我二人腕力大，非教他把兵器給砸出手去不可，所以心中十分佩服，不愧先朝劍客弟子。再說他使的兵器同他的氣概，他若沒有驚人的絕技，那口劍他就使不了。想到這裡，白哲首先說道：「閣下要問，說起來話可就長了。」一回頭說道：「你們大家也過來，我給你們指引指引。」

只見那六個人全都過來，紅眉劍客白哲一指那個使刀的白面壯士說道：「朱壯士，這是老朽的長子，名叫白敬字子謙，人送外號『銀面熊』。」一指那個黑面的少年說道：「這是我的次子，鐵面熊，白純字子正。你二人過來，這是大明劍客無上禪師的弟子，姓朱名復字意明，你二人可以過去見禮。」

二人連忙對朱復說：「不知少劍客駕到，我二人這邊有禮了。」朱復連忙頂禮相還，說道：「二位千萬不要如此，恐怕折了我的壽數。」

只見長髯叟江飛說道：「你四位也過來見見壯士。」一指那個使劍的說道：「這位姓杜名遠字天機，江湖人稱『神龍攪尾』。」又一指那個使拐的說道：「這位姓阮名靈字伯仙，人稱『展翅白鶴』。」又用手一指那個使蓮花鏟的說：「這位姓計名奎字中無，人稱夜渡長江。」又一指那個使鏈子鐝的說道：「這位姓藺名湘，字淑泉，人稱江上清風。」五個人互相一抱拳，說道：「久仰。」

朱復一瞧指引完了，這才對大家說道：「我們在這大道邊上，站著許多人也不好看，不如到松林裡面，找地方坐下，小子我還要聽二位老人家講說經過。」

於是進了松林，找了一個清淨地方，席地而坐，就見白哲說道：「朱壯士，你不是要問我們雙方為什麼這樣仇殺惡戰嗎，這內中有這麼一點事跡。」

於是仔仔細細對朱復說了一遍，朱復一聽，不由地暗暗著急，只顧自己要出頭管事，哪知道事情這樣麻煩，再說人家既然說出來了，自己要再說我管不了，沒有法子，怎能說出口來，若說一管到底，非管個水落石出不可，此事必須如何著手呢？閱者諸公，你道這個事，是怎麼個來源，如何這樣的難辦？

原來白哲跟前有二子一女，長子名叫白敬，次子名叫白純，女兒名叫白鴻。這位白鴻姑娘，從五歲上就叫宣化府太行山枯竹庵的住持鐵衣菩薩明因大師的大弟子，賽隱娘白敏白飛俠要了去。這位白飛俠本是白哲的嫡親胞妹，因為愛喜白鴻聰明靈巧，皓齒明眸，所以白飛俠就把她帶到枯竹庵親自教她練習武術，又加著明因大師不時的指點，到了二十歲，整整跟她姑母練了一十六年，練了一身驚人的絕技，較她兩個哥哥還要高出一頭。回家之後，嫁與白哲的師弟金戟太歲姬源的二弟子，金刀蔣洪為妻，小夫妻就在華陰縣西門裡開了一座興順鏢局。一晃三四年的工夫，沒有出過一次錯兒，白鴻在江湖上也創出一個外號，人稱「沖天玉鳳」。一來二人武技精深，二來兩個人的師父又是劍客，所以憑著一枝鏢旗，永遠是平平安安。

這天也是該當出錯，因為華陰城內有正華銀號的一枝鏢，向湖北武昌府送，因為本局的鏢師全都押著鏢走了，所以夫妻一商量，蔣洪去到四賢莊，請大內兄白敬白子謙給送這趟鏢。

從陝西一直到河南，倒是風平浪靜，將將入了湖北界，來到穿松林，不想前面由松林裡走來了一位老者，身穿一件黃羅的長衫，白襪雲鞋，往臉上一看，壽眉長目，一部美髯，在胸前飄灑，看年歲七十上下，身後跟著十六七歲的兩個童子，一個面如美玉，一個面似桃花，全梳著沖天辮兒，前髮齊眉，後髮蓋頂，十分俊美，一個穿青，一個穿藍，全都精神百倍，喊趟子的正懷抱鏢旗，向前行走，就聽那老者一聲斷喝，說道：「鏢車，給我站住。」

喊趟子的一看，有了劫鏢的了，呵了一聲，回馬報告鏢師。那銀面熊白敬白子謙，正在後面車上同送銀子的老客談話，忽見前面的鏢車停住，白敬就知道出了錯兒了。於是跳下車來，就見喊趟子的跑來，說道：「報告鏢主，前面有了吃橫梁子的了。」

白敬一擺手，喊趟子的退下去，白敬自己躍步向前，一瞧原來是三個劫路的，一老兩小，白敬兩手抱拳說道：「老朋友，是合字嗎？」那個老人說：「我不懂合子鬥子的。」白敬又說道：

「你是線兒上的？」

老頭子說：「我是繩兒上的，我告訴你少說廢話，你這個鏢，不是興順鏢局的鏢嗎？」

白敬說：「不錯，是興順鏢局的鏢。」老頭子說：「你們的鏢主是不是蔣洪字清瀾，江湖人稱金刀的嗎，女鏢主是不是白鴻，人稱沖天玉鳳？」白敬說：「不錯，正是他二位。」

老頭子說：「你們二位鏢主的師父，不是一位叫金戟太歲姬源，一位叫賽隱娘白敏？」白敬說：

「不錯。」

老頭子又說道：「鏢客你可是白哲白天俠的兒子？銀面熊白敬白子謙？」白敬一聽暗道：「這個老小子，可謂土地栽花，知根知底。」於是說道：「老朋友，既然你全知道，更得閃個面子了。」

老頭子說：「我因為全知道，所以才留你們這個鏢。」

第十五章　解紛爭一劍和群友

且說白敬一聽，不由得十分詫異，說道：「老朋友，莫非說你同他們有仇？」

老頭子一笑，說道：「我同他們並沒有仇恨，因為你們三個人的尊長全是劍客，所以我才留鏢，第一是看一看這三位劍客的本領，憑什麼要稱劍客；第二是要領教領教保鏢的鏢師，憑什麼保鏢；第三因為我爺兒三個路費短缺一千銀子。告訴你小朋友，你真要明白，你趕緊叫夥計把銀子給我留下兩個鞘子，你們走你們大路，不然的話，你栽了跟頭，也得留下銀子，你聽明白了沒有？」

白敬一聽不由得惱怒，說道：「老朋友，你這就不對了，你既然身居綠林，當然明白規矩，你既同三位鏢客有仇，或是同白某有怨，我們不是沒有住址，你就應該找到門上前去比較高低；再說你偌大年紀，豈不明白道理？雖說一千銀子為數有限，若在鏢局之內，或是在我們家中，這滿不算事，立刻就能給你拿將出來。現在可不成，別說你在車上拿一千銀子，你就是把銀鞘子摸一摸，鏢局子全都得關門歇業。我這個鏢客是幹什麼的呢？真你要有名有姓，有根有理，不怕你把整支的鏢留下，那是因為失了規矩，自有鏢主前去請鏢。現在你第一不說姓名，硬要攔路留下銀子。我說老朋友，你趁早收起這個心思，省得傷了和氣。」

老頭子一聽，哈哈大笑，說道：「小朋友，鬧了半天，你把我看成外行了。你想我偌大年紀，不明規矩，還怎麼在江湖上混呢？我真要找到鏢局或是找到你們家內，這三位鏢客哪能一齊出頭呢？再說我又不是整支的留鏢，我要你們拜山請鏢幹什麼，不過因為路費短少，才和你們暫借千金。」

白敬一聽說道：「原來你是要鬥這三位劍客才攔路動鏢，你既然非劫不可，請你道個萬吧。你若真能把姓白的制倒了，那三位劍客自然找到你的窩兒，前去向你請罪。如若制不倒姓白的，老朋友恐怕你今天難出松林，你就道個萬吧。」

老頭子說：「小朋友，你既非問不可，我要不告訴你，也教你失望，我告訴你姓名之後，你留下銀子就是了。老朽家住雲南玉龍鎮金波寨內，姓江名飛字天鶴，江湖人稱萬里追風長髯叟。」

白敬一聽暗道：「原來這個老頭子也是劍客，人稱南方三老。」於是說道：「老朋友既然非劫不可，你若勝不了白某左臂金刀，別說一千銀子，連車上的繩子全不許你摸一摸。」說著一回手嗆的一聲，金刀出鞘，用右手一抱，說道：「晚生也要看一看你這不講理的劍客，有多少高招。」

老頭子一聽，哈哈大笑，說道：「你既然要看，這還不容易嗎？露兒你就教他看看，大概他不是看不明白，他是善財難捨。」

就聽那個穿藍的孩子一聲答應，一縱身跳在當場，一掀大衫，由腰內撤出一條兵器，長有一人，雞卵粗細，上端有一隻手，手內橫攢著一管筆，筆桿約有桃核粗細。就見小孩拿在手中，晃徘徊悠，直向前走，眼看夠上步位，向白敬說道：「朋友接招。」把兵器一掄，向白敬劈頭打來。白敬一看原來這條兵器能縮能伸，自己叫不上名來。他這一掄，足有五尺長短，白敬不敢用力硬架，向右一上步，右手向孩子面門一指，身體一斜，左手刀向上一接孩子的腕子。孩子一看兵刃走空，於是一撤右步，把兵器向懷中一攬，護住面門。白敬的腕子向下一翻，刀奔孩子的雙足剁來，孩子身體向上一飄，兵器一伸，直向白敬的面門就撞，白敬一蹲身躲開兵器，一進步，刀由孩子的足下直掃過去。這時二人可就背對了背了，白敬身體一斜，右臂刀向後一掃，直奔孩子的腰部，那孩子腳一落地，一伏身，右手兵器向自己右肩頭上一搭，那個筆尖直奔白敬頭上打來。白敬一刀沒砍著，孩子一回頭，筆尖到了頭上，心說好快的招數，於是左手用刀背向上一磕，噹的一聲，把小孩的兵器架住，緊跟著，刀交右手轉身扣步，用了個黑虎掏心，刀尖奔孩子的後心扎來。

刀將伸出去，小孩子用了個鷂子翻身，兵器橫著向外一帶，這一招叫做回頭望月，噹的一聲筆尖又撞在刀面之上，差一點把刀帶出手去。白敬才知道這個兵刃招法十分稀奇，於是抽招換式打在一處，二人動手足有三十多個照面，不分勝負，就聽那個江飛說道：「露兒撤下來！」只見那個孩子向外一縱，兵器一甩，打了個烏龍攪尾走出圈外。這叫臨走留招以免敵人追擊。

白敬一瞧收住兵刃。只見江天鶴空手向前，用手一指，說道：「白敬你就進招。」白敬一看，說道：「老朋友你為何不用兵器。」江飛說：「同你們這些晚輩孩童動手，如用兵器，豈不教江湖人說欺壓後生。白敬你就進招吧。」

白敬一聽，說道：「既如此，江飛你就接刀。」說著右腳向前一邁，左手向上一翻，刀刃向上直奔江飛胸部扎來，這一招叫做猛虎出洞。眼看刀離胸膛不遠，江飛左步向上一邁，一斜身體，左手一拍刀面子，白敬的刀向回一撤，右手直奔江飛的胸膛一指，左腳飛起奔江飛小腹踢來。那江飛用了一個凹腹收胸，左手向下一落，手心正落在白敬的腳面上，這一手打個正著，白敬只覺著半身發麻，撲通坐在地下，原來白敬被人家點了穴了。本來點穴這種功夫，講究踢、打、點、撞，老頭子這一掌正打在白敬的太衝穴上，所以白敬撒手扔刀，坐在地下。

老頭子哈哈大笑，說道：「白子謙你雖然武術精奇，跟我動手，你還差點。孩兒們，上車去拿銀子，可是隻許拿一千兩，不多不少夠我們的路費就得了。」

只見兩個童子，各人抽出兵器縱步向前奔了鏢車。鏢局子的夥計一瞧，知道無法抵抗，於是跳下車來，四散奔逃，送鏢的老客叫趕車的撥回牲口，向來路逃走，只聽老頭子叫道：

「夥計們不要逃走，我們並不傷人，不過借點銀子就是了，你們何必拚命飛逃呢？」

大家一聽方才止住腳步，這時童子已經把車上的繩子用刀割斷，由車上取下兩個鞘子，每人一個。老頭子說：「你們走吧。」兩個童子每人提著一鞘銀子，直奔松林之內走了。

那老者來到白敬面前說道：「白子謙，我這一來可是有點對不起你，但是不這個樣子，你們三個的師傅如何能夠出頭呢？此事回到鏢局，就去請你們的師傅前去找我，我在家中等你們就是了。」說著照定白敬背上啪的就是一掌，老頭子也轉身走入松林去了。

白敬待了好半刻方才還過氣來，立起身形，這時候夥計們同老客全都來到白敬面前說：「你老好了。」白敬說：「不要緊，你們瞧瞧車上到底丟了多少銀子。」夥計說：「瞧過了，只兩個鞘子整整一千兩，除外紋絲也沒動。」白敬說：「你們有人跟他們去沒有？」夥計說：「我們倒是打算暗中跟下去，不過老客說，好在所失為數有限，無論如何也不叫我們動身。」

白敬一聽把腳一跺，說道：「完了，這一來鏢局子也不用開了，我這個跟頭也算栽到底了。」這時老客可就過來了，說道：「白鏢頭，你別著急，這不過丟了一千兩麼，這很不要緊，沒有關係。咱先把現有的送到武昌，我在我們櫃上再撥過一千銀子不就完了嗎？我們回去再同鏢局子算帳。假如給賊人全劫了去，我們不是更沒法辦了嗎？」

白敬說：「你哪裡知道這內中規矩呢？」到了武昌，果然由老客撥清了銀子，大家一同回到華陰來了，到了鏢局子裡面，仔細對蔣洪一說。蔣洪說：「大哥，你先不用著急，先由咱櫃上把老客填的銀子撥清，然後再說別的，如若這個面子正不過來，我們這個鏢局子就不用開了。」於是告訴帳房快給老客撥一千銀子。

那白敬等人，先不讓鏢局招買賣，各整理行裝要打聽劫鏢的人，三個人可就奔四賢莊來了。這個四賢莊當初本名房家集，因為白哲白天俠師兄弟四人，一同遷在此處，所以改名四賢莊。他這師兄是本莊人氏，姓房名鎮字建梁，江湖人稱鐵面金虬；二爺就是白哲；三爺就是姬源；四爺姓袁名興字振遠，人稱鐵棒無敵。這四位全是太華山松陰觀鐵冠道人拂雲子陸天真，同金面仙大演真人張天智的門人，自從這四位老人家住在此處，才改名四賢莊。

單說白敬同蔣洪二人，一同來到四賢莊，見了白哲。白哲說你們不在華陰作買賣，回家做什麼來了，白敬才仔仔細細對父親一說，白哲一聽十分詫異，暗道：「江飛江天鶴我耳朵裡倒是有這麼個人，人稱南方三老，不過沒有見過，這個武術的身分足夠劍客的資格。我們既然沒有見過面，又沒有冤仇，他為什麼跟我們作對呢？」於是自己帶著蔣洪同白敬一直往大爺房鎮的住宅走來，正趕上三爺姬源、四爺袁興全在這裡。哥四個一見面，蔣洪、白敬上前給三老行禮，把丟鏢的始末仔細對他們說了。

房鎮說：「你們打算怎麼辦呢？」蔣洪說：「弟子因為不知此人與弟子有何仇，特地回來請示恩師怎樣的辦法。」

三爺姬源說：「我們同南方三老並不認識，他為什麼作出這種無理舉動。」

只聽四爺袁興說道：「二哥同三哥不認識江飛，你準知道敏妹妹沒有得罪過他嗎，你三位只要有一位得罪過這個仇人，擠到一處還不是同你三位全得罪過一樣嗎？這個事情依我說我們先打發人去往枯竹庵，問一問敏妹妹；一方面不管認識不認識，去一位或二位到雲南，直去玉龍山，去找江飛，問他個不通情理之罪。」

大爺房鎮同二爺白哲、三爺姬源全都點頭，大家說道：

「往雲南誰去呢？」白哲說：「我帶著敬兒同純兒前去。」姬源說：「我往枯竹庵，去問敏妹妹。」袁興說：「就這麼去嗎，也得有個步驟哇。」白哲說：「怎麼還用著步驟呢？」

袁興說：「聽說金波寨勢力很大，你自己去到那裡不太單嗎，所以我說得有一個步驟。二哥你先走你的，三哥你去到太行山，大概半個月也回來了，或者敏妹妹也許前來，來了之後，我們四人一同動身，在後面相隨。第一是訪南方三老，第二是接應二哥，我們定準了在麗江縣想見，麗江縣南門有個福來老店，我們就在那裡會齊。至於入山的辦法，到時再定。」

大爺說：「若是敏妹妹也不認識江飛呢？」四爺說：「不認識也得去呀，如若不去，一千銀子不說，那個鏢局開不開不管，我們這個跟頭栽得起嗎？所以說一定得同南方三老見個高下，等我們去的時候，再叫蔣洪一同跟著。」

哥四個規定好了，各回了宅院。到了次日清晨，單說白哲帶著二子收拾好了兵器，手提小包袱帶好了路費，離了四賢莊，一路向雲南大路走來。依著白純，由陝西奔湖北，一直去往雲南。

白哲說：「我們早走半月，為的沿途尋找江飛的蹤跡，如若我們到了雲南之後，他還沒有回歸玉龍山，我們向誰說呢？

所以我打算先往你們失事的那裡瞧瞧，然後再在那一方打聽打聽像這種打扮的人有否路過，我們順著他的腳跟，可就找到他老家去了，現在你何必性急呢。」白純說：「他若不住旅店，暗暗回山我們不是白耽誤時間嗎？」

白哲說：「你這孩子真糊塗，你想他既然敢留姓名，他還怕人家尋找嗎，所以必須往那裡看個實在，如若江飛沒有回山，在那裡訪著，你們趕緊回家送信，也省得你伯父同你兩個叔叔還有你姑母空勞跋涉，如若得了消息，也趕緊知會他們，好請他們全往這裡聚齊。」

白純一聽，不敢再說，於是父子三人，一直奔武勝關的大路走下來了。一連五六天的工夫，過了武勝關到了大別山的南麓，一直來到穿松林，父子一進松林，只見這一片松林十分茂盛，老幹縱橫，虬枝盤結，方圓足有十餘里大的一片，陰氣沉沉隔離天日，在松林中顯出一條大路，的確是個幽僻所在，強人出沒的地方。

父子三人正然行走，眼看來到丟鏢的地方，只見在大路之旁松樹底下坐著幾個人，內中一個老者，白敬一瞧，那個老者正是劫鏢的江飛，於是對白哲說道：「父親你老請看，前面那個老頭兒就是江飛，孩兒只說他回了雲南，不想他仍然還在此處，大概是每日在此劫鏢掠行人。」白哲說：「你既然認識他，你可以向前同他答話，就說為父我特來向他賠禮請鏢。」白敬答應一聲，轉身來到近前，站住身形，說道：「前面坐的可是江老劍客。」

只見那個老頭兒立起身來，說道：「不才正是，不知閣下貴姓高名，緣何認識老朽。」

白敬一聽，哈哈大笑，說道：「老劍客，我們一別十餘日，莫非說你老人家就忘記了，現在三位劍客一併出頭，正各處尋找你老人家賠罪，怎麼今天想見倒詫異起來呢？」

那老者一聽，面現驚疑，說道：「朋友，我幾時同閣下見過面呢，你這話從何說起？再說你說尋找我的三位劍客貴姓高名，尋找老朽有何見教？」

白敬一聽，一聲冷笑說道：「老俠客聽我告訴你，既然人稱劍客馳名三老，不應該露尾藏頭，當前幾日你伸手劫鏢的時候，曾說為的是合鬥三位劍客，現在怎麼你又不認帳了呢？莫非說你懼怕三位劍客的威名嗎？既然不敢承認，當初就不該留下姓名，比方我們若找到了麗江縣玉龍山呢，莫非說你也擺手不認嗎，這個樣子哪能稱得起劍客的行為？」

老頭子一聽，不由得有氣，本來自己在玉龍山同方大爺分手，領著四家寨主，為的是雲遊四海，訪請英雄。不想走到此處遇見這麼一位，所說的自己連一點消息不知，憑空硬說劫了他們的鏢銀，並且一臉菲薄的神氣，說話十分難聽，這不是無故前來搗亂？你丟了鏢銀對劫鏢的沒有法子，你對我倒說出這許多無理的言語，真是豈有此理！想到這裡，緩緩說道：「你這位朋友大概你是丟失了鏢銀，你認錯了人了，所以你才硬說是我。」

白敬一聽，說道：「老朋友，怎麼你還不認帳，我要認錯了人，我怎麼知道你是江飛呢，再說當時你自己留下的姓名，曾說要鬥枯竹庵同四賢莊的四位劍客，你想世界上同名同姓的人倒是有，怎麼衣服面目也那樣相同呢？老朋友，現在四賢莊的白老劍客要同你答話，你就不必再露尾藏頭了。」

江飛一聽，心中暗想，我此次為的是下山網羅英雄，會一會當世的劍俠。耳聞陝西四賢莊的四位劍客，武術精奇，今天既然相遇，我何不先同他比比武術。事過之後再幫他們尋找鏢銀，大概這個劫鏢的一定是冒我的名姓，就是他們不要鏢銀了，我也得四路訪察。如若是一個無知的匪人到處胡作非為，冒用我的名姓，豈不把三老的名譽敗壞到底嗎？想到這裡說道：「朋友，這個事情你非說是我不可，我可是沒有劫你們的鏢銀，但是你一口咬定，叫我有口難分。是我也罷，不是我也罷。你不是說，現在有劍客出頭嗎？咱這麼辦，你把劍客請過來，我們先談談武術，然後再解決鏢銀的問題。」

這個時候，白哲白天俠早聽明白了，不由得心中有氣，暗道：「你劫了我的銀子，還硬不認帳，問得你無言答對啦，你又要跟我談談武術，真是豈有此理。」想到這裡邁步向前說道：「老朋友，蒙你指點相叫，白哲這裡一定奉陪，你亮兵刃就是了。」

江飛一聽，暗道：「四賢莊的劍客，怎麼也不講情理呢？

那江飛也不再言語伸手由腰內扯出三十六節蛇骨鞭一抖，說道：「白老劍客進招吧。」

白哲一看一回手，由腰內嗆的一聲將紅毛寶刀託在手內，左手一指，說了一聲「請」。二人各施所能，戰在一處。白哲同白純用手一指四家寨主，說道：「你四位也不必怔著了，還不動手等待何時。」

他們這裡動手，正趕上朱復由此經過，才一劍解糾纏，給雙方分開。

那朱復一問，白哲把始末一說，朱復又一問江飛，說道：

「這個鏢是不是老劍客你老劫的呢？」

江飛說：「朱壯士，我若同他們有仇有恨，何必還劫鏢呢，我不會往四賢莊前去相訪嗎？我說大概天俠兄也不信，幾時我們找著這個劫鏢的，自然證明出不是老朽來了。這個鏢就是你們不要了我也得找，為什麼呢？不然冒我名在外胡為，在下受不了。現在朱壯士既然出頭，請你也伸手相幫。」

朱復一聽連連答應，說道：「既然二位老人家瞧得起我，我是一定幫忙，不知此處離什麼地方近，我們先找店住下然後再想法子。」

白哲暗想：「這個鏢如果不是江飛劫去，那麼託名冒姓的人，可又是誰呢？」正然思想，就聽江飛說：「天俠兄我們雙方既然合在一處，我們就不必在此處怔著了，此處離黃安縣的七裡坪最近，我們就往七裡坪找店住下，然後再想法子。」

白哲一聽連連點頭，說道：「天鶴兄請你不要怪我魯莽。」

江飛說：「我們全都有錯，豈能獨怪老兄。」

於是大家直奔七裡坪，找到一座店，字號是天順客棧。大家賃了一所東跨院，是三間正房左右六間配房，一共九間。到了店中之後，白哲打發白純星夜轉回華陰，去四賢莊報告，請大家一同往七裡坪來，大家好分頭四路尋找劫鏢的賊人。白純答應，辭了眾人，一路回四賢莊去了。

再說朱復同大家正在店中晚間議論，商議尋鏢的手續，忽聽後窗戶上有人哈哈大笑，聲音十分蒼老。大家連忙來到外面跳上房去一瞧，鴉雀無聲，十分寂靜，連個人影也沒有瞧見。

朱復同兩個老頭子回到屋中，不由得心中難過，因為這些人在江湖上多少有點聲名，朱復初出茅廬，還不顯怎麼樣，最難過的是江飛同白哲，闖蕩江湖五六十載，人稱劍客，不想在此處受了人家這樣的耍笑。兩個人正然心中難過，只聽後窗戶上有人咳了一聲，大家復又來到院中跳上房去一瞧，仍然是沒有蹤跡。江飛對白哲說道：「天俠兄，我們闖蕩江湖數十餘載，老了老了，不想在此處栽這麼一個跟頭，真是可氣可惱。」

白哲一聽哈哈大笑道：「天鶴兄，我想這個耍笑我們的人，十有八九準是那個託名冒姓攔鏢銀之士，因為他不敢出頭露面，所以借別人的姓名攔路劫鏢，只靠黑夜掩護，前來耍笑我們。照我看這種人不值得注意，因為他既然不敢明張旗鼓，跟我們作對為仇，暗中盡用這種雞鳴狗盜的伎倆，我此次叫純兒回轉華陰，真可算小題大做。我當初要知道劫鏢的這一位，是一個託名冒姓的人物，我一定不急於出頭相訪，因為我們訪的是有名有姓的人物，類乎這種無名少姓之輩，豈值得你我弟兄一顧。」

這句話將說完了，就聽院中有人說道：「白老劍客不必這麼刻薄人，不才我也是個朋友。」說著簾子一起，由外面進來了一個四十多歲的中年人，身高五尺，面如紫玉，兩道白眉，一雙虎目，大鼻子，火盆口，一部虬鬚，身穿一件青綢子大衫，手拿摺扇，笑嘻嘻的走進房來，說道：「江、白二位老劍客，同眾位英雄，請恕我耍笑之罪，我這賠禮了。」說著一躬到地，大家一看，連忙立起身來。

江飛說道：「閣下何人，請坐了談話。」

只見那個人坐下說道：「不才姓魯名靖字潔臣。就是本地七裡坪的人氏，江湖有個小小的外號，人稱白眉俠。」

白哲說道：「原來是威鎮三楚的英雄，老朽久仰得很。閣下既然人稱俠客，雙方無冤無仇，為什麼這樣笑我們，莫非瞧我們不夠朋友嗎？」

魯靖說道：「你老人家不要著急，聽我慢慢道來。這座店本是我開的，自從白天你們眾位一進店，我就看出是江湖的人物，後來在暗中一聽，才知道是二位劍客，因為尋找鏢銀帶著眾位來此。我本想和眾位交朋友，怎奈無進身之階，恰巧不才對於這鏢銀，多少有點線索，所以我暗中偷聽，打算幫眾位一個小忙，於是同眾位開了個玩笑，以作進身之階。雖然白老劍客言語難聽，總是我自己惹的。」

白哲一聽，連忙說道：「這也怨老朽一時失言，請你不要見怪。」

魯靖說：「不才如何敢怪你老人家，這總怨我冒失，才惹得你老人家生氣的。」

江飛說：「既然我們全是朋友，也就不必再提。可是魯俠客方才躲在什麼地方，我們就沒瞧見你，足見功夫高強，我等不及。」魯靖一聽哈哈大笑，說道：「我蹲在後房簷子底下了，大家沒留神，所以未曾瞧見。」

大家一聽全都大笑，江飛說：「現在的事算是過去了。方才魯俠客說對於鏢銀有點線索，不知閣下怎麼得的消息，望請指示一二。」

魯靖說：「在半月以前，我這店裡來了兩個老者，帶著兩個童子。這兩個老者，一位同江老劍客的服式、面目、行動、言語和聲音幾乎一樣。那一位年紀比較大一點的，穿一身灰色的衣服。兩個童子十分俊秀。夥計一問這二位，一位姓楊，一位姓宗，也是住在這個院內，一晃住了四五天，總是早出晚歸。我因為瞧看這四個人準是綠林的豪傑，只是看不準是哪路子的人物。我這個人有個特性，無論什麼事情，只要我留上神，我非探個水落石出不可。所以我每天晚上必要前去竊聽，可是也聽不出什麼消息。一直到了第四天晚上，天到定更之後，我又前去竊聽，就聽那個穿灰的說道：明天大概那個鏢車就可以來到穿松林了，兄弟你去呀還是我去。那個穿黃的說：按原定的計畫，還是我去為是。那個穿灰的說：那麼我去不去呢？穿黃的說：兄長就不必去了，憑一個孩子還不容易收拾嗎？只聽那個穿灰的哼了一聲，以下就不言語了。我聽了半夜，人家也沒往下說，到了第二天一早那個穿黃的就帶著兩個童子走了，那個穿灰的可就一天沒有出店。當時我就告訴一個夥計等那個穿黃的老者回來，勤去送茶送水，為的是探聽他們的談話。到了下午那個穿黃的果然回來，兩個童子，每人提著一個包袱，看樣子很重。夥計就去問茶水、開飯，左一趟右一趟的走了十幾趟，也沒聽見人家談話。到了定更之後我又去偷聽，以先說的什麼，我不知道，就按聽見的說，那個穿灰的講：此次鏢銀他們別說失去一千兩，就是失去一兩，他那個鏢局子也得歇業，單瞧瞧白氏兄妹同姬源有什麼辦法。再說他們找到雲南，同江天鶴雙方分說不清，十有八九就得起麻煩。如若四賢莊勢力大，就許把金波寨給他們拆了。如若金波寨力大，就許讓白哲同他白飛俠還有姬源他們這一干劍客一栽到底。到那時我們坐山觀虎鬥，盡瞧他們兩敗俱傷，然後我們再出頭同他們雙方鬥一鬥，也解一解我們的冤仇。賢弟你不是沒有傷人嗎？那個穿黃的說：沒有傷人，不過白哲的兒子叫我給點了穴了，那孩子的武術還真不壞，同露兒走了個平手。事情既然成功，我們明天就回西寧。那個穿灰的說：依我看還是回雲南的好。那個穿黃的說：今天到路上再商議吧。往下可就又不言語了。我聽明白了之後，才知道這兩個老頭兒，因為同四賢莊的白老劍客兄妹和姬老劍客大家有仇，並跟金波寨的江老劍客有恨，才劫鏢給雙方對攏，他好坐收漁利。我一想這兩個老頭兒存心太狠毒了，你既同這些人有仇有恨，他們並不是沒有住處，你何必掛上一個鏢局子呢，莫非說人家鏢局子也同你有仇嗎？我越想越有氣。到了第二天早晨，他們四個人果然算還了店錢就走了，我若不是因為買賣纏住身體，非跟他們跑一趟，瞧瞧他們的窯在什麼地方不可。後來一想，何必因為人家的事情，自己往來跋涉跑這種冤腿呢？再說真要動身，這個店還開不開呢？於是就把這個主意打消了。後來又一思想，四賢莊的四劍客絕不能放下這個事情不管，一定要來穿松林檢視蹤跡，我這裡離穿松林最近，住店吃飯非往七裡坪不可，何不等著大家來了之後，我再暗暗通知，豈不比我自己跟下去強呢。

所以我每天留神，不想居然把眾位等來了。一進店，我以為那位劫鏢的又回來了，後來打發夥計一問眾位的姓氏，才知道是江老劍客，同白老劍客，後來一探聽眾位的言語，果然是前來找鏢，我才斗膽同大家開了個玩笑，這就是我得到的這一點線索。至於辦法，還得眾位商議。可是白老劍客同江老劍客，怎麼會遇到一處，為什麼沒有翻面爭持呢？」

那江、白等一聽方知原委。江飛笑微答道：「若不爭持那哪成了一家呢？」於是就把松林相遇雙方動手，正在不可開交的時候，來了朱意明從中調解，雙方化敵為友的經過，講了一遍。魯靖一聽，不由得用目打量朱復，暗道：「就憑他一個孩子，敢給兩位劍客出頭調解，一劍解糾紛，他一定身藏絕藝，二位劍客才瞧得起他。不然二位老人家，也不能對他這樣重視，看起來真是人不可貌相。」

於是，他對朱復說道：「不想閣下年齡雖幼，竟有這樣的魄力，真叫不才佩服得很，不知閣下的貴老師是哪一位？」朱復說道：「這全是二位老人家賞我臉面，瞧得起我，我有什麼能力呢。談到家師，大概閣下也許知道，住持貴州清涼山降龍寺，法名空空長老，人稱無上禪師。」

魯靖一聽，連忙說道：「原來是大明的劍客，久仰久仰。」

朱復說不知魯俠客的貴老師是哪一位。魯靖說：「家師姓許，字是天琪，江湖人稱邋遢仙人。」

大家一聽，原來他也是劍客的弟子。

朱復說道：「我在練藝的時候，聽家師談過，只是無緣見過這位老人家。」

魯靖說：「眾位若早來三天，可就見到了，前天他老人家才走。」大家說：「這是我等無緣，所以不能相遇。」

白哲對江飛說道：「天鶴兄，我們這一趟七裡坪，總算沒有白跑，一來交了魯俠客這個朋友，二來又得了鏢銀的線索，雖然不準知道劫鏢的落在何處，大概出不了雲南西寧這兩個地方。我們就在此處等候我師兄同二位師弟，大約半月以後一定可以趕到七裡坪來。」

江飛說道：「天俠兄，依我說我們不必在此等候，不如明天我們就同往西寧，華陰是必由之路，我們何必再令他們大家往返徒勞呢。」

白哲說：「我們聚首了之後分二撥進行，一撥人往雲南，一撥人往西寧，雙管齊下不好嗎？」

江飛說：「雙管齊下固然是好，我看著孤單一點，總不如大家同去為妙。再說若在西寧找不到消息，當然他們回了雲南。只要他們在雲南境內，我們一同到了雲南，不愁見不著他，因為雲南是我的家鄉，那裡朋友比別處為多，當然容易著手。所以我說先往西寧，由西寧再往雲南，天俠兄你瞧怎麼樣呢？」白哲一聽，連連點頭，說道：「還是天鶴兄想得周到，那麼明天咱就先回華陰。」

魯靖一聽大家商量妥當，說道：「現在眾位既然商量好了，請安歇吧，明天一早我可不送了。」說著告辭，大家送出屋門拱手作別。

次日早晨起來，白哲叫夥計算帳，夥計說：「東家昨天就吩咐了，眾位的店錢飯錢一概免了，請眾位不必客氣。因為今天早晨本街上有事，東家一早就給人家了事去了，不能給眾位送行，還覺著十分抱歉呢，教我對眾位說明了不要怪罪才好。」

江、白二老一聽，說道：「這是哪裡說起，平白無故來打擾朋友，既如此，我們也不讓了。等東家回來，請你替我們道謝一聲就是了。」

說著掏出一塊三四兩重的銀子，遞給夥計，說道：「這些給你們買杯酒吃，你拿了去吧。」

白、江二老帶著大家一同出了天順店直奔華陰走去。這天來到四賢莊一看，房大爺、袁四爺全在家內，三爺姬源往太行山還沒回來，白純昨天才回到家內。白哲把朱復同江飛還有四位寨主，給大爺、四爺一指引，大家互道傾慕。白哲就把經過的事情對房大爺同袁四爺仔細說了一遍。又說道天順店的店東魯靖報告鏢銀的蹤跡，江三爺劃策大家先奔西寧。房大爺一聽，說道：「前半截的事，純兒已經告訴我了，這後一段我不知道，既然有了線索就好辦了，我們等候著三弟，回來之後咱大家再一同動身。」

一轉眼過了三天，三爺姬源才同賽隱娘白飛俠帶著蔣洪夫婦，由太行山枯竹庵回來。大爺房鎮又給大家介紹了一番，坐定之後才談說經過，大爺問白飛俠，當初得罪過這麼一位姓楊的和姓宗的沒有，白飛俠說，「既然身居綠林，豈能保得住沒有仇人，誰還記得？不過他現在既然給我們雙方攏對，一定跟我們雙方都有冤仇，就是沒有仇，他來摘我們牌匾兒，我們也不能輕易地將他放過，我們明天動身直奔西寧，訪查消息，如若訪查不著，再往雲南，至於當初怎樣的結仇，也就不必再提了。」

第十六章　石炎輝爲女擇東床

到了次日，江飛帶著杜運、阮靈、計奎、藺湘，四賢莊的四老爺帶著白敬、白純，白飛俠帶著蔣洪夫婦，還有朱意明，一共十五個人，直奔正西而去。這天走到一個地方，名叫博陵窪，屬甘肅省甘谷縣所管，這個鎮上足有一千多戶人家，是甘谷縣第一大鎮。大家來到博陵窪，一看天色已晚，姬源告訴蔣洪，趕緊同白敬、白純，去尋找店房投宿。三個人一聽，連忙由東向西，走了不遠，只見路北露出一座店房，匾額寫著石家老店，兩邊的招子上懸著幾個字：「仕宦行臺，安寓客商」。

店裡的夥計正在門口站著，一瞧來了三位武士打扮的人，看神氣是打算住店，於是笑嘻嘻招呼道：「三位爺住店嗎？我們這裡房錢便宜，屋子寬敞，收拾的十分潔淨，葷素廚房全有，比街上館子裡的價錢還便宜，在這個鎮上我們算是頭一家。不信你老打聽，小子我絕不是謊言，你老一住下，就不想再住別的店了，還有一個便宜，只要會武術，我們這裡不收房錢。」

三個人一聽覺著奇怪，於是問道：「夥計，你們這裡可有獨院？」夥計說有，西跨院三間正房，四間廂房，一所獨院，今天才裱糊完了，不信你老瞧瞧就知道了。

說著三個人隨著夥計一直進了店門。一瞧迎面一座木做的映屏，新用紅綠顏色灑金油漆的，轉過映屏裡面四四方方的一大院子，用黃土墊得十分平整，正面是七間正房，兩廂房全是五間，南房也是七間。正路中是一間的大門洞，所有的門窗，全是油漆一新。三個人跟著夥計，進了西角門，一看裡面是一所小小的獨院，正房三間，東西廂房各兩間，全是門窗一新。

三個人上房一看，是兩明一暗，新用白紙糊的，上下白如雪洞，也擺著條案桌椅，裡間門上掛著青布門簾。進去一看，靠北面一條大炕，炕上鋪著一條雜毛毯，放著一個炕桌；靠南面窗下一張八仙桌子，兩旁放著椅子；靠西牆放著一條板凳，所有的家具全都油漆得十分明亮。

蔣洪說：「夥計，那兩間廂房，也這樣潔淨嗎？」夥計說：「你老不知道，我們這座店，一共百十間房子，分七八個院落，完全是新收拾的，今天前半天才收拾完了，下午就差不多全住滿了，只還有這麼一個院沒住人。你們老三位隨便住，正房廂房價錢全不大。」

白敬說：「我們人多，這一所院落我們全都留下，候一候就全來到了。」夥計說：「行，有你老這句話，就不能再讓別人了。」白敬說：「我去瞧瞧，大家到齊了沒有。」一回頭對夥計說：「你趕緊預備茶水，告訴廚房，安排酒飯。」

夥計答應轉身出去，白敬這才出了跨院來到大門，向東一看，大家也將來到近前，白敬迎上去，對大家說道，「現在把店安排好了，就在前面。」說著領著眾人，一同進了石家店，夥計跟著送了茶來，緊跟著打洗臉水，大家擦臉，坐下吃茶。

白哲說：「敬兒，你們定下了幾間房子？」白敬說：「一共七間，這一個小院落，我們全占了。」白哲說：「很好，你同你妹妹、妹丈，還有純兒，住東廂房，請杜、阮、計、藺，四位寨主，住西廂房，我們大家同朱壯士，住這三間北房。你去告訴夥計，教他安排三桌酒飯，分著擺在三個屋裡，吃完了飯，早點休息，明天早起好趕路前行。」

白敬答應，出去一瞧，夥計在院內站著，白敬告訴夥計，教他去安排酒飯，夥計答應，轉身走了。酒菜做好，夥計在三處調開桌椅，叫廚師把菜送進來擺好了，分在三處入座吃酒。

這個時候天可就黑下來了，夥計在各屋內點上燈燭。吃完飯，夥計叫廚師把家具撤下去，又去給各屋泡茶打洗臉水。

白敬看著這個夥計很忙，一瞧上房同西廂房全都吃茶閒談，再瞧那個夥計在院門旁邊一個小板凳上坐著聽候呼喚。白敬一瞧，覺著這個夥計十分忙碌，於是向他點手，夥計連忙過來說道：「你老要什麼？」

白敬說：「不要什麼，我瞧你忙得很，莫非說你們這麼大一座店，就是一個人嗎？怎麼從我們一進來，就是你一個人張羅呢？你姓什麼？」

夥計說：「我姓李名叫三兒，你老不知道我們這座店的規矩，所以看著不明白。我們這座店一共分十個小院子，三個大雜院，夥計就有十六個人，連餵牲口的帶守夜的擔水的以及廚師，加上掌櫃的先生算上，足有四十多位。因為各人單管各人的事，所以就顯著清楚了。我們這十個小院子，就是十個夥計伺候，那六個人伺候那三個大院，各人伺候各人攬來的客人，別的院的夥計不管旁的院裡的事。如果哪個院裡沒有客人，那夥計就可休息，他也不替人幫忙。

白敬說：「那麼誰還願意伺候人呢，誰也不去攬買賣了。」

夥計說：「因為這個樣子，所以帳房裡有一筆帳，一年三節分零錢的時候，誰攬的客人少誰就少分零錢。所以大家全爭著攬客人，比方說這個院的客人所用的一切茶水房錢飯錢，今天一共收了多少錢，多少酒錢，都記上一筆總帳，同別的院比較，誰收得多，誰分的零錢就多。此外掌櫃的還給花紅，收入最多的這個院，夥計還漲工錢。」白敬說：「你這一說，你們這個店，氣派當然很大，買賣當然很多了。」

夥計說：「買賣雖然不敢說多，哪一天這百十間房子也閒不下多少。」白敬說：「怪不得把屋子收拾得這樣潔淨呢，原來進的錢多。」夥計說：「收拾房子，並不是為了攬買賣。若盡收拾乾淨了，房錢飯錢比別人家大，客人也不往這裡住。這個收拾房子並不是為了攬客人，內中另有一段緣由。」

白敬說：「怎麼收拾房子還有原故呢，你不是說，只要會武術，不收房錢嗎，這是為什麼呢？現在我們飯也吃了茶也喝了，也沒有別的事了，你若是有工夫，何妨對我們大家說說這個原故，讓我們也明白明白。」

夥計一聽，笑嘻嘻地說道：「你老若問，內中有這麼一段緣由。」於是滔滔不絕，說了一遍。白敬一聽方才明白，呵了一聲說道：「原來如此。」

說來話長。此店的主人，姓石名烈字炎輝，他有一個哥哥名叫石顯字鎮南。這個石顯，自幼好習武術，後來遇見一位異人，傳了他一身出奇的本領。他在江湖之上落了個外號，人稱西方劍客。

自從學藝成功的那一天，他雖然雲遊四海，每年必在家中住一個月，為的是傳習兄弟石烈。這位石烈比他哥年小十餘歲，也是自幼練的童子功，可是比他哥哥的功夫還好，可說是青出於藍而勝於藍。這位石鎮南膝下有一個兒子，名叫石平，娶妻未到五年，夫妻雙雙身故，遺下一個女兒，名叫石玉芝，年方三歲。

這位石炎輝呢，在江湖上可也成了名了，人稱小鍾馗太平劍客。自從石平一死，石鎮南老年喪子未免傷心，不久也發病不起，生生地把一位大名鼎鼎的西方劍客病死了。石烈一看哥哥身故，少不了盛殮發喪，把哥哥送入祖塋安葬。諸事已畢，只有這個三歲的孩兒，自己可為難了。本來自己也五十多歲了，眼看著石氏這麼一點骨血，無父無母，每日守著老頭子哭著喊著找她的爹娘，不到三個月的工夫，把個老頭子磨得頭昏腦悶，如同熱鍋上的螞蟻一樣。

這天老頭子想了一個主意，打算把孩子帶著出門遊逛幾年，一來變換小孩子的腦筋，二來自己也躲開這個愁苦地方，省得每天看著難受。於是把家產託給族中的一個兄弟，名叫石成玉，叫他經營。石成玉一瞧，石烈的產業雖說田地有限，可是房屋不少，於是和石烈一商量，給他開一座石家老店，等石烈回家之後，也可以作個養老之地。老頭子對於這些事毫不在乎，一切都託付兄弟處理。

且說祖孫兩個收拾好了兵器，帶上川資，外出周遊。說也奇怪，這玉芝姑娘自從離了家鄉，每日總是眉開眼笑，連一聲也沒哭過。老頭子一看這個法子用上了，於是到處遊山玩景，剪惡安良。一晃在外邊待了兩年，可說是飄零四海，到處為家。這個時候姑娘年長五歲，老頭子每每打算回家。趕一問姑娘，姑娘說：「爺爺要回家，你老自己去，我不回去，因為一到家，就想我娘，在外邊想不起來。」老頭子無法，只好繼續到處流浪。老人閒著沒有事，就教給姑娘點小巧的武術，以作消遣。真也奇怪，姑娘對這武術一行，倒十分上心，學得飛快。轉眼在外邊待了七八年，這時姑娘出落得蛾眉杏眼粉面桃腮，就是一雙腳沒有辦法，因為石烈不會纏腳，所以姑娘落了一雙天足。石烈一看，索性把姑娘扮成一個童子，每日在外邊漂流，倒顯著方便。轉眼在外面又待了好幾年，姑娘年長一十六歲，武功可就學成了，什麼竄高跳遠，飛行絕跡，一切長短兵器，還有江湖上所有勾當，完全明瞭。在外這十多年中，中國南北十二三省，可說是完全走遍，因為她的劍術高明，又沒人知道她是個女子，所以在江湖上落了一個外號，人稱小飛仙紅蓮劍客。這一來姑娘更高興了，常常對石烈說，什麼隱娘啦、紅線啦，恨不能學成那個樣子方趁心懷。

石烈一聽，笑道：「你這個丫頭，大概是在外面跑瘋了心了。這個俠義的事情，本來不應該女子來做。因為盡是些殺人越貨的勾當，一有閃失，被人家拿住，還有什麼臉面見人呢？

本來俠以武犯禁，如若身陷法網，豈不丟盡了祖宗的面目。我傳你武術的意思，不過是教你保護自己的身體，將來找個婆家相夫教子，那才算是你的本分。怎麼對這個分外的事情，你倒認起真來了呢，你以為我真打算教你成一個紅線隱娘嗎？」

姑娘一聽，可著了急了，說道：「爺爺既然說武術不是女子分內之事，為什麼當初不教我學習針線，反教我練習武功呢？練不會，還每天挨說；練會了，又說沒用，你老人家倒是什麼心理呢，現在又索性想教我嫁人了。我是一世不嫁人的，伺候爺爺百年之後，我自己還要遠走高飛，成一個今世的紅線。」老頭子一聽，哈哈大笑，說道：「你這個傻丫頭，說你瘋，你就瘋上來了，不許再說了，快走吧。」

從此老頭子可就安下心了。一來為的是四海遨遊，再就為的是擇婿，總想找一個文武雙全的青年，去作自己的乘龍佳婿。不想姑娘一直到了十八歲，自己始終也沒選定一個人才。

真要把姑娘隨便配給一個人家，久後姑娘若是一不如意，怎麼對得起自己去世的兄長和姪兒姪媳呢？左思右想，自己偌大年歲，倘若一口氣上不來，剩下姑娘零丁孤苦，無依無靠，那怎麼辦呢？再說終日在江湖漂泊，帶著這麼大的姑娘，也十分不便。於是打定主意，晚間住在店內，對姑娘一說，打算回歸故土，姑娘因為現在年歲大一點了，對於世故人情也明白點了，自覺著自己雖然是個武術精深的俠客，終究是個姑娘，非男子可比，所以老頭子一說，自己連忙答應。老頭子一看姑娘願意，於是到了第二天，僱好了車子，爺兒兩個可就奔甘谷縣而來。

石烈回到自己的住宅一看，喝，所有的房屋全都煥然一新，大門上橫著一塊匾額，是「石家老店」。在門口站著好幾個夥計，一進門就是櫃房，房門旁一條板凳，上面坐著一個四十多歲的先生。這個時候夥計正在外邊攬客人，一瞧來了一個老頭兒了，帶著一個美貌的童子，後邊還有一輛二套車子，上面載著行李，夥計以為是住店的呢，連忙向前攬客。老頭子說：「你先別忙，我既往這裡來，當然住店，你們掌櫃的在哪裡？」

這個時候石成玉正在櫃房裡邊坐著，一聽外面有人找，連忙走出櫃房一瞧，不由得喲了一聲，說道：「原來是二哥回來了，這十幾年來，你老人家身體可好？我們姑娘呢？」

老頭子說道：「芝兒，過來見見爺爺。」

玉芝姑娘一聽，就知道這是在家中經理產業的那位族祖石成玉，連忙過來磕頭，石成玉說：「二哥，這是何人？」

石烈說：「賢弟，你不是問姑娘嗎，這就是孫女玉芝，因為在外面不方便，所以把她改了男裝。」石成玉一聽，說道：

「原來是玉芝姑娘，一晃也長大成人了，我們家裡去吧。」

三人又向西走了不到一箭之地，見在路北有一座清水起脊的門樓，五條石的臺階，黑油漆的大門，石成玉說：「二哥你看這就是兄弟給你老同姑娘預備的住宅，當初是同店房連著的，我特意把它隔開了。」

石烈說很好，多虧賢弟費心。只聽石成玉叫道：「老陳，二爺回來了。」只聽門房裡面說道：「是嗎，幾時回來的？」門房一開，由裡面出來了一個二十多歲的僕人。石成玉說：「老陳，這就是本宅的主人。二爺石烈，也是我們店裡的東家，你好好地伺候。」

他又對石烈說道：「因為沒有人照料房子，所以就把他安在這裡了，他的名字叫陳升。」

石烈一打量這個陳升，二十多歲的年紀，五尺來高的身材，一身青衣服倒是很樸實。再往臉上一看，面如紫玉，粗眉大眼，二眸子閃閃放光，又見他細腰乍臂，雙肩抱攏，眉目之中隱隱含著一股殺氣。老頭子闖蕩江湖數十年，什麼人物不曾見過，所以一看陳升，就知道此人另有別情，當時也不說破。

於是對石成玉說道：「賢弟，真難為你想得周到。」

這個時候，陳升已經過來，向石烈磕頭，說道：「小子陳升給二員外磕頭。」老頭子說道：「起來起來，你多大年歲了？」

陳升說：「二十四歲。」

老頭子說，「很好。」這才用目光打量住宅。只聽石成玉說道：「二哥你瞧，這是我新收拾的，前院那五間正房西頭兩間，給你老作客廳，東配房作廚房，西配房可以住老媽子。裡院正房你老住，東配房作你的書房，西配房給姑娘住。後邊這個院子給作場子，那五間房都連著，作為把式房。你瞧瞧，我安排得怎麼樣，今天我打發我那二兒媳婦過來，同姑娘作伴，再打發一個老媽子來收拾屋子，過幾天咱再買個丫鬟好伺候姑娘。」

一回頭說：「老陳，你去到外邊車上把行李對象全搬進來吧。」

石烈同姑娘這時全都進了上房，一瞧所有的桌椅家具完全是新的，並且打掃得十分潔淨，牆上也掛著字畫，雖然沒人住，並不顯著空寂。這個時候陳升早把一切的對象，全都搬將進來。石成玉說：「老陳你到外邊告訴車伕，叫他往店裡去住，讓櫃上給開發車錢，叫夥計泡茶讓廚房預備酒飯，你再到家中，告訴大奶奶，撥一個老媽子，跟少奶奶過來同姑娘作伴，收拾屋子，一切的日用家具同糧食各物，明天再行安排，你就去吧。」

陳升答應，轉身出去，工夫不大，店裡的夥計將茶水全都送到，緊跟著石成玉的二兒媳婦帶著老媽子也來了，一見石烈，連忙磕頭。原來這位二奶奶娘家姓劉，人頗忠誠，能說會道，帶來的老媽子姓李。二人見過了石烈，石烈叫玉芝去見二嬸娘，劉氏娘子一看，說：「這是姑娘嗎，冷眼一看同個小子一樣。」

劉氏叫老媽子把姑娘的對象歸置整齊，自己帶著姑娘來到西廂房，梳洗打扮，改換女裝，一切自有老媽子伺候。正房的石成玉陪著二爺石烈吃茶談話，陳升布置鋪蓋。這個時候店裡的廚房已經送了飯來，石烈叫在廂房擺一桌，在正房擺一桌，石二奶奶同姑娘在廂房吃飯，石烈同石成玉兄弟二人對坐吃酒。飲酒中間，石烈把在外邊這十餘年的經過，大略說了一遍，又一問家中景況，石成玉這才對石烈說道：「自從二哥帶著丫頭一走，我就把房子歸置了歸置，找好了一切的人員可就開了張了。這十多年的工夫，可說是生意興隆，財源茂盛，乾脆說一句，是十分賺錢。我這才把所有房子，完全翻蓋了，又怕二哥回來沒有住處，所以給哥哥你安排了這麼一所。再說到咱這個買賣，每年除了工錢花費以外，足足的可以剩七八千兩銀子，這個錢完全存在本街慶豐銀號之內。兄弟我也每年自己提一份工錢抽一份花紅，所以這十幾年也大大的沾光，一家子總算託哥哥的福有了飯吃。這十幾年的帳目，等歇兩天我再算給你聽。」石成玉大致把這幾年的情況說了。

石烈靜靜聽完，不由笑道：「賢弟，真難為你這番經營，可是當初的本錢從什麼地方來的呢？」石成玉說：「拿利錢借的，到了秋後，你老田地裡糧食收下來，就把債務還了。每年田地裡的出產，也都有帳目，我們現在所存的現銀，足有十二三萬。」

石烈一聽，笑道：「兄弟你真是個理財的老手，我們本是自己弟兄，你就不必多心，你照常經營買賣。至於帳目，你也不必算給我聽，當初我若信不過你，我還不託你呢。咱這個買賣既然這樣興旺，你也就別說我是東家了，我們是二一添作五，你看著辦，自東自掌，怎麼辦怎麼好。我呢本是一世童男，也這把年歲了，只要有吃有喝有穿有花的就完了。再說就是姑娘，等出閣之後千萬不要屈著她，好對得起我們死去的大哥同姪兒姪媳婦。」石成玉一聽，連忙說道：「姑娘也這麼大了，有婆家沒有呢？」

石烈說道：「因為沒有相當的人選，所以還沒有定親，再說這個丫頭也十分任性，可也是讓我慣的。自從跟我學會了武術，跟著我闖蕩江湖，也得了一個外號，因為沒人知道她是姑娘，所以稱她叫做小飛仙、紅蓮劍客。她自從得了外號，一提到婆家，她必要說一世不嫁人了，等我死了之後，她還要學女劍客聶隱娘呢。所以我屢次說她，她只是不聽，現在來到家中，每日同她二嬸娘在一處很好，讓嬸娘也調理調理她，省得每日像個半瘋兒。」

石成玉一聽笑道：「看姑娘倒是個明白樣子，怎麼那樣講呢？哪裡有不出閣的姑娘！你老不要忙，等我告訴二兒媳婦勸勸她，再用話慢慢開導她，不見得她不明白。勸好了之後多託親友，選那門當戶對的人家，品行優良的子弟。給她說個婆家，也給哥哥你去一條心病。這個事情，你就交給我吧。」石烈一聽十分歡喜，這一席酒直吃到太陽斜西，方才吃完了。

再說姑娘同二奶奶劉氏說得就更熱鬧了，本來這位劉氏娘子就能說會道，一瞧這位如花似玉的姪女，父母雙亡，伶仃孤苦，所以由愛中生出憐來。這頓飯她照應吃照應喝，把個姑娘哄得眉開眼笑。本來姑娘自從父母雙亡，就跟著爺爺每日漂蕩江湖，所見的盡是長劍大戟，所做的全是午夜飛行，幾時享過這種慈愛的家庭幸福？自己又是一個爽快的性兒，這一來可就把話匣子拉開了，恨不能把這十餘年的經過一口氣說出來。劉氏一聽，十分歡喜，不住地稱讚。

外邊石成玉吃完飯之後，向石烈告辭，便回櫃照應買賣，臨走告訴兒媳，打發老媽子把鋪蓋取過來同姑娘作伴。劉氏答應，打發老媽子去取鋪蓋。這個時候，已經到了掌燈的時候了，石烈把姑娘叫到上房，對姑娘說道：「現在我們也到了家了，以後什麼事要聽嬸娘教訓，最要緊的事情，就是對於我們這個姓陳的家人，可要處處留神，小心在意。」

姑娘說道：「不錯，我瞧他也是有點來路不正。一看他這個眼神，就不像普通人，若不是江洋大盜，身背大案，來此避禍逃災，就是另有所為。我一進門看著就詫異，憑這個人，絕不能俯首下氣，來做下人。」

老頭子一聽，哈哈大笑，說道：「不錯不錯，不想你小小的年紀，也有了江湖上的知識。既然你自己明白，我也就不必再囑咐了，處處留神就是了。」

從此以後，每天爺兩個十分的小心。日子一長，用心體察這個陳升，每日總是小心謹慎的，並沒有意外的意思。老頭子自己尋思，或者也許是自己神經過敏，把事情看錯了。這麼一想，慢慢地可就把心放下了，每天除了自己在後面熟習功夫以外，就是往店房裡面閒坐，並同石成玉兄弟談心。

過了三四個月，有一天，因為在屋裡坐的工夫稍大一點，看天氣三更已過，石烈慢慢出了上房，抬頭一看，滿天星斗，聽了聽廂房裡面，玉芝小姐同她嬸娘睡得十分香甜。自己慢慢出了二門，向門房那邊一看，只見門房窗上微露燈光。老頭子暗道：天到這般時候，不知陳升還點著燈做什麼，待我暗中瞧瞧。想到這裡，自己躡手躡足，到了窗下，用耳向屋內一聽，微微聽到一種唏噓流涕的聲音，自己不由得十分詫異，於是用手指蘸了一點唾沫，輕輕點在窗櫺紙上，伸手將胸前掛的胡梳兒拿起來，原來上面還有一個掏耳勺，同一個剔牙杖兒。他用剔牙杖兒將溼窗紙紮了米粒大的一個小孔，用單目向裡一瞧，只見炕下面八仙桌上放著一盞燈，燈光如同綠豆大小，照得室內陰氣森森。在燈後面，立著一個白紙帖兒，燈前面一個小茶碗，碗內插著一炷香。只見陳升跪在桌前噓唏不已，工夫不大就聽陳升微微嘆了一口氣，立起身來，伸手拿過那個紙帖兒，向燈上一放，立刻火光一亮，把紙帖兒燒了。那陳升又磕了個頭，把香熄滅了。只見他坐在椅子上面一回手，由腰內扯出一把小小的寶劍，長有一尺，寬有一寸，這口劍被燈花一閃，立刻就是一縷銀光。老頭子一瞧，就知道是一口寶器。再瞧陳升，臉向寶劍，珠淚雙流，口內喃喃說些什麼，又待了工夫不大，仍然把劍還匣，這才伸手向炕上展開舖蓋。

老頭子一看，知道他要安歇，這才慢慢離了窗戶，再一回頭，屋內燈光熄滅，自己連忙一伏身，用牆角掩住身影。又待了一會兒，聽得屋裡起了鼾聲，這才回轉正房，悄悄關上房門，盤膝坐在床上，閉目養神。暗想陳升一定另有別情，不然絕不能做這種詭密的行動，看樣子不知祭的是什麼人，那口寶劍又是怎麼一種用意，左思右想沒有頭緒，直到天交五更，方才沉沉睡去。一晃好幾天，每天一到二鼓，各屋燈光熄滅，一到三鼓之後，老頭子出來一看，陳升那屋裡總微有燈光，在窗下一瞧，屋中的舉動，同每日一樣，那陳升跪在一個紙帖之前哭泣，紙帖燒了之後，就拿出寶劍，觀看一回，方才就寢。

老頭子每天探聽，俱是一樣，只是因為燈光太小，所以看不清帖上寫的什麼。老頭子雖然十分奇怪，可是留神細察那陳升，對自己並沒有半分不利的意思。雖然說看不出他有什麼用意，但是自己總得小心提防，真要是一個不小心，出點笑話，自己豈不把一世英名付於流水？自己倒不要緊，若這小廝真要在姑娘身上出點意外的行為，自己這個太平劍客名譽安在？

想到這裡才把姑娘叫到跟前，暗暗地把陳升的舉動告訴姑娘，叫她小心在意，白天不要緊，晚上須要留神。姑娘走了之後，老頭子可就想起姑娘的終身。回來一晃半個年頭，也沒有見兄弟石成玉對自己報告，於是教陳升到店中把掌櫃的請過來。一進門，石成玉就問道：「不知兄長將小弟喚來有何吩咐？」

石烈說：「賢弟你請坐下，我有點事情問問你……」

正說著，陳升由外面泡了茶來，斟上，然後退出去。石烈一瞧陳升到二門之外，這才低聲問道：「賢弟我且問你，這個陳升，來到我們這裡當下人，是由人薦來的呢，還是自己投來的呢，當時你們可曾問過他的來歷？」

石成玉說道：「要問這個人，也不是人薦來的，也不是自己投來的。那是在去年五月裡，有一天，天降大雨。這個雨直下了一夜，下得平地水深尺餘，差一點成了水災，幸好一天多，水就流下去了。在下雨的第二天早晨，一開店門，只見在門前石墩上坐著一個少年，面白唇青，周身發抖，一身襤褸的衣服，身下坐著一個小包袱，夥計們一瞧知道是避雨的，又瞧他面帶病容，恐怕一個不幸死在店門之外，出了是非，於是就說了：『朋友你在這裡幹什麼，在門口上這麼一坐，豈不耽誤我們的買賣，請你離開這裡吧。』那少年一聽，少氣無力地說：

『掌櫃的，我因為身帶重病，又被雨淋了一夜，所以在這裡休息休息。』這個時候我在櫃房內可就出來了，一瞧這個人，雖然面帶病容，衣裳破爛，但是面上的神氣，並不是個奸詐之徒。我才問他姓名。他說：姓陳名升，是山西潞州人氏，因為身得重病，又沒了盤川，所以落得沿街乞討，昨天被雨澆了一夜，這個病越覺著沉重。我一聽這個人十分可憐，就把他叫進櫃房告訴他，雖然萍水相逢，但是何處不交朋友呢？你不要著急，就在我這裡養著吧，好了之後你再回家，若是必須醫生調治，我們這裡有醫生。這個陳升一聽千恩萬謝，我於是問他是什麼病，他開啟前面的衣服叫我瞧，我一瞧原來在前心之上爛了掌大的一塊。當時，我打發人把本街上的白二爺請過來看看。他本是內外兩科，他一看，說這個傷當初是撞傷，傷了內部，幸虧服了藥，才把內部治好，外部的淤血沒有散開，所以才聚成瘡症，對性命無礙，不過晚好幾天。於是，白二爺用水洗淨了，灑上面子藥，又貼膏藥，這才算完。他這場病，一直病了兩個多月，才病退災消。我問他是打算回家還是打算在外邊混，他說在店裡糟蹋了兩三個月，無可答報，幸而身體復原，打算在店裡幫忙不要工錢，好報答這份恩義。我一聽僱別人也是僱，再說這個人又很實在，所以我就把他留下了。再說到工錢，我們哪能白使喚人呢，所以仍然每月給他發一份工錢。後來瞧他十分可靠，正趕上這裡沒人看家，就把他撥在此處看房子了。怎麼了，莫非他不受使喚嗎？」

石烈說：「沒有事，我不過問問罷了。」

老頭子雖然這麼說，可是已經明白陳升這個人一定是個綠林人了。他那個傷痕一定是同人比手，被人家打的。於是又向石成玉問道：「前些日子賢弟你說，對姑娘的親事你有辦法，現在你可有了什麼辦法，二姪媳婦對姑娘提過沒有？」

石成玉一聽，說道：「二哥你若不問，我也不好說。現在你老既然問到這裡，聽我慢慢敘說。自從你老來的那一天，對我一說，我回去之後第三天，正趕上二兒媳回家取零星東西，我就告訴她，教她閒著說話兒乘機勸解姑娘。又待了一個月，二媳婦回家對我說，聽姑娘的心思，並非打算一世不嫁人。第一因為爺爺這麼大的年歲了，自己若嫁出去，就得隨著夫家，天南地北，人家往哪裡去，自己就得跟著，真要爺爺有點災病何人侍奉？再說若有個好歹兒，自己豈不抱恨終身，所以必須爺爺百年之後，方才嫁人；第二姑娘自己也十分高傲，自己說非同自己年貌相當，能為相等，還得人格高尚才肯嫁他，不然寧終身守貞，也不能隨便嫁給一個無聲無息的子弟。你瞧姑娘的心思高不高？所以我打算教二兒媳再加意勸解，叫她不要如此任性，無論如何要順著老人的心思方為孝順。這些日子沒有聽到二兒媳的回話。」

石烈說：「原來如此，那麼只可沉一沉再說了，等二姪媳同丫頭說好了，然後再定辦法。」哥兩個又說了一回閒話，然後石成玉告辭回櫃。

過了幾天，石成玉由櫃上來到家中見石烈，說道：「昨天兒媳回去對我說，姑娘告訴她，若打算非叫她嫁人不可，還是那句話，年貌相當，人格高尚，武術精奇，這三條缺一不可。

當時你姪媳可就說了：『這個年貌相當倒好辦，一看就能明白，可是這個人格高尚同武術精奇，怎麼個試驗呢？』姑娘說道：

『要試驗武術，必須我自己親自動手同他比試，真要武術精奇，再問問他的業師是誰，如若是當時成名的人物，一定他的品行可取，不然成名的劍俠絕不收他，這不是連人格帶能力全試出來了嗎？』姪媳對我一說，我一想可也對，因為姑娘學會了一身武術，人稱劍客，若嫁給一個平庸之輩，也未免委屈。但是她自己這種思想，我們怎麼替她辦到呢，莫非真同說書唱戲一樣也立擂招親嗎？這個立擂招親雖說花錢不算什麼，可是必須驚動官府。如若官府不准，可怎麼辦呢？所以我一來告訴給你老一個回話，二來同你老商量一種辦法。」

石烈一聽，說道：「這個丫頭怎麼這樣麻煩，這全是讓我慣的才成了這麼一種德性。要按說孩子們的終身大事，本應該自己願意才算合適。若要給她們主著辦了，久後一個不對心思，一輩子的前途也十分苦惱。既然她自己有這種思想，我們就成全成全她。從明天為始，先把我們這座店一切門窗內容外表，全都收拾新了，一面叫大家向外宣傳，我要在店中以武會友，凡有一技百能的，全可以來到我們這裡投宿，只要是武林的朋友，我們不收房錢。在這一年之中每日上午，有人比試，我先同他比較，姑娘自己在屋內觀瞧，我比試完了之後，再問他的來歷姓名。如若光明正大，再叫姑娘同他比試。我想在這一年之中，我們這裡又是通衢大道，一定可以選擇一個合意的東床。不過這麼一來，店裡少收許多的進款，如若兄弟你願意，咱就這樣試試。」

石成玉一聽，說道：「既然二哥說到這裡，咱就這樣進行。少收店錢，不算什麼，還能賠了本嗎？從明天起我就安排，一面叫大家向外宣傳，收拾好了屋子，這就正式創辦。」

哥倆商量好了，石成玉告辭回店，立刻找裱糊匠，先粉糊屋子，然後告訴夥計，和本街的同行以及眾鄉親，將此事全都說了，石二爺要親自在店會友，凡是會武術的，只要到店中同石二爺比比手，無論輸贏，不要房錢。這個信一傳出去，不到幾天就傳出去了很遠。所以才將房屋收拾完了，頭一天就全住滿了。內中真有許多會武術的，打算來同石爺比試武功，趕一打聽石烈這個人，才知道是江湖成名的太平劍客，十有八九全都乘興而來掃興而返，準知比武也是白栽跟頭。就是有人前來比試，也不能入贅東床。因為什麼呢？不是因為年貌不相當，就是因為藝業不高明，再不就是方外之客，內中就是有年貌藝業全都入選，一問人家的經歷，人家家中已有妻室，你想玉芝小姐還能作人家二房嗎？

一晃半年的工夫，仍然沒有相當的人選，這日期一長了，所有的房屋，經過風吹日曬，裡面受的火燎煙燻，又全舊了。

石成玉一瞧，暗道：「實指望不多的日子，就可以得到一個乘龍佳婿，不想這樣難得，房屋也舊了，家具也髒了，這教老哥哥瞧著有多堵心，於是重新再叫匠人收拾一遍。

第十七章　石玉芝力戰克三怪

且說石烈將房屋方重新收拾好了，就趕上六老同朱復他們十五位。白敬一問夥計，夥計把始末這麼一說，白氏兄弟同蔣洪夫妻，才知道這個收拾房屋，招待練武的人士，內中存著一個為孫女擇婿的目的。

沖天玉鳳白鴻說道：「大哥你何不去到上房把這一段事情稟告父親，這店裡一定住的武術人士不少，大概明天上午，必有人同店東比試輸贏，我們何不晚走一天，瞧瞧熱鬧，再說也許在此處得點什麼消息。」白敬一聽，連連點頭，說道：「不錯，妹妹你對姑母去說，我對父親去說，十有八九就能成功。」

白鴻點頭，兩個人一同來到上房，只見六老同朱復正在互談閒話，一看白敬同白鴻進來，白哲說：「怎麼你們還不休息。」

白敬說：「方才孩兒聽了一段新聞，特意同妹妹前來報告父親同眾位尊長。」白哲說：「什麼新聞，值得來兩個人報告。」

白敬就把剛才夥計告訴的話說了一遍，白哲說：「這算什麼新聞，也值得前來報告！」

白敬一聽，不敢言語。白鴻說道：「父親先別著急，這個事情，孩兒打算我們明天休息一天，因為現在店裡，所住的客人，練武的一定不少，明天早晨必有人同店東比較武術，我們何妨看個熱鬧呢。」

只聽白飛俠說道：「你這孩子，這麼大還這樣好事，這個比武可有什麼看頭呢。」白鴻說：「姑母你老別那麼說，比武雖然沒有看頭，可是這位石烈，小鍾馗太平劍客，可是人人皆知。到時候，我們若跳入場子，比個三拳兩腳，同這個劍客認識認識，保不住我們的事在他身上得點消息，你老想想對不對呢？我想他久闖江湖，或者也許知道這個姓宗的同姓楊的，是個什麼人物，就是他不知道，不是我們還多一個朋友嗎？再說我們原為尋蹤踏跡，晚一天半天，有什麼關係呢？」

六個老人一聽，不住地點頭，江飛說道：「別瞧姑娘年輕，真有個主意。既然如此，我們明天就多住一天，就便訪訪這個太平劍客。」房鎮說：「敬兒你們休息去吧，再告訴西廂房他們四位，明天不走了。」

白氏兄妹答應，轉身出去，到了西廂房，杜遠他們四位正在談話，計中元一瞧白氏兄妹進來，連忙說道：「二位還沒有休息，請坐下談話。」

白敬說：「現在有這麼一段事情，你四位聽聽怎麼辦呢？」

於是大家坐下，白敬把剛才這一段一說，只聽計奎說道：「白兄我們可以去到上房，告訴他們老幾位，明天住下，或者我們的事情由此得點消息也未可知，因為石烈既然人稱劍客，當然耳目通靈，我們何妨向他打聽打聽。」

白鴻說：「哥哥，你瞧怎麼樣，計兄也是這樣說法不是。」於是對大家說道：「我們已經對上房說過，明天不走了。」計奎說：「既然明天不走了，我們早點休息，明天一定有一場熱鬧。」

早晨起來，夥計照樣殷勤地招待。酒飯已畢，大家散座吃茶。夥計說：「眾位爺們，今天不動身，不看熱鬧嗎？今天在店裡住的練武的可不少，全打算同石東家比試武術，方才我瞧見帳上的先生拿著一打子紅帖，叫夥計送到住宅，今天一定有很大熱鬧。我瞧你們眾位爺子全都身帶兵器，一定武術高明，何不寫個帖子也跟我們東家比比手，豈不省下這一筆房錢？」

房大爺笑道：「我們又不比武招親，幹什麼去？」夥計說：「老爺子，你老不知道，我們東家本是以武會友，這個為孫女擇婿還是第二步的問題，不招親就不許比比武術嗎？」房大爺說：「我們武術不佳，何必去栽跟頭呢？」

夥計說：「老爺子，大概你老不知道我們老東家的脾氣，所以這麼說。你老打聽打聽，在這半年之內，始終沒得罪過人，因為比武可是比武，不必分出勝負，無論多高的武術，也贏不了我們東家；無論這個人武術多低，我們東家他也不把人家戰敗了。」房大爺說：「原來如此，等一會兒再說。」

夥計一聽，也不多說，於是退出正房。工夫不大，只見夥計又進來說道：「眾位爺，瞧瞧去吧，前面全預備好了。」

那六老一少，出了屋門，就見東西廂房的八個人也全出來了，於是大家一同出了甬門。放眼一瞧，院中的人全站滿了，把個當院圍了個水洩不通。觀眾不盡是住店的客人，十之五六是本鎮上來看熱鬧。

大家找了個人少的地方，向裡一看，只見在正房廊下，一路擺著十餘張八仙桌子，四面放著凳子，每桌上全有人坐著。

一共有十六七位，老少不等，醜俊不一，一個個精神百倍，在桌子後面擺好了刀槍架子，上面插著十八般兵器，餘外還掛著帶鉤的、帶鏈的、帶尖的、帶刺的，品種齊全。在院子周圍，擺著許多的凳子。這個時候，只聽廊子底下有人說道：「諸位看熱鬧的客人，同本鎮的鄉鄰，全請坐下，如若凳子不夠，叫夥計再去搬，因為坐下全都瞧得見，若全站著，後邊的人看不見了。」大家一聽，紛紛坐下。

只見簾子一掀，由屋內走出一個人來，看年歲足有七十上下，鬚髮蒼白，五尺高的身材，光著頭未戴帽子，穿著一身藍綢子衣褲，外罩著洋縐的大褂，白褂子黑腿帶，青緞子豆色鞋。再往臉上一看，面如紫玉，兩道濃眉，壽毫長長，一雙碧目，神光炯炯，一部蒼白虬鬚，猛一看活像神判鍾馗。房大爺一看，暗道：「不怪人稱小鍾馗。」

只見他走下臺階，先向著左右前後，作了一個羅圈揖，口中說道：「老朽姓石名烈，蒙江湖抬舉，人送外號小鍾馗、太平劍客。老朽我可名不副實。現在老朽這種舉動，凡在位的鄉鄰全都明白，但住店客官，不一定完全明瞭，所以我每天說幾句給眾位聽聽。老朽自幼喜愛武術，蒙先兄指點，從十八歲闖蕩江湖，直到現在七十來歲，練藝足有五十來年，要按說個這年歲就應該每日坐在家中保養身體，以終天年才是道理。不過老朽有一種毛病，就是好交朋友，朋友越多，越對脾氣。我五十來年，所交的文武兩科的朋友雖說遍布十三省，可是總覺著還有許多慕名的老友，同許多新出的小友未曾會過，這總算我一生的遺憾。要這麼說起來，我不會前往各處去拜訪大家嗎？

這可就說到年歲上了，因為年歲一大，人可就懶惰了，不願意再去跋涉風塵。但是對於交朋友的意思是一刻也不忘下，所以想了一個懶惰的法子，就是借自己開的這麼一個小店，每天以武會友，不想這個消息一傳出去，大家還真瞧得起我。在這半年之內，我又多得了數十位道義的良友。這一來，我更高興了，我打算把天下武林的朋友全變成我石烈的道義之交。這不過是我的一份心意，至於辦到辦不到，我們以後再說，這是老朽的第一個意思。還有一件是什麼呢？老朽有一個孫女，小字玉芝，自幼隨著老朽學會了幾手粗笨的拳腳，幾路粗笨的兵器，面目倒是不醜，可也不敢說俊，現在年方十八九歲，在江湖上，也有小小的一點名望，人稱小飛仙紅蓮劍客，這不過是大家抬愛。她自幼父母雙亡，跟隨老夫當然是失於教養，所以對於女紅一無所知。這個孩子，真要把她嫁到一個書香門第，或是官宦人家，一定應酬不了，所以直到現在，還沒有婆家。

老朽想不如藉著以武會友的機會，在這許多少年小友中，尋找一位年貌相當的人才，來做我的東床佳婿，這總比媒人撮合強著許多。不過這個擇婿，可有幾個條件，我先報告出來，第一得歲數在十八歲以上、二十五以下，第二得沒娶過妻室，第三得是高人的弟子，第四得武技純熟。先說外表，不禿不瞎，不聾不啞，不拐不瘸就成。至於武技，也得有個限制，就是能夠勝了老夫，或是能夠勝了我們姑娘，這才算入選。這兩件事算是交代完了。還有一點，是什麼呢？今天早晨，我們帳房先生打發夥計送了十幾份拜帖，全是拜望老朽的帖子，這個老朽可不敢當。既然是道中朋友來到敝店，我就應當盡地主之誼，現在居然勞動眾位投起帖來，所以第一我先謝謝，第二請恕我招待不周。」

說著，復又作了一個羅圈揖，然後說道：「投帖的朋友，既然前來，當然是有意賜教，少不了老朽獻醜，列位奉陪。」

說著回頭說道：「先生呢？」

只見方才說話的那個人由臺階上走下來，手拿著一迭子紅帖，來到石烈近前。

石烈說道：「你就按著名帖，按名相請，老朽是按位奉陪。」說完了在旁邊一站。

這時大家的目光，全都射在這位先生的身上，只聽先生說道：「哪位是金眼貓武元，武老英雄，先請過來吧。」只見在八仙桌旁立起一個人來，就見他五尺多高的身材，一身青衣服，四十來歲的年紀，白臉膛，頦下一部短鬚，兩隻金睛，滴溜溜的亂轉。只見他走到石烈近前，雙手一拱，說道：「老劍客，蒙你不棄，不才我給你接接招罷。」

老頭子拱手說道：「武朋友，既然前來賜教，請你亮式，老朽奉陪。」說完一撤身體站在下首。武元也說了兩句客氣話，說完，身體向下一蹲，雙手一分，用了個跨虎登山的架勢，向前一縱，左手一晃，右手對著石烈面上就是一拳。石烈容拳到了近前，一上左步，右手一伸，向武元手臂一壓，武元右臂向下一垂，打算左臂向下就砸，他哪知老頭子那個手法的厲害，左手招起來還沒落下來，石烈的右手已經按在胸膛之上，真要一發力，小子是非死不可。那石烈右手按在武元的身上，不肯發力，用指一點武元的胸膛，說道：「武朋友承讓。」

武元知道輸了，於是一撤手，說道：「老劍客手下留情。」

石烈說：「還是閣下讓我年邁。」

就聽武元說道：「老劍客，不才有一點無理的要求，不知老人家可能應允。」石烈說：「不知道閣下何事見教。」

武元說：「不才在河南的時候，聽見來往的人說此地有位女俠比武招親，因為武術精奇，才十幾歲的年紀，所以十分詫異，打算前來領教這位女俠客的武術。不想你老人家首先賜教，你想你老身為劍客，不才豈是你的對手？真要是這位女俠出頭，不見得不才就當場敗落。你老可聽明白，不才要同令孫女比試的用意，像我這個年歲，還能心高妄想嗎？不過我不辭千里，特來一開眼界，這女俠小小年紀怎麼武術這樣高明，你老能不能把令孫女請出來，同不才分個上下。」

老頭子一聽，不由得有氣，暗道：「看這個小子嬉皮笑臉，沒羞沒臊，輸了還恬不知恥，硬要同姑娘動手，這分明是沒安好心。不如叫我姑娘厲厲害害地打他一頓，也叫旁人瞧瞧，不然也鎮不住人。」想到這裡，石烈說道：「武朋友，我這孩子手下不知輕重，要是傷著你，請足下多包涵。」

這個話就是告訴姑娘要厲厲害害地打他一頓，姑娘在屋裡聽著還不明白嗎，於是可就拿好主意。這個時候就聽武元說道：「老劍客你別那麼說，比武動手，難免跌碰受傷，只怕動手或者誤傷令孫女，請老人家原諒是幸。」

老頭子一聽更有氣了，這小子說話帶有輕薄。於是，一回頭向屋內說道：「姑娘你可以出來，陪這位武朋友走兩趟吧。」

只聽裡面答應了一聲。

這時大家的視線，可就全移到屋門上去了，因為這半年的工夫，姑娘沒有同人比過一次，連本鄉的人全知姑娘武術好，可沒瞧見過怎麼個好法，今天一聽姑娘出來，當然全都注意起來。就見簾子一起，由屋內出來了一個老媽子，一個丫鬟捧著寶劍，緊跟著姑娘出來立在廊下。大家一瞧，不由得暗暗喝了一聲彩。只見姑娘四尺上下的身材，穿一身玄色褲褂，粉腰巾繫腰，足下穿一雙鹿皮換底小靴，頭上用青網帕罩住烏雲，鬢邊斜拉了一個麻花扣，耳墜對環，每邊嵌著一顆黑豆大的明珠，前後悠蕩，藍絨繩在前後心勒成十字絆，在胸前繫了一個蝴蝶扣兒。往臉上一看，真可說面賽桃花，目如秋水，唇似丹朱，這一身玄色衣服，襯著這一張芙蓉臉兒，真可說壓倒西施，連那個老劍客賽隱娘白敏，全都暗暗喝采。只因姑娘心中有氣，所以面上現出一臉秋霜，眉間隱著一團殺氣。姑娘走下臺階，向石烈問道：「不知爺爺呼喚孫兒同何人動手？」

石烈一聽，用手一指武元，說道：「就是這位武英雄，人稱金眼貓，人家武術精奇，你要小心在意。」姑娘說：「既如此，請你老人家在一旁觀看，我給這位英雄接接招。」

石烈向旁一閃，姑娘因為有氣，一句話也未說，上來雙手一合作出童佛的架勢，說道：「武英雄，請你進招。」

武元一瞧姑娘這個模樣，一副嬌小的體格，暗道：「就憑這麼一個嬌弱女孩子，就能遠近馳名，大概許是因美貌所致。

不如我今天將她打倒，叫大家笑一笑，也叫她心服口服，不然夜間用薰香把她燻過去，揹回河南，豈不是一樁美事。」

小子正打算盤，一聽姑娘叫他進招，於是向前一上步，左手一指姑娘的面門，身體一斜，向下一蹲，右手向姑娘的腹部就按，這個名字叫掖掌。姑娘用了個凹腹吸胸，右手一伸按在小子的頭上，這個名字叫探掌，正名叫迎風立刻登山。武元本打算一掌把姑娘按倒了，眼看按上了，不想人家一吸氣，自己的掌可就空了。將要轉身，就見姑娘左腿一抬，自己的頭上覺著被人家按住，就聽姑娘哼了一聲，武元可受不了啦，頭上好似中了鐵棒，眼前金花直冒，耳內嗡的一聲，不由六神無主，眼看就要坐下。姑娘這一掌本來沒用十分力量，只用了五分掌力，小子就吃不住了，將身一蹲，姑娘一伸左腿噹的一聲，踹在小子左肩頭上。小子本來就受了內傷，不過人家沒有用力，所以自己還沒有張口吐血，不想緊跟著又是一腳，小子如何受得住，只好一個跟頭整個地斜著身子折將過去，還把脖子給扭了。小子這一扭脖子，立刻背過氣去，倒在地下紋絲不動。

石烈一瞧，不由地吃了一驚，本想教姑娘打他一頓，以懲將來。不想姑娘這一掌，打得這樣重，於是一聲喝道：「丫頭，為何這樣手狠，將人傷成這個樣子。」自己將要彎腰去看武元，只見由旁邊過來了一個矮胖子，四尺來高的身材，頭如麥斗，膀闊腰圓，面如刀刃，粗眉大眼，高鼻子火盆口，三十多歲，一身青綢子褲褂，白襪子灑鞋，走到近前說道：「老劍客，這位武元英雄死不了，他是背住氣了，叫夥計把他搭到旁邊給他揉一揉前胸，推一推後背就好了。不才我也要領教領教姑娘的武藝。」

石烈一看，暗道：「這小子怎麼這麼渾呢，武元的傷痕雖說不重，最少也要三兩個月復原，可是他還說傷勢不重。既然他這麼說，我問問他，他要同武元認識，我把武元交他就沒我的事了。」想到這裡說道：「閣下貴姓，同武朋友可是一同來的？」

這個人說：「我姓魏名成，江湖人稱飛山虎。我同武元是一同來的，他這個傷不要緊，交給我就是了。本來練武的短不了打人，也短不了捱打。我們一同來了五個人，武元雖然受了傷，還有四位，少不了全要領教姑娘的武藝。」

老頭子一聽暗道：「這些傢伙全不是好人，若不是在我的店內，少不了全都結果了你們。今天既然來到我店內，沒法子，還得應酬他們。」

原來這幾個人是河南臨汝縣的七個大賊，採花作案無所不為，統稱臨汝七怪。他們聽往來的人傳說甘肅省甘谷縣博陵窪石家店，有一個女子比武招夫，所以大家一商議來了五個，滿打算把姑娘戰勝了，能招贅在石家。不想一聽人家的條件，自己五個人不用說別的，按年歲就不能入選，不由得十分敗興。

所以武元輸在石烈掌下，仍不死心，必要同姑娘見個高低，不想一照面就被姑娘震得昏了過去。因為姑娘踹了武元一腳，他們還以為是扭脖子扭住氣了呢，所以他說不要緊，他哪知武元的內部受了重傷呢。

再說石烈，一聽魏成同武元是一同來的，耳中早有他們的名姓，知道是臨汝縣的七個大賊，於是說道：「既然武朋友是同閣下來的，更沒有說的了，我們先把武朋友搭在一旁，然後再行比試。」

這時武元也甦醒過來，聽說要把他搭到一旁，他可就說了：「不用搭，我自己能走。」說著立起身來，將一邁步，只覺著頭重腳輕，復又躺在地下。這時候又過來了兩個人說道：

「二哥你別動，我二人扶著你。」於是一邊一個，把武元架往廊下去了。這時魏成說道：「老劍客，請你在一旁觀看，不才要領教姑娘。」

石烈一聽，只得向後一閃。姑娘這時早聽明瞭，於是向魏成說道：「閣下進招罷，我來奉陪。」說著雙手一合仍然作出童子拜佛的架勢，魏成瞧了一瞧，姑娘亮了架勢，於是向前一進步，左手用了個毒龍探爪，奔了姑娘面門，右手用了個崩拳，向姑娘胸部打來。姑娘一看，小子這兩隻手虛虛實實，全很厲害，中了那一下全不輕。於是左手向上一伸，右手向下一壓，立刻把魏成的雙手截住，小子雙手一撤，姑娘緊跟著右手向前一伸，用了個單撞拳，魏成的右手一推，姑娘的右手腕子一拳，用右肘向前就撞，這個名字叫定星肘。小子一瞧，左手向下一按姑娘的右肘，姑娘本應該右手用摔掌直奔小子面門。姑娘一瞧小子的頭部又露出來了，於是右肘向回一撤，左手一伸，不偏不倚又按在小子的頭上，姑娘口內哼了一聲，小子可受不了啦，只覺著耳內嗡的一聲，眼前金花亂冒，將要翻身栽倒，姑娘暗道：「反正不能便宜了你小子。」於是右腿一伸，只聽喃的一聲，踹在胸膛之上，小子整個的來了個大翻身，躺在地下閉過氣去。

這個時候石烈將要說話，只見由旁邊過來了三個人，一伸手把魏成扶起來，兩個人架著直向廊下去了，另一個說道：「姑娘不要走，小子過牆蝴蝶崔信，也要領教姑娘的武術。」

姑娘一瞧這個人比方才那兩個冠冕一點，白素素的臉面，三十來歲的年紀，兩道劍眉，一雙俊目，可是黯淡無華，身穿一身灰綢子褲褂白襪灑鞋，左手抱著一口單刀，說道：「姑娘我要領教你的兵器。」

姑娘一聽這小子的外號，就知道是個不良之徒，暗道：

「任你一個小小的蟊賊，我若用了寶劍贏了你，也叫江湖人恥笑。」於是說道：「既然閣下不吝教誨，你就進招吧，今天我要空手奪刀。」

小子一聽，暗道：「你這可是找不自在，今天我若不叫你帶了傷痕，我枉稱過牆蝴蝶。」想到這裡，說道：「既然姑娘相讓，你就接刀吧。」

話到刀到，左手一晃姑娘的面門，右手刀連肩帶背向下劈來，姑娘一瞧，刀離切近，一上步左身子一斜，掄起左臂，向小子右手臂就是一掌，這一掌名叫斷掌，真要是砍在手臂上，就得砍個骨斷筋折。小子一看這一掌來得厲害，一撤右步，左手向上一穿姑娘的左手，右手刀攔腰就扎。姑娘一瞧，斜著向前一上左步，身體一蹲，右腿向後直奔崔信的迎面掃來，這個名字叫做掃堂腿。小子一看刀扎空了，於是向上飄身，姑娘的右腿向著小子的鞋底掃過去了，小子的腳剛一沾地，不想姑娘的腿又回來了，撲的一聲把小子的腳跟掛住，左腳順著自己的右腳上面向小子的腿上用力一蹬，這一招叫做勾掛連環腿。只聽啪的一聲，崔信撲咚倒在地下，摔出一丈多遠，噹的一聲，鋼刀撒手，哎呀哎呀的熱汗直流。原來崔信的左腿腕子，被姑娘這一腳，蹬錯了環兒了。

這時忽聽院中一個人哈哈大笑，說道：「蹬得好，不愧劍客的親傳。」

大家用目一看，原來靠大門站著一個花子。這時石烈連忙走到崔信面前，說道：「閣下不要動，這是錯了環兒了，待我給你拿上。」說著一下腰，左手拿住崔信的左腿，右手扶住崔信的腳面，雙手一用力向外一扯，隨著向一處一對，咯噔一聲，左腿腕對好，只見小子疼得可變了顏色，面白唇青，熱汗直流，哎呀哎呀的連聲亂嚷。

石烈說：「崔朋友，你趕緊起來活動活動，不然血瘀，可要成瘡。」

小子一聽，嚇得咬牙咧嘴立起身來，一瘸一拐，直奔廊下走去。夥計給他拾起單刀，跟在後面。石烈用目一看那個發笑的乞丐，只見他上身穿一件青布的破棉襖，真是補丁摞補丁，上面的油泥足有銅錢厚，鋥明瓦亮，左肩上露著棉花；破褲子一絲兩縷，露著半截腿，肉皮被太陽曬得漆黑；下面穿一雙破草鞋，用錢串捆著；左手扶著牆，右腋下挾著一個破草韉捆成的捆兒；腰中繫一條布條擰成的繩兒，足有雞卵粗細，結了許多的疙瘩。再往臉上一瞧，足有八十來歲的年紀，一臉油泥，看不清面目；頭上已經謝頂，鋥亮的頭皮，被太陽曬得紅中透紫，後面一叢白髮，挽了算盤子兒大小的一個鬮兒；兩條雪白的眉毛足有一寸來長，遮住二目；頦下一團白鬍鬚，全都黏成氈了。就見他笑嘻嘻地立在牆下，自言自語地說道：「這一腳真好，踹得真準。」

就聽旁邊有人說道：「你這個要飯的真討人厭，你看就看吧，嚷什麼呢？你若會練，何妨下去練練，也落一頓飯吃。」

老花子說道：「這裡又不是禁城地方，怎麼還不叫人說話呢？我瞧著好，說一聲也不要緊，你何必這麼瞧不起人呢？你別瞧店東的飯不要錢，我還不願意吃呢。我真要打算吃飯，非店東請我，我還是絕不賞臉。」

這些人一聽，哈哈大笑，說道，「不錯，你就等著店東請你吧。」旁邊有人說道：「別嚷了，瞧比武的吧。」

這個時候石烈也瞧明白了，這個老花子一定不是平常人，瞧他那個面目，雖然被污泥遮掩，但是連一個皺紋也沒有，斷定了他一定是練的童子功。自己打算應酬完了這些帖上的名兒，然後再來請他。

這個時候，只見由南面走進來一位少年壯士，穿一身青綢子衣褲，外罩青綢大褂，白襪雲鞋，大褂下面微露著劍匣的尖兒，往臉上一瞧，二十上下的年歲，劍眉星目，虎頭燕頸，鼻直口方，面似丹霞紅中透潤，明顯著一團英風，暗含著滿面的殺氣。石烈一瞧，起心裡就愛，暗道：「看此子面貌不俗，氣度沉穩，絕不是無能之輩，待我問問他的姓名，看看他的技術然後再打主意。」於是抱拳說道：「來的小朋友尊姓高名，仙鄉何處，來此莫非說也要比較輸贏嗎？」

只見那個少年說道：「小子姓朱名復字意明，貴州省貴陽府人氏，因事路過貴地，住在閣下的店中。聽說老劍客以武會友，小子自幼因為學會了幾手粗笨的拳腳，所以打算今天看個熱鬧，不想一時技癢，打算在老人家跟前現醜，還請你老人家賜教。」

石烈一聽，連忙說道：「既然打算前來賜教，就是看得起老夫，老夫焉敢不大膽奉陪呢？不知閣下是打算同老夫比試，還是打算同舍孫女比試。」

朱復說道：「小子來此請你老人家賜教才是。你老請想，男女不相授，我為何要同姑娘比試呢？」

石烈一聽，暗道，此子言語正大，一定是高人門下，我今天不可失之交臂。想到這裡，一回頭對姑娘說道：「你暫在旁邊觀看，待我陪這位壯士走走。」

姑娘一聽人家不同自己動手，看神氣中還有看不起自己的意思，不由得心中有氣，暗道：「你真要武術高明，等你跟我爺爺比完了，我一定同你較量。」想到這裡一臉怒氣，立在一旁，只見石烈一抱拳，向朱復說道：「壯士請來進招。」

朱復連忙說道：「小子可就無禮了。」說著雙手一拱道了一聲「請」，一上步，左手一晃石烈的面門，右手掌帶風聲嗖的向石烈胸前就是一掌。石烈一瞧掌到，用左手向上一穿，右手奔朱復的肋下就打。朱復右手向下一落，左手奔石烈的太陽穴打來。石烈一看，此少年的招數敏捷，準受過名人的傳授，於是小心在意，二人打在一處，一個是成名多年的劍客，一個是初出行道的英雄，各施所能。走了三十多個照面，足有百十餘手。老劍客石烈不由得暗暗稱奇：「瞧這個孩子至多不過二十多歲，怎麼就會有這麼高的能為？我闖蕩江湖可不敢說高，總算沒有遇過敵手，今天這還是頭一次。」想到這裡，細看孩子的招法，十分靈巧，身形十分敏捷，用出來的手法，真有令人不可思議之處。老頭子越看越高興，暗道：「這幸虧遇見我，若換個人，早已敗在他的掌下。」想到這裡，招法一變，把看家本領可就拿出來了。原來老頭子有一絕招，名叫奪命連環腿。

再說朱復自從一動手，就看出人家的招法高明，暗道：

「只說離了恩師無敵天下，不想頭一出手，就遇見這麼一位太平劍客就這樣高明，自己真要敗在他的掌下，豈不給老師丟人？再說還怎麼再在江湖行道呢？」想到這裡，他小心在意，看住門戶，猛然見老頭子一變招，三五個照面之後，只見圍著自己盡是鞋尖。於是不敢怠慢，把氣功向上一提，施展小巧的技術，兩手兩足盡找那許多的鞋尖。老頭子這一路腿，一共一百單八招，一施展就把朱復圍上了。他猛見朱復身形一晃，比猴子還快，好似把身子懸在空中一樣，那兩隻腳，盡在自己的腳上往來行走。工夫不大，自己把這一趟腿法快要施展完了，再瞧朱復仍然隨著自己雙足往來亂轉。知道今天無法取勝，於是身形一撤，用了個金雞三展翅走出圈外。朱復一瞧人家臨走留招，不願去追，此乃江湖規矩。這個時候，連房大爺他們六位全都看直了眼了。沒想到二十多歲的毛孩子，武藝那麼精深！大家興趣正濃，忽見二人收住架勢，猛聽耳旁有人說道：「好孩子，真不愧劍客的門人。」

大家一瞧仍然是那個老頭子，就見他嚷完了，一轉身走出大門去了。石烈正要同朱復談話，一聽老花子開口稱讚，自己將要同他接談，忽見他向店外走去，於是，顧不得向朱復說話，直向店外追來。大家不由得一怔。那石烈追到店外一瞧，老花子蹤跡不見，不由哎了一聲，仍然回來，到了院中向朱復說道：「閣下千萬別怪，我因為瞧那說話的老丐，我疑他是個高人，所以我打算我們完了事，再請他進來。不想正在這個時候，他轉身走了，這怨我招待不周，才得罪了朋友，既然他走了也就不必提了。方才老朽同閣下動手，閣下的武藝十分高明，老朽佩服之至，我意欲請閣下到我舍下一談，不知閣下還有同來的侶伴沒有。」

朱復將要答話，只聽姑娘說道：「爺爺且慢，方才你同朱英雄動手，我已經觀看明白了，這位朱英雄的拳術實在高明，我見朱英雄肋下配劍，一定劍術比拳術尤為高妙，我打算還要請教朱英雄的劍術。」

朱復一聽，連忙說道：「方才那是老劍客成全後生，提掖晚輩，所以不忍把我打倒，我十分承情。我的劍術不過是末技，姑娘何必認真呢，請你不必再比試了。」

原來朱復不同意同姑娘比試，因為什麼呢？因為他也有他的難處。方才姑娘同臨汝七怪動手的時候，房大爺同江飛說道：「天鶴兄，我們看熱鬧的目的，是為什麼呢？」

江飛說：「大兄何必明知故問。」房大爺說：「若盡看這些無名的小賊動手，我們幾時同石烈想見呢？」江飛說：「依大兄看怎麼辦呢？」房大爺說：「我們不會也進去比武嗎？」

江飛說：「這可成了笑話了，人家姑娘為的是比武招夫，我們偌大年歲，進去這不是胡攪嗎？」房大爺說：「我們不去，不能叫年輕的去嗎？」江飛說：「叫誰去呢？」

房大爺一笑，附耳低言說道：「我瞧朱復準能成，年歲品貌武藝均屬上乘。天鶴兄，你不妨把他招進去試一試，就手咱成全成全他。」江飛一聽連連點頭說道：「可以。」

於是一轉身對朱復說道：「朱賢弟，他們比起來沒完沒了，我們幾時能同石烈想見呢？見不著石烈，我們怎能實行我們的計畫呢？依我說賢弟你進去同石烈動手，做個先鋒，然後我們再一同上前，不就成了嗎？因為我們全這樣年歲了，再出頭去爭名譽，恐怕叫別人恥笑。兄弟你方才出世行道，正是到處留名的時候，所以我打算請你先出頭，再說我們這夥年輕的，全不如兄弟你的身分高，所以我同房大爺大家商量才請你去。」

朱復說：「我去合適嗎？」江飛說：「你若到處不前，幾時才創出名譽呢？」

朱復一聽連連點頭，正趕上崔信被姑娘踢倒了，自己站起來進了場子。趕一進場子又後悔了，因為什麼呢？因為自己練成了重樓飛血這一步功夫，不能再娶妻室，人家這是以武招夫，滿打著自己勝了人家，自己又不能娶妻，這算幹什麼來了，這不是胡攪嗎？不想自己被這幾個老頭愚弄了，既進來了，又不能回去。後來想起一個主意，不同姑娘動手，反正不能扣到我的身上，所以一見面就要求同石烈動手，完了之後滿打算六老必要出頭，不想又有一個討厭的花子。等花子走了，人家石烈要請自己回府，自己想道，這一回六老該出頭了，不想未等自己說話，姑娘反倒要同自己比劍，真是怕什麼有什麼，所以連連推辭。就在這個時候，六老若一出頭，也許把這件事應付過去，沒想這五個老頭子同那一個老尼姑十分可惱，再也不上前來。正在為難，又聽姑娘說道：「朱英雄，不跟我動手比武，是不是看我劍術低微或是看我不堪教誨呢？」

這兩句話來得可厲害。本來朱復正在為難，姑娘又滿心是氣，這麼一激將，立刻把朱復急得滿面通紅，本來面似丹霞，這一來可成了紫玉了。因為有話說不出來，既不能說我不能娶你為妻，才不同你比試，又不能說我不是為聯姻來的。這時偏趕上個湊趣的石烈，他一看朱復面紅耳赤，斷定他怕羞，於是說道：「朱朋友，你何必吝教呢？你就指點指點她就是了。」

朱復這時可真沒有法子了，只得動手。

第十八章　朱復比劍聯姻

那朱復，被逼得沒法，只好說道：「在下不恭了。」姑娘說：「請亮劍進招吧。」

朱復只得一掀大褂，由腰間摘下劍匣，左手拔匣，右手拿住劍柄向外一抽，只聽嗆的一聲，立刻就是一道閃光，真不亞如龍吟虎嘯。石烈一瞧，就知道是口寶劍，暗道：「看這口劍，這個孩子劍術一定錯不了，不然他也用不了這口寶器。」自己正在思想，姑娘這個時候也把丫鬟叫過來，接過寶劍，左手攥崩簧也是嗆的一聲，寶劍出鞘，真是寒光閃閃冷氣侵人，好似一汪秋水。朱復一瞧，也知道是一口寶器，暗道：「不怪人稱紅蓮劍客，原來也有寶刃護身，今天我同她較量劍術，須要小心謹慎。」想到這裡，就見姑娘寶劍一舉，用了個魁星踢鬥架勢，說道：「朱英雄請你進招吧。」

朱復一看，只得左手掐劍訣，向前一指，一上左步，寶劍奔姑娘胸膛扎來。姑娘左腿一落，身形一偏，寶劍尖奔朱復的手腕便點。朱復緊跟著身體一低，劍走下盤，向姑娘的腳下平掃過去。這時兩個人可就脊背對了脊背。姑娘右步一扣，身體一轉，雙手抱劍，奔朱復的後心扎來，朱復一翻身寶劍壓著向下一按，只聽嗆的一聲，寶劍撞了寶劍，兩個人全都嚇了一跳，自己觀看自己寶劍，幸而全未曾損傷。二人抽招換式打在一處，起先還看著慢，如同一對蛱蝶穿花，後來二人越走越快，腳下微微聽到哧哧的聲音，金刃劈風嗖嗖亂響，工夫一大，二人化成兩片白光，時聚時散時分時合。這時把看熱鬧的看得目瞪口呆，就連江飛江天鶴同房大爺老哥四個，還有那位女劍客白飛俠，全都不由得紛紛喝采。這麼一來，二人比的工夫可就大了，猛見朱復一轉身，姑娘雙手捧劍奔了朱復的後心，眼看劍尖點到身上，可把各位老劍客嚇著了，卻見朱復一轉身體，讓過寶劍，劍交左手，向外一攔，把姑娘的劍擱在外面，手腕一扣，劍尖奔了姑娘的咽喉。姑娘一看知道自己的兵器被人家吃住，將要跳出圈外，只見朱復寶劍一指，順著劍尖滴溜溜落下了一件東西。朱復把劍一抱說道：「姑娘承讓了。」

姑娘用手一摸自己的右耳，原來耳上的環子被人家的寶劍削將下來，自己不由得面一紅，一聲也沒言語提著寶劍向上房去了。

再說石烈，正在觀瞧，猛見姑娘的劍到了朱復背上，不由得嚇了一跳，只見朱復一轉身，寶劍換手奔了姑娘的脖子，知道姑娘要吃大虧，忽見朱復手腕一抬，一件東西由劍尖上落在地下，仔細一看，原來是半個耳環，還帶著那顆珠子，姑娘一聲不語走入上房。自己才看明了朱復不獨拳術精奇，劍術也稱得起一絕，把一個大名鼎鼎的小飛仙紅蓮劍客，生生地敗在他的手中，這個人可說是後起之秀，不想我石烈擇婿半年，姻緣卻在此子身上。想到這裡，笑嘻嘻地抱拳說道：「朱壯士，劍術高明，老朽實在佩服得很。」

朱復說：「老劍客過獎了，此乃令嬡承讓。」

石烈說：「不知閣下還有同伴沒有，老朽欲請閣下到舍下一談。」於是拱手對大家說道：「今天因為天將過午，請眾位各自回家，明天再會，就是投帖的人，未得相談，如若公務匆忙趕著起身，等以後有了時間，老朽一定登門拜望，如若打算住下敝店，仍然不收房錢。」

大家一聽，紛紛四散，連那投帖的眾人全都回了自己的屋子。這時只剩下同來的六老和八位年青的，一共男女十四個人，一瞧朱復被石烈留住，於是由房大爺同江飛為首，領著大家一同過來，同石烈想見。石烈一瞧，說道：「朱壯士，這是同閣下一同來的？」

朱復說道：「不錯，這全是小子我的同伴，待我給大家介紹介紹。」於是一一介紹了，石烈才知道諸人俱是名俠劍客，自己這才讓著大家一同出了店房，奔自己的家中走去。

石烈叫陳升去往店內泡茶，就近叫店內安排酒飯。陳升去後，石烈帶著大家來到內院，進了上房讓大家一同落座，自己主位相陪，這時陳升泡了茶來。茶罷，石烈說道：「不知眾位因何結伴來此，這位朱壯士原籍貴州，不知來此有何貴幹？前幾年小弟聽人傳說，天鶴兄占據了金波寨。因何同華陰的四賢相遇，老朽願聞。」

江飛一聽，不由咳了一聲，說道：「炎輝兄既然要問，好在我們一見如故，我也不便隱瞞，再說小弟我還要向你老打聽點事。」石烈說：「天鶴兄不知你有何事見教？」

江飛這才說道：「小弟自從在雲南麗江縣占據了玉龍山，因為我們本是前明的遺老，不想錦繡的江山，輕輕地被闖王鬧了個家亡國破，思宗皇帝殉難煤山。當時出了個厚妻妾薄父母的吳三桂，出關請兵，所以順治皇帝不動兵刃進了北京。雖然當時把闖王趕了，可是江山也被大清得到手內。所以我們總想著養精蓄銳，光復大明的天下。因為地處邊陲，人才稀少，小弟打算雲遊天下，聘請英雄，只要心存故國，不論老少，敝寨一律收錄，將來也好作一個大明開疆闢土中興的功臣。不想走到湖北大別山南麓，穿松林的地方，同這位天俠兄相遇，原來天俠兄他們為的是尋找鏢銀。動鏢的這個人同小弟一個面貌，冒著小弟的姓名，把蔣洪蔣鏢主的鏢劫了，並說要鬥天俠兄同臥波兄還有飛俠大師這三位劍客。當時我們分說不明，動起手來。正在動手，遇上朱復朱賢弟路過鬆林，才給我們雙方解了糾紛，雙方說明，才合在一處，打算尋找鏢銀。趕到夜晚住在穿松林附近的七裡坪，晚間又遇上店裡的掌櫃姓魯名靖人稱白眉俠，此人是江湖上有名的邋遢仙的弟子。他對於這個事情稍得點線索，他說劫鏢的這兩個人，一個姓楊，一個姓宗，因為他們住在魯靖的店內，他才聽見劫鏢的人說打算回西寧，或回雲南。我才同大家到了四賢莊，一直往西寧尋訪，如若不得要領，再與大家同赴雲南。不想來到此地，住在你老的店中，聽夥計說炎輝兄人稱劍客，威震西方，一定眼寬耳亮。如若知道的話，請你告訴我們一個消息，也不枉我們遇見一場，也成全了我們江湖的道義。因為這個人託名冒姓作這種不道義的行為，如若他心地正大，還不要緊，如若是個下流的賊人，到處留下我的名字，老兄長你想我好歹也人稱一聲劍客，這個跟頭我栽得起嗎。」

石烈一聽，說道：「天鶴兄，不必著急，這個事情慢慢地計議，自然有個頭尾。小弟還要請問朱壯士，由貴州往湖北有何貴幹，怎麼遇上天鶴兄，怎麼陪著找起鏢來，莫非說自己連一點事情也沒有嗎？」

朱復一聽連忙說道：「老劍客你要問，小子我是這麼一段事情。」於是仔仔細細把自己的身世，介紹了一遍，又說：「小子我本打算去到燕趙一帶，雲遊訪友，不想遇上他們雙方這個事，我既然給人家出頭排解，焉能半途而廢，所以也跟到這裡。」

石烈說：「閣下家中還有什麼人呢？」朱復說：「自幼父母雙亡，跟隨恩師長大成人，我家中房產人口一無所有。」

石烈聞聽，哈哈大笑，對房大爺大家拱手說道：「眾位老兄長，我有一事相求，不知我說得說不得。」

這六老自幼闖蕩江湖什麼事不知道，一聽石烈相求，連忙說道：「石兄有何見教，我們一定盡力而為。」石烈這才說道：「小弟的意思，在店中也說過了，第一是以武會友，第二是為我們孩子找一個佳婿，兄弟我有言在先，只要是同孫女年歲相當，武術相等，世家清白，還要高人的門下，還要未娶妻室，我覺著這個條件是十分困難，不想朱壯士對這幾個條件全都有過之而無不及，這不是天作之合嗎？第一年貌不必說了，第二武術當然在姑娘以上，劍削耳環，這是人所共見，第三堂堂帝胄，還是大明劍客無上禪師的弟子，我們要的條件當然沒有問題。可是我們孩子呢，各位也全見，相貌不俊可也不醜，劍術雖然不精，在江湖上大小也有個名兒。我打算請眾位兄長為媒，把姑娘嫁給朱壯士為室，不知眾位以為如何？」

六老一聽，全都鼓掌大笑，說道：「這個我們應當效勞。」

只見朱復滿頭大汗，連連搖手，說道：「眾位老人家，千萬不要如此，我有我的難處，這個親事千萬別提，提出來我也是不允。」

六老一聽，不由得十分詫異。白哲說道：「朱賢弟，你有什麼難處，何妨說說我們大家聽聽。

你若盡說不應允，這可不成。當時人家石老劍客說得明白，同年齡的比試，是為的以武招夫。你當初若不打算應允親事，你就不該同人家比武，既然比武又把人家的耳環子削了，你若不應親事，叫人家姑娘何以為情呢？再說你把人家耳環削了，人家總算栽了跟頭，你若應了親事，這總算沒栽到外人手內。你若不應這門親事，你想想大名鼎鼎的小飛仙紅蓮劍客栽了跟頭，人家就這麼糊糊塗塗完了事嗎，人家還怎麼在江湖上混呢，你想打倒了還扶得起來嗎？再說今天的舉動，大家全都明白兄弟你當選了，鬧到現在，從你這裡又散了，你想人家姑娘怎麼再找婆家？所以說，你無論如何為難，也要應下才是。」

這一套話不要緊，把個朱復可拴住了，自己一想可也是，總怨自己不該多事，劍削人家的耳環，自己如若應下，自己重樓飛血的那個功夫，豈不誤了人家的姑娘的終身？有心說明吧，自己又天生的臉嫩，說不出來，何況還當著白鴻三十上下的這麼一個少婦呢？這麼一擠，把個朱復擠得可就成了紫面判官了，於是不由得冒出兩句話來：「當時我本不願意同姑娘動手，姑娘非擠兌我不可，教我可有什麼法子呢？至於劍削耳環，也是我一時失手，我也後悔不及，現在大家非叫我應親不可，我我我……」

因為白鴻在座，覺著礙口，所以朱復說到我字上，兩眼不住地直看白鴻。這個時候大家瞧著朱復可笑，偏趕上白鴻也來湊熱鬧，說道：「小叔叔你看我作什麼，莫非說嫌姑娘的武術敵不過你，你不願意嗎？」

這一句話把朱復擠的可受不了啦，於是說了一句是：「我不能娶妻。」

六老一看，也看不出他是什麼緣故。房大爺說道：「朱賢弟，你這個話，我不明白，為什麼不能娶妻呢？」

朱復說：「你老別擠我了，今天我計劃計劃，明天一早，我再答覆成不成呢？」

大家一聽哈哈大笑，江飛說：「那如何不成呢，朱賢弟，我們是為吃你的喜酒，並不是大家齊下虎牢關。」

這個時候，飯已做得了，用食盒抬著，送到院內，陳升帶著夥計調擺桌椅，大家入座吃酒。飲酒中間，江飛向石烈說道：「炎輝兄，現在姑娘的親事總算定了大局，這個事情全在我們身上，因為我們全都這大年歲，朱賢弟豈能不給我們留一點面子，這個事情你就放心。」

石烈說：「多謝眾位成全美意。」江飛說：「這不算什麼，炎輝兄何必客氣，但是方才你說對劫鏢的事情，慢慢商議。莫非說炎輝兄對這件事情沒有耳聞嗎？」

石烈一聽，連忙說道：「小弟對於這種事情，雖然不知道，可是對於這個姓宗的，我耳朵裡倒有這麼個人，可不知是他不是他。如若是他，這件事情還真不好辦。」

大家一聽，此事有了頭緒，全都側耳細聽，只聽石烈說道：「這個人姓宗名明字聲遠，他的原籍聽人傳說，是北方人氏，後來移住西寧，為人好靜，曾受過異人指點，武術精奇。所以在西寧一帶，人送外號鐵掌鎮西寧。現在大約此人有七十上下的歲數了，平日他沒有同別人交往過，遇事獨斷獨裁。」

江飛說道：「他住西寧什麼地方？炎輝兄同他是否認識？」

石烈說道：「當初我倒訪過他，只是沒有見到，因為他為人孤僻，住的地方十分奇特，所以我也就不再前去訪他。」江飛說：

「不知他住在什麼地方？」

石烈說：「他住的地方，自己取地名叫做宗家崖，大概他一家人口，全都住在此處。這個宗家崖在西寧正南上群山之內，一個山環裡面，住房完全是在山壁上挖出來的，當初費了極大的工程，在山內挖出來的石室。這個石室，足有好幾十間，他全家足有十餘口，全都住在石室之內，每年不種五穀，盡以打獵為生，所以他一家老少男女，全都身藏絕技，最要緊的就是他這幾十間石室，除了寢室之內，全都密著機關，外人可說無法進去。為什麼我說鏢要是他劫的，可就不好辦了？因為他不同你見面，你就沒法子進他的住宅，何況他一家老幼武藝精通，稍差一點的絕不是他的敵手。再聽傳說，這個人的武術十分高明，我們在座的恐怕全不是他的對手。你們六位想一想，當初得罪過這個人沒有。如若沒有得罪過他，這個鏢也許不是此人所劫。」

大家一聽，全都俯首尋思，全都沒有得罪過這麼一位宗聲遠。

內中白飛俠說道：「這個事情我們大家也不必猶疑，不管是不是他，我們大家先去西寧訪他。作為訪友，是他更好，如不是他，他既然稱作鎮西寧，對於那一帶有名的人物一定知道，我們就向他打聽打聽。再說劫鏢的這個人既然姓宗，不是他，也許是他的同族或是他兄弟之輩。今日既然有了這麼一條線索，明後天我們就起身前去，先訪一訪這位鎮西寧，或若由鎮西寧的身上也許能得到那個老楊的消息。」

大家一聽這才定了主意，這一席酒飯，直吃到紅日西斜，才算酒足飯飽，依著房大爺，仍然打算回歸棧房，被石烈攔住說道：「我這五間正房三間廂房，足夠我們住的，何必還回店做什麼。白小姐可以同舍孫女，住在西廂房，二位白世兄同蔣世兄，請在東廂休息，我們這十多個人，住這五間，大約總住得開，我們就近還可以多談一談。」房大爺大家一聽，不便推辭，於是大家又談了許多閒話。

不知不覺，可就到上燈的時候了。石烈打發老媽子過來請白鴻往西廂房休息。白鴻隨著老媽子來到廂房一看，原來是兩明一暗，外間陳列著琴棋書畫，裡間羅帳高懸，收拾得十分幽雅。姑娘正在椅子上坐著吃茶，一瞧白鴻進來，連忙讓座，說道：「姑姑吃飽了沒有？」

白鴻說道：「姑娘千萬不要如此稱呼，若因為我馬齒徒長，最好稱我一聲姐姐，我們方好談話。」

玉芝說道：「你老何必過謙，白老劍客跟我的爺爺本是慕名的朋友，今日又一見如故，你老還跟我謙虛什麼呢？」

白鴻一聽，說道：「姑娘我們本來全是一體的朋友，你要這樣稱呼，這不是叫我難為情嗎？」玉芝說：「你老再如此說那是瞧我不起了，你老請坐吃茶吧。」

白鴻一瞧，姑娘的確非常實在。於是二人對面坐下，老媽子獻上茶來，二人這才對坐長談，說來說去，可就說到今天比武身上來了，姑娘說：「白姑姑，這位姓朱的，他同你老人家是素日就認識呢，還是新遇到一處的呢？」

白鴻一聽，知道她關心終身大事，這才把朱復的經歷同出身，仔細說了一遍。並說：「我們同這位朱壯士雖然是新認識的，但他一切的言談舉動十分正派，並非一般市井少年可比。

所以我父親對於他十分重視，人家自己雖然以晚輩自居，我父親跟我伯父，還有我二位叔叔，對他總以平輩看待。所以我每一談話，稱他為小叔叔，因為人家第一人格高尚，第二是明室嫡派子孫，第三又是大明劍客無上禪師的門人弟子，不由得不教人尊敬。今天比劍，你瞧他的劍法如何呢？」

姑娘說：「你老可是明知故問，你老沒看見我的耳環被人家削落了嗎？」白鴻說：「雖然削落耳環，我總以為是他一時的僥倖，真要姑娘對他十分留神，我瞧他也未必得了上風。」

姑娘一聽，連連搖頭，說道：「不然，我向來不會說瞎話，人家的劍術的確比我高，因為人家的劍招，我有許多叫不上名兒來的，你想還能不輸嗎？」

白鴻說：「照姑娘這麼說，這個人的武術十分高明，怪不得方才石老伯把姑娘許給他了。可是石老伯雖然願意，只不知姑娘你心下如何。現在又沒有旁人，你何妨對我說說，如若不樂意，我也可以給你想個主意。」

姑娘一聽，不由得臉上一紅，說道：「這個事怎麼你老問起我來，婚姻大事，自有我爺爺作主，姪女還能說什麼嗎？」

姑娘這一句話不要緊，旁邊老媽子可答了話了，說道：「喲，姑娘你這個話可不對，既然婚姻憑老爺子作主，當初你為什麼又要說出許多條件，什麼一切不嫁，要學紅線啦，又是學聶隱娘啦，那是什麼意思呢？」

姑娘一聽，似笑不笑地說道：「李媽，你這真是要找打，你再說。」老媽子一瞧，帶笑說道：「姑娘這可來不得，我可沒有那大的能耐同你比試。」白鴻笑道：「這又是怎麼一回事呢？」

老媽子將要說，姑娘連忙擋駕：「姑姑，你何必聽她胡說八道呢。」

白鴻一笑，說道：「說說這有何妨，又不是同著外人。」老媽子笑著將要說，姑娘紅著臉，似嗔非嗔地說道：「你敢說，我可要打你。」老媽子說，「今天姑娘不叫我說，明天二奶奶回來，也得給你說了，何必教白姑太太再悶一夜呢。」

白鴻說：「姑娘不要攔她，說說我聽，有什麼關係呢？」姑娘一聽駁不過白鴻的面子，紅著臉，一指老媽子說道：「全是你這個壞娘兒們，多嘴多舌，惹得白姑姑這麼刨根問底，你說吧，說了我也不怕。」

老媽子一聽，喲了一聲，說：「姑奶奶這可不能怨我，當初是你自己說的，我準保一句瞎話沒有。」於是李媽把姑娘當初怎麼拒婚，二奶奶怎樣相勸，後來自己才提出條件，仔細對白鴻講了一遍，末了說：「姑娘，我說瞎話了沒有，今天在店裡受了人家的氣，倒在我身上出氣來，大概姑娘準知道我打不過，有本事手提寶劍，跳到院中，再同人家去比。」

姑娘說：「你這個貧嘴，怎麼這些廢話呢。」老媽子說：

「呵，姑娘又掛不住了，不要緊，沒輸給外人，輸到自己人手裡，還算輸嗎？你沒聽見白姑太太說，老太爺把你許給人家了嗎，耳環子壞了，早晚他得給買新的，賠我們。」

姑娘說道：「我說教人家賠了嗎？」這一句話，把白鴻也惹笑了。

老媽子說：「姑太太你可是樂糊塗了，怎麼還用你說呢，等到過禮的時候，連簪子帶鐲子首飾，他全得給買，何止一對環子呢。」說完撲哧一笑，姑娘這時候也明白過來了，呸了一聲，說道：「滿嘴胡說。」老媽子笑道：「姑娘這時罵我，怎麼吃飯的時候，叫我去上房窗外聽著去呢？」

氣得姑娘站起來就要打。老媽子一轉身跑到外間說道：

「姑娘我再不說了，你別生氣，看叫白姑太太笑話，再叫上房聽了去，人家朱壯士心裡可就不高興了。」說著越笑個不住，只顧她們這裡說笑，不知不覺，天可就過了二更了。

這時候上房裡的眾人也說的十分投機，石烈一瞧天色不早，叫陳升把東廂房的燈點上，請諸人安眠。石烈看著諸人熄了燈燭，自己也回到房裡熄了燈燭。剛剛倒下，只聽後房簷上，微微有點衣襟帶風的聲音，緊跟著前簷上微微有點腳步響動。這一來大家全聽見了，可是全都沒有動，那石烈心中難過，悄對眾人說：「請諸位幫忙捉住此人。」這時候猛聽院中撲咚噹啷，石烈於是一伸腿，低聲道：「諸位隨我來！」只見他立起身來，一伸手拉開房門。緊跟著嗖嗖嗖八個人全都縱到院中。抬頭一瞧，一條黑影，越過房脊去了。這時候只聽說了一聲追，三個壯士上了正房。石烈一瞧，原來是江飛、朱復和房鎮，三個人去追那條黑影了。這個時候，東廂房內白氏兄弟同蔣洪全都出來了，西廂房白鴻同石玉芝二人也出來了，上房內四位寨主也一同來到院內。白敬過來把地下倒著的那個人提起來一看，原來昏過去了，左眼上插著一枝三寸長的梅花弩。白敬伸手把弩箭拔下來，鮮血淋淋，早已烏珠流出。石烈一瞧叫道：「陳升起來掌燈。」叫了一聲不見答應，以為他睡著了，於是一直來到二門門房叫陳升，仍然不見答應。

石烈不覺疑心，將要邁步前進，忽見南房之上飛下一件東西，一點寒星奔咽喉飛來，老頭子一歪身一抬右手，把暗器接住。緊跟著又是一點寒星，奔自己飛來，老頭子左手一揚噹的一聲，兩枚暗器，攢在一處落在地下。這裡噹啷一聲，院裡全聽見了，就見石玉芝姑娘手捧寶劍，縱出房門，一瞧石烈蹤跡不見，不由得一著急上了南房一瞧，爺爺石烈站在房上正向四面觀瞧。玉芝問道：「爺爺怎麼回事？」

石烈說：「回去再說吧。」於是回過身來將要下房，只見正北上三條黑影，如飛雲逐電直奔前來，一怔神的工夫，已經跳到院內，進入屋內。爺兒兩個一瞧知是自己人，於是跳下房來，石烈由地上拾起兩隻暗器，先奔了門房，向裡一看，叫道：「陳升。」

原來那個陳升已經蹤跡不見了，石烈說：「芝兒院裡去吧。」

這個時候院裡的人也出來了好幾位，白哲說道：「石兄怎麼回事？」

石烈說：「我們這個陳升也不翼而飛了，我們先往上房內點上燈再說吧。這總怨我姑息養奸。」

說著同大家進了二門，一瞧江、房二位也回來了，並且還提了一個人來。這時受傷的那個人也甦醒過來。於是大家回到上房，石烈點上燈燭，大家坐下，白敬白純已經把兩賊人繩捆索綁推將進來。石烈一瞧，認得是在店內同武元一同來的兩個小子，石烈將要問他的姓名，就聽袁興說先不用問了，推出去等一會兒再問吧。白氏弟兄一轉身把兩個小子推入東廂房之內，哥倆把燈點上，迎著門一坐，一聲不言語，把兩個小子就看起來了。這時候上房內石烈說道：「這是誰把他射傷了？」

玉芝姑娘說：「是我。」石烈說：「你怎麼射傷了他？」姑娘仔細一說，眾人方知。

原來武元他們五個人，一個叫金眼貓武元，一個叫飛山虎魏成，一個叫過牆蝴蝶崔信，一個叫千里尋花白均，一個叫小蜜蜂餘亮。這五個小子在河南臨汝縣同金頭蜈蚣張番，雙層蠍李祿，七個人稱為臨汝七怪，採花作案無所不為。因為聽人傳說甘谷縣博陵窪，有個女俠客以武招夫，五個人便一同前來，一比試，教姑娘震傷了兩個，崔信的腳腕受傷。好在他們帶著槍藥，於是教三個人都吃下去了。到了下午，沸沸揚揚聽店裡人說，人家店東選中了人了，白均、餘亮聽著有氣，暗道：「你選中了人也不要緊，怎麼我們這受傷的，你連理也不理呢。」於是兩個人一商議，僱好了長途車子，先把武元三個人送回臨汝養傷，自己二人打算在此處同石烈暗中作對。到了夜間，天交二更，兩個人收拾俐落，一直奔了石烈的住宅。白、餘二人一探聽，人家正在說閒話，廂房裡白鴻正同老媽子對姑娘說話，工夫不大，大家可就睡了。二人在後院一計議，由白均去用薰香，先把姑娘和白鴻燻倒，餘亮巡風，燻倒之後，兩個人一個人背著一個好回臨汝。他只顧這麼如意打算，也不想想，上房的那些人是做什麼的，往劍客眼裡去插棒槌成不成。

所以白均由角門上跳過來，一瞧全睡了，那餘亮由後坡上房，一上房就被人家聽見了，自己慢慢到了前簷，向下一看，不想自己的腳下重了一點，屋內更明白了。這個時候，白均的香也點著了，用唾沫浸溼了窗戶紙，把薰香盒子的嘴兒向屋中一伸，將要用口吹煙，只聽屋內啪的一聲，白均撲咚坐在地下，薰香盒子噹啷落在地下。餘亮知道白均受了傷了，自己正要來救，只見屋內嗖嗖嗖出來了好些人，自思如若不走，難免被獲遭擒，於是也不去救白均，轉身逃走。哪知後面追來了三個人，別人不說，那個萬里追風的腳程是何等的急快，於是不消多大的工夫，就追上了，被江二爺在背後一腳踹了個跟頭，房大爺過來把他捆上，扛了回來。再說白均怎麼受的傷呢，原來姑娘小時候有個玩物名叫梅花弩，可以打十餘步遠，是用堅竹削成的弩箭，三寸多長，那個竹筒子裡有綳簧，一下五枝，能一枝一枝地連續發出來。姑娘因為一回家，夜中提防陳升作怪，所以拿出來放在桌上硯盤之內，今天同白鴻談得十分痛快，這也是因為選得了可意的郎君，所以精神十分興奮。這就叫人逢喜事精神爽，自己倒在床上怎麼也睡不著，猛聽得窗外有一點腳步聲音，不由得一怔，於是掀起帳子向窗戶上一瞧，有一個黑影伏在窗外，自己暗道：「一定是陳升這個東西作怪。」於是輕輕地下了床頭，直奔窗前走來，用手一按桌子，可巧把個梅花弩的筒子按在手底下，於是把筒子拿起來一摸，裡面正下了五枝弩箭，再瞧窗戶上溼了一點，由那裡伸進了一個筆管粗的筒兒，你想姑娘由三四歲闖蕩江湖，這個玩意兒如何不知？凡使薰香的沒有好人，所以不等他吹進煙來，把弩匣對著紙上的黑影一按綳簧，只聽啪的一聲，外面撲咚噹啷。趕石烈一問，姑娘才說是她把白均射傷了的。

石烈說：「賊可是拿住了，怎麼辦呢？」江飛最恨採花賊，便說：「我瞧瞧去。因為這兩個小子不是好人，活著也是禍害，趁著夜半，叫他們把兩個小子提到村外，埋上就得了。你問他，他也沒有好話，送官更添麻煩，炎輝兄你瞧怎麼樣呢？」

石烈一聽，說道：「不錯，就這麼辦。」白哲對蔣洪說：

「你去告訴他兩個，把嘴給他塞住了，你三個就去村外埋人。」

江飛說：「計賢弟，你也去，好用你的蓮花鏟刨坑子。」計奎答應一聲，同蔣洪出來告訴白氏兄弟，前去埋人。

再說江上飛對石烈說道：「炎輝兄是怎麼回事，你跑到房上作什麼去了？」

石烈一聽，咳了一聲，說道：「這總是我運氣不佳，所以一夜出了三宗異事。」於是一回手在腰內掏出兩個暗器放在桌子上。大家一看，原來是兩顆鐵蓮子，這個鐵蓮子較別人的粗重，足有小鴨蛋大小。房大爺拿起來往燈下一看，上面刻著幾個小字，是鐵蓮子鎮東方洪，房鎮說道：「石兄，你幾時同鐵蓮子鎮東方洪結的仇恨？」

石烈說：「房兄怎麼知道呢？」房大爺說：「你瞧這不是他的鐵蓮子嗎？」

石烈一瞧，不由得呵了一聲，說道：「怪不得陳升暗藏一口寶劍，原來是洪曉東的門人弟子，這可怨我腦力不佳，不然絕走不了這個小孽障。」大家問這是怎麼回事，石烈於是不慌不忙說出一段緣由。

第十九章　懲惡婦石烈施威

原來這件事起在姑娘小飛仙紅蓮劍客石玉芝身上。在五年以前，石玉芝年方一十三歲，每日跟著爺爺石烈遨遊天下。這天走到山東曹州府洪家鎮，住在店內。石烈打算在此處打聽打聽本地的風土人情，一連住了四五天。這天午飯之後，老頭子自己坐在屋中休息，姑娘自己可就往街上玩耍去了，這時候玉芝還是男裝打扮。本來這個洪家鎮，是曹州府南面的一個大鎮甸，住戶約有三千餘戶，買賣鋪戶足有好幾百家，十分熱鬧。

姑娘正在街上東瞧西望，忽覺著肩頭上有人拍了一把，說道：「學生下了學啦。」

姑娘一回頭，原是一個二十多歲的少年。五尺來高的身材，上身穿著絳紫色的小袂襖兒，可是沒有扣著紐兒，下身穿著一件湖色的綢夾褲，沒有紮著腿帶子，腳下拖拉著一雙青緞子山東皂鞋。往頭上一看，歪戴著一頂青緞子六瓣瓜皮帽，一張青虛虛的臉兒，乍腦門子，尖下巴，短眉毛小圓眼睛鷹鼻子，薄片子嘴。手內託著一對鐵球，轉的咯嘞咯嘞的響。姑娘一瞧這小子的油滑樣兒，心裡心就有氣，於是說道：「幹什麼你拍我一把？」小子說：「嘿，我問你放學了沒有？」姑娘說：「放學不放學，與你有什麼關係？」

小子似笑不笑，把嘴一撇，說道：「我問問你，怎麼啦，兄弟，別這麼不理不睬呀。你放了學，我打算請你下小館，吃個便飯兒，幹什麼小臉兒急得這麼紅？」說著用手來摸姑娘臉兒。姑娘可真急了，右手一抬，啪的一掌，打在小子的手腕子上，說道：「滿嘴放屁！」

緊跟著右手一伸，嘣的一聲撞在小子的胸膛上，一來姑娘用的力量大一點，二來也是小子沒有提防，把小子撞得哼了一聲，一退兩退一屁股坐在地下，一對鐵球，咯嘞嘞地亂滾。小子這一來可火兒了，把大袂襖一扔，口中說道：「喝，小子手裡有活嗎，今天要不給你個厲害，大概你也不認得花豹子洪芳是誰。」說著，跳起身來，餓虎撲食直奔姑娘。姑娘一瞧，向旁邊一閃，用了個順手牽羊，腳尖一掛小子的腳面。這一來小子這個樂兒可大了，向前一趔，撲的一聲，整個來了個大爬虎，差一點把鼻子磕扁了，眼裡嘴裡全是土，惹得街上人哈哈大笑。

正在這個時候，由人縫裡鑽出四五個二十多歲的青年男子，兩個人先扶起洪芳，另三個人可就拳腳齊動，向姑娘打來。只見姑娘在這三個人當中一轉身，撲咚撲咚撲咚，三個人四仰八叉躺下了一對半兒。這一來大家又是一陣笑。只聽洪芳叫道：「你們給我打她，打死她由我承當。」

這一聲不要緊，只聽人群裡面一聲答應，又鑽出七八個人來，連同前五個人，一共十二三個人，向前一圍。只見姑娘如同蛺蝶穿花，往來這麼一走，這十多個人可受不了啦，這個起來，那個倒下。工夫不大，把這十幾個小子摔得缺鞋少帽子撕肩捋袖，沒了人樣子。姑娘一瞧，盡打這夥子混蛋，有什麼用處，拿魚先拿頭，把起事的那個小子治服了就完。於是她一個箭步到了洪芳面前，洪芳一瞧轉身要跑，被姑娘一伸手劈胸抓住。小子將要喊，被姑娘一個嘴巴，打得順口流血。

姑娘說：「你還敢欺負外鄉人不？」小子說：「得了爺爺，我認得妳了。」姑娘說：「你認得了，我怕你忘了，今天給你留個記號，以後好認。」說著一伸手，把小子的左耳朵揪住，哧的一聲撕將下來，疼得小子熱汗直流，哎呀雙手一抱腦袋，姑娘一撒手，小子嗤的鑽入人空子跑了。姑娘說你跑了，還有這些東西，全得給他們留個記號。這一句話嚇得他們嗷的一聲，全都沒有蹤影。這個時候，街上的人說道，小子平日欺壓鄉鄰，今天可撞上剋星了，以後瞧他還橫不橫。

再說玉芝姑娘，一瞧全都跑了，自己賭氣也不玩耍了，一直向店內走來。石烈說，你幹什麼去了，姑娘本是個小孩子，一肚子氣，聽得爺爺一問，哇的一聲可就哭了。老頭子一看，詫異道：「你怎麼了，哭什麼呢？」

姑娘才把遇見的事，對老頭子一說。老頭子一聽，只氣得虬鬚抖動，碧目圓睜，說道：「你可問過他的姓名？」

姑娘說：「他叫花豹子洪芳。」

老頭子說：「好吧，有名有姓就好辦了，你也沒受屈，哭什麼呢。等我問問夥計，得手把他收拾了，好給一方除害。」

一問夥計，夥計說：「不是方才在街上被小少爺撕掉了耳朵的那個小子嗎？依我說老爺子不用同他鬥氣，好鞋不踏臭狗屎。」

老頭子說：「怎麼回事呢？」夥計說：「你老要不問，我也不好說，因為小少爺這一頓把小子揍得不輕，連那夥子幫狗吃屎的，也揍了個亂七八糟，真得說是個報應。」

於是夥計一五一十地對老頭子說了一遍。老頭子一聽，說道：「那可不成，小孩有過罪在家長，他這個錯兒在洪旭身上，我如何不問呢。」

原來這座洪家鎮有一位成名的武術大家，姓洪名旭字曉東，江湖人稱鐵蓮子鎮東方，自幼練成一身好武術，因為家大業大，所以在江湖上立了名譽，自己就回家享福。這個人雖然為人正大，就是有一樣不好，耳軟心活好色如命，雖然在江湖上沒有作過採花的案子，可是一切朋友對於他無形中全都斷了來往，全是因為他在二十年前納了一位如夫人所致。這位如夫人娘家姓黃，本是一個走繩賣藝的武妓。那個時候，這位洪旭已四十多歲了，因為膝下無子，對於嗣續這一層十分的擔憂，趕到這個賣藝的一來，不知怎麼回事，這位洪旭把賣藝的姑娘看中了，於是託人說合花了三千銀子，把這個武妓買到手中。

這個黃氏自從進門以來，洪旭言聽計從，十分的寵愛，可說是寵以專房。這一來把位正夫人氣得憂鬱成疾，不上一年就故去了。這個洪旭因為得新忘舊，草草的把太太埋了之後，就把這位如夫人黃氏扶正了。第二年就養了一個兒子，這一來洪旭更樂了，於是作三朝慶滿月，取了個名字叫洪芳。洪旭因為老年得子十分疼愛，而且老夫少妻，由愛生畏，十分懼內。洪芳有母親庇護，從小嬌生慣養，慢慢的落入下流了。

自此洪芳越發膽大，到十六七歲上，更不是東西了，交了夥無知的弟子，每日花街柳巷的遊逛，他又有錢，無形中這夥子無知的青年作了他的走狗，時常在街上調戲鄰居的婦女，人家打又打不過他，因為他們人多，打官司又不如他家有錢，這一來小子越鬧膽子越大。有一次來了一個行路的外鄉人，夫婦兩個帶著一個十六七歲的大姑娘，住在洪家鎮，硬教小子把人家強姦了，晚上姑娘羞憤自盡。人家這夫婦到了曹州府擊鼓鳴冤，府尊少不了出票子傳人。這位夫人黃氏倒是有膽有識，教洪旭父子往旁邊一躲，她到了堂上硬說人家指屍訛詐，因為洪旭父子出外二三年沒有回家了，堂上只可批了個聽候調查。在這調查的期間洪家用錢一運動，府裡批的是查無實據，把這官司糊糊塗塗就算完了。這一對異鄉夫婦只得回轉家鄉，但沒走出一站地就叫強盜給殺了，大家雖然猜疑是洪旭這個太太做的，可是沒人敢說，官家也只是定為懸案。打這以來，洪芳更加橫行無忌，所以大家替小子起了個外號，叫做花豹子。

這天洪芳正帶著十幾個走狗，在街上閒逛，一眼瞧見玉芝姑娘，本來姑娘打扮成一個童子模樣。小子一瞧，問道：「這是誰家的孩子？」內中一個走狗說道：「這是外鄉來的一個老頭兒帶來的，在店中住了好幾天了。」洪芳說：「你們往後閃閃，等我把他誆到村外，我們取個樂兒。」

於是大家閃在兩旁，他過去一說話，叫姑娘打了一個跟頭。小子本來也會個三腳貓兒，所以起來又同人家動手，不想又來了一個跟頭，這才招呼那些走狗打人。結果這些走狗被人家打了個落花流水。他這才知道敵不住人家，打算要跑，不想被人家揪住了，哪知道這孩子真狠，伸手把耳朵撕下一個來，小子一路緊跑，回家去了。

夥計對老頭子一說，石烈才說：「衝著洪曉東非找他不可，問問他為什麼這樣縱子為惡，他這個鎮東方是怎樣稱的。」於是問明了住址，打算前去找他。

單說洪芳一路鮮血淋漓跑回家去，一進上房洪旭正同妻室黃氏在屋內閒談，一瞧洪芳滿臉鮮血，混身是一個土蛋，他母親一看不由喲了一聲說道：「這是怎麼了？」這時洪芳疼得連話也說不出來了。接著一夥走狗也狼狽不堪地跟將進來。黃氏跳下炕來給兒子一拭血，這才看明白少了一個耳朵，黃氏一問大家，大家一告訴，當時黃氏一伸手由牆上摘下一口刀來，說道：「你們知道他在哪個店裡，領我去找他，非同他拚命不可！」

洪旭說你先別鬧，等我問問他們，你先給芳兒上點藥止住疼痛，你再去報仇，不然你就是把仇報了，孩子也疼壞了。

黃氏一聽，倒也有理，於是叫老媽子打洗臉水，自己開箱子拿藥。這個時候，洪旭問：「你們誰知道這個小孩子的來歷？」內中一個走狗說：「我知道，這個孩子是同一個老頭兒一同來，住在我們這裡店房之內。」

洪旭說：「這個老頭兒多大年歲，住了幾天了？」這個人說：「住了好幾天了。這個老頭子乍一看活像判官，六十多歲的年紀，赤紅臉，綠眼珠，捲鬍子，要是晚上瞧見，非說他是判官顯聖不可。」

黃氏說：「我們去找他去。」

洪旭說：「你先不要忙，聽我告訴你，我聽他們說的這個樣子，只怕你不去找了，他還來找你。不想我闖蕩一世，被你母子給我喪盡了英名，準要叫人家找了來問我為什麼縱子為惡，你叫我如何答對呢？」

黃氏一聽，不由得蛾眉倒豎，杏眼圓睜，用手一指說道：

「洪旭，像你這種軟弱無能的東西，我跟著你真是委屈到了萬分，自己的孩子被人家扯去了耳朵，不思報仇雪恨，反來埋怨別人。你想想他們家也是孩子，我們家也是孩子，孩子同孩子玩笑何至下此毒手，再說打狗還得看主人，何況是人呢？他來到洪家鎮也不打聽打聽，就欺壓到我們頭上，你怕事我不怕事！我若不把這個小畜生碎屍萬段，我把黃字倒過來，我真不知道你這個鎮東方，當初怎麼得的。」

洪旭說：「你聽我說，不是我怕事，因為芳兒得罪的這個人，我總疑惑是甘谷縣的太平劍客石鎮南。真要是他，此人疾惡如仇，劍術精奇，自幼受過異人的傳授，我們如何惹得起。

你想你們娘兒倆平日所作所為，躲他還怕躲不開呢，怎麼還去找他，所以我說你不找他，他也要來找你。現在你先不必去找他，我先派人去打聽打聽，此人姓什麼，叫什麼，然後再定辦法。因為此事我們沒有理。如果真要我們有理，別看惹不起他，憑他成名的劍客，他也不能說出兩個理來，不怕我同他拼了性命。江湖上一定有一種公論，現在你想想怨人家還是怨自己呢？」

洪旭這一番話把個黃氏弄得怔了半天，說道：「照你這麼說，我兒子就白叫人家欺侮了不成，這個耳朵也算白傷了？我不管他俠客劍客，反正我得前去找他替孩子出氣，不然洪家鎮我們就不用再住了，我們孩子不能隨便叫人欺侮！」

夫妻正在吵嘴，只見看門的家人進來說道：「回稟員外，外面有甘肅省甘谷縣博陵窪的太平劍客石炎輝帶著一個童子前來拜訪。」

那洪旭一聽，對黃氏說道：「你瞧怎麼樣，我說你不去找他，他也前來找你不是。」

黃氏一聽說道：「兵來將擋，水來土屯，他來了正好，我正要找他。」回頭對家人說：「你出去告訴他，就說請他客廳想見。」家人答應，轉身出來，黃氏說：「你先出去同他談話，我收拾收拾再出來同他動手。」說著一抬腿上了板凳，由皮箱裡面拿出一口短劍，由鞘子裡面向外一抽，嗆的一聲，就見寒光閃閃冷氣侵人，洪旭說：「你由哪裡得來的這口劍？」

黃氏說：「一進門就帶來了，始終沒叫你看見。實告訴你，這是當初我闖蕩江湖，在湖北作過一水買賣，在一個大財主家得來的，這口劍，能削金斷玉迎風斷草，殺人不帶血，聽人講，此劍名叫魚腸劍，當初戰國時候，專諸用這口劍刺過王僚。因石烈人稱劍客，一定有寶刃護身，所以我今天拿出來要鬥鬥這個太平劍客。」

洪旭一聽，不由得倒吸了一口冷氣，暗道：「她原來是個女賊，深悔當初自己不該娶她進家，把自己堂堂的一個俠客，鬧得聲名狼藉，今天叫人家找上門來，我對人家可說什麼呢？」

正在思想，只聽黃氏說：「你先出去應酬他，我換好了衣服，就去見他。」

洪旭無奈只得答應，慢慢走出上房，直奔客廳。迎面遇見家人說道：「老員外，把客人請進來了。」洪旭說道：「很好，你泡茶去吧。」

家人轉過出去。洪旭慢慢來到客廳，一掀簾子，只見裡面坐著一個鬢髮蒼蒼的老者，兩道長眉，一雙碧目，頦下一部虬髯。身旁立著一個十二三歲的童子，十分俊美。

洪旭說：「來的莫非是石劍客，請恕我洪旭迎接來遲，我這裡請罪了。」那老者說道：「閣下可是洪俠客，石某來得魯莽，也要請罪。」

說著二位坐下，石烈說道：「石某來到貴處人地生疏，本應登門拜訪，不想教閒事占住身體，所以直到現在方才偷閒前來拜望。並且還有一點小事，要請示明白。」

洪旭一聽，連忙說道：「不知老劍客有何見教，洪某洗耳恭聽。」

石烈說：「在貴處有一個大名鼎鼎不肖之徒，人稱花豹子的名叫洪芳，聽說這小子無惡不作，品行卑污，不知道你認識他不認識他。」

洪旭臉一紅，連忙說道：「你老問這個人，正是不才的犬子，不知有何得罪之處，待不才嚴加管束就是了。」

石烈一聽，哈哈大笑，說道，「這就好說了，既然是令郎，他素日的行為，你當然知道，為什麼不嚴加管束，直到老朽問到跟前，閣下才說嚴加管束，既然你這麼說，當然他現時正在家中，我倒要看看你這個遠近馳名的鎮東方，怎樣管教兒子。」

於是，石烈就把剛才街上發生的事說了一遍。

敘完事情，石烈又說道：「這個事只怕閣下早就知道了，因為他少了一隻耳朵，你還能不聞不問嗎？你既說嚴加管束，我非瞧瞧你怎樣的管法不可。你如果只是個無聲無息的土豪惡霸，那還好說，因為你是一個大名鼎鼎的俠客，所以按春秋責賢的意思，我今天非問你個明白不可。」

說到這裡，老頭子緊皺雙眉，微翻碧目，右手扶著桌子，左手託著一部虬髯，怒氣沖沖看著洪旭。這時真要是俯首認罪，把老頭子應付走了不就完事了嗎，可是他這位催死的太太恰巧趕來。

那黃氏走到窗外，一聽洪旭被人家問得啞口無言，不由得怒從心起，一聲叫道：「好一個石烈，把我們孩子傷了耳朵，還找上門來不依不饒，不知道你們這作劍客的，還講理不講理。我告訴你，識趣趁早抱著腦袋滾出洪家鎮去，把那個小畜生給我留下，聽我處治，不然我可不管你是劍客俠客，留下腦袋再走！」

石烈在屋內一聽，對洪旭問道：「洪曉東，這是閣下什麼人？」

洪旭正要說話，外邊又說了：「老匹夫，你不用問了，老娘是洪旭的妻室，你敢怎樣？」

石烈這時候一聽外邊罵上了，不由得一拍桌案，連聲冷笑，說道：「洪曉東，原來是這樣的一個俠客，大概你是被冤鬼迷住了，既然你的家庭這樣不安，待老夫替你淨宅，退一退這些冤鬼，也不枉外人稱我小鍾馗。」一回頭說道：「芝兒，我們外邊瞧瞧是什麼東西作祟，硬把個成名的俠客纏得頭昏腦悶。」

石烈說畢，站起身向外就走，洪旭這時候要攔又不能攔，你說不攔明擺著雙方見面，一定沒有良好的結果，只得跟在後面。

這時石烈已經走出客廳，向院中一看，在院內站著一個婦人，頭上用青絹帕攏住烏雲，穿著一身藍綢子夾褲襖，白汗巾繫腰，腳下著一雙鐵夾牛皮軟底鞋，懷抱一口短劍。別瞧半老徐娘，風韻猶存。只見她柳眉緊皺，杏眼圓睜，用手一指說道：「石烈還我兒子耳朵便罷，不然今天不是你死就是我活。」

石烈一瞧，哈哈大笑，說道：「原來是一個狐狸精，今天我若連一個狐狸精也制不了，我這個鍾馗可就不用稱了。」

於是向前邁步，黃氏一心怒火，也不管三七二十一，向前一進步手捧短劍，當心就扎。她總以為自幼練了一身功夫，江湖上那些俠客劍客，大概也不過同自己一樣，不過你稱我作俠客，我稱你作劍客，互相這麼溢美，就成了名了。今天一瞧石烈空著手，自己又是一口寶劍，掃上一點他就沒了性命，所以她也不管洪旭的體面，迎面向石烈就是一劍。只見老頭子一偏身子，一進右步，啪嚓就是一掌，這一掌正打在黃氏的手腕子上，寶劍落地。當時黃氏哎喲一聲，如同被刀砍了一樣，疼得直摔腕子。這個時候黃氏可就撒了潑，說道：「老匹夫，你快快地殺了我，不然老孃可和你沒完。」

老頭子一聲不語，一進步用左手的中指，在黃氏的膻中穴微微一按，黃氏一聲鬼嚎，坐在地下，上氣不接下氣，盡剩了哎呀了。原來老頭子用的是斷命的功夫，只要點在人身上三十六天準死，因為這一指頭，把這個穴的道路按斷了，到三十六路氣血走完之後，這個內部可就生了變化，人是必死無疑。當時受傷，不過奇痛入骨，等到十七八天開始可就覺得受不了了。院內的老媽子一瞧黃氏坐在地下哎呀，連忙過來扶起黃氏，往院內去了。

這個時候，洪旭可實在掛不住了，於是走到院中拾起寶劍，向石烈說道：「老劍客，自從你來到我洪某的宅院，對於我怎麼搶白，我可沒有一句話得罪你，因為你理正詞嚴，我只可俯首認罪。你瞧你偌大年紀，也不該同一個婦道人家一般見識。現在既然如此，不才我可得領教領教你老的劍術，不然憑我洪旭連個妻室也護不住，我這還成一個什麼人呢？沒旁的，老劍客你亮劍就是了。」

老頭子一聽，知道他心疼妻室，羞愧難當，於是說道：

「好吧，你既然不顧名譽和江湖的道義，縱容妻子任意非為，少不了我一同成全你，你就進招吧。」

洪旭一聽，說了一聲「接劍」，於是一進步向下便劈。石烈一上左步，用右臂一穿洪旭的右手，洪旭向外一開，左步雙手抱劍向石烈右脅便扎。石烈一撤右步，伸開左手向前一探，要叼洪旭的寶劍護手。洪旭腕子一翻，一進左步寶劍向石烈左腕上就抹，石烈一開右步，右手一託洪旭的左肘，跟著左足向前一伸，撲的一聲正踹在洪旭左胯之上。洪旭一偏身，石烈這一腳來踹實落，洪旭的寶劍一落，向石烈的左足削來，石烈腳一落地，洪旭的寶劍跟著向裡一推，奔了石烈的脖子。石烈暗想：小子真下毒手，這可不怨我，是你自己找的。於是右手一推洪旭的手腕子，洪旭的手向下一垂，打算用劍去挑石烈的腹部，哪知石烈用右手跟著向前一揮，中指正點在洪旭的膻中穴上，道：「去你的吧，這種無廉無恥的俠客活著都給江湖人丟臉。」

這個時候洪旭覺著胸前如同利錐紮了一下似的，口內一甜，頭上一暈，一口鮮血噴將出來。石烈一回頭說道：「芝兒我們回家，候著他報仇雪恨就是了。」

說著帶領姑娘轉身走了。

再說洪旭一口血噴出來就要栽倒，兩個家人急忙過來，雙雙架住，扶著他到了內宅。一進上房，只見黃氏哭得涕淚橫流，一瞧洪旭被家人架進來，連忙說道：「這口氣無法消除，非同老小子拚命不可。你怎麼了，莫非也受了傷嗎？」

洪旭坐在床上，待了半天緩過氣來，說道：「若不是你母子，我何至受這重傷！」於是解開衣襟對黃氏說：「你來看。」

黃氏一瞧，喲了一聲，說道：「胸膛上紅了棗兒大的一個指頭印兒，你覺著怎麼樣？」洪旭說：「不要緊，雖然動了內部，可是很輕，你把藥拿出來，我吃了就好了。」

黃氏於是把藥匣子開啟，洪旭吃下去，工夫不大心中方才止了疼痛，對黃氏說道：「你傷了哪裡？」黃氏說：「也是胸膛上，方才還疼，現在好了。」洪旭說：「我瞧瞧。」

黃氏解開衣襟，洪旭一看，在膻中穴上黑了指頭大的一塊。洪旭明白，自己雖然不要緊，黃氏這個傷可是中了斷穴的功夫，三十六天準死無疑。雖然說黃氏不賢，總是二十多年的夫妻，眼看著就要傷發身死，再瞧黃氏依然不知不覺，不由得一陣心酸，哇的一聲，又是一口鮮血，連方才服的藥全吐出來了。這口血可比方才那口血厲害，方才的血那是被氣激破了血管子，吐出來倒好，現在這是發於七情，所以老頭子向後一倒昏過去了。黃氏一瞧，連忙同老媽子把洪旭扶住，那洪旭微睜二目，一連又吐了兩口鮮血，待了好大的工夫，這才甦醒過來。他用手指點著黃氏，哀聲嘆氣，老淚滂沱。你想他本是六十多歲的人了，平日本就傷於酒色，如何禁得住再大口吐血，不由得可就病倒臥榻之上。

太平劍客講到這裡，拿出那顆鐵蓮子說：「陳升十有八九是洪旭的門徒，不然這上面不會有『鎮東方』的標記。」

石烈這話算猜對了。

洪旭本有一個徒弟是山西潞州人氏，姓陳名凱字中和，自幼父母雙亡，在七歲上隨他叔父來到山東經商，不幸他叔父死在招商旅邸，一切所有的川資，盡被店中開店的騙詐而去，只落得沿街乞討。到了冬天忽然天降大雪，陳凱因為身上無衣，肚裡無食，又沒有地方去避風雪，走到洪旭的門首，一個跟頭跌在雪地裡爬不起來，工夫一大周身可就僵了。這時正趕上洪旭將出大門，一瞧小花子跌在雪地裡，如若不救豈不凍死？於是叫家人把他扶起來，一看已經面白唇青，不過微有呼吸，於是抱到門房裡面，待了好大的工夫才溫暖過來。洪旭一問他，他才對洪旭哭訴了一番，洪旭看他十分可憐，於是就把他留下，叫他伴著洪芳玩耍。洪旭本來時常活動身體練習功夫，孩子只要瞧見，一定目不轉睛，在一旁觀看。起初洪旭不理會，後來忽見那個陳凱一個人正在練習拳腳，雖然是東一拳西一腳，可是大致還算不錯，一切的式子和動作，只吃虧沒人指點。老頭子不由得高興，一抬腿走進屋中，說道：「陳凱你這是跟誰學的？」

陳凱一聽，連忙站住說道：「老員外來了，小子我是跟你老學的，因為我喜愛武術，沒人教給我，我這是瞧見你老練，我看會了的。」

老頭子一聽，說：「你練得對嗎？」孩子說：「我不知道，反正你老怎麼練，我就怎麼學。」

老頭子一聽，暗道：「這虧了讓我瞧見，不然以後在外面遇上事，他一定說跟我學的，這個武術如何見得外人。」自己正要告訴陳凱不許再練，復又一想，自己一身武術未有傳人，看洪芳那個樣子還能練武嗎，但是這個孩子體格雄厚，他又性好練武，我何不收他作個徒弟，將來把我這一身武術傳授於他，真要在江湖上立下名譽，我也不枉救他一場。想到這裡說道：「陳凱，你既然好武，我教給你就是了，可是你現在練的這個根本不行，從此不許再練。我教你練什麼，你就練什麼，不教的不許練，聽明白了沒有？」

陳凱一聽，連忙說道：「既然你老看著小子不錯，打算教給我能為，小子我是求之不得，如若不給你老磕頭拜師，豈不叫別人笑話，今天小子我就給你老磕頭算是拜師。」

老頭子一聽，甚是歡喜。於是把陳凱帶到祖師牌位前邊，向上磕頭，然後方給自己磕頭，這算拜師。磕頭已畢，老頭子把他帶到前邊，給黃氏磕頭，拜見師娘，黃氏也甚喜歡。從此陳凱除了練武之外，就是哄著師弟洪芳各處玩耍。

轉眼過了六七年，陳凱越瞧洪芳的行為，越不對心思，時常說他，可是每逢說洪芳一次，必被黃氏辱罵一場。後來一看知道這個洪芳將來一定得流入匪途，老師又懾於閫威，不敢管他，自己這才暗暗嘆息，可惜恩師，人稱鐵蓮子鎮東方，硬叫妻子把名譽給糟蹋了，真是大丈夫最怕妻不賢，子不肖。

轉眼過了十五年，陳凱年已二十二歲，洪旭的全身本領，可說完全學到手中。因為藝業學成，再說也二十多歲了，這天對老師一說，打算把叔父的靈柩送回潞安，一來看一看嬸母及兄弟，二來也祭掃墳墓。老頭子一聽甚是歡喜，說道：「這本是孝悌的行為，為師豈能攔你。」

於是取出了五百兩銀子，打好了棺槨，僱好了車輛，由地內把靈柩起出來，上了靈車，陳凱少不了報喪前行，直奔山西大路走下去了。

第二十章　小專諸爲師報仇

這一日陳凱到了潞安州，一腳踏進家門，但聞陣陣哭聲。

原來人丁興旺的一家人一隻剩下叔父跟前的一個兄弟，嬸母於前年也死了。兄弟名叫陳榮，新娶了妻室，兄弟想見抱頭大哭。第二日，由陳凱出頭，請了陳氏的族長，商議發喪出殯，總算是風風光光地把叔叔送進祖塋，同自己的嬸母合葬。諸事完畢，這才囑咐兄弟好好度日，自己還得回山東。陳榮於是安排酒飯給哥哥送行。陳凱一路輕車熟道，很快就到了曹州府洪家鎮。一到洪旭家門口，正趕上洪芳用白布纏著頭，呆呆立著，腳下的鞋蒙著白布，陳凱不由得吃了一驚，問道：「師弟，你給誰穿的孝，怎麼頭上用布包著？」

小子一看陳凱，說道：「師兄你可來了，我父親這兩天直念叨你，我這個頭和人家比武傷著了，我是給我母親穿的孝，你快進去瞧去吧。」

陳凱聽了，連忙跑到上房一看，兩個丫鬟扶著洪旭，一個老媽子端著藥碗，正服侍洪旭吃藥，洪旭一瞧陳凱進來，心中一喜，說道：「凱兒回來了，把藥端下去，我先不吃了。」

陳凱一瞧老師病得骨瘦如柴，忙問：「師父怎麼病成這個樣子，師娘幾時故去的，弟子走的時候不是沒病嗎？」

洪旭一聽不由得咳了一聲，一張口又吐出一口鮮血，向陳凱說道：「你來了我就放了心了，聽我告訴你，自從你走了三四天就出了這麼一件事。」

洪旭把前因後果說了一遍，然後吩咐道：「我因為受了內傷，又操勞一切，所以這個病，一天比一天沉重，可說是醫藥無效，我已病入膏肓，神醫束手，所以每日盼你回來。我死了以後，你千萬不要同人家太平劍客為仇。你須知道此次的禍變，實是禍由自取，你師娘同你師弟素日的行為你是知道的，所以她被人家斷穴身亡，可說是毫不足惜，就是我也因為糊塗不明，才受了重傷。我這個病也是因為自己追悔莫及，才落到這個樣子。你現在藝已學成，所差的就是功夫一步，你若在江湖行道，可要拿我作個前車之鑑，遇事不要姑息，犯了我這個毛病。」

洪旭說到這裡，又咳嗽起來，丫鬟在後扶著，老頭子又吐了不少鮮血。這個時候陳凱已經泣不成聲了，老頭子一看雙睛一瞪，說道：「凱兒，這豈是你哭的時候，趁我有一口氣在，我要把話囑咐完了。你若這個樣子，我還怎麼說呢？」

陳凱嚇得連忙拭淚，又聽老頭子說道：「論道義的規矩，我早已同你說過，不許錯了步法，好在你的品行十分純正，我可以不惦記。」

洪旭一回頭，叫丫鬟把床裡那個包袱拿過來。包袱取來之後，老頭子吩咐陳凱開啟。

陳凱連忙開啟一看，裡面是一個鐵蓮子袋，內中三顆鐵蓮子，還有一柄一尺多長的短劍。老頭子說：「你先把這個東西收起來，聽我告訴你。」

陳凱將包袱放在一旁，老頭子說：「那三顆鐵蓮子，是我一生成名的東西，我傳給你是我師徒分手的紀念，上面有我的姓氏。那口劍是你師孃的東西，聽她說是從原先一個大家得來，可見她是一個女盜，並不是一個純正的好人。不想我被她矇混了半世。她現在已經死了，不必提了。這口劍倒是一口寶劍，名叫魚腸，是戰國時歐冶子所造，能切金斷玉，水斬蛟龍，陸誅犀象，你可要密而藏之。因為你下盤的功夫練成，這口兵刃正用得著，所以我把它傳給你。你可要知道，寶刃原是凶器，兵刃要是稱之為寶，一定是凶中之凶，所以非正人君子不能用它。這叫做有德者居之，德薄者失之。若是人品不正，鬧出禍來，輕者帶傷，重則廢命。你師娘依仗此劍，與石劍客對陣，身損人亡，這豈不是一個前車之鑑嗎？你要好好記著。至於你的師弟行為乖戾，他的終身，可就看他的福氣了，你大可不必管他。還有一件事，我死之後，你千萬記著，不要同黃氏合葬，必須把我同原先的妻室葬入祖塋，因為黃氏這個人我十分痛恨。」洪旭說到這裡，力盡聲嘶，一連又吐了好幾口血，向後一仰，咳了一聲，說道：「可惜我一世英名，喪在婦人孺子之手，實可悲也。」

最後又冒出沒頭沒尾的一句：「西有師伯……」

陳凱一看，老頭子向後一仰，連忙過來扶住，再瞧老頭子已經兩目上翻，汗出如油，可惜一位成名的鎮東方，只因為一個好色的毛病，直落得身敗名裂，幸而得以壽終正寢。

陳凱見老頭一死，抱住屍體放聲大哭，叫道：「恩師啊，想當年，不是你老人家，我陳凱焉有今日，不想師徒方才見面，你老就撒手去了，可恨我陳凱命犯孤獨，只有這麼一位恩師，還早日故去，從今以後再無人教我成人了。」

他這場哭，真可說天愁地慘，淚溼衣襟，斑斑點點盡成了鮮血。老媽子過來說道：「大少爺別哭了，趕緊打發人去找少爺，好給老員外穿壽衣，再說一切的事還得你辦，你若哭壞了身子，可怎麼好呢。」

陳凱一聽，這才止住悲聲，於是把家人叫進來，叫他去找少爺，一面派人去安排喪禮用的棚孝等物，好在壽衣壽木早就備妥。待了好大的工夫，家人才把洪芳找了來，洪芳一看父親死了，他立在旁邊向陳凱問道：「師兄，我父親怎麼死的？」

陳凱說：「師弟，你怎麼糊塗，我師父病到這個樣子，怎麼還不知道？」洪芳說：「我方才出去好好的，怎麼就死了？」

陳凱說：「死了我有什麼法子，再說我也不願意他老死呀。」洪芳一聽，說道：「你一進門，我父親就死了，我瞧著有點可疑。」陳凱說道：「你說可疑，莫非老師還是我害死的嗎？」

洪芳說：「我又沒在跟前，我知道是怎麼回事？」

陳凱一聽，氣吁吁地責備說：「師弟你少要胡說，我告訴你，老師去世了，你要一心向上，方才對得起故去的老師。你若再滿口胡說，不改舊日的行為，我可要以師兄的資格管教你，實在管不了你，沒旁的，我要替我老師清理門戶。你須知道，若不因你胡作非為，老師絕不至受傷身死。」

陳凱說到這裡，二目一瞪，真不亞於兩盞明燈。洪芳本來就懼怕陳凱，今天不過受了小人的愚弄，打算把陳凱擠兌走了。不想陳凱不聽那一套，一席話嚇得洪芳不敢言語，轉身向外就走。陳凱一伸手把洪芳拉住，說道：「哪裡去，趁早給我坐下好好替老師穿衣裳，等一刻壽木抬過來好盛殮，你若不聽，今天當著老師的屍身，我可要打你。」

洪芳一聽，不敢言語，只可瞧看大家裝殮。一連待了好幾天，才把老頭子送到祖塋安葬。喪事一了，陳凱靜坐自思：好好的一家人，鬧得家破人亡，推想這個禍首，實在始於黃氏身上。可是黃氏是個婦道人家，本來見識卑鄙，再說也傷重身死，總算惡有惡報。第二個禍首，就是洪芳。可是老頭子只這一個兒子，再說又被人家撕去了耳朵，也算是受了相當的處罰。再說就是太平劍客石烈，偌大年紀還這等心狠手黑，我若不替恩師報仇雪恨，如何對得起恩師？

陳凱狠狠教訓了洪芳及其同夥一頓，責令他們在家安分守己，這才由洪家鎮起身，奔甘肅去了。

陳凱按照師傅的教誨，日夜不忘苦練技擊之術。那神出鬼沒的鐵蓮子，已達百步穿楊的功力。魚腸劍舞在他手中，不僅削鐵如泥，而且漸趨光影蔽人的造化。踢石如飛的「蹲地虎」奇技，也日臻完善。陳凱一路訪高人，拜絕師，除惡揚善，行俠仗義，在江湖上贏得了「小專諸」的盛名。

兩過陰山，三渡黃河，沿著絲綢之路不捨西行，終於到達了博陵窪。陳凱隱姓埋名，在石家店住了月餘，卻總不見石烈的影子。他四處打聽，但誰也說不清石家店店主的歸期。雲遊的高人，來無影，去無蹤，很難尋覓他們的行跡。

大概沒有個三年五載，太平劍客回不了故里。他按洪旭生前指點，打聽到西寧地界，隱居著數位武林高手。陳凱辭店，放步西遊，準備每隔三秋，再來找石烈，為師傅報仇。

一天日落時分，陳凱走到了個山黑水黑遍地烏臼林的去處，喚作烏龍鎮。雖然天地皆黑，但鎮上的人卻是白帽白衣白鞋，膚色亦很白嫩，且大半都為雌頭。陳凱東轉西轉，就是找不到一家漢子當掌櫃的旅店，只好住進一家老婆婆開的客棧。

這客棧裡裡外外均無男子，連廚房的火頭軍師也是個娘們。

晝間登山涉水，頗覺勞頓。酉時晚餐，陳凱只要了一菜一湯，準備餐後即眠，翌日寅曉，便登程趕路。誰知掌櫃婆婆我行我素，卻喚店女送上滿桌酒菜，還點了兩位豔姬，同桌伴餐。另有一雙媚眼，從暗處目不轉睛地向這邊張望。陳凱面紅耳赤，十分不快，敷敷衍衍地嚼三飲四，匆匆離席。回到臥堂，陳凱即命女傭打水，迅速盥洗，滅燈而寢。

睡到四更，地板忽然裂開，四名少女跳將上來。每人手中都拎著一盞燈籠，握著一把青鸞劍。四女穿著一樣的服式，只是赤、橙、皂、白，色澤各異。「蠅蠅女賊，還不退去！難道要做刃下之鬼？」陳凱翻身，立在床頭，以為區區女流，怒斥幾聲，即可下退。

哪知四位劍女，卻露齒嬉笑，步步進逼。為首的赤女浪聲說道：「恭喜你啦，陳郎！我們寨主最近喪夫，千挑百選，都找不到一位如意郎君。不知怎的，昨晚酒飯之間，一下子把你窺中了！此刻我們四位，奉命護陳郎進寨，請！」

「敢問寨主尊姓大名，出自何人門下？」陳凱那張端正的甲字臉，怒顏減退，變得陰沉起來。

「大名鼎鼎的祁連英姑，誰不知曉？」赤女劍客腰一扭，劍一揚，為其主大肆鼓譟，「移寨主拜祁老母為師，一把雪裡來錐劍天下無敵，一路雪中松葉拳無人可擋，一袖雪內冰晶霰無往不勝！」

「哦，原來是移鳳英，雪梅奇女！」陳凱冷冷笑道：「既然出自高門，為何落草為寇？」

「不許胡說！」赤女左臂一抬，指著陳凱嗔道：「移家寨乃千年古鎮，老寨主移員外故去後，崆峒英娘接任主持，哪來什麼落草為寇？」

「移家寨縱然不是占山為王之寨，為何幹四更劫客的勾當？這與寇盜之為，有何不同？」陳凱正言道。

「我們是來請君，你何以誣為劫客？」赤女反問道。

「既然是請君，麻煩四位女客回去稟告移寨主，她若不親自來此，陳某絕不進寨！」話音剛落，就聽唰的一聲，北窗洞開，一縷耀眼的白光閃將進來，定在西牆邊的八仙桌上。

「我來了！」陳凱定睛一看，那白光原來是一位俊俏夫人。

她白衣、白袍、白褲、白鞋，漆黑的濃髮上，掛滿了碧綠的翡翠頭飾，白色的背袋裡，插著一把銀柄武器，那大概就是雪裡來錐劍了。「果然像一株雪山青紅！」陳凱感嘆道。

「陳郎，還不隨我進寨麼？」移鳳英毫不羞澀，向陳凱飛去極溫情的一笑。

「我要是不願去呢？」陳凱依舊陰冷冷地說。

「那就劍下招婿！」移鳳英仍然笑吟吟，但帶著一股咄咄逼人的氣勢。她一拉領結，白袍徐徐飄落，那柄雪裡來錐劍如簧似的從背脊彈入手中。這劍三面的刃，寒光照人，由粗而細，很像一把三角刮刀。據說它由一隔代高人，隱居祁連山中，冶煉二十年方成。它戳石如肉，斬鋼似竹，極具鋒利。

「只好奉陪！」陳凱雖然幾乎在同時，抽出了那把傳世魚腸劍，拱手胸前，示意接招，但心中卻有些後悔。一是自己生性傲慢，惹得這位移鳳英彈劍動武。她的武藝如何，心中並無底蘊，萬一……該如何是好？二是自己並未練成絕世真功，又沒有建立家室，這位移鳳英面若桃花，音賽懸鈴，且主動求配，那何必……

「陳郎，看劍！」話到人到，移鳳英似一條白蛇，倏然向上飛騰，來了個倒掛橫梁，她舉劍一掃，把陳凱睡的木床，掃了個東倒西歪。

陳凱聽到風聲，知道移鳳英已飛上前來，便往地下一竄，施展出「蹲地虎」的絕技，將東牆腳一塊約有百斤的盆景石向上猛踢，直奔移鳳英而去，只聽嘭的一聲，橫梁震顫不已，附近屋頂上的椽子斷了三根。但這時移鳳英早已躍下屋梁，舉劍向陳凱便刺。

四位少女全都跳過北窗，立於屋外觀看。

陳凱將身子一移，躲過雪裡來錐劍，同時右腳一翻，向移鳳英左腰急踹。平時練功，這一踹曾折斷過碗口粗的樹幹。此時若真的踹在移鳳英腰上，非斷脊斃命不可。

好個移鳳英，竟然順勢一個側翻，整個身子掀到陳凱右腿之上，只將雪裡來錐劍輕輕一挑，竟將陳凱右腳的便靴挑出一丈多遠，那靴子如一隻中箭的雁，衝出北窗，直飛進赤裙少女懷中，引得四位姑娘捧腹大笑。她們一面喔杏，一面繼續觀戰。

在半空中挑靴之後，移鳳英已落到陳凱的右股旁。她一伸手，準備抓住陳凱的衣領，來個貓爪探宮，擒拿對手。這正是雪中松針拳的一式。

陳凱丟了靴子，急得心如火燒，暗地咒怪移鳳英不給面子。他男兒氣一發，忽地向北窗貼地一縱，同時探手入胸，只輕輕一晃，一隻鐵蓮子朝移鳳英右後肩流星奔去。

移鳳英並不轉身，將舉過天門的右手腕一抖，那把雪裡來錐劍繞手心旋轉了一百八十度，恰到好處地垂下肩胛，咣噹一聲，把疾飛過來的鐵蓮子碰到地下。

陳凱見一蓮未中，剛要射出第二隻鐵蓮子，卻見無數顆閃光的霰粒朝自己射來。這就是雪內冰晶霰。它又分為兩種。一種有毒，擊中者片刻之內，見血身亡。一種無毒，像無數只蜇人的馬蜂，能將對手擊昏過去。移鳳英既然相中了陳凱，當然不會施放有毒的冰晶霰，只不過要將他擊倒在地，束手就擒而已。

按陳凱的蹬地功夫，要在瞬間跳出雪內冰晶霰的包圍圈，是不難達到的。但命運之神，偏偏捉弄了他。左腳剛要蹬地，沒想到剛好踩到一堆四位少女吐出的杏子皮上，只趔趄了一下，便滑倒在地。冷颼颼的雪內冰晶霰，落滿全身，接著是一陣鑽心的疼痛。鐵打的漢子，居然被綠豆大的冰晶霰擊倒，他昏了過去。

「師傅，您的武功實在高明！」身插青鸞劍的四位少女，跳回屋內，一面誇獎移鳳英，一面將陳凱抬上早就備好的車內。

「天助我也！」移鳳英喜滋滋地翻身上馬，隨著車子，向移家寨信步而去。

陳凱醒來，已是次日申時。「姑爺睜眼，姑爺還陽了！」日夜守在身邊的赤裙少女大聲喊道，同時喚過伺候在兩側的下女，將陳凱扶了起來。

經過薰沐換衣，吃罷蟹黃妃糕，喝了銀耳珍珠羹，他漸漸恢復了元氣。不管天命也好，晦氣也好，比武比輸了，這可是十隻眼睛同時所見，大概現在已傳入上百隻耳朵中了。他只好讓既成事實牽著鼻子。不過，真能同這樣的女子廝磨一室，倒也表明，自己豔福不淺。

他被當作上賓，由赤、橙、皂、白四位少女引領，步入一間雕梁畫棟的廳堂。用「還我金烏」四個米芾體金字組成的大匾，高懸正中。一張精製的檀木八仙桌旁，是兩張一色的太師椅。

此刻，兩位一胖一瘦，一紅一黑的老者，正坐其上。胖者面龐紅潤，頭髮全白，但兩隻明晃晃的眼睛，宛若孩童。瘦子膚色駝黑，髮烏眉濃，顯得特別精神。

進得廳堂，紅裙少女彎身道了萬福：「兩位老公，姑爺特來想見。」

「晚生失禮！」陳凱拱手拜揖。他是個明白人，一看二位老者，斷定他倆是武林高手。果不其然，他被赤服少女引到左側的椅子前，剛要坐下，突然發覺兩膝僵直。陳凱發了一會兒活筋氣功，才勉強坐下。可是端坐不久，兩股頓覺痠麻，腰間似乎有幾隻大手緊捏，左推右搡。他又發定身內氣，費了九牛二虎之力，總算坐穩。

「賢姪發瘧子了？」黑瘦老者問道：「你怎麼渾身顫抖？」

「晚生無疾，無……無……」一向冷靜持重的陳凱，也忍不住張口結舌，兩頰滲汗。

「好了，好了。汗發病除。」白胖老者話剛說完，陳凱立感身穩神舒，不覺暗暗欽佩兩位老者功力的深厚。

「賢姪的師傅可是洪旭？」黑瘦老者盯著陳凱看了半天，方才問道。

「稟告老伯，在下的師傅正是。」陳凱心頭一轉，忽地記起師傅臨去世前最後一句話：西有師伯。莫非眼前這兩位老者便是？」

想到這裡，陳凱抬起頭，謹慎問道：「晚生不揣冒昧，敢問二位老者可就是我的師伯？」問完起身又拜。

「賢姪請起！賢姪請起！」白胖老者與黑瘦老者先後還禮道。原來，這二位老叟和移鳳英的父親移天海、陳凱的師父洪旭，同出一門。那白胖老者姓宗名詠，字歌白，排行老大，稱為伯爺，稱仲爺的是黑瘦老者，姓楊名穆字敬修。這兩老正是劫鏢銀的二劍客，白敬、江飛他們要找的人。此是後話，暫置不提。移鳳英的父親移天海字安稷，排行老三，寨裡人稱他仲爺。洪旭年齡最小，排行最末，是當然的季弟。

這四叟的武藝，乃太白山蝙蝠長老所傳。如今他年過期頤，有一身絕奇的輕功，可行走水面，停留峽谷。他能在荷葉上打坐，樹枝上歇息，只憑一張紙條繫腰，便悠然自如，懸於半空。

陳凱的師傅洪旭，是四位師兄中武藝最弱、家道最差的一個。貪戀女色的結果，是木匠帶枷——自作自受，弄得家破人亡。但二老聽了陳凱的敘述，卻只把洪旭死因，一股腦兒推在太平劍客身上，答應尋找機會，翦除石烈，為四弟報仇。

陳凱再拜二位師伯，虔聲說道：「二老如此仗義，師父九泉之下，一定含笑而敬。」講到這裡，陳凱眼望金匾，低喉問道：「打擾二位師伯，那米南宮體的匾額，作何用意？」

「金烏指何物？」宗詠反問道。

「太陽。」

「太陽為何顏色？」

「赤色。」

「赤色歸屬五行哪種？」

「火行。」

「哪朝為火？」

「哦——」精明的陳凱，終於悟出了「還我金烏」的寓意。

夕陽西下，已到酉時。陳凱正要揖別，只見側幃拉開，濃妝豔抹的移鳳英，綽約多姿，拜見二位師伯後，毫不害羞，正坐陳凱對面，露出兩窩迷人的笑靨。

這時楊穆開言，問清了陳凱的生辰八字，便向廳堂眾位高聲宣布：「夜幕已降，玉兔東昇，十六要比十五圓。老生願當月下，將這對師兄師妹合巹結縭，共赴復明大業！」

第二十一章　混元客力挽狂瀾結神緣

朝練鴛鴦拳，夕臥溫柔鄉，陳凱與移鳳英如魚得水，似草逢春，難捨難別。但一個月後移鳳英還是按照婚慶那天的約定，「十八里相送」，把打扮成無業浪民的陳凱，推上了一輛拉牲口的大車，遠離移家寨而去。

再說太平劍客敘完同玉芝嚴懲惡婦劣子的經歷，眾人莫不拍手稱快。但對化名陳升的陳凱，如其與洪旭的十五年師徒情誼，同宗詠、楊穆的不期而遇，和移鳳英的風流姻緣，乃至他投奔石家店的真情，石烈卻一概不知。

倒是尋鏢銀心切的白天俠多長了一個心眼，石烈剛剛說完，他便接口說道：「晚間用飯時，石兄曾談及鐵掌鎮西寧宗明，說此人武藝十分高明，在座的恐怕全不是他的對手。剛才石兄又說到陳升是洪旭的門人。這使我猛然想起，洪旭、移天海、楊穆和宗詠四位西天劍客，乃太白怪仙蝙蝠長老的門人，有十分了得的武藝。尤其是兄長宗歌白，不僅一身輕功，天下罕見，而且精通蝙蝠拳和天龍絕劍，定於一尊，尚不知誰能與敵。我疑心石兄說的宗明，乃宗詠假託，迷惑世人而已！」

這一席話提醒了足智多謀的江飛。他立即說道：「白飛俠所言極是，保不準那門人陳升就是西天四劍客派來刺殺石兄的探子。如若這樣，抓到陳升，一定真相大白。」

「那就快追陳升！」石烈一吆喝，六老各施奇技，竄上屋脊，飛也似奔去。江飛、石烈、白哲各施奇技，竄上屋脊，飛也似奔去。白鴻與石玉芝亦若煙若雲，緊飄其後。只有朱復不聲不張，不緊不慢，壓在尾端。

原來，石烈擺擂比武的時候，西天二劍客同移鳳英便悄悄來到石家店。那裝做老乞丐的高叟，便是宗詠，自號天龍奇人。朱復雖不知此叟的底細，但他在擂臺與石玉芝交手之中，始終感到有一股真氣纏繞右腕，不然，他那追光趕電的閃劍之術，一氣呵成，挑下石玉芝兩個耳環，絕不在話下。石玉芝臉如赤霞離擂之後，他剛想略施苦練經年的混元功，與那位老叟交流切磋，不想來者竟一走了之，並將真氣帶走，他也只好引而不發，收功體內。

石烈大擺晚宴之時，朱復幾乎沒有言語。別人以為他比武聯姻，即將與如花似玉的石家閨女享妝奩之美，因而赧顏寡語。殊不知朱復正全神貫注，如痴如醉地揣摩老叟發出的真氣。他從八方、十六位、三十二面、六十四線等空中各個要津，仔細研磨，總算找出了端倪。但進招之術，尚需在對陣中隨機應變。

若論他遠勝戴宗的神行之術，要超過諸位前輩，並沒有什麼困難。但一越上屋脊，他便領悟到一股很強的陽剛真氣，正向背心襲來。這九天真氣，雖於他只不過耳邊風而已，但若進入沒練就混元絕術的武者身上，尤其是進入陰柔之性的女子胸腹，不是摧筋斷骨，也要昏厥不醒，這正好給好色之徒以可乘之機。於是，他當機立斷，壓陣其後，將九天真氣全悉吸入中椎之內，再由兩肋幽散開去，這既保護了六位老者，更為白鴻、石玉芝兩位女中豪傑驅邪散凶鼎力相助。

衝在最前面的石烈、白哲和江飛，沉氣於胸，使氣在足，不一會兒便追到一片背水而生的大杉林內。

只見陳凱身體一蹲，兩腳猛點，虎嘯一般穿過兩丈多寬的水面。三位老者緊咬不放，如風似飈，迅速跟來。

這是一片白沙地。彎月當空，瑩瑩生輝，沙地後面，樹影朦朧，群丘亂谷。陳凱自知一人，怎是三位老劍客的對手，便從懷裡掏出天地炮，猛一抖腕，噼啪兩響。爆竹過後，從丘谷飛出一彪人馬，為首的一胖一瘦，一白一黑，正是宗詠、楊穆。移鳳英和赤、橙、皂、白四位少女，尾隨其後。

「來者通姓道名！」

只見宗詠兩腕向下一壓，那一彪人馬安靜下來，釘子一樣定在沙地上。

三位老者只顧前衝，並不知道宗詠壓腕，是在施放九天真氣。那楊穆雖然不動聲色，卻也在暗吐氣。幸好朱復明裡暗裡，施展得天獨厚的元氣解析術，才頂住兩位西天大劍客的真、玄二氣，確保諸位劍俠和白鴻、石玉芝的安全。他趕前一步，反身招呼二位女俠，暫停前進，自己卻下壓地氣，飄上竹梢，靜觀諸劍客對話。

「此乃我石家地面，為何不宣即來，侵凌百姓？」石烈不報姓名，反詰宗詠。

「看你面似鍾馗，一定是太平劍客無疑。」宗詠一語道破。突然怒聲斥責，「你既是殺害我四弟洪旭的凶手，吾等難道還不能前來捉拿嗎？」說罷此話，宗玄卻在暗中思忖：我和二弟的真、玄二氣，天下無敵，為何不見石烈諸人厥倒？莫不是那天登擂的小子，在不聲不響跟我較量？不可大意，一切得謹慎從事。

「瞎兄白裡透紅尊顏，想必是蝙蝠長老門下師兄是也。」石烈客氣地拱手而禮，接著嚴詞大譴，「宗詠兄為何信姪徒的誑言？你知道洪旭與黃氏及其刁子洪芳的劣跡嗎？不追究洪旭之死的真因，卻瞎子摸象亂猜，豈不傷了西天劍客的風範？」

「師伯，與此等逆賊有何理可講？快為師叔報仇！」移鳳英披紅掛紫，怒顏瞋道。

「慢！」楊穆制止道，「聽著，我乃楊穆靜修是也。此女移鳳英，三弟移天海的掌上明珠。爾乃何人，快快通報！」

「吾姓江名飛字天鶴，萬里追風髯叟是也。彼姓白名哲，字天俠，鼎鼎大名的紅眉劍客！」江飛看楊穆比較斯文，回答語氣也較為和緩，「楊劍客，我們素昧平生，敢問一句，為何亂劫興順鏢局的鏢銀？」

「此乃不義之財，為何劫不得？」楊穆不急不慢，正色回答。

「不義之財？」白哲反問道：「此話怎樣解？」

「烏龍鎮乃三弟移天海地盤。天海逝去，一夥強徒乘移鳳英出喪之機，在該鎮強搶白銀一千兩，存入正華銀號，我等取回鏢銀只不過物歸原主而已！」

「既然錢已存入正華銀號，彼等應向銀號索要，須知路劫鏢銀，傷害我興順鏢局聲威，是可忍孰不可忍！」白哲說道。

財。」

「鏢局保不了鏢，真乃貽笑大方，活該！」宗歌白嗤笑一聲，輕蔑地說道，「何況是一筆不義之

「想不到西天兩劍客竟如此無理，看招！」站在一邊的白哲，早就忍無可忍，舉起金背刀朝宗詠右脅便砍。「接招，莫怪鄙人手下無情！」宗詠將天龍絕劍一揚，輕快地擋住了刀口，接著翻腕一劃，來了個天龍抖須，直向白天俠肋間刺去。紅眉劍客扭腰一讓，將手中的金背刀往上掃去，只聽咣啷一聲，劍刀相碰，閃爍無數金星。雙方你來我往，交手約有三四十個回合。宗詠畢竟技高一籌，加上一身絕妙輕功，如燕如猿，恍若童子，簡直看不出已是耄耋老叟。

「天俠兄暫歇，我來也！」江天鶴大吼聲，縱入圈中，舞動三十六節蛇骨鞭，接替白哲再戰。

那邊楊靜修換下宗詠，舞動地蛟奇劍，在蛇骨鞭影中從容自如地穿行。那鹿兒似的跳躍輕功，配上玄乎乎祕森森的嫻熟劍法，宛若青仙下凡。長髯叟的蛇骨鞭雖然十分厲害，有萬里追風之勢，但在地蛟劍的輕盈攪撥之下，卻一點點化解了。

眼看江飛已處下風，石烈抽出太平劍，大吼一聲：「江兄稍息，吾來矣！」眾位觀戰的劍俠，一個個按捺不住，紛紛踴上前去，連白鴻和石玉芝也不聽朱復的勸阻，舉劍衝入陣中。

移鳳英見對方一齊出動，便脫下彩氅，與赤、橙、皂、白四位少女抽劍接戰。白沙地頓時被攪動得昏天黑地。

兩位西方劍客終究技壓群芳，在一片混戰中鶴髮童顏，輕舒自如。石烈求勝心切，使出斷穴

絕招，企圖制服對手。焉知宗詠和楊穆行武多年，練功之術已入爐火純青之境，豈怕那區區斷穴一招？

「你既不仁，我亦不義！」宗詠一面舞動天龍絕劍，一面抬手對準太平劍客右肋，推出一股九天真氣，「石兄，休怪宗某無理了。」

因為是近距離施氣，功力極大，遠在竹梢之巔的朱復無法遠擋，眼巴巴望著在行斷穴招的太平劍客，如醉如痴，昏厥倒地。與此同時，楊穆也向白哲、江飛兩位劍客噴吐力能折骨的八方玄氣，只在一瞬間，便將紅眉劍客與長髯叟擊懵致迷。

當宗詠推開正在酣戰的祁連仙姑，得意忘形地正要將九天真氣向白鴻與石玉芝施放，只見久伏竹梢的朱復，閃電一般躍到宗詠面前，「宗劍客，休得無理！」

說時遲，那時快，朱復人到、劍到、氣到，旋展出武林罕絕的重樓飛血混元功，不僅敵住了九天真氣，而且將宗詠搡出有一丈多遠。他那把射斗古劍舞在手中，快過龍蛇騰竄，光華與月爭輝。真是山外有山，樓外有樓，強中更有強中手。這射斗古劍在天龍、地蛟和雪裡來錐三劍合剿之中，電閃聲鳴，出神入化，毫無怯意。

但朱復心中始終記住下山周遊之前空空長老的深沉囑咐：大同乃最高境界，和諧是人心之本。他伏臥竹梢之時，悉心聽了雙方的爭詞辨句，感覺西天兩大劍客和移家女俠並非奸宄之人，於是下決心再度調解，以和為貴。

因此，他舞動射斗古劍，只是攔擋，並不進逼。舞著，舞著，他忽然架住三劍，躍出圈外，清脆的話語震響山林：「眾位住手！」

朱覆沒有出現之時，宗詠以為這場搏殺，贏家非己莫屬。他和楊穆放倒三位劍客，也並無殺戮之意，只想速戰速決，快快分出高下，班師回寨。不想朱復的突然出現，尤其是那功力更強的無名氣柱，把宗詠搡出丈把遠去，讓天龍奇人大吃一驚。他行劍五十載，還從未遇見這樣的能人，竟然還是個不見經傳的毛頭小子！

「待我打聽明白。」宗詠想到這裡，同楊穆、移鳳英一起，收住寶劍，朗聲問道：「不知英俊少年，出自何家門下？」

「我姓朱名復。在下師傅，是貴州清涼山降龍寺空空長老。」朱復答道。

「哦——」宗詠長嘆一聲，「有其師必有其徒！」

原來，五十年前，蝙蝠長老曾因武林之爭，在八百里秦川，與空空長老多次交過手，但從未占過上風。宗詠自幼便知空空長老的聲名。至今雖未睹長老尊顏，卻得見其徒，亦是大幸。

「請問朱壯士出身何家名門？」宗詠又問道。

「復稟宗老伯，家父乃是大明嫡裔子孫，因明亡逃至黔境，隱居貴陽府西南四十餘里的鎮龍坡，不幸遭當地劣紳惡吏陷害，毀家入獄，判為死罪。在押解進京途中，被空空長老搭救，隨後帶髮修行。小子亦拜空空長老為師，習藝多年出外周遊。」

「眾位皆是大明遺族，誤會，誤會！」宗詠越聽越喜，便立即轉身，準備將石、白、江三位劍客救醒。哪知三人早已甦醒，且都立在朱復左側。白鴻、石玉芝則聯袂而進，走到朱復右側。

「朱壯士真是武藝絕倫，請接受老生一拜。」宗詠知道石、白、江三位劍客的甦醒，定是朱復發了奇功所致。但他不知道這就是舉世無雙的元氣解析術，心底實在佩服朱復的高明。

「失敬，失敬，請宗老伯接受小生一拜。」朱復拱手一揖。

「還鏢！」宗詠把手一招，四位隨從，立即將兩束鏢銀完好無缺地抬到白哲手中。

「謝宗兄！」白哲合掌而拜。

「朱壯士一氣解前仇。請列位豪傑去石家店小住三日，共議反清復明大舉！」石烈吩咐管家駕來兩輛漆飾大車，將各路英雄浩浩蕩蕩載回石家店。

這一夜最高興是要數石玉芝了。要不是繁文褥節和大閨女的澀赧，她真想衝進朱復的住地，向這位武功蓋世、力敵群雄的「英俊少年」敬上一杯好酒。想到自己將來的如意郎君，竟有如此高超的技藝，折服眾人的品德，一夜沒有闔眼。

到了翌日傍晚，石烈擺了十桌酒席，慶賀各路豪傑大會師。人們除了舉杯相慶，一個個都勸朱復趕快與石家姑娘完婚，結縭南下，共圖大業。

朱復無路可退，這才向眾位說明原委：自幼練就重樓飛血（一種進入特高境界的絕世氣功）的功夫，一輩子不能成家。

眾人聽罷，有的搖頭，有的嘆息，有的表示無可奈何，有的則說：「你的武藝登峰造極，玉芝姑娘傾國傾城，其貌在白鴻、移鳳英兩位女俠之上。金玉不結良緣，乃人間一大不幸也！」

一席話說得玉芝姑娘滿臉飛霞，放下杯箸，三分鐘熱風似的飄進閨房。

石烈兩眼愕然，望著玉芝的背影，無可奈何地搖了搖頭。

「我看就成全他倆，結成無嗣夫妻吧。」江飛提議道。

「那玉芝姑娘——」移鳳英接過江飛的話語，問道，「她可同意？」

「我去說說！」白鴻自告奮勇，奔向閨房。

沒想到玉芝姑娘聽了白鴻的轉告，立即表示一萬個願意。

她內心對朱復已存著數不完的情思，怎會不答應呢？

第三日夜晚，石家店張燈結綵，喜氣洋洋，為朱復和石玉芝舉行盛大婚禮，足足鬧騰了一宵還未歇息。

第四天過午，當上新郎的朱復，被眾位推為首領，麾下集結著一群高俠奇傑，神履飛步地向玉龍山出發。

整理後記

《河朔七雄》，白羽、黃英著。1947年12月分正、續兩集由上海元昌印書館初版，上海正氣書局總經售。

與人合著，這是《白羽武俠小說全集》中僅見的一部。署名黃英者究係何人？未詳。據白羽次子宮以仁先生記憶，此作可能是白羽長子宮以智開篇，白羽續寫並修訂。此說確否，仍有待查考。

元昌版《河朔七雄》正、續集共二十章，現在蒐集到另一軼失版權頁的版本，則為二十一章。兩個版本，前十九章回目完全相同，內容亦相同，只是個別字句和某些章回銜接處略有改動。元昌版第二十章的標題為「洪旭東臨危悔前過」，而另一版本的第二十、二十一章「小專諸為師報仇」和「混元客力挽狂瀾結神緣」，不但豐富、充實了元昌版第二十章的內容，同時對全書的各條線索也盡可能地作了交代。

這兩個版本相比較，軼失版權頁的本子很可能是白羽重新修訂過的再版本，雖然不能明確肯定其出處，但從遣詞、用句、銜接、條理等方面看，優於1947年12月版的元昌本，因而，此次重新出版，是以此版本為依據，參照元昌本校訂的。

河朔七雄：
鐵骨錚錚，威風凜凜

作　　者：白羽
發 行 人：黃振庭
出 版 者：崧燁文化事業有限公司
發 行 者：崧燁文化事業有限公司
E-mail：sonbookservice@gmail.com
粉 絲 頁：https://www.facebook.com/sonbookss/
網　　址：https://sonbook.net/
地　　址：台北市中正區重慶南路一段六十一號八樓 815 室
Rm. 815, 8F., No.61, Sec. 1, Chongqing S. Rd., Zhongzheng Dist., Taipei City 100, Taiwan
電　　話：(02)2370-3310
傳　　真：(02)2388-1990
印　　刷：京峯數位服務有限公司
律師顧問：廣華律師事務所 張珮琦律師

定　　價：480 元
發行日期：2024 年 05 月第一版
◎本書以 POD 印製

國家圖書館出版品預行編目資料

河朔七雄：鐵骨錚錚，威風凜凜 / 白羽 著 . -- 第一版 . -- 臺北市：崧燁文化事業有限公司 , 2024.05
面；　公分
POD 版
ISBN 978-626-394-252-3(平裝)
857.9　　113005214

電子書購買

臉書

爽讀 APP